UMA SOMBRA ARDENTE E BRILHANTE

UMA SOMBRA ARDENTE E BRILHANTE

JESSICA CLUESS

VOL. 1

Tradução
Carla Bitelli

1ª edição

Galera

RIO DE JANEIRO

2017

CIP-BRASIL. CATALOGAÇÃO NA PUBLICAÇÃO
SINDICATO NACIONAL DOS EDITORES DE LIVROS, RJ

C579s
Cluess, Jessica
Uma sombra ardente e brilhante / Jessica Cluess; tradução de Carla Bitelli. – 1. ed. – Rio de Janeiro: Galera Record, 2017.

Tradução de: A shadow bright and burning
ISBN: 978-85-01-11095-4

1. Ficção americana. I. Bitelli, Carla. II. Título.

17-43687

CDD: 813
CDU: 821.111(73)-3

Título original:
A Shadow Bright and Burning

Copyright © 2017 por Corey Ann Haydu

Copyright da edição em português © 2017 por Editora Record LTDA.

Publicado mediante acordo com a Lennart Sane Agency AB.

Essa é uma obra de ficção. Todos os acontecimentos e diálogos e todos os personagens, com exceção de algumas figuras históricas e públicas bem conhecidas, são produtos da imaginação do autor e não são construídos para parecerem reais. Os diálogos e acontecimentos referentes a figuras históricas e públicas são ficcionais e não têm a intenção de descrever eventos reais ou alteram a natureza ficcional da obra. Nos outros aspectos qualquer semelhança com eventos e pessoas vivas ou mortas é mera coincidência.

Todos os direitos reservados.
Proibida a reprodução, no todo ou em parte, através de quaisquer meios.
Os direitos morais do autor foram assegurados.

Editoração eletrônica: Abreu's System
Capa: Renan Araújo

Texto revisado segundo o novo Acordo Ortográfico da Língua Portuguesa.

Direitos exclusivos de publicação em língua portuguesa somente para o Brasil
adquiridos pela
EDITORA RECORD LTDA.
Rua Argentina, 171 – Rio de Janeiro, RJ – 20921-380 – Tel.: (21) 2585-2000,
que se reserva a propriedade literária desta tradução.

Impresso no Brasil

ISBN 978-85-01-11095-4

Seja um leitor preferencial Record.
Cadastre-se e receba informações sobre nossos
lançamentos e nossas promoções.

Atendimento e venda direta ao leitor:
mdireto@record.com.br ou (21) 2585-2002.

Para Angelo Cluess,
que me mostrou o significado de determinação.

1

O FEITICEIRO CHEGOU NUM SÁBADO.

Sarah, com seus seis anos recém-completados, apertou minha mão enquanto seguíamos pelos corredores da escola em direção à diretoria. Eu a tinha deixado usar seu manto cinza, mesmo estando do lado de dentro, porque o fogo matinal das lareiras ainda não havia sido aceso. Uma névoa se espremia contra as janelas altas, escurecendo o saguão de pedra. Por causa de Sarah, mantive um sorriso. Meu medo não poderia vencer hoje.

— Ele vai me bater, Henrietta? Quero dizer, Srta. Howel. — Com frequência ela se esquecia de me chamar pelo tratamento adequado, contudo, eu havia me tornado professora apenas dois meses atrás. Vez ou outra, quando estava lá na frente da sala de aula, olhava para a carteira vazia na qual costumava me sentar e me sentia uma fraude.

— Um feiticeiro nunca machucaria crianças — falei, apertando a mão dela. Para ser sincera, eu nunca havia conhecido um feiticeiro até então, mas Sarah não precisava saber disso.

Ela sorriu e suspirou. Como era fácil tranquilizá-la. E como era difícil tranquilizar a mim mesma, afinal, por qual motivo um feiticeiro da realeza viajaria a Yorkshire para falar com uma criança? Será que a guerra contra os Ancestrais estava indo tão mal que ele precisava de garotinhas munidas de agulhas de costura e um pouco de francês para assumir a linha de frente?

Não. Ele tinha ouvido sobre os incêndios.

Entramos no gabinete e vimos dois homens sentados diante da lareira, bebericando chá. Era o único ambiente aquecido em toda a escola, e esfreguei meus dedos dormentes, grata pelo calor. Sarah passou reto pelos homens para aquecer as mãos e, num gesto muito constrangedor, o bumbum no fogaréu.

— Srta. Howel! — chamou nosso diretor, levantando-se da cadeira. — Controle esta criança de uma vez por todas.

Gesticulei para Sarah voltar e fizemos uma reverência juntas.

— Bom dia, Sr. Colegrind — murmurei. Colegrind era um senhor pálido, com nariz aquilino e um bigode tão grisalho quanto sua personalidade. Quando eu tinha cinco anos, morria de medo dele. Agora que estava com 16, sentia repulsa.

Ele franziu a testa.

— Por que Sarah está usando manto?

— Ainda não acenderam as lareiras, senhor — falei, declarando o óbvio. Que homem nojento. — Não queria que ela ficasse tremendo na frente de nosso convidado ilustre.

Colegrind fungou, e lhe ofereci meu sorriso mais falso.

O outro homem, que havia analisado toda a cena enquanto segurava sua xícara de chá, pôs-se de pé.

— Não tem problema — disse o feiticeiro. — Garotinhas precisam estar aquecidas. — Ele se ajoelhou diante de Sarah. — Como você está, minha querida?

Aquele sujeito não podia ser um feiticeiro. Sempre achei que a Ordem real fosse composta por homens sisudos que usavam vestes simples e fediam a água de repolho. Este cavalheiro se assemelhava mais a um vovozinho de contos infantis, com tufos de cabelos cacheados grisalhos, bochechas com covinhas e olhos calorosos castanhos. Ele soltou a própria capa, adornada com pele de zibelina, e envolveu Sarah com ela. A menina se abraçou.

— Pronto — falou. — Serviu direitinho. — Ele assentiu para mim. — Você fez muito bem em ter esse cuidado com ela.

Baixei meus olhos e murmurei uma resposta:

— Obrigada, senhor.

Quando ele se levantou, notei uma coisa pendurada em sua bainha, junto à lateral do corpo. Tinha a extensão de uma espada, mas só podia ser seu bastão de feiticeiro, o maior instrumento de seu poder. Já tinha ouvido falar de objetos assim, mas nunca tinha visto nenhum. Não consegui evitar arquejar.

Agrippa bateu no cabo.

— Gostaria de ver? — ofereceu.

~ 8 ~

Sua idiota! Eu deveria passar *despercebida* hoje. Pela primeira vez, fiquei grata pela interrupção de Colegrind.

— Mestre Agrippa — disse Colegrind. — Que tal prosseguirmos?

O feiticeiro conduziu Sarah a uma cadeira enquanto me mantive recostada na parede, invisível como sempre. Professores normalmente já não chamavam a atenção, e eu era muito magricela e tinha os cabelos escuros demais para causar qualquer impacto. Admito que não queria chamar a atenção de Agrippa hoje, não se ele tivesse vindo por causa dos incêndios. Expirei, torcendo para que meu coração desacelerasse. Por favor, diga que ele veio por outro motivo. Para ver a paisagem, por causa desse clima horroroso de abril, para fazer *qualquer outra coisa*.

O feiticeiro sacou um caramelo do bolso de seu casaco e deu a Sarah. Enquanto ela mastigava, Agrippa pegou uma vela acesa e posicionou diante da garota. A chama tremeluziu. Agarrei minha saia, apertando o tecido para me distrair. Eu não ia sentir medo, porque medo frequentemente convocava...

Eu não ia sentir medo.

— Pense na chama — sussurrou Agrippa. — Pense no fogo.

Não. Como se reagisse às palavras do feiticeiro, meu corpo ficou mais quente. Desesperadamente quente. Escorreguei minhas mãos para as costas, entrelacei os dedos e fiz uma prece.

Era evidente que Sarah estava dando seu melhor, pensando com tanto afinco que seu rostinho começara a ficar vermelho. Nada aconteceu à vela.

— Não minta — ordenou Colegrind a Sarah. — Se estiver escondendo algo, mestre Agrippa saberá. Quer que ele pense que você é uma garotinha má?

Uma garotinha má. Era esse tipo de pessoa que eles procuravam. Onze anos antes, meninas com poderes mágicos eram toleradas. Agora, por Deus, somente a morte as aguardava. *Me* aguardava. Encolhi os dedos dos pés dentro dos sapatos e mordi a língua até meus olhos lacrimejarem. Meus dedos queimavam tanto...

— Olhe para o fogo! — disse Colegrind.

Espalmei as mãos contra a parede de pedra fria. Pensei em coisas congeladas, tipo neve e gelo. Aguente. Aguente...

Sarah caiu em prantos. Entre a crueldade de Colegrind e minha própria dor física, disparei:

— Não tem por que fazer a menina chorar.

Os homens se viraram. Agrippa ergueu as sobrancelhas, surpreso. Colegrind fez cara de quem gostaria de me dar um tapa. Na presença de um feiticeiro, no entanto, ele teria de se conter, mas eu desconfiava que sentiria o açoite do diretor assim que Agrippa fosse embora. Espancamento era sua atividade física favorita. De alguma forma, porém, o fogo aliviara, então minha comoção valera a pena.

— A Srta. Howel tem razão — disse Agrippa. — Não há com o que se preocupar, Sarah. — Ele acalmou o choro dela e movimentou a palma acima da vela. Tomou a chama na mão, que ficou flutuando a poucos centímetros da pele. Então pegou o bastão, uma vara de madeira simples com um visual bastante comum, e apontou para o fogo. Concentrando-se, fez a chama dançar e se retorcer em diferentes formatos antes de extingui-la com um movimento hábil. Boquiaberta, Sarah aplaudiu muito, admirada, esquecendo-se das lágrimas.

— Pode ir — disse Agrippa, entregando-lhe mais um caramelo. Sarah pegou o doce e correu para fora da sala o mais rápido possível. Criança de sorte.

— Peço desculpas pela explosão imperdoável, mestre Agrippa — disse Colegrind, me encarando. — Aqui na Escola Feminina Brimthorn, tentamos reprimir a obstinação e insolência das mulheres.

Ele podia tentar me reprimir o quanto quisesse. Agora, esse era o menor dos meus problemas. Minhas mãos estavam começando a queimar de novo.

— Acho que uma pitada de insolência pode ser bem agradável de vez em quando. — Agrippa sorriu para mim. — Poderia por gentileza me trazer a próxima garota, minha querida? Vou aplicar testes em todas as crianças desta escola.

Se ele ia testar todas as 35 crianças, só *podia* estar procurando uma bruxa. Gemi por dentro.

— É claro. Volto logo. — Saí da sala e disparei numa corrida. Precisava ir lá fora. Passei pela porta da frente, corri pelo campo até o topo da colina. Só mais uns passos e ficaria fora de vista.

Caí de joelhos e o fogo espirrou das minhas mãos. Chamas azuis faziam cócegas nas minhas palmas abertas. Fechei os olhos e suspirei enquanto agarrava chumaços de grama úmida.

Colegrind e mestre Agrippa jamais poderiam saber. Magia feminina — bruxaria — era um crime, cuja sentença era a morte. As chamas já tinham se acalmado e faíscas saíram das pontas dos meus dedos quando senti alguém sentar ao meu lado.

— Tem um feiticeiro da Ordem real aqui para testar todas as garotas — contei a Rook, sem me virar. Só meu amigo mais querido para reagir com indiferença às minhas mãos pegando fogo. A fumaça soprava por entre meus dedos. — Ele está procurando quem começou os incêndios.

— É por isso que você só deveria soltar as chamas no pântano, já falei — disse ele.

— Nem sempre dá para me controlar, sabe. — Se eu perdia a cabeça, se algo me atiçava, se Colegrind fazia algo particularmente desprezível, o fogo vinha à tona. Eu nunca conseguia controlar por muito tempo.

— O feiticeiro não vai testar você, vai? — Rook apoiou as costas nas minhas.

— Sou poupada disso por ser professora, graças aos céus. Alguém lá embaixo consegue ver a gente? — Era um tanto seguro ali, mas não tão distante quanto eu gostaria. Não seria nada bom se alguém subisse a colina de surpresa.

— Estou sentado, evitando fazer meu trabalho, então não. — Pelo tom de voz dele, dava para perceber que sorria. — Quem quer que olhe para cá, só vai ver a mim.

— Obrigada — sussurrei, cutucando seu braço. — Preciso voltar. Mais garotas serão testadas.

— Pense em algo gelado — disse Rook depois que ficou de pé e me ajudou a levantar. A mão esquerda dele segurou a minha com força, e ele franziu a testa.

— Suas cicatrizes estão doendo? — perguntei, pressionando a mão no peito dele. Podia imaginar os professores mais antigos fofocando sobre meu comportamento "progressista", mas nós dois nos conhecíamos desde a infância. Rook *era* atraente, com traços fortes e graciosos, e olhos azuis. O cabelo dele continuava liso-escorrido, tal como era quando tínhamos 8 anos. Sempre achei que ele se assemelhava mais a um poeta ou a um cavalheiro, mesmo sendo apenas um cavalariço. Ainda assim, a maioria das pessoas daria as costas para Rook, apesar de toda sua beleza, se soubesse o que ele escondia debaixo da camisa.

As cicatrizes eram horríveis. Não eram visíveis quando ele tomava o cuidado de abotoar a blusa toda, mas estavam ali. O ataque de um Ancestral costuma matar. Rook tinha sido um dos poucos sortudos a sobreviver, mas pagara um preço alto.

— Tem doído mais que o normal. Você sabe que fica pior quando o tempo está úmido — disse ele. Como em resposta, um trovão ribombou à distância.

— Me encontre depois do teste das meninas — falei. — Vou trazer a pasta.

— Você sabe como deixar um cara feliz, Nettie. — Ele comentou com olhos sérios. — Tome cuidado.

— Sempre — falei antes de voltar para a escola.

DUAS HORAS DEPOIS, EU ESTAVA ajoelhada no gabinete vazio. As lágrimas tomavam meus olhos enquanto a vara açoitava minha nuca. *15, 16, 17*, contei. Faltavam três. Fiquei imaginando montinhos de neve no inverno. Felizmente, os outros testes seguiram sem sobressaltos, apesar de vez ou outra eu ter sentido as ondas de calor. *Vinte.* Um fio morno de sangue escorria pelo meu pescoço até a gola. Tentei ficar de pé, mas Colegrind agarrou meu ombro e me segurou no lugar. Mas que desgraçado.

— Você era uma criança rebelde, Henrietta. Não deixe que suas paixões a desviem do caminho agora que é uma moça. — Contive um calafrio quando a mão de Colegrind desceu pelas minhas costas. Ele começara a me "notar" dessa maneira nos últimos três anos. Sujeitinho nojento.

— Sim, senhor — falei automaticamente. Era a única resposta aceitável às longas críticas de Colegrind. Um calor lento formigava minhas mãos. Se pelo menos eu pudesse liberar minha raiva e dar a resposta que ele merecia… Mas isso seria loucura. Assim que fiquei de pé, Agrippa entrou na sala.

— Com licença — disse o feiticeiro, então parou. Os olhos dele foram da vara de Colegrind para mim. Botei uma das mãos na nuca para esconder as marcas, mas pude ver que ele entendeu tudo. Suas palavras seguintes saíram frias e entrecortadas: — Sr. Colegrind, parece que há um problema com minha carruagem.

— Os serviçais são uns inúteis — disse o diretor, como se devêssemos nos apiedar dele.

— Talvez o senhor pudesse cuidar disso, então. — Tinha soado mais como uma ordem disfarçada de pedido. Colegrind retesou o maxilar e quase retrucou, depois pensou melhor e saiu, resmungando. Agrippa se aproximou de mim, o rosto marcado de preocupação.

— Você está bem?

Ele falou com tanta gentileza que senti as lágrimas se acumularem nos cantinhos dos meus olhos. Balancei a cabeça e comecei a ajeitar a saia.

— O Sr. Colegrind está bravo porque não encontramos quem deu início aos incêndios — falei, encostando uma cadeira na parede. — Estes três anos têm sido bem difíceis para ele. O diretor tinha certeza de que a culpada seria descoberta. — Senti uma ponta de orgulho: aquele velho tolo tinha se decepcionado de novo.

— Essa situação tem mesmo acontecido há três anos?

— Ah, sim. Na maioria das vezes, são apenas focos de incêndio em volta da estrebaria, mas vários dos casacos favoritos do diretor tiveram uma morte "acidental". — Esforcei-me para não deixar transparecer alegria na voz. — Eu poderia lhe dar uma lista de pessoas que não gostam do Sr. Colegrind, mas receio que não facilitaria suas buscas. — Eu sabia que era ousado falar isso, mas Agrippa riu. — Como soube de nós, senhor?

— Minha Ordem mantém os ouvidos atentos para casos assim — disse ele. Virei-me para olhá-lo. Ele parecia escolher as palavras com cuidado.

— Casos de bruxaria? — Quase tropecei na palavra.

— De certo modo, sim.

— Foi incrível o que o senhor fez com o fogo — falei, arrumando a ponta de um tapete. — Quero dizer, fazendo aquela apresentação para Sarah.

Agrippa riu.

— Gosto de uma boa plateia.

A chuva virou um rugido fraco no telhado. Parei o que estava fazendo e estremeci ao ouvir o barulho.

— A chuva a incomoda? — quis saber Agrippa, percebendo minha reação.

— Dizem que ela traz Familiares. Ou, que os céus nos protejam, um dos Ancestrais.

Diante do meu comentário, Agrippa ficou sério e assentiu.

— Não há o que temer. O único Ancestral que gosta deste clima é Korozoth, e ele está perto de Londres neste momento.

Korozoth, a grande Sombra e Neblina. Diziam que era o guerreiro mais feroz de todos os Sete Ancestrais.

— O senhor já o encontrou em alguma batalha? — Minha mente foi tomada por imagens de Agrippa se elevando no ar contra uma nuvem negra gigantesca, numa cena tão emocionante quanto eu conseguia imaginar.

— Em várias ocasiões. Isso assusta você? — perguntou ele, rindo. Eu tinha me sentado numa poltrona, fascinada.

— Não. Sempre quero notícias sobre o andamento da guerra. — Sei que deveria desejar que ele fosse embora logo, mas fui vencida pela curiosidade. Quando criança, eu tinha passado inúmeras noites insone, deitada na cama, admirando as imagens formadas pelas sombras e pelo luar no teto. Imaginava monstros e me via lutando contra eles. A Srta. Morris, minha professora, só fungava e me dizia que tais devaneios não eram *nada femininos*.

— Quantos anos você tinha quando os Ancestrais chegaram? — Agrippa se sentou numa poltrona à minha frente.

— Cinco. — Lembro-me de ter ficado escondida debaixo da cama quando as primeiras notícias estouraram, ouvindo minha tia berrar ordens para a criada. Tínhamos que botar na mala somente o essencial, dissera ela, porque teríamos de viajar ao cair da noite. Abracei forte minha boneca e sussurrei que protegeria a todas nós. Essa lembrança quase me fazia rir agora. Minha boneca, minha tia, minha vida em Devon... tudo tinha acabado.

— Você nunca viu um dos Ancestrais, não é? — perguntou Agrippa, me trazendo de volta ao presente.

~ 14 ~

— Não. E sou grata por isso, não me entenda mal, mas sempre me perguntei se isso era normal. Vai ver as bestas não têm interesse no esplendor natural de Yorkshire. — Revirei os olhos. Lá fora, a chuva parecia alagar o terreno. Íamos ganhar um lamaçal *tão* maravilhoso. Agrippa riu.

— É verdade. Os Ancestrais mantêm a atenção nas cidades. Precisam se esforçar mais por causa disso, mas a recompensa é maior. E, é claro, Brimthorn está sob a proteção das terras Sorrow-Fell, o que dificulta o acesso dos nossos inimigos.

— De fato. — Sorrow-Fell era uma imensa propriedade mágica, base da família Blackwood, uma linhagem de feiticeiros poderosos. Lorde Blackwood fazia parte de nossas preces diárias, embora nunca tivesse sido visto por nenhum de nós. — O senhor conhece a família?

— O conde está hospedado em minha casa, para estudar. Ele tem mais ou menos sua idade, aliás. — Dei um pulo, surpresa que um jovem de 16 anos pudesse ser tão distinto. Agrippa sorriu. — Gostaria de ouvir sobre a sociedade londrina? Os bailes e as festas, a moda e as intrigas?

— Não, obrigada. Prefiro ouvir mais sobre os Ancestrais. — Enrubesci diante da reação incrédula de Agrippa. — É útil saber bastante coisa a respeito deles. Eu quero ser útil.

— Você é uma professora. O que pode ser mais útil do que educar mentes jovens?

— Não sirvo para nada numa escola beneficente. Meus fortes são história e matemática. — Suspirei ao me lembrar do descontentamento de meus professores em relação aos meus dons óbvios para essas áreas. Eu era prática, é verdade, só que como um *homem*, e não como uma mulher. Meus pensamentos eram metódicos, mas eu era inflexível. Queria discutir minhas opiniões em vez de ficar fazendo conciliações. — A maioria das garotas daqui deseja aprender apenas a ler e a costurar. As mais promissoras estudam francês para virarem tutoras. E quando se tornam tutoras, ensinam meninas a tocar a música de outras pessoas e a copiar o desenho de outras pessoas. Às vezes, parece que moças são treinadas desde o nascimento para jamais contribuírem com nada de original numa conversa. — Corei de vergonha. Minha língua havia vencido, e Agrippa me olhava com algum interesse. — Não deveria tê-lo incomodado com minhas ideias.

— Não incomodou. Você me lembra uma jovem que conheci. — Ele sorriu com tristeza.

Colegrind voltou, encharcado até os ossos.

— Sua carruagem está pronta — disse com uma dignidade sóbria, então deu meia-volta e saiu da sala. Seus sapatos pingavam a cada passo. Agrippa deu uma risadinha e balançou a cabeça.

Gostei desse homem. Queria não precisar temê-lo.

A CHUVA JÁ HAVIA PARADO quando saímos. Agrippa e eu ficamos aguardando que trouxessem a carruagem até a porta, com muita cautela para que não atolasse. Enquanto estávamos ali de pé, me flagrei murmurando uma canção monótona e suave.

— O que está cantando? — perguntou Agrippa.

— Um velho cântico escolar sobre os Ancestrais. Acho que nossa conversa desenterrou minha memória. — Levei um tempo para recordar a letra exata e cantei:

"Sete são os Ancestrais, sete também são os dias,
Segunda é de R'hlem, o Homem Esfolado,
On-Tez é na terça, a velha Lady Abutre,
Callax é na quarta, o Devorador de Crianças,
Zem, a Grande Serpente, destrói a quinta com seu sopro,
Na sexta, tenha medo de Korozoth, a Sombra e Neblina,
Jamais navegue aos sábados, diz Nemneris, a Aranha-da-Água,
E Molochoron, o Destruidor Descorado, é o que chuva no domingo traz."

Quanto terminei, Agrippa aplaudiu.

— Interessante — disse ele. — Mas não rima.

— Era mais pela brincadeira de correr atrás uns dos outros do que pela música — expliquei. Agrippa riu e foi chamado para vestir seu casaco. Ele beijou minha mão.

— Até logo, Srta. Howel. Foi um prazer.

Apesar de saber que deveria estar feliz em vê-lo partir, fui tomada por um tipo estranho de tristeza. Fiquei olhando até a carruagem desaparecer na estrada, rumo a um banco de neblina. Só depois fui para a cozinha preparar a pasta para Rook.

Foi difícil me lembrar dos ingredientes e macerar as ervas, o que me fez amaldiçoar minha mediocridade em fazer poções. Em sua maioria, as bruxas eram herboristas habilidosas. Se eu tinha que viver com medo de morrer, por que não poderia ter poderes mágicos úteis? Desejei ter tido uma mãe para me ensinar. Desejei ter uma mãe, ponto. Assim que terminei, corri para fora e tomei a trilha em direção aos pântanos.

Mesmo com o peso extra de meu espartilho e minhas saias, eu adorava correr sob o clima arroxeado e branco. As colinas ondulavam e assomavam à minha volta, e logo cheguei ao ponto de encontro, um afloramento de pedra cinzenta escura. Rook e eu havíamos descoberto o local anos antes, durante uma tentativa de fuga frustrada.

Rook esfregava os olhos, sentado sob uma saliência de pedra. O braço esquerdo estava largado sobre o colo. Droga. A dor devia estar pior do que ele deixara transparecer.

— Trouxe a pasta. Está muito ruim? — Ajoelhei ao lado dele.

— Ah, eu diria que bem ruim — respondeu. Sua voz não se alterou, mas eu podia dizer, pela linha tensa de seu maxilar, que a dor estava terrível. Ele tentou tirar o casaco sem mexer o braço esquerdo.

— Eu ajudo. — Depois de tirar o casaco, a camisa e a camisola de algodão que ele usava por baixo, inspecionei o corpo esguio e enrijecido pelo trabalho.

Um corpo coberto de cicatrizes.

Rook era um Impuro, ferido por um dos Ancestrais. O lado esquerdo do peito era coberto por cicatrizes circulares enormes, como marcas de sucção, de um tom vermelho intenso e inchado, mesmo tantos anos depois. Elas adornavam a clavícula como um colar obsceno, desciam pelas costas e pelo braço esquerdo. Às vezes, quando a dor era extrema, a mão dele ficava dura e os dedos, retorcidos. Tinha sido Korozoth em pessoa quem mutilara meu amigo durante um ataque na olaria. Os soldados que resgataram Rook o trouxeram para um abrigo em Brimthorn, pensando que ele estaria morto pela manhã. Oito anos tinham se passado e a manhã fatal ainda não chegara.

~ 17 ~

Esfreguei a pasta na palma da mão dele, massageando a pele até que os dedos se abriram. Estiquei-os, ignorando os arfares de dor. Em poucos minutos, a mão dele relaxou. Rook fechou os olhos, aliviado.

— Obrigado — murmurou, apertando minha mão. Devagar, entrelacei nossos dedos.

— Seu aperto continua forte — falei, sorrindo. Quando estiquei o braço para tocar seu peito, ele estremeceu.

— Você não precisava me ajudar além do necessário. Estou mais do que em débito com você, já. — Ele vinha evitando meu contato físico nos últimos dias. Eu me sentia desajeitada e perversa, como se devesse ter nojo das cicatrizes, mas não tinha.

— Deixa eu ver suas costas — resmunguei. Metendo os dedos na pasta, sentei-me atrás dele e tomei um susto.

Além das cicatrizes, havia novas manchas vermelhas longas e reluzentes. Alguém o havia açoitado com uma vara.

— Cretino — sussurrei enquanto tentava amenizar as feridas.

— Foi culpa minha — disse Rook. — Não consegui ajudar com os cavalos. Colegrind teve que vir e resolver.

— Você fica lento quando as cicatrizes estão irritadas. Ele já deveria saber disso.

— Não quero nenhum tratamento especial — retrucou ele, a voz firme.

Segurei minha língua e trabalhei depressa. Quando terminei, pousei minha mão em suas costas.

— Vai ser mais fácil se movimentar agora — falei.

— Ah, com certeza. — Ele suspirou, mudando de posição sob meu toque. — Só Deus sabe o que seria de mim sem você neste mundo, Nettie.

— Pare de me chamar de Nettie, Rook. — Sorri. Essa era uma discussão bem antiga. Nettie era um apelido horrível de infância, que me fazia parecer uma senhorinha ou uma galinha.

— Preciso chamá-la de Nettie, Nettie. — Senti o ribombar da risada dele. — Como Colegrind diz, não podemos quebrar a tradição. — Rook se afastou de mim e pegou a camisola de algodão. Com um grunhido, começou a vesti-la. Contive a vontade de ajudar, sabendo que ele ficaria bravo se eu tentasse. — O feiticeiro já foi embora?

— Sim. Essa foi por pouco. — Em um ato nada digno de uma dama, desabei de costas no chão e fiquei encarando o céu.

— Mesmo que você seja uma bruxa, não é como se fosse a Mary Willoughby em pessoa. — Rook suspirou, deitando-se ao meu lado. — Ela morreu, já era.

— Mas o legado dela não.

Por milhares de anos, bruxas haviam existido à margem da sociedade. Eram consideradas mulheres estranhas, um pouco perigosas se você não fosse cuidadoso, mas viviam em paz na maior parte do tempo. Tudo isso mudou quando uma bruxa chamada Mary Willoughby abriu um portal entre os mundos e invocou os Ancestrais, dando início a uma guerra longa e sangrenta. Eu me recordava de um livro que li quando tinha dez anos, *História sobre os Ancestrais para crianças*. Nele, havia a figura de uma mulher com cabelo preto selvagem, olhos insanos e braços erguidos para o céu tempestuoso. *Mary Willoughby, a pior mulher do reino*, lia-se na legenda.

— Ela foi queimada — falei. — Todas as bruxas são queimadas. — Se Agrippa me descobrisse... Bem, eu não poderia ser queimada, não é? Ele teria de ser criativo para me matar. Senhor, que pensamento inquietante.

— Não parece um ato cristão essa coisa de queimar pessoas vivas, não acha?

— Principalmente se você lembrar que ela teve ajuda — completei.

— Sim, do mago. — Rook sorriu quando me sentei, surpresa. — Você me ensinou a ler com aquele livro antigo sobre os Ancestrais, lembra? Howard Mickelmas. Ele ajudou a abrir o portal. Ninguém jamais o capturou, certo?

— Não. Magos são astutos por natureza. — Magos eram bestas imundas repletas de desilusões. *Todo mundo* sabia disso. Pelo menos havia certa nobreza trágica nas bruxas.

— Por que acha que queimam um tipo e não o outro? — perguntou Rook. — Por que magos não são mortos?

Essa conversa não estava me ajudando em nada. Dispensei o assunto, levantei e andei ao redor da pedra, segurando meu xale com firmeza. Rook me acompanhou.

— Não quero que você se preocupe mais com magia — falei, de pé no meio do caminho. Tudo à nossa volta era silêncio, exceto o vento assobiando pelos arbustos. Brimthorn podia ser um lugar péssimo, mas quando se buscava grandes momentos de solidão, nada se comparava a Yorkshire. Rook e eu estávamos a sós, exceto por um cavaleiro ao longe.

— Quero pensar na loja que vamos abrir.

— Vai ser em Manchester, ou talvez em Canterbury — disse Rook, entrando na nossa velha brincadeira. — Devíamos abrir uma livraria, com todos os volumes encadernados com capa de couro antigo.

— Acho que esse é o cheiro mais maravilhoso que existe, o de uma biblioteca de livros antigos — falei. Além de Rook, minhas únicas boas lembranças de Brimthorn consistiam em horas de leitura no meu assento de janela favorito. Colegrind era péssimo, mas ao menos tinha sido generoso com sua biblioteca pessoal. Certo verão, li três vezes *A morte de Artur*. Minha cena favorita era quando Artur arrancava a espada da pedra e, de uma hora para outra, deixava de ser plebeu para se tornar rei.

Rook balançou a cabeça.

— Caramba, não podemos nos mudar para Canterbury. A Lady Abutre mora na catedral de lá. — Ele tinha razão. On-Tez, uma dos Ancestrais, vinha governando a cidade nos últimos três anos. Ela era uma besta enorme e medonha: seu corpo era de uma ave carniceira imunda e sua cabeça, de mulher velha e insana. O nome Lady Abutre combinava bem.

— Um dia ela irá embora, então vamos vender livros e o que mais quisermos. Agora: como devemos batizar nossa loja? — perguntei. Rook não respondeu. Eu o cutuquei. — Não me diga que não tem nenhuma ideia. — Rook se afastou pela estrada com as mãos nos bolsos. Surpresa, comecei a caminhar ao seu lado. — O que foi?

— A loja é uma historinha que inventamos quando éramos mais jovens — disse, encarando-me. — Você poderia ser tutora numa casa boa, com comida e salários melhores hoje em dia. Por que não tentou ainda?

Senhor, essa discussão de novo, não.

— Vou tentar quando quiser, mas ainda não quero.

— Por que não?

— Por que pode acontecer de eu botar fogo nas cortinas do patrão — falei, revirando os olhos. — Além disso, não posso... — Mordi minha língua, mas Rook percebeu.

— Não pode o quê? — O maxilar dele estava tenso e os olhos, duros.

— Deixar você — respondi, piscando enquanto aguardava sua reação. Ele parou na estrada.

— Nettie, não quero que você deixe de seguir sua vida por minha causa.

— Não seja bobo — disparei, apertando o xale ao redor dos ombros. — Vou para casa. — Então virei e segui depressa pela trilha, pisando duro ao atravessar os pântanos. Fiquei esperando ouvir os passos de Rook, mas ele não me seguiu. Parei, exasperada. — Você pretende morar aí?

Rook continuava na estrada. Ele fitava o cavaleiro viajante, que agora estava a menos de um quilômetro de distância. Algo na pose rígida de Rook me incomodou. Corri de volta até ele.

— Você está bem? As cicatrizes ainda estão doendo? — perguntei, pegando em seu ombro. No mesmo instante, ele caiu no chão e começou a gemer, como se estivesse sentindo uma dor terrível. Quando o toquei de novo, ele estremeceu. Em pânico, enganchei um braço no dele e tentei levantá-lo uma, duas vezes. Puxei-o com tanta força que perdi o equilíbrio e caí ao seu lado no chão.

Será que a pasta que usei não estava boa? Ele não reagiu quando o chacoalhei.

— Rook? — sussurrei. O som de cascos me fez levantar a cabeça. O viajante tinha chegado. Aliviada, comecei a pedir socorro.

Assim que vislumbrei o que havia nos encontrado, as palavras morreram na minha boca. O pavor me emudeceu.

O viajante não estava montado num cavalo. O animal era um cervo preto com chifres grossos e nodosos e olhos vermelhos brilhantes. Quando bufou, faíscas voaram de seu focinho. O veado abriu a boca e soltou um grito horrendo. Seus dentes eram chanfrados, ideais para rasgar carne.

O cavaleiro usava uma capa com capuz, que farfalhava sobre seu corpo. Ele fedia a sepultura. Devagar, o capuz descobriu seu rosto. Arquejei e me encolhi.

Era uma moça, não um homem. Um pouco mais velha do que eu. Seu cabelo, que antes era de um tom claro e agora tinha ficado quase

branco, prendia-se ao couro cabeludo em cachos imundos. E seus olhos
— céus, os olhos — tinham sido costurados com linha preta. Mesmo
sem conseguir enxergar, ela parecia saber onde eu estava. Incitou o cervo a parar bem à nossa frente. Umedecendo os lábios com sua língua
grossa, parecida com a de um lobo, ela se inclinou na minha direção.

— Morte — coaxou ela, fungando o vento como um animal. —
Morte hoje à noite.

O ar explodiu com o som de cascos.

Outros três cavaleiros assustadores montados em cervos pretos despencaram do céu, pousando num círculo à nossa volta. Os monstros se aproximaram e desembainharam punhais negros. Rook sentou-se ereto, misericordiosamente retomando os sentidos. Ele me empurrou para trás de si, para longe das criaturas.

A garota sem olho inclinou-se para ele e uma careta revelou dentes amarelados.

— O escolhido da Sombra — sussurrou ela aos confrades. — Ele é nosso.

A Sombra só podia ser Korozoth. Estes eram Familiares, humanos transformados em servos dos Sete Ancestrais.

Rook ergueu a cabeça e pude ver seu rosto. Os olhos dele tinham ficado de um preto intenso. Quando abriu a boca para falar, tudo o que saiu foi um guincho horrível. Supus que fosse o som que uma alma condenada fazia ao queimar nos fogos do inferno. Tapei minhas orelhas, tremendo enquanto escutava. Quando a sombra Familiar esticou os braços para puxar Rook para cima do cervo, minhas palmas começaram a ferver.

Lancei as mãos para a frente e o fogo cuspiu. A garota conseguiu desviar antes que eu pudesse queimá-la. Ela rosnou e tentou pegar Rook de novo.

— Não toque nele — exigi. O pânico havia me colocado num estado pleno de ação e fúria. Eles *não* iam pegar a gente. Aos gritos, voltei a estender minhas mãos, explodindo de novo. Desta vez, atingi um dos outros cavaleiros quando ele tentou se erguer no ar. O cavaleiro e o cervo caíram no chão, sibilando e chiando ao queimar.

Aquilo foi equivalente a abrir uma gaiola no meu peito para libertar uma criatura selvagem. O poder jorrava de mim. Quanto mais força eu impunha, mais forte ficava. Fechei meus olhos num momento de puro contentamento.

Estava tão feliz que esqueci de proteger minha retaguarda. Um Familiar me pegou pelos cabelos. Rook agarrou minha cintura e me arrancou das mãos da criatura. Resmunguei de dor enquanto Rook me protegia com seu corpo, os braços levantados. A garota sem olhos pairava ali como um fantasma, rosnando com seu punhal, pronta para atacar.

— Temos que ir. — Rook me levantou.

Corremos e os monstros nos seguiram. Eles dispararam pelo ar, se vangloriando enquanto esporeavam suas montarias na caçada. Quando os senti perto demais, arrisquei uma olhadela e lancei uma torrente de fogo para trás. As chamas não vieram com a rapidez de antes; às vezes eram apenas faíscas. Usei demais. Minha respiração estava ofegante e tropecei na saia. Só precisávamos alcançar Brimthorn. Os homens da estrebaria eram suficientes para conter os monstros enquanto levávamos as crianças para um local seguro.

Estávamos quase lá. Uma última colina e estaríamos à vista da escola, mas os cavaleiros estavam em nossa cola. Quando nos aproximávamos do topo, Rook perdeu o equilíbrio e desabou no chão, me levando junto. Urrei quando meu ombro bateu no solo e uma dor me atravessou. Rolei para ficar deitada de costas e evoquei o fogo, porém nada aconteceu.

Tentei uma, duas vezes, mas minhas mãos estavam dormentes. Eu não consegui puxar ar para dar um grito quando vi os Familiares saltando do céu com seus punhais prontos para um golpe mortal.

Um vento frio veio do oeste, espalhando os cavaleiros. Mestre Agrippa estava na crista da colina, com sua capa ondulando na brisa e seu bastão de feiticeiro estendido à frente. Ele assentiu num sinal para a gente sair dali.

— Você voltou! Como sabia? — falei, ofegante, enquanto subíamos a colina. Queria cair a seus pés de tanto alívio.

Agrippa indicou o horizonte com a cabeça. Nuvens pretas ferviam no ar.

— Esta não é uma tempestade qualquer. Vão para a escola. Já.

Os cavaleiros se reagruparam e dispararam em nossa direção, obrigando Agrippa a atacar. O feiticeiro era bem mais veloz do que eu imaginava ser possível para um homem daquela idade. Ele golpeou na direção dos monstros, usando o bastão como espada. O vento atingiu as criaturas até que elas se viram obrigadas a descer a colina. Agrippa fez um gesto rápido, como de um chicote, e bateu o bastão no chão. A terra se elevou, formando uma parede de alguns metros, que foi despachada sobre os Familiares. Eles caíram sob o ataque lamacento e rolaram colina abaixo; ficaram tão inertes que torci para que estivessem mortos.

Fiquei observando, petrificada, enquanto Agrippa avançava lentamente. Meu coração disparou. Sempre quis ver uma luta de feiticeiro. Dei uma olhada para Rook, que apertava a cabeça com as mãos. Os olhos dele continuavam naquele tom preto assustador. Senti um aperto no estômago e envolvi a barriga com um braço.

— Seria bom se fôssemos para o abrigo — sussurrei.

O grito de Agrippa atraiu meu olhar para os pés da colina. Ele estava deitado de costas, um dos braços protegendo o rosto. Deixou cair o bastão, que foi chutado para longe de seu alcance por um dos Familiares. A garota sem olhos estava parada ao lado dele, mexendo a cabeça em ângulos diferentes. Agrippa parecia congelado. Não estava lutando. Com um grunhido, a Familiar ergueu seu punhal enquanto os dois companheiros permaneciam para trás, trotando em volta dela. Eles estavam reservando aquela morte para ela.

Enfiei minhas mãos na terra. Poderia distrair os Familiares com minha habilidade, mas se fizesse isso... Se Agrippa sobrevivesse e descobrisse o que eu era...

Rook se levantou e pegou uma pedra. Correndo colina abaixo, ele a lançou e acertou a lateral da cabeça da amazona sem olhos, derrubando-a. Os amigos monstruosos correram para ajudá-la. Foi o tempo que Agrippa precisou para rolar e pegar o bastão. Rook estremeceu e desabou.

A amazona sem olhos voltou a ficar de pé, o punhal ainda na mão. Agrippa já não era seu alvo mais. Ela se voltou para Rook, que estava desamparado no chão. Com um sorriso sarcástico, saltou e o pegou por trás da camisa. Ele lutou contra ela, porém seus movimentos estavam lentos. A escuridão tomava conta dele. Agrippa tentou alcançá-los, mas teve de lutar contra os outros dois monstros. A Familiar sem olhos assobiou, montada em seu cervo.

Ela estava levando Rook embora.

— Não — sussurrei e me levantei. Apertando os dentes, corri até eles, minha pele mais quente do que antes. A fúria alimentava algo dentro de mim. O poder me inundava.

— Srta. Howel, espere! — alertou Agrippa.

— Não! — gritei. Meu corpo inteiro acendeu.

O fogo me engoliu, ondulando pelas minhas roupas e pelo meu rosto, disparando das minhas mãos. Cada centímetro da minha pele formigava, e o sangue em minhas veias parecia zumbir. O mundo ao redor desapareceu, de modo que agora eu só conseguia enxergar ou sentir o fogo. A coluna de fogo azul rodopiou acima de mim e os Familiares gemeram. A grama fritava quando avancei na direção da garota sem olhos, que ainda lutava para puxar Rook para cima de sua montaria. Ela mostrou os dentes e soltou um grunhido do fundo da garganta. De alguma forma eu sabia que, se a tocasse agora, mataria Rook também. Mas eu preferiria vê-lo morto a deixar com que fosse levado para sabe-se lá Deus onde. Ele teria feito o mesmo por mim.

— Largue-o ou vou matar você — ameacei.

Ela passou a língua pelos lábios rachados, pensando. Então, devagarinho, soltou Rook. Ele desabou no chão e ali ficou. A garota se virou para dar uma última olhada em Agrippa, então esporeou o cervo e rumou aos céus. Os outros a seguiram. Eles galoparam para longe, atravessando a tempestade aos gritos. Depois que sumiram, senti meu corpo inteiro relaxar. O fogo apagou de uma só vez. Pontinhos pretos dançavam diante da minha vista. Minhas mãos estavam dormentes. Contudo, eu tinha conseguido.

Minha alegria durou pouco porque Agrippa logo apontou para mim.

— Você — disse ele. — É você. — Ele não soava amigável.

Virei-me para fugir. Porém, no instante em que dei um passo, o que restava da minha energia abandonou meu corpo. Desabei na lama e fui envolvida pela escuridão.

Eu estava diante de uma lareira, tentando aquecer as mãos. Não funcionou. Suspirei e fiquei olhando as imagens na cornija. Retratos pequenos, com detalhes primorosos, de um homem e de uma mulher. O homem tinha cabelos e a pele tão escuros quanto os meus, tão escuros que ele po-

deria ser confundido com um cigano. A mulher era delicada e clara como uma pétala de rosa.

Minha mãe e meu pai. Eu nunca os conheci. Papai se afogou num acidente de barco antes de eu nascer. Mamãe sucumbiu ao me dar à luz. Minha tia Agnes me levou para sua casa, para esta casa. Estes eram os retratos que ela não deixara levar para Brimthorn. Por que eu não podia tê-los? Eram meus pais, afinal.

Minha tia, magra e de olhos vazios, apareceu atrás mim. Ela parecia a mesma de 11 anos antes, quando me levara à escola. Foi a última vez em que a vi.

— Henrietta, você gastou tudo. Seus poderes precisam ser controlados. Está me entendendo? — Que esquisito. Ela falava com a voz do mestre Agrippa.

— Sim — respondi.

— Criança horrível — murmurou ela. Agora soava muito mais como minha tia. Ela se inclinou. — Você é uma criança horrível.

— Não sou. — Tentei sair dali. Ela me agarrou e me puxou enquanto eu lutava para me soltar. Ela abriu a boca, escancarou. Gritei ao sumir no vácuo de sua boca, e a voz de Agrippa sussurrou na escuridão:

— Estive esperando por você.

ACORDEI NUM QUARTINHO ESCURO. UMA vela queimava na mesa ao meu lado. Com a cabeça girando, fiquei de pé e fui vacilando até a porta. Trancada. Na altura dos meus olhos, havia uma janela com barras. Espiei por ali e vi um corredor escuro de pedra.

Eu estava numa cela de prisão, provavelmente onde bruxas sentenciadas eram mantidas antes da execução. Agrippa tinha visto meu fogo.

Eu estava marcada para morrer. Naquele momento, minha cabeça latejava demais, e tomei esse pensamento como um conforto. Voltei para a cama e fechei os olhos.

Alguém pigarreou e me levantei. Olhei ao redor, em pânico, e notei duas orelhas pontudas aparecendo um pouquinho pela beirada da cama. Com um sibilo, uma criatura pequena subiu no colchão e ficou ao meu lado.

Talvez eu já estivesse morta e presa no inferno; o demônio à minha frente era feio como um condenado. Suas orelhas, longas e retorcidas, lembravam as de um coelho, mas o restante do bicho parecia mais um morcego do que qualquer outra coisa. Ele coçou as orelhas usando as duas mãos e depois tirou *outras duas mãos* de trás das costas para remexer nos bolsos do casaco.

Pois é, o demônio vestia um casaco: era roxo com uma gravata de seda azul. Ele tirou do bolso um frasco de vidro cheio de um líquido brilhante e o jogou para mim. Nas minhas mãos, era pouco maior que um dedal.

— Agora — disse ele com uma vozinha aguda —, beba isto.

— Eu morri? — Envolvi o frasco com a mão trêmula.

A coisa bufou.

— Sim, é claro. Você morreu e estou dando remédio para te manter morta. — Dobrou as orelhas para trás, contrariado. — O que Cornelius acha que você pode fazer por nós?

— Quem é Cornelius?

— Cornelius Agrippa. Quem é você?

— Henrietta Howel. *O quê* exatamente é você? — Senhor, como gostaria que minha cabeça não estivesse latejando.

— Sou um duende, anjinha. Meu nome é Fenswick. — Ele fez uma reverência, e seus quatros braços abriram-se num gesto exagerado. — Sua majestade me permitiu auxiliar a Ordem nesta guerra.

— A rainha Vitória tem duendes?

— Não sou de ninguém, e com certeza de nenhuma Vitória. Vivo para servir a rainha Mab da corte das Fadas sombrias, mas sem dúvida você nunca a conheceu. Agora beba a poção.

Rainhas das Fadas. Duendes. Eu tinha ficado doida.

— Onde está o mestre Agrippa? — Esfreguei minha testa e me sobressaltei. — Onde está Rook?

— Veja aqui — replicou Fenswick quando joguei as cobertas na cabeça dele. Atirei o frasco prateado no chão e ele se espatifou. O mundo girava. Voltei a mim ao cair de joelhos, então corri e bati na porta. Minhas pernas cederam.

— Rook! Socorro! Rook! — gritei. Passos soaram pelo corredor e alguém destrancou a porta. Recuei quando Agrippa adentrou o quarto com uma das mãos para cima, tentando me tranquilizar.

— Está tudo bem, Srta. Howel. Por favor, sente-se — disse ele.

— Onde estou? O que você fez com ele? — Dei um passo em falso para trás e caí. O troço chamado Fenswick saiu da cama com um grunhido. Agrippa pegou uma cadeira. A porta se fechou de novo e ouvi o estalido da tranca. — Não é culpa minha. — Eu estava quase histérica. — Não escolhi ser assim.

— Basta. Agora. — A voz dele era gentil, compreensiva. Eu não confiava nele.

— Não sou seguidora de Mary Willoughby! — falei, minha voz rouca e falha. Minha cabeça ameaçava se partir em dois. — Não escolhi ser uma bruxa. Não quero morrer!

— Não vou matar você — disse ele, num tom apaziguador. Não acreditei. Não dava para acreditar.

— Onde está Rook?

— Ele está bem. Está aguardando lá embaixo.

— Ele também é prisioneiro? — Agarrei a beirada da cama. — Ele não tem culpa de nada disso.

— Nenhum de vocês dois é prisioneiro. E você também não é uma bruxa, Srta. Howel — disse Agrippa. Ele sorriu, divertido e, pelo que dava para perceber, encantado. — Você é uma feiticeira.

O que quer que eu estivesse para dizer me escapou. Minha boca ficou aberta, mas nenhuma palavra saiu dela. Pisquei. Eu sentia como se Agrippa tivesse dito *Você é uma princesa babilônica perdida* ou *Você é uma espécie rara de bacalhau*. Ambas opções faziam tanto sentido quanto eu ser... Eu não conseguia sequer pensar na palavra. Enquanto permanecia sentada ali, Fenswick se libertou das cobertas e foi até Agrippa pisando duro.

— Você não vai querer essa aí — disse a criatura, apontando para mim com os quatro braços. — Não acredito que você me fez viajar de Londres para cá pelas Veredas só para ver uma psicótica perigosa. Como se fosse fácil chegar a Yorkshire num segundo. Odeio viajar pelo Reino das Fadas. É muito fácil se perder no caminho.

— Doutor, poderia me deixar a sós com a Srta. Howel? Tenho a impressão de que vou precisar responder a algumas perguntas. — Agrippa me olhou, pesando minha reação.

— Muito bem — disse Fenswick com uma dignidade exagerada. Ele puxou um fiapo da própria manga, se meteu debaixo da cama e não saiu de lá.

— Onde? — perguntei. Minha voz soou rouca. Mesmo tendo sido treinada para sempre manter a postura ereta, apoiei meus cotovelos nas pernas; o ar que eu sugava não parecia suficiente.

— O Reino das Fadas fica no canto do olho, no limiar da sombra. É selvagem, mas um atalho rápido pela Inglaterra.

— Ah — respondi, como se fosse uma explicação natural. Engolindo em seco, balancei a cabeça. — Caramba, como posso ser uma feiticeira?

— Posso explicar. A profecia parecia apontar para uma menina, uma *criança*, mas quantos anos você tem?

— Dezesseis. — *Profecia?*

— Sabia que precisávamos de outra tradução, mas convencer Palehook é complicado... Perdão — disse ele, notando minha confusão. — Isso tudo deve ser difícil de absorver.

— Desculpe, mas uma profecia? — Um barulhinho soou nos meus ouvidos. Nada disso fazia sentido.

— Vou explicar melhor num momento oportuno, prometo. Por ora, o que você precisa saber é que há uma profecia que fala de uma garota que vai se elevar e lutar num período de grande necessidade. E menciona que essa garota usa fogo.

— Mas eu achava que todas as mulheres que manipulassem magia fossem bruxas. Faz séculos que não existe uma feiticeira mulher. — Para ser mais precisa, não desde Joana D'Arc, e veja só o que aconteceu a ela.

— Nem toda magia é igual. Bruxas não podem controlar fogo, água, terra nem ar. Elas trabalham com a força vital de plantas e animais. Somente feiticeiros controlam fogo. E magos são trapaceiros por natureza. Eles lidam com feitiços ocultos e manipulações. O fato de você ter se arriscado e se exposto para proteger seu amigo, especialmente acreditando que seria morta em consequência, prova que você não é uma delas.

Fiquei meio arquejante quando compreendi que talvez não fosse morrer hoje à noite. Descansei a cabeça com o apoio das mãos.

— Ouça, Srta. Howel — prosseguiu Agrippa. — Nunca encontrei uma garota capaz de fazer o que você fez, e tenho buscado há quatro anos. Nunca conheci nenhum outro feiticeiro capaz de queimar e sair caminhando incólume. Como eu disse, feiticeiros controlam o fogo. — Ele pegou a vela acesa na mesa e tomou a chama na palma, tal como já tinha feito. — Mas não somos capazes de produzi-lo.

Uma busca de quatro anos. Era por isso que ele tinha vindo a Brimthorn, por isso tinha testado as meninas.

— O que isso significa?

— Significa que vou levar você para Londres, se quiser, para receber uma comenda da rainha. Você vai se tornar uma feiticeira real e, quando estiver pronta, vai lutar ao nosso lado. Vai se juntar à minha casa, onde vai morar e treinar. Não se preocupe, tenho outros seis jovens da sua idade lá. Todos rapazes, é claro.

— Rapazes? — Caramba, como seria isso? O único rapaz que conheci na vida era Rook. E haveria tantos...

— São todos cavalheiros. Um deles é seu benfeitor, lorde Blackwood. Sei que ele ficará orgulhoso de conhecer uma moça talentosa de Brimthorn.

Eu iria *conhecer* o conde de Sorrow-Fell? Estudar com ele, como *iguais*? Quase deitei na cama para que pudesse me levantar e acordar desse sonho.

— Posso ensiná-la a usar um bastão para controlar o fogo, e a manipular os outros elementos — continuou Agrippa.

— Controlar? — sussurrei. Tal feito era possível? Durante anos, vivi sob a clemência de meu poder, rezando para que não se manifestasse em momentos inadequados. Pensar que eu poderia controlá-los, em vez de o contrário...

Parecia bom demais para ser verdade.

— Eu iria para a guerra com você? — Desejei não ter destruído o frasco de remédio. Meu crânio parecia bem menor do que devia.

— Sim.

Apesar de nunca ter encontrado um Familiar até então, eu sabia o que havia acontecido aos vilarejos saqueados por eles e às vítimas que ficaram para trás. Tinha ouvido histórias horríveis de famílias destroçadas dentro de suas casas, de cidades inteiras queimadas até restarem somente cinzas. Eu não havia desejado fazer algo a respeito disso? Minhas brincadeiras de infância eram repletas de batalhas contra os Ancestrais, do desejo de destruí-los. Será que tais sonhos poderiam se concretizar?

E, como feiticeira, eu me sentiria parte de alguma coisa, de um jeito que jamais me permiti sonhar. Sei exatamente o que aconteceria caso eu continuasse com aquela vidinha em Brimthorn: anos de fome e frio, ensinando meninas a calcular enquanto minha própria vida passaria num borrão, e um dia eu ia ficar velha, ainda presa ao lugar onde minha tia me deixara na infância. Agora eu tinha a chance de me transformar em alguma coisa.

— Você vai se juntar a nós? — perguntou Agrippa.

— E Rook? — Vislumbrando um grande destino ou não, eu jamais o abandonaria.

Falando do diabo... Vozes soaram no corredor. Fiquei de pé, ainda sem equilíbrio. Agrippa segurou meu braço para me sustentar.

— Se ela estiver acordada, vou vê-la — falou Rook para os homens que o seguiam. — Nettie? Cadê você?

— Rook, estou aqui! — chamei.

Agrippa bateu na porta e pediu que a abrissem. Um instante depois, o guarda entrou, segurando meu amigo pelo ombro. Quando foi solto, Rook correu até mim.

— Você está ferida? — quis saber, segurando meu rosto. Seus olhos azuis ardiam de preocupação. Ele parecia humano de novo, do jeitinho que sempre fora. Com lama sujando o rosto e ressecando as mechas de seus cabelos.

— Não. Sou uma feiticeira. — Não pretendia rir, mas não pude evitar. Rook arregalou os olhos.

— Não é possível — disse ele, pegando meu braço. — Tem certeza?

— Você parece menos surpreso do que eu mesma. — Ri tanto que comecei a soluçar. Eu me apoiei nele até passar.

— Bem, depois de hoje, duvido que qualquer coisa possa me pegar de surpresa de novo. Uma feiticeira, dentre todas as coisas. — Ele ergueu meu queixo e sorriu.

— Sei que parece loucura, mas é verdade. E acho que vou para Londres.

O sorriso de Rook esvaneceu um pouco.

— Suponho então que devamos nos despedir. — Ele pegou minha mão e a apertou. — Estou feliz por você.

— Não, eu tenho notícias ainda melhores. Você vai comigo. — Sei que era ousado, mas me voltei para Agrippa. — Ele vai, não é?

Agrippa pareceu não saber o que dizer. Rook me girou para voltar a me encarar.

— Nettie, você não pode me levar junto. Não pertenço ao mundo dos feiticeiros.

— Srta. Howel — disse Agrippa, por fim —, a situação não é tão simples quanto você gostaria.

— Ele tem de vir conosco. — Nem eu acreditava que estava falando daquele jeito com um feiticeiro. Contudo, se ele queria que eu deixasse Rook para trás, poderia muito bem pedir para eu cortar meu próprio braço fora.

— Nettie, por favor, não faça isso — pediu Rook. Ele parecia no limite da fúria.

— Você quer que fiquemos separados? — Agarrei a mão dele de novo. — Se não deseja mais ficar comigo, é só dizer. — Esperei, temendo a resposta.

Rook fechou os olhos.

— Você sabe que eu odiaria abandonar você.

Expirei aliviada.

— Então venha comigo.

Agrippa pigarreou.

— Londres não é um bom lugar para um Impuro, especialmente com essas cicatrizes. — Ele gesticulou para a camisa de Rook, rasgada na frente durante a batalha. Os ferimentos pareciam ainda mais vermelhos e latejantes depois do conflito.

— Por quê? — perguntei.

— Porque as conheço bem. Estas são as cicatrizes que Korozoth deixa em suas vítimas, e Korozoth ataca Londres regularmente. Alguns acreditam que os Impuros ficam ligados aos Ancestrais que os marcaram e os convocam.

— Mas se Korozoth já está atacando a cidade, que diferença faria Rook estar lá?

— Bem. — Agrippa pareceu confuso. — Nenhuma, porém…

— Mestre Agrippa. — Engoli em seco para evitar que minha voz falhasse. Eu não ia me separar de Rook. Nem hoje, nem nunca. — Quero ajudar o senhor, mas não posso fazer isso sem Rook. Ou aceita nós dois, ou nenhum de nós irá.

Agrippa me olhou com interesse. Empinei meu queixo na esperança de que minha expressão parecesse suficientemente determinada. Rook se manteve em silêncio.

— Muito bem — disse o feiticeiro, por fim. — Ele terá um posto a meu serviço. É o que deseja, Rook?

Rook fez uma reverência com a cabeça.

— Posso fazer qualquer tipo de trabalho, senhor. Não vou decepcioná-lo.

— Tenho certeza disso. Então, Srta. Howel?

Não havia mais nada ali para mim. Mais nada para nenhum de nós.

— Vou com o senhor.

Agrippa sorriu satisfeito. A mão de Rook encontrou a minha. Iríamos juntos.

NA MANHÃ SEGUINTE, A CARRUAGEM parou em Brimthorn para que eu pegasse meus pertences. Apertei a mão das cinco professoras e sorri para as duas caçulas, Margaret Pritchett e Jane Lawrence. Tínhamos crescido juntas ali, ainda que não fôssemos tão próximas quanto eu gostaria. Minha amizade com um Impuro as mantivera a certa distância.

Estava indo embora quando uma voz infantil lamentou:

— Ela não pode ir embora! Me soltem. — Sarah furou a multidão e voou até mim, soluçando. Ajoelhei e a peguei no colo, abraçando-a com força. Ela chorou no meu ombro e acariciei seus cabelos. — Disseram que você nunca mais vai voltar — choramingou ela.

— Vou voltar um dia. — Pensei nos espancamentos de Colegrind, em suas mãos bobas. Não deixaria Sarah nem ninguém mais à mercê dele. — Prometo.

Sarah me soltou, relutante. Levantei e fui até Colegrind para dizer umas últimas palavras. Ele se apoiou em sua vara, passando o dedão pelo cabo, como uma carícia. Logo encontraria um pretexto para bater em uma das meninas. Ele sempre encontrava.

— Esqueceu alguma coisa, Srta. Howel?

— Isto aqui é para você se lembrar de mim. — Agarrei a vara e ateei fogo. Com um xingamento, ele a deixou cair no chão e pisou nas chamas para apagar, partindo a madeira queimada ao meio. — Então tome cuidado com o modo como você trata as crianças.

Colegrind grunhiu enquanto eu me virava e subia na carruagem. Rook estava sentado na frente com o cocheiro. Seguimos trotando pela rua, acenando. As meninas correram atrás de nós, gritando despedidas. Senti uma dor no peito ao vê-las desaparecer. Por mais que odiasse Brimthorn, aquele tinha sido meu lar e eu me sentira em segurança ali. No lugar para o qual estávamos indo, nada era certo e tudo era perigoso.

3

Viajamos por três dias e três noites, mal parando para descansar. Agrippa ia com o bastão na mão, sempre atento a indícios de Ancestrais ou Familiares. Tendo me descoberto, ele parecia receoso de que alguma catástrofe fosse acontecer.

Olhei o campo passar pela janela, a empolgação e o nervosismo aumentando a cada dia. Nunca tinha pisado em Londres. Como seria? Às vezes, para ficar mais tranquila, eu batia no teto da carruagem três vezes, aguardava e sorria quando Rook batia de volta.

Enfim, era o dia de nossa chegada. Debrucei-me na janela, estremecendo com a expectativa. Aos nos aproximarmos da cidade propriamente dita, contudo, minha animação murchou. Empalideci ante o horror que se apresentava.

Tudo em volta eram construções pela metade, destruídas, tijolos escurecidos por fuligem e pessoas morando nas ruas. O céu era de um cinza metálico, e o ar tinha um sabor gorduroso. Homens imundos e esfarrapados dormiam na entrada das casas, e mulheres e crianças se amontoavam para se aquecer. Meninos varriam estrume de cavalo das ruas. Garotinhas vestidas de preto ficavam sentadas nas esquinas, vendendo estranhas bonequinhas de madeira.

— Totens, vendem-se totens — gritavam elas. — Korozoth. R'hlem. Molochoron. Proteja-se com o poder dos totens.

— Aqui é mesmo Londres? — sussurrei. Brimthorn sempre nos oprimia com sua tristeza, mas não estava queimada e destruída.

— Esta parte fica fora da área resguardada. — Agrippa suspirou ao olhar pela janela. Ele parecia não gostar daquele cenário tanto quanto eu.

As crianças dos totens perceberam nossa carruagem elegante e nos chamaram, pulando de empolgação.

Uma das meninas, uma loira pequenina, correu em nossa direção, gritando:

— Totens, totens! Leve um para casa!

Os cavalos empinaram e chacoalhamos ao parar. Houve um grito. Debrucei-me na janela e vi a menina deitada na rua.

Agrippa segurou meu braço.

— Fique aqui dentro — disse ele.

Enquanto a criança chorava de dor, um velho com a pele mais preta que eu já tinha visto saiu da multidão, correu pela estrada e se ajoelhou ao lado dela.

— Minha pequena Charley — chorou o homem, embrulhando a menina com uma capa de tons surpreendentemente brilhantes de roxo, laranja e vermelho. — M-minha m-m-enininha.

— Não devíamos fazer alguma coisa? — perguntei. Agrippa ficou branco, parecia tomado de preocupação. Ele abriu a porta e se inclinou para falar com o condutor, e aproveitei para esticar o pescoço pela janela. Os soluços da criança me dilaceraram. Com um olhar que foi meio que um pedido de desculpas para Agrippa, saí da carruagem.

— Nettie, o que você está fazendo? — falou Rook, escorregando para o chão.

— Não podemos ficar sentados aqui sem fazer nada. — Ajoelhei ao lado da menina.

A criança estava num estado deplorável, coberta de sangue. Enjoada, virei-me para o velho.

— Senhor, como posso ajudar?

— Oh, que bom, senhorita, como você é boa, como é... — O sorriso do homem derreteu em seu rosto. As lágrimas grossas e cintilantes em seus olhos secaram de repente. Ele deixou a menina cair e agarrou meu pulso, apertando com força. — Não é possível. Não pode ser você — murmurou ele. — Qual é seu nome, garota? — O sotaque dele mudou drasticamente. Ele vinha falando como um mendigo; agora soava como um cavalheiro culto. — Por Deus, quem é você?

— Me solte — falei, lutando contra ele. Rook me puxou e me envolveu com um braço de maneira protetora. Olhei a garota e arquejei. Todo o sangue tinha sumido. Ela abriu os olhos e sentou.

— Desculpe — disse ela ao velho. — Deixei o encanto passar.

— A culpa foi minha, Charley. Perdi a linha de raciocínio. — O homem pegou a criança no colo e assentiu para mim. — Mil desculpas. Confundi você com outra pessoa. — Mas seu olhar estava decidido demais para aquilo ser um simples caso de confusão de identidades.

— Como você me conhece? — perguntei, me levantando.

— Mago. — Agrippa caminhou para a frente, fitando o homem. — Você é um ladrão e um vigarista.

Mago? Por instinto, quis limpar meu pulso, para expulsar a lembrança do toque dele. Rook me abraçou ainda mais forte.

— Vigarista? Ridículo — disse o homem, se afastando. — E vejam só: a pequena Charley está bem. Às vezes a gente só precisa de um pedido e uma oração. É um milagre! — O mago procurava uma saída.

— Você conhece a lei — disse Agrippa. Pessoas assistiam à cena e murmuravam.

— Ah, você não machucaria um velho ilusionista, não é, senhor? Realmente sentimos muito pela confusão. Aqui, eis algumas flores para fazermos as pazes. — O mago tirou um buquê de rosas vermelhas da manga do casaco. — Uma oferta de paz, que tal? — Ele soltou pombas brancas do bolso na altura do peito.

— Chamem um guarda! — gritou Agrippa.

— Ah, pois bem. Acho que sairei discret... — Com isso, o homem espirrou e desapareceu numa explosão de fogo e fumaça. Tapei minha boca com a mão. A multidão arquejou, maravilhada.

Agrippa olhou em volta, perplexo, então se virou para mim, sinalizando para que eu entrasse na carruagem.

— Vamos, Srta. Howel.

Rook subiu no assento do motorista e eu entrei na cabine. Partimos enquanto Agrippa fervilhava.

— Eu nunca tinha visto um mago — falei, tentando acalmá-lo com um pouco de conversa. Agrippa pigarreou e esfregou um lenço na testa.

— Sei que parece cruel encurralar um velho daquele jeito — disse ele. — Prender um mago pode ser uma tarefa difícil para se cumprir sozinho. Nunca se sabe o que eles vão fazer.

Fiquei quieta. Sabia que os magos tinham recebido o perdão real por terem ajudado Mary Willoughby, a única exigência era que respeitassem a lei, mas todos eles eram velhacos e criminosos. Quando eu era criança, um mago que tinha aparecido num vilarejo vizinho dizia ler o futuro. Três dias depois, ele foi embora com seis frangos, dois conjuntos de belos castiçais e a filha do moleiro. Ainda assim, nunca imaginei que magos fossem tão perigosos quanto Agrippa estava dando a entender.

— O senhor os odeia? — perguntei.

— Eles são homens egoístas e perigosos. Preferem brincar com seus truques obscenos de salão a levantar um dedo para ajudar a coroa em tempos de guerra. Considerando que foi a magia deles que ajudou os Ancestrais a atravessar para o nosso mundo, essa postura é ainda mais intolerável.

As bochechas dele estavam rosadas.

Resolvi não contar como o mago tinha falado comigo e nem que minha presença ali o deixara atordoado. Para ser sincera, preferiria nem pensar no assunto. Com certeza era só um truquezinho para me enganar. Com certeza.

Seguimos por uma avenida larga e movimentada. A rua era um mar de atividades, com ondas de humanidade espumando e quebrando.

— Esta é a ala da Moedinha — disse Agrippa, apontando pela janela. — O centro comercial da Londres não resguardada. Tudo o que você imaginar existe aqui.

Passamos por mulheres com cestos de pães nos braços. As pessoas arrastavam bandejas de tartaruga, vidraças, sacos de farinha. Vozes ofertavam variedades de frutas e vegetais.

Agrippa suspirou exasperado quando nossa carruagem mais uma vez parou do nada.

— Mas o que diabos está havendo hoje?

Ele olhou para fora, procurando a origem do problema. Pareceu encontrar e riu feliz ao acenar para alguém. Curiosa, inclinei-me para ver.

Um jovem a cavalo trotou até nós. Ele cavalgava um belo animal cor de mel, e tirou sua cartola num cumprimento. Esticou o braço para pegar algo pendurado na bainha junto à lateral de seu corpo. Ele mostrou o objeto para Agrippa, curvou-se em reverência, depois guardou o bastão e assentiu. Era mais um feiticeiro. Meu estômago revirou quando olhei para ele. Eu não esperava ficar tão nervosa.

— Ah, você não vai conseguir me afastar, mestre Agrippa. Realmente não vai — disse ele. — Fizemos uma aposta de cinco libras de que serei o primeiro a vê-la. — O rapaz espiou pela janela e ergueu uma sobrancelha. — É esta a dama em questão? — Então se dirigiu a mim: — Sr. Julian Magnus de Kensington, a seu dispor. — Ele fez uma reverência um pouco esquisita, já que ainda estava montado no cavalo. Depois de quase se desequilibrar, continuou: — Você é a garota da profecia, juro. Qual é seu nome?

Magnus tinha cabelos fartos e ondulados e olhos cinzentos brilhantes. Tinha ombros largos e, eu precisava admitir, uma beleza quase absurda. Sua boca ostentava um sorrisinho fixo, e ele parecia achar que éramos velhos amigos, em vez de duas pessoas que acabavam de se conhecer.

— Henrietta Howel. — Sorri de um jeito que esperava parecer amigável, mas não *muito* encorajador. Não conhecia o rapaz, afinal. Magnus riu.

— Bem, agora que as cortesias foram feitas, devemos nos certificar de que você é a garota da profecia. Demonstre seu poder, vá! — Ele bateu palmas. — Vamos, comece a queimar. Nada muito exagerado... um incendiozinho já basta.

Sabia que ele estava me provocando.

— Talvez quando chegarmos em casa. Odiaria assustar os cavalos — falei. Magnus pareceu gostar da resposta. — Qual é seu nome mesmo, senhor?

Ele bufou.

— "Senhor", é? Eu já disse, é Sr. Julian Magnus de Kensington, a seu dispor. — Ele fez outra reverência. — Prestes a receber uma comenda de sua majestade. Você é de Yorkshire, certo?

— Sim — respondi. Tive de me obrigar a não prender uma mecha cacheada atrás da orelha. A força da atenção de Magnus era constrangedora.

— Garotas do norte sempre são geladas e frias, mas agora que você está no sul, pode descongelar tão depressa quanto desejar. — Ele continuou sorrindo, como se não tivesse dito um insulto.

— Tenho certeza de que não preciso "descongelar" nada, para usar seu termo — falei, consciente do meu tom de voz cortante. Minha irritação pareceu deliciá-lo.

— Ficou chateada? É isso que adoro nos nortistas: são todos Tempestade e Ímpeto.*

---

* *Sturm und Drang*, no original. Foi um movimento literário romântico alemão (século XVIII), no qual a emoção sobrepujava a razão. É uma literatura impetuosa e sensível. Um dos representantes mais famosos dessa vertente é Johann Wolfgang von Goethe (1749-1832) com *Os sofrimentos do jovem Werther*, publicado em 1774.

— Ah, você nem imagina — resmunguei.

Magnus riu, enfiou o braço pela janela e apertou a mão de Agrippa.

— Obrigado, mestre. É como se fosse Natal. Ela é a garota mais engraçada que já conheci.

Agrippa lutou para conter um sorriso.

— O Sr. Magnus é um de meus Iniciantes. O filho de uma família mágica deve viver dos 14 aos 16 anos sob a supervisão de um profissional estabelecido.

— Que seria este nosso mestre aqui — disse Magnus. — É dever dele garantir que não falhemos no grande teste diante da rainha.

Então eu iria dividir o teto com Magnus. Rezei para que não desejasse matá-lo todos os dias no café da manhã.

— Permita-me acompanhá-los até em casa. — Magnus deu um sorrisinho enquanto seguiu cavalgando ao lado da carruagem.

Dez minutos depois, Agrippa apontou pela janela.

— Eis o resguardo.

Não havia nada à nossa frente, exceto dois homens vestindo uniformes militares vermelhos parados no meio da rua.

— Cadê? — perguntei.

— Espere um pouco. — Ele bateu no teto da carruagem, que chacoalhou até parar. Os soldados estavam diretamente à nossa frente, as mãos esticadas sinalizando para pararmos. Achei que fossem guardas comuns até que cada um desembainhou um bastão de feiticeiro.

— Pedimos licença para entrar — gritou Magnus.

Não havia um portão.

— Não podemos simplesmente ultrapassá-los? — quis saber.

— Espere — disse Agrippa.

Os guardas agacharam, tocaram o chão com a ponta de seus bastões e, lentamente, traçaram uma linha para cima. Um à direita e outro à esquerda, eles flutuaram até se encontrarem no meio. Então os dois homens se encontraram no centro, tocando seus bastões e os jogaram ao chão. Eles tinham desenhado um quadrado invisível de três metros.

Satisfeito, Agrippa bateu no teto de novo, e a carruagem avançou, chacoalhando, e atravessou o quadrado. Arquejei; senti uma pressão enorme esmagando as laterais da minha cabeça. Um instante depois, a sensação passou.

— O que aconteceu? — perguntei, tapando as orelhas com as mãos.

— O resguardo foi projetado para impedir que os Ancestrais entrem nesta área. Somente os bastões de feiticeiros podem transpassar o escudo e criar uma entrada transitória — explicou Agrippa.

Magnus gesticulou para as ruas adiante.

— Bem-vinda à Londres de verdade — disse ele com um floreio.

Se a área não resguardada tinha sido um inferno, aqui era o paraíso propriamente dito. Portões de ferro forjado cercavam parques e jardins. O cheiro de pão doce fresco e canela flutuava de uma padaria, e passamos na frente de uma cafeteria por cujas portas escapavam risos e conversas.

— Isso é maravilhoso. — Inclinei-me na janela para ver melhor, e uma caleche aberta levando mulheres elegantes passou por nós. — Os Ancestrais nunca atacaram aqui?

— Nem mesmo R'hlem pôs o pé no coração de Londres. — O orgulho tingiu a voz de Agrippa.

Eu sabia que feiticeiros tinham o poder de criar escudos em torno de si para bloquear ataques. Porém, jamais imaginaria uma proteção como esta.

—- E quanto àquela área por onde passamos? Não podem resguardá-la também?

— Não. — Agrippa pigarreou e, desconfortável, se remexeu no assento. — O poder dos feiticeiros cria o resguardo, e é um de nossos integrantes que especificamente o molda. Mestre Palehook tem certeza de que chegamos ao limite de nossa habilidade.

— Ali — indicou Magnus, apontando para a fachada de um lindo prédio — é o Teatro Real. Em algum momento, devo levá-la para uma apresentação. Já esteve num teatro, Srta. Howel? Há bastante Shakespeare lá em Yorkshire? — O sorriso dele estava repleto de uma inocência fingida.

— Não, mas sei identificar uma atuação ruim quando vejo — falei. Magnus gargalhou tanto que temi que ele fosse cair do cavalo.

CHEGAMOS À CASA DE AGRIPPA, na esquina do Hyde Park, sob os últimos sinais da luz do dia. Magnus desmontou do cavalo e um criado veio tomar as rédeas. Um lacaio de libré cinza abriu a porta da carruagem. Agrippa desceu e depois me ajudou. Rook saltou ao meu lado, e ficamos os dois boquiabertos diante da edificação magnífica.

Tínhamos passado por casas geminadas elegantes, brancas e altas, no caminho até Kensington. Eu supusera que Agrippa morasse num lugar parecido, mas esta não era uma residência pequena. Tinha vários andares de pedra bege, com um pórtico de mármore e colunas estriadas. Atônita, me virei para falar com Rook, mas ele estava se afastando, acompanhando o lacaio.

— Rook! Aonde você está indo? — falei.

— Para o andar de baixo, senhorita. Ele é um criado, não pode entrar pela porta da frente. — O lacaio tinha uma expressão triste.

— Mas... — Não consegui concluir a ideia. Agrippa de fato dissera que aceitaria Rook em sua casa como um *criado*. O problema era o jeito como o lacaio observava Rook, a formalidade da coisa toda. Rook, por sua vez, não parecia se importar.

— Não se incomode comigo, Nettie. — Ele sumiu ao descer um lance de escadas perto da entrada da casa. Agrippa veio até mim.

— Ele vai ser bem tratado. Prometo.

Acreditava nele, mas não era só isso. Rook e eu nunca tínhamos nos separado até então. Éramos de classes diferentes, é verdade, mas em Brimthorn isso não fazia diferença. Brincávamos juntos, conversávamos e ninguém ligava. Agora Rook e eu não tínhamos permissão nem para usar a mesma porta? De algum modo, me senti sozinha, ainda que Agrippa e Magnus estivessem ali à minha espera.

O SALTO DOS MEUS SAPATOS estalava no piso de cerâmica enquanto outro lacaio pegava meu casaco e meu *bonnet*. Girei o corpo, incapaz de conter meu assombro. O saguão era uma obra de arte em si, com uma escadaria enorme que subia retorcida pelos vários andares. No vestíbulo, pinturas a óleo de lindos campos primaveris estavam penduradas em todas as paredes, juntamente a colecionáveis exóticos, como presas de elefante, leques orientais e uma espada com uma bainha envernizada.

— Daria para passar meses só explorando este lugar — balbuciei.

~ 43 ~

— Espero que se sinta em casa aqui — disse Agrippa. Será que um dia eu conseguiria chamar um lugar tão esplêndido como este de lar? A ideia me deixou tonta. — Antes de levá-la ao seu quarto, que tal conhecer os demais moradores?

Com Magnus logo atrás, subimos as escadas. Criadas com aventais engomados passavam, agitadas, cumprimentando-nos com reverência ao nos ver. Retribuí todos os cumprimentos, até que Agrippa sussurrou que eu não precisava fazer isso. No segundo andar, seguimos por um longo corredor e, no fim dele, chegamos a uma porta. Agrippa testou a maçaneta, mas estava trancada. Uma voz gritou lá de dentro:

— Vá embora! Estamos ocupados.

— Abram a porta — exigiu Agrippa.

Silêncio. A tranca foi aberta. Entramos e vimos dois jovens cavalheiros apontando seus bastões para o teto. Um deles, um garoto gordo e ruivo, estendeu a mão para nos parar.

— Cuidado, mestre.

Vinte livros flutuavam ali, pairando como se fossem sustentados por uma forte corrente de vento. Fiquei olhando com interesse.

— Muito bem — disse o garoto, assentindo. — Agora.

Os livros dispararam pelo ambiente, colidindo entre si. Soltei um grito quando eles começaram a cair como chuva. Magnus me puxou para longe, mas Agrippa foi golpeado na cabeça e caiu. O restante dos livros desabou no chão.

— Você poderia tê-lo matado! — berrou o ruivo, correndo até Agrippa para ajudá-lo a se levantar. — Desculpe, senhor. Não queríamos machucar ninguém. Mas nós avisamos, não foi? — Seus olhos verdes se arregalaram quando ele me viu parada ao lado de Magnus. — Oh, é a garota!

— A garota está aqui? — O outro rapaz do duelo de livros se virou para me encarar também. Seus cabelos eram negros e ondulados. — Seu idiota. Você quase matou a dama feiticeira. — Ele bateu no ombro do colega depois que Agrippa chegou a salvo no sofá.

— Chega de tolice — disse Magnus, dando um passo à frente. — O que importa é que eu a vi primeiro, por isso ganhei a aposta. Vocês dois, é hora de pagar.

— Eram cinco libras ao todo — disse o garoto de cabelo preto.

— Cada.

— Mentiroso! — Agora eles estavam se engalfinhando, embora parecessem gostar. Apoiei-me na parede, surpresa. Eu vinha de um lugar onde silêncio e ordem eram rigorosamente aplicados. Enquanto aguardava eles terminarem, olhei pela sala.

Dois outros jovens estavam sentados à janela. Eles jogavam xadrez e não davam a menor atenção a qualquer coisa à volta. Um era tão pequeno e esguio que parecia no limiar da existência. Seu cabelo era claro e quase descolorido. O outro, por contraste, tinha cabelo preto e ombros tão largos que esticavam o tecido do seu casaco.

O breve bate-boca acabou. Pressentindo uma deixa, dei um passo à frente para me apresentar.

— É muito bom conhecer vocês. Meu nome é Henrietta Howel — falei, estendendo a mão. Eu esperava não ter soado muito nervosa.

— Sou Arthur. Arthur Dee. — O garoto ruivo enrubesceu quando respeitosamente aproximou a cabeça da minha mão, porém sem beijá-la. — Desculpe pelos livros — sussurrou ele.

— E este — disse Magnus, aprumando o garoto de cabelo preto — é o *cavaliere* Bartolomeo Cellini de Gênova. Fica na Itália.

— Eu sei onde fica Gênova.

Magnus gostava de falar pelos amigos, o que não me surpreendia nem um pouco. Cellini curvou-se com um floreio.

— Minha ingleis é muito buom — disse ele com um sotaque terrível. — Mas meu italiano é péssimo — acrescentou com uma pronúncia perfeita, o que me fez rir. Ele deu uma piscadinha para mim.

Conheci os jogadores de xadrez também. O pequeno e pálido era Clarence Lambe; o grandão era Isaac Wolff. Eles pareciam agradáveis e educados, mas voltaram ao jogo imediatamente. Não eram das criaturas mais sociáveis.

— Onde está George? — perguntou Agrippa, dando uma olhada pela sala. — Eu estava esperando uma recepção completa.

Claro, lorde Blackwood. Meu coração disparou quando olhei para a porta, aguardando a entrada dele. Alisei e afofei minha saia.

— Ele saiu — disse Cellini. — Sua senhoria disse que tinha afazeres importantes. — Cellini franziu a boca e empinou o nariz. Magnus e Dee riram.

~ 45 ~

Agrippa franziu a testa.

— Eu pedi que todos estivessem em casa esta noite.

— Ah, não tem problema — falei, tentando esconder minha decepção. Eu o conheceria em algum momento, afinal. E sendo um conde, ele provavelmente tinha *mesmo* afazeres importantes.

— Bem — disse Agrippa —, isso pode esperar até amanhã. Você parece estar precisando de um descanso, Srta. Howel. — Ele se ergueu do sofá.

— Boa noite — falei, fazendo uma reverência para os cavalheiros. Eles retribuíram o gesto e Dee riu um pouco. Acho que isso tudo era tão esquisito para eles quanto para mim.

Agrippa e eu subimos as escadas para o terceiro andar e tomamos um longo corredor à direita. Ele indicou uma porta no final.

— Este é o Quarto Rosa. Acredito que ficará confortável aqui. — Ele sorriu, mas os olhos vacilaram nervosos na direção da porta. — Vou pedir que uma camareira suba para ajudar você. Boa noite. — Ele fez uma mesura e me deixou sozinha para entrar no quarto.

Aos meus olhos Agrippa era apenas um velho solteirão, por isso fiquei surpresa por encontrar um quarto de paredes cor-de-rosa e uma coberta também cor-de-rosa mas de um tom mais escuro sobre a cama. Havia uma penteadeira do outro lado do cômodo, cheia de garrafas de vidro com perfumes e óleos, uma escova prateada e um pente de marfim. Sobre uma outra mesa, um jarro e uma bacia de porcelana com delicados padrões florais, bem ao lado de um vaso de vidro ornamentado ocupado por um buquê de rosas. O fogo na lareira de mármore branco reluzia. Um fogo aceso só para mim era de tal luxo que quase comecei a chorar. Em Brimthorn, eu tinha ido para a cama tremendo mais vezes do que era capaz de contar.

— Com licença, senhorita.

Virei-me e vi uma camareira de touca e avental. Ela abriu o guarda-roupas e sacou uma camisola de algodão branco. Sentei na cama, sem saber o que fazer. Como alguém lidava com uma camareira? Eu deveria conversar com ela, ou era proibido? Sorri com timidez, e fiquei grata quando ela sorriu de volta.

Instantes depois, eu estava deitada debaixo da coberta de seda cor-de-rosa, desfrutando do silêncio do quarto. Apenas algumas noites antes, eu estava no sótão, compartilhando uma cama com Jane Lawrence.

As professoras e as crianças dormiam todas juntas num dormitório comprido, e nunca havia paz com tantos zumbidos e roncos. Já aqui, o silêncio era quase desconcertante. Mas eu nunca estivera tão confortável na minha vida, e tinha sido um dia bem longo. Fechei os olhos e o sono me levou.

No dia seguinte, acordei enrolada com firmeza em minhas cobertas. Meu pescoço estava duro e gemi ao sentar. Meu cabelo estava caído na cara. Por quanto tempo eu tinha dormido? Alguém puxou meus lençóis. Era a camareira da noite anterior.

— Boa tarde, senhorita! — disse ela com um sorriso. Pisquei como uma idiota. — É quase noite, na verdade. Que bom vê-la acordada. Não que não possa ficar deitada, mas o mestre queria vê-la de pé logo. Mais uma hora e eu teria de chacoalhar a senhorita. Eu não iria gostar de fazer isso, é claro. Depois da sua viagem, acho que deveria poder dormir até o ano que vem. — A mocinha não devia ter mais do que uns 15 anos, uma garota com rosto em formato de coração e cabelos num tom loiro arruivado.

— Desculpe — resmunguei, esfregando os olhos. — Qual é o seu nome?

— Sou Lilly. Serei sua camareira até que o mestre considere contratar uma camareira pessoal para a senhorita. — Ela não parava de sorrir. — A senhorita é de Yorkshire, pelo que disseram. É um lugar agradável? Parece perigoso nos dias de hoje, mas eu sempre quis visitar. Claro, não dá para simplesmente levantar e sair de férias quando se está empregada, não é? Nem quando há uma guerra acontecendo, aliás. Talvez um dia ela acabe, apesar de eu não conseguir ver como. Ainda assim, suponho que não seja meu papel ver nada. O mestre disse para eu ajudá-la a se lavar e a se vestir para estar pronta às sete e meia. Minha nossa, como a senhorita é escura. Não que seja ruim, acho que mulheres escuras parecem misteriosas, só que as cores da Srta. Gwen talvez não lhe caiam bem, mas podemos testar.

Nunca tinha conhecido uma garota que falasse tanto.

— Obrigada — agradeci enquanto Lilly abria o guarda-roupas. Ela pegou diversos vestidos lindos e os estendeu na cama ao meu lado. —

Tem certeza de que a Srta. Gwen não vai achar ruim se eu pegar os vestidos emprestados? Ou usar o quarto dela?

Lilly parou, alarmada.

— A Srta. Gwen era a filha do mestre. Ela morreu quatro anos atrás.

— Ah. — Minha mão voou para cobrir minha boca, envergonhada. Coitado de Agrippa. — Sinto muito. Como ela morreu?

— Escarlatina. Nunca a conheci, pois comecei a trabalhar aqui só depois, mas todos os criados a adoravam.

— Não gosto de pensar que mestre Agrippa está mexendo neste quarto por minha causa. — Levantei da cama, me sentindo quase culpada por ter dormido ali.

— Não foi problema nenhum. Este quarto é arrumado sempre, pontualmente. Exatamente como quando ela era viva. — Lilly balançou a cabeça. — Enfim, tem água quente e sabão de lavanda para seu banho. Depois, vamos vesti-la para os cavalheiros.

— Que cavalheiros?

— Ah, é uma ocasião e tanto. O comandante está vindo, sabe, juntamente aos outros da Ordem. O mestre disse que eles vêm avaliar a senhorita. — Lilly sorriu e me ajudou a me preparar para a toalete. Ela havia trazido chá e lanchinhos, mas eu estava tensa demais para comer.

O comandante era ninguém menos do que o primeiro-ministro da Inglaterra mágica. E se eu falhasse no teste? E se eu não fosse uma feiticeira de verdade? E se eu os decepcionasse... o que aconteceria comigo?

4

LILLY ME AJUDOU A ENTRAR num vestido azul-celeste, depois me pôs sentada diante da penteadeira e arrumou meu cabelo.

— Desculpe se ficar feio, senhorita. Não tive muito tempo para aprender penteados. — Ela prendeu as mechas para cima com grampos, mas deixou dois cachos soltos ao lado das minhas bochechas. Com um floreio final, borrifou um pouco de água de colônia cítrica em mim e aplaudiu. — Ah, senhorita! O vestido talvez não seja da melhor cor para seu tom de pele, mas a senhorita está adorável.

A garota no espelho não tinha como ser eu. Em Brimthorn, eu me vestia com um uniforme cinza sem caimento que me envelhecia pelo menos uns dez anos, mas nunca tinha dado muita importância para a aparência. Agora, meus ombros estavam à mostra e as mangas se abriam na altura dos cotovelos, fazendo minhas mãos parecerem menores e mais delicadas em meio aos tecidos.

— Lilly, você faz milagres — suspirei, admirando o caimento do vestido. A camareira enrubesceu. Endireitei os ombros e assenti para minha imagem refletida. — Acho que está na hora. — Com o estômago revirando, saí do quarto e desci as escadas, rezando para não tropeçar na saia. Quando cheguei ao segundo andar, parei e agarrei o corrimão. Estava terrivelmente perdida. Havia dez portas, todas fechadas. Qual era a da porcaria da sala de estar? Olhei de um lado a outro do corredor. Talvez eu devesse andar por aí até encontrar alguém.

Escutei vozes à minha esquerda. Uma das portas estava com uma fresta aberta. Aliviada, segui na direção dela e estava prestes a bater quando ouvi meu nome. Parei e espiei lá dentro. O cômodo parecia um pequeno escritório, e o espaço parecia quase tomado por uma mesa e várias estantes de livros. Dois cavalheiros falavam sobre mim em frente à lareira.

Um deles era Agrippa. De costas para mim, ele disse:

— Não tenho por que ficar dando ordens a você, George, principalmente porque você está para receber sua comenda. Mas quando peço que receba alguém, você deve estar presente para fazê-lo. Entendido?

O rapaz parado diante de Agrippa era do tipo bonitão, com um rosto triangular e cabelos pretos. Agrippa o chamara de George. Céus, então este era lorde Blackwood. Ele era tão *jovem*.

Colegrind e as professoras falavam de lorde Blackwood com tanta reverência. Durante minha infância inteirinha fui lembrada de como era abençoada por viver sob a proteção de um conde. E cá estava eu, prestes a conhecê-lo. Pus a mão na maçaneta, tentando me acalmar, e estava quase entrando quando Blackwood disse:

— Com todo o respeito, senhor, não tem por que aguardar com tanta ansiedade uma garota simples do interior. Ela pode esperar. — Ele soava entediado ao apoiar um cotovelo na cornija da lareira.

Mordi minha língua.

— Jamais imaginei que você pudesse ser grosseiro — disse Agrippa, irritado. — Enquanto morar aqui, vai respeitá-la.

Blackwood deu de ombros e prosseguiu:

— Tenho certeza de que é inteligente e encantadora, tal como o senhor a descreveu na carta que nos enviou. Mas não sei o que pensa em fazer com ela.

— Vou treiná-la para a comenda, é óbvio — replicou Agrippa. Ele parecia bravo.

Blackwood balançou a cabeça. Sua expressão era fria.

— Faremos o possível, mas com o histórico que tem, duvido que ela seja capaz.

Meu rosto parecia estar pegando fogo. Tive que cravar meus dedos nas palmas das mãos para evitar que as chamas aparecessem de repente.

— É melhor guardar tais ideias para você quando conhecer a jovem — alertou Agrippa.

Aproveitando a deixa, bati à porta e entrei na sala. Lorde Blackwood me olhou de cima a baixo casualmente. Sem dúvida julgando tudo o que via.

Agrippa suspirou rápida e sutilmente, então desviou o olhar. Estremeci ao lembrar que estava usando o vestido da falecida filha dele. Ai, Deus. Não era como se eu pudesse tirá-lo... não ali.

~ 50 ~

— Boa noite — cumprimentei. Minha voz não vacilou. Ótimo.

— Você deve ser a Srta. Howel. — Blackwood soou desinteressado. Que descaramento. Forcei um sorriso.

— E você deve ser lorde Blackwood. É um prazer. — Curvei-me, com bastante graça, se podia dizer. — Que bom poder enfim conhecer meu benfeitor. Cresci na Escola Brimthorn para Moças, sabe. Na região de Sorrow-Fell.

— Sim, eu sei onde fica a escola. — Ele me fitou. Seus olhos eram verdes e puxados nos cantos, como os de um gato.

— Mencionei apenas porque não me lembro de já tê-lo visto. Tantas garotas de Brimthorn sempre quiseram dar uma olhada em nosso benfeitor. E pensar que vim até Londres para encontrá-lo. — Minha voz era luminosa e meu sorriso, fácil. Eu não ia permitir que ele me desconcertasse.

Blackwood fungou.

— Sinto ter estado ausente. Infelizmente, apenas os assuntos mais urgentes tomam minha atenção em tempos de guerra.

Uma faísca reluziu na minha mão. Consegui contê-la, porém Blackwood percebeu.

Agrippa me ofereceu o braço.

— Vamos à sala de estar? — propôs ele. Saímos num ritmo de passeio, com Blackwood atrás. Endureci meu maxilar. O conde de Sorrow-Fell não era nem um pouco como eu esperava.

DUVIDO QUE ELA SEJA CAPAZ, tinha dito Blackwood. Como se já estivesse decidido. Como se fosse fácil. Meus nervos já desgastados pareceram se retesar até o limite quando entramos na sala de estar e encontramos os outros garotos à espera. Os pelinhos da minha nuca se eriçaram quando percebi que gostaram do meu novo visual glamoroso. Cellini ergueu uma sobrancelha. Dee deu uma cotovelada em Magnus, com um sorrisinho.

Agrippa me conduziu até o sofá para eu conhecer dois cavalheiros da Ordem.

Um deles ficou de pé e se apresentou como Augustus Palehook, mestre do resguardo da cidade.

— Que visão mais bela é a senhorita, minha querida — disse ele, curvando-se sobre minha mão. — Tal encanto é um alívio para estes olhos velhos e cansados. — A voz dele era suave, mas não gentil. Ele se virou para Agrippa. — E Cornelius. Sempre um prazer. Que terno — disse ele, batendo os olhos no paletó de Agrippa. — Hum, que gravata. É azul egípcio? Você é sempre muito sagaz na hora de se vestir.

— Tanto quanto você, é claro — disse Agrippa, fazendo uma reverência. No que dizia respeito às aparências, Palehook não parecia nada intimidador. Ninguém numa batalha se acovardaria diante de um camarada magro com calvas nos cabelos ruivos. Contudo, o modo como Agrippa parecia apreensivo perto dele enquanto Palehook sorria, como se tivesse ganhado um ponto em algum tipo de jogo particular, indicavam que ele não era um homem a ser menosprezado.

Minha cabeça zunia quando Agrippa se virou e me apresentou a Horace Whitechurch, o comandante em pessoa. Ele não se levantou nem pegou minha mão para beijá-la. Eu não tinha certeza do que esperar do chefe da Inglaterra mágica. Algum gigante, talvez, com o poder da natureza correndo em suas veias. Em vez disso, encontrei um idoso com olhos negros umedecidos. Fiz uma reverência. Ele não sorriu.

— Vamos começar? — perguntou ele.

Impressioná-lo era de uma importância ímpar. Palehook pegou minha mão. O toque dele era delicado e seco.

— Está pronta, minha querida?

— Sim — respondi, apesar de ser mentira.

— Então vamos. — Ele me conduziu para um círculo de sete pedras arrumadas num tapete diante da lareira. As pedras eram lisas e pretas, e em cada uma estava gravado um símbolo diferente: um punhal, um círculo com uma cruz no topo, um triângulo, uma chama ondulada, um olho, um retângulo e uma estrela de cinco pontas. Era esquisito ver aqueles itens estranhos dispostos num tapete oriental diante de uma lareira numa residência tipicamente londrina. Palehook indicou o círculo. — Entre aí.

Com meu coração disparado, fiz conforme ele indicou.

Agrippa se ajoelhou diante dos dois feiticeiros.

— Mestres, trago Henrietta Howel para avaliação, para ser instruída em nossas artes mais eruditas e para pegar em armas contra os inimigos da Ordem e do reino. — Whitechurch fez um gesto para que ele se levantasse.

Eles depositaram uma tigela com água à minha esquerda e uma pedra comum marrom à minha direita. À minha frente, puseram uma pena branca. Uma vela foi acesa atrás de mim. Assim que os preparativos estavam finalizados, eles se juntaram e ficaram observando.

— Limpe sua mente — disse Agrippa. — Torne-se um veículo para a magia.

Meu coração acelerou.

— O que devo fazer?

— Nada. No círculo das sete pedras, os elementos vão reconhecer um verdadeiro feiticeiro. — Aquilo era um batismo, um rito de passagem pelo qual todo garoto feiticeiro precisava passar aos seis meses de idade. Todos caíram em silêncio e a cerimônia começou.

Nada aconteceu.

Um minuto inteiro se passou enquanto eles me encaravam. Whitechurch tossiu, Palehook estreitou os olhos. Até Agrippa começou a se contrair, ah, tão sutilmente.

Os garotos franziam a testa e cochichavam entre si. Pelo menos Magnus me ofereceu um sorriso. Blackwood, claro, não estava assistindo. Ele fitava a lareira.

Mais um minuto e acho que eles iriam me expulsar. Eu conseguia imaginar Agrippa estremecendo, solicitando uma carruagem para me levar de volta a Yorkshire.

Minhas mãos começaram a formigar com calor. Uma imagem saltou espontaneamente em minha mente: água levantando-se como uma esfera. Agrippa tinha me orientado a esvaziar a mente, mas me concentrei naquela imagem, agarrei-me a ela. Um instante depois, todos no quarto ofegaram em uníssono. Vislumbrei a água pelo canto do olho. Ela pairava perto de nós, uma esfera perfeita e redonda. Perdi a concentração e a esfera caiu na tigela, respingando ao redor.

Todos murmuraram empolgados. Era isso o que queriam. Olhei para a pena e a imaginei subindo, bem alto, numa corrente de vento...

Minha saia farfalhou quando uma brisa passou pelo cômodo. A pena dançou na corrente de ar. Os garotos aplaudiram, até deram pulos de alegria. Meu estômago revirava. Eu sabia que não estava conduzindo o teste do jeito que eles desejavam. Minhas mãos ficaram ainda mais quentes.

Imaginei a pedra atrás de mim saltando três vezes. E foi exatamente o que ela fez. Os garotos bateram os pés. Agrippa riu. Whitechurch até ergueu os cantos da boca num sorriso discreto. Somente Palehook não se manifestou. Ele me fitou com os olhos semicerrados, como se estivesse tentando concluir alguma coisa.

Eu sabia que eles queriam alguma ação sobre a vela, mas o fogo que corria sob minha pele exigia seguir o próprio curso. Pela primeira vez desde que descobri minha habilidade, eu poderia usá-la sem medo. Explodi em chamas, inundando meu corpo com o calor. Todo mundo arquejou. A sensação era gloriosa, mas era perigoso também. Depressa, assumi o controle e o fogo desapareceu. O tapete ficou um pouco chamuscado, no entanto. Magnus correu e sufocou as chamas com seu casaco, rindo.

— Você sabe fazer uma apresentação, Srta. Howel — disse ele com uma piscadela quando o ajudei a se levantar. Os garotos comemoram por mim. De algum modo, eu tinha conseguido.

— Eu gostaria de ver mais uma coisa — pediu Palehook, levantando-se. Todos ficaram em silêncio. — Sr. Magnus, gostaria de vê-la com um bastão. Um movimento simples, é claro. Apenas a faça partir a pedra ao meio. — Palehook enfiou a mão no bolso e tirou dali uma agulha.

Antes que eu pudesse perguntar qualquer coisa, Magnus pegou a agulha e furou o próprio dedo, e uma gota de sangue se acumulou na ponta. Ele esticou o braço para tocar meu rosto.

— O que você está fazendo? — quis saber, recuando.

— Você ainda não tem um bastão — explicou Magnus, a voz tranquilizadora. — Está tudo bem. — Eu me acalmei e o deixei sujar meus lábios com o sangue, embora tivesse enrubescido com a esquisitice da situação. Ele tocou minha testa, traçando algumas linhas na minha pele.

Magnus me entregou seu bastão. Tinha um pouco mais de meio metro de comprimento e era decorado com imagens estranhas. Não era tão pesado quando achei que seria. Girei o objeto algumas vezes, fascinada. Apertando-o contra meu peito, inspecionei a fileira de estrelas que tinha sido esculpida com muita delicadeza.

Magnus pegou a pedra marrom e a estendeu para mim.

~ 54 ~

— Movimente o bastão num arco vertical rápido, como se estivesse cortando madeira. Isto deve partir a pedra bem no meio.

Eu nunca tinha usado um machado para cortar nada antes, por isso no começo parecia que eu estava tentando agredi-lo com o bastão e não estava fazendo um trabalho especialmente bom. Concentrei-me. Não falharia depois de chegar tão perto. Quando levantei o bastão novamente para descê-lo num arco, estava tão frustrada que visualizei a pedra se espatifando.

Magnus cobriu os olhos quando a pedra explodiu em pedacinhos milimétricos. Houve arfadas por toda a sala bem como uma salva de palmas.

— Deu certo. Bem, de certa forma — disse Magnus, rindo ao espanar as mãos. — Você deve ter um belo poder. — Ele me deu seu lenço para limpar o sangue dele do meu rosto. — Parabéns, Srta. Howel.

— Parabéns mesmo — cumprimentou-me Agrippa, se aproximando. Seus olhos pareciam brilhar. — Acredito que você possua as aptidões de uma verdadeira feiticeira.

Os garotos correram até mim, pegando minha mão e chacoalhando meus braços como se quisessem arrancá-lo. Magnus me pegou pela cintura e me rodopiou.

— Julian! Devolva a senhorita ao chão — ordenou Agrippa, rindo.

Blackwood foi o único que não participou da bagunça. Ele me olhava da lareira, os belos olhos verdes semicerrados. Virei-me para ele, tão calma quanto possível. Que olhasse.

O comandante se levantou e deu um passo à frente. A sala aquietou.

— Sim — disse ele. Sua voz quase um sussurro. Ele voltou os olhos úmidos para Agrippa. — Sim — repetiu, assentindo.

Então, seguiu até a porta e pelo corredor. Eu o ouvi recolher seu chapéu e casaco e solicitar sua carruagem. Agrippa não disse nada; ao que parecia, o comandante tinha autorização para ser grosseiro.

Palehook tomou minha mão. Os olhos dele perscrutaram os meus, um sorrisinho brincando em seus lábios.

— Minha querida menina — disse ele. — Que dia feliz, não acha? A rainha deve lhe dar uma comenda. Sim, Cornelius — continuou ele, com um aceno de cabeça. — O comandante deu sua resposta. Você pode treiná-la. A Ordem concede sua permissão.

* * *

FOMOS JANTAR, E OS AROMAS me dominaram. Havia sopa amanteigada de ostras, pato assado com cerejas, uma perna de carneiro suculenta, costela bovina, tutano e batatas, três tipos de legumes e pudim de ameixa. Feiticeiros são melhores do que reis, concluí. Antes, estava nervosa demais para comer, mas agora queria compensar. Eu queria me empanturrar sem precisar demonstrar a educação de uma dama, mas consegui me conter. Brimthorn ensinara suas garotas a ter bons modos à mesa.

— Um brinde — propôs Agrippa, erguendo uma taça — à nossa feiticeira.

Os cavalheiros também ergueram suas taças. Olhando a mesa à luz de velas, vendo todos aqueles homens brindando a *mim*, senti como se tivesse adentrado num mundo onírico bizarro. Tensa, provei o vinho e tossi ao sentir o sabor.

— Quando receber a comenda de sua majestade — disse Palehook, cortando seu pedaço de pato —, você se tornará a mulher mais admirada de toda a Londres. A Sra. Palehook e eu daremos um baile em sua honra. É claro, sem dúvida haverá uma contracorrente de fofocas desagradáveis. As massas estão sempre prontas para condenar uma moça com tamanha independência. Mas não deve se preocupar com isso, Srta. Howel. Tenho sete filhas, sabia? Elas vão adorar conhecer uma garota tão charmosa e inusitada. Para conseguir se dar bem na sociedade, então, as senhoritas da família Palehook podem ser fundamentais. — Seu tom de voz indicava que eu deveria me obrigar a virar a melhor amiga de suas filhas. Ao que parecia, ele estava acostumado a ter tudo a seu modo.

— Suponho que sejam — falei. Apesar de Palehook me intimidar mais do que eu queria admitir, fiquei furiosa com sua ordem velada. Eu escolheria meus amigos. Tomei um gole de água e não disse mais nada. Magnus deu uma cotovelada em Cellini e a movimentação chamou a atenção de Palehook.

— Hum. — Palehook comeu uma garfada de batata. — Cornelius me disse que você tem um amigo Impuro que veio para esta residência como um criado. Normalmente, mandamos os Impuros embora, sabe. Para uma colônia próxima de Brighton, onde eles podem viver em paz.

— Tenho certeza de que Rook vai ter paz aqui — falei, mantendo meu tom de voz agradável. — Não precisa se preocupar com isso.

Palehook assentiu.

— Veremos. — Antes que eu pudesse responder, ele se virou para Blackwood. — Foi seu pai quem projetou aquele sistema, não foi, Blackwood?

— Foi, sim — disse Blackwood sem olhar para Palehook. Eu tinha a sensação de que ele não gostava muito do feiticeiro. Ao menos tínhamos uma coisa em comum.

— *Ele* era um homem excelente. Você deve tomar cuidado para não arruinar o nome de sua família. Você trabalha duro, mas não tem o charme de seu pai. Bem, filhos não podem herdar tudo.

Blackwood assentiu, os olhos fixos no prato.

— Sim, senhor. Está certíssimo.

Não consegui imaginar nenhuma resposta para aquela demonstração chocante de grosseria.

— Cornelius também me contou que as cicatrizes do garoto provavelmente vêm de Korozoth — disse Palehook, voltando a atenção para mim como se nada tivesse acontecido. — E como a senhorita já sabe, Korozoth ataca Londres com frequência. Isso deixa a todos nós em uma situação precária. Mas, para você, vamos abrir uma exceção e permitir que esse jovem resida dentro da área resguardada.

— Rook é a melhor pessoa que conheço — falei, fechando as mãos. Agora não era hora de pegar fogo sem querer. — A Ordem é muito sábia e gentil em se compadecer dele. — Rodopiei o vinho em minha taça e o vi acertar o candelabro e formar um lindo desenho vermelho na toalha de mesa.

Palehook assentiu.

— É claro. Não importa quanto nos custe, Srta. Howel, faremos o possível para agradá-la. — As palavras não soaram tão gentis quanto pareciam. — Porque as mulheres, como todos sabemos, são as mais simples e sensíveis criaturas de Deus.

Meus nervos afloraram. Apertei minha taça enquanto o fogo quase dançava sob minha pele. Palehook parecia o tipo que sutilmente fazia emergir a fúria em seu interlocutor. Todos tinham os olhos fixos em nós, encarando um e outro como se fôssemos personagens numa peça teatral.

— Mulheres são sensíveis, sem dúvida — disse Cellini, erguendo as sobrancelhas. — Bem mais sensíveis do que os homens. Mas mulheres também podem ser sábias. Não concorda, senhor?

— Ah, com certeza — respondeu Palehook acenando com descaso.

— Vários feiticeiros optam por uma área na qual se especializar — comentou Agrippa, desesperado para mudar o rumo da conversa para um campo mais seguro. — Isaac quer se dedicar ao resguardo, tão bem-sucedido quanto nosso querido mestre aqui. — Palehook assentiu com o elogio. — E Julian parece achar que ir para a Marinha é uma boa opção.

— Qual é o problema com a Marinha? Qual é o problema em querer encurralar Nemneris, a velha Aranha-da-Água, e rendê-la? Acho que essa minha ideia é brilhante — observou Magnus com sua humildade costumeira.

— E você? — perguntei a Lambe, que estava sentado ao meu lado. Ele mal havia tocado em sua comida, preferindo arrumar em formatos estranhos os legumes e a carne em seu prato diversas vezes.

— Vou me tornar um Orador, um adivinho — sussurrou ele.

Eu sabia que habilidade profética era rara na comunidade feiticeira. Lambe provavelmente era o único garoto ali cujo teste dera positivo para essa aptidão. Para ser sincera, eu devia ter imaginado isso. Ele parecia um pouco descolado de tudo o que acontecia à sua volta. Falava com as pessoas como se estivesse sonolento.

— O Sr. Lambe tem um talento e tanto — disse Palehook.

— Oradores vivem em um mosteiro em Northumberland, na fronteira com a Escócia — explicou Lambe. — Será uma vida tranquila.

— Não há necessidade de ir tão para o norte — disse Wolff. Ele franziu a testa. — Tem trabalho de sobra a serviço da Ordem aqui, sabe. — Parecia uma discussão que eles já haviam tido diversas vezes. Notei que sempre que Wolff falava, Lambe perdia aquele seu olhar sonhador e desfocado.

— Devo ir aonde precisam de mim — retrucou Wolff. E começou a cortar sua comida de um jeito vingativo, como se a costela o tivesse ofendido gravemente.

— Não há nada que o faria permanecer conosco? — perguntou Palehook.

Lambe pensou no assunto, então respondeu, devagar:

~ 58 ~

— Se a laje de obsidiana se quebrar, eu fico.

Que coisa esquisita de se dizer.

— Mais um brinde — disse Magnus, erguendo sua taça. — A feiticeira e ao espírito da mudança.

Diante da palavra *mudança*, Palehook quase cuspiu seu vinho. Magnus piscou. Aparentemente, ele tinha escolhido ficar do meu lado. Eu torcia para que ele tivesse feito a escolha certa.

5

CAVALHEIROS E DAMAS SE SEPARAVAM por um tempo depois do jantar. Como eu era a única mulher, fui obrigada a aguardar sozinha na saleta por 15 minutos. Fiquei andando para lá e para cá e admirando os retratos. A imagem de uma moça chamou minha atenção. Era uma garota loira adorável usando vestido azul. Numa placa na parte inferior da moldura se lia GWENDOLYN AGRIPPA.

Havia algo de familiar nela, mas não consegui identificar. Então percebi que o vestido da pintura era o mesmo que eu estava usando. Estremeci e desviei o olhar. Coitado de Agrippa.

— Ela era admirável, não acha? — disse uma voz atrás de mim. Palehook se serviu de uma taça de conhaque. Não gostei de seu olhar atento e torci para que os outros chegassem logo. — Sempre achei a Srta. Agrippa uma das criaturas mais iluminadas da nossa sociedade. A morte dela foi uma perda incalculável. — Ele bebeu um golinho. — Você tem um belo exemplo para se equiparar.

— Não estou aqui para substituir a Srta. Agrippa — falei com certa rigidez. — Estou aqui para me tornar uma feiticeira.

— Hum — respondeu ele. — É claro. — Ele se afastou quando os outros entraram na saleta. Virei-me para o retrato, feliz que a atenção de Palehook se desviara de mim. Não conseguia deixar de pensar no que ele dissera sobre Rook e a colônia em Brighton. Eles não o mandariam embora, mandariam? Tentei ao máximo parecer tranquila, mas duvidava estar conseguindo.

Vinte minutos depois, Palehook foi misericordioso e finalmente nos deixou. Despedimo-nos na porta da frente e tive de permitir que beijasse minha mão. Ele sorriu.

— Até nosso próximo encontro, minha querida — disse ele, pegando o chapéu e o casaco antes de se afastar. Finalmente.

Magnus estava parado ao meu lado.

— O que foi? — sussurrou ele.

Droga. Eu não estava escondendo meus sentimentos tão bem quanto esperava.

— Estou preocupada com Rook.

— Bem, não podemos deixar isso assim. Vou levá-la até lá embaixo agora mesmo. — Ele sorriu.

— Isso é apropriado? — Não que eu considerasse o andar de baixo um lugar indecente, mas ficar zanzando a sós com um rapaz era ruim para minha reputação. Eu tinha de me preocupar com reputações agora. Londres não era Brimthorn.

— Podemos causar um escândalo: uma moça e um cavalheiro vão à cozinha sem uma acompanhante. Poderíamos chocar a todos preparando algum prato juntos.

Fomos discretamente para a sala de refeições dos empregados e os encontramos quase ao fim do jantar, o mordomo a uma ponta da mesa e a governanta à outra, os lacaios, as criadas e Lilly nas laterais. Eles se levantaram assim que entramos, e Lilly manteve um guardanapo cobrindo a boca para disfarçar sua mastigação.

— À vontade — disse Magnus. Ele olhou pela sala. — Onde está o novato?

— Na cozinha, senhor — respondeu a governanta. Era uma mulher mais velha, com um rosto riscado e sisudo.

— O que ele está fazendo lá? — quis saber Magnus.

— Jantando, senhor.

— Por que ele não está jantando com vocês? — perguntei, olhando de um rosto a outro. Lilly torceu seu guardanapo.

— Achamos que seria mais confortável, senhorita — respondeu a governanta.

— Confortável para quem? — retruquei.

A governanta sorriu de leve.

— Para ele, senhorita. Por causa das enfermidades. Não queríamos que ele sentisse vergonha conosco. As cicatrizes são muito feias, e sem dúvida ele sabe disso. Não deveria ser obrigado a se apresentar aos outros como se fosse normal. — O rosto dela era frio e inexpressivo. Se ela não tomasse cuidado, uma noite ia acabar acordando com as cobertas em chamas.

— Agora, veja só...

— Obrigado — interrompeu Magnus, pousando a mão firme no meu braço. — Deixaremos que retomem seu jantar. — Ele me conduziu para a saída. Assim que estávamos longe o bastante para não sermos ouvidos, me desvencilhei dele.

— Suponho que ache aceitável que tratem Rook desse jeito? — sussurrei.

— Nem um pouco. Eu estava tentando salvá-lo antes que você tornasse a vida dele ainda mais difícil. — Ele franziu a testa. — Chame a atenção do pessoal daqui de baixo e eles vão atormentá-lo ainda mais.

— São cordeiros medrosos — falei, apesar de saber que Magnus tinha razão. Em Brimthorn, pelo menos Rook tinha autorização para comer à mesa com os outros criados.

— Dê-lhes tempo. A maioria das pessoas não está acostumada a conviver com Impuros.

Fomos para a cozinha e encontramos Rook de pé à janela, olhando para a estrebaria. Estava vestido como de costume, ocultando suas cicatrizes. Muito feias, de fato. Havia uma tigela de ensopado ao lado do fogo, intocada.

Quando me viu, ficou boquiaberto.

— Nettie. Você está... bem bonita — disse ele, me olhando de cima a baixo. Meu rosto corou com o elogio.

— Obrigada — respondi. Magnus bufou. — Você está se adaptando bem?

— Com certeza bem melhor do que em Brimthorn, não é? — Ele não respondeu a pergunta. — O que aconteceu lá em cima?

— O comandante concordou com meu treinamento. Mestre Agrippa quer me levar à rainha para receber a comenda. Dá para acreditar? — Meu sorriso se alargava a cada palavra pronunciada.

— Você vai ser a melhor feiticeira da história. — Rook não parecia nem um pouco tão empolgado quanto eu esperava que estivesse.

— Será? — comentou Magnus, estudando as próprias unhas. — E como eu ficaria nesse caso? O feiticeiro mais lindo da história? Sou mais do que um rostinho bonito, sabe.

— Não quis ofender, senhor — disse Rook.

Não gostei do fato de ele ter chamado Magnus de "senhor".

— Por que não me espera lá fora, Magnus? Vou encerrar aqui logo — pedi com firmeza.

— Ah, eu só quis provocar. Se tem uma coisa que a Srta. Howel adora é uma provocação. — Ele deu um tapa forte no ombro de Rook. — Já percebi isso, apesar de nos conhecermos há tão pouco tempo. Mas você sabe disso, não? Vocês são muito íntimos.

Gentil, porém firmemente, Rook se desvencilhou da mão de Magnus.

— Sei sim, senhor — falou ele. Havia uma frieza em sua expressão que eu nunca tinha visto.

— Eu também. Bem, vou aguardar para acompanhá-la até o andar de cima, Srta. Howel. — Ele saiu com uma reverência. Que rapazinho cansativo.

Rook apontou para a porta com a cabeça depois que Magnus saiu.

— Ele parece gostar de você.

— Pena que o sentimento não seja recíproco. — Minha voz saiu um pouco mais alta do que o necessário. Ouvi uma risada para além da esquina.

— É bom ver você com pessoas da sua classe — disse Rook.

— Senhor, isso de novo, não.

— Não retruque, você sabe que é verdade. O pessoal da magia, Nettie. Você pertence a esse mundo agora.

— Você faz isso parecer tão formal — falei, mostrando minha irritação.

Antes que pudéssemos continuar a discussão, Lilly apareceu à porta e pigarreou. Logo começou a torcer o avental.

— O que é? — Sorri para ela.

— Rook, você precisa ajudar. Há algum problema com a carruagem do Mestre Palehook — disse ela, quase sem fôlego. Rook assentiu em agradecimento. Lilly emitiu um som esquisito e sem querer trombou no batente da porta ao sair. Ao que parecia, Rook tinha uma admiradora. Mudei de posição, desconfortável.

— Que bom que ele está indo embora — comentou Rook. — Ele me fez umas perguntas bem estranhas.

— Quem? Mestre Palehook? — Um arrepio percorreu minha espinha.

— Aquele magricela, isso. Ele estava muito interessado em mim.

— O que ele perguntou? — murmurei, imersa em pensamentos.

— Onde eu tinha ganhado minhas cicatrizes, se doem, se eu me sentia impelido a fugir ou a fazer coisas que não conseguia controlar. — Rook franziu a testa. — Não gosto dele, Nettie.

— Também não gosto dele.

— Não deixe ele se aproximar de você mais do que o necessário.

— Mas não tenho como pedir isso a ele, não é?

— Ah, não sei. Você lidou bem com o jovem cavalheiro — falou, imitando Magnus com uma reverência exagerada.

Eu ri. Depois que Rook foi embora, virei a esquina da cozinha e encontrei Magnus encostado na parede, me aguardando.

— Estou aqui para levá-la de volta lá para cima. Não desmaie — disse ele.

— Vou tentar. — Revirei os olhos e passei depressa por ele. Ao entrar no vestíbulo, encontramos criados baixando a luz das lamparinas. Todos tinham ido dormir.

— Bem — começou ele enquanto subíamos as escadas —, parabéns. Você sobreviveu ao seu primeiro jantar com o desagradável mestre Palehook. Um rito de passagem de um Iniciante. Isso pede uma comemoração. Eu comporia um soneto para a ocasião, mas a única rima na qual consigo pensar para *Palehook* é *batuque*.

— Dá para esperar até de manhã — falei. — Obrigada pela ajuda. — Dei meia-volta para seguir pelo corredor, mas parei quando ouvi a voz de Magnus novamente.

— A propósito, espero que você não jogue fogo em mim por perguntar isto. — Ele se apoiou no balaústre. — Mas preciso saber: há quanto tempo esse rapaz é apaixonado por você?

O ar fugiu dos meus pulmões. Quando consegui retomar a fala, disse:

— Rook *não* é apaixonado por mim. Somos amigos desde a infância.

— Tudo bem, tudo bem. — Magnus tentou me silenciar.

— Não. — Agarrei a grade. Entre as ameaças veladas de Palehook durante o jantar e o comportamento de Magnus no andar de baixo, não deu mais para me conter. — Você não deveria fazer comentários como este. E não deveria provocá-lo como fez na cozinha.

— Se acalme — disse Magnus, franzindo a testa.

— Ele é um criado. Não tem autorização para responder a você. É fácil zombar do mundo e se achar muito esperto, mas é bem mais difícil ficar quieto e aguentar as coisas. — Com isto, me virei em direção ao meu quarto. Magnus entrou na minha frente, bloqueando minha passagem.

— Você tem razão — disse ele, curvando a cabeça. — Eu me comportei mal. O problema de ser o filho único e adorado de uma viúva é que tudo o que faço é para parecer esperto, mesmo que não seja. Por favor, aceite minhas desculpas.

Eu não sabia como responder.

— Bem... Você deveria pedir desculpas a Rook também.

Ele assentiu.

— Farei isso.

Eu não estava esperando vencer a discussão tão facilmente.

— Então obrigada.

— Pois não. Na verdade, gosto quando as mulheres gritam comigo. É uma mudança bacana em comparação a tantas cartas apaixonadas. — Ele fez uma pose trágica. Eu ri; não pude evitar. — Falando sério, nunca tive a intenção de ofender seu amigo. É maravilhoso que vocês dois sejam tão grudados. — Ele pendeu a cabeça para o lado. — Vocês devem ter tido uma criação bem diferente.

— Para dizer o mínimo. — Não sei dizer por que, dentre todas as pessoas, eu diria isto logo para Magnus, mas havia algo de genuíno em seu interesse. — Rook foi a única parte estável da infância.

— Nesse caso, ele é um rapaz de sorte — disse Magnus. — Qualquer um que fosse tão indispensável assim para você seria afortunado de fato. Pode me perdoar?

Senti-me estranhamente calorenta. Será que rapazes podiam fazer gracejos assim?

— É claro.

— Enfim, não tenho a intenção de me meter onde não sou chamado. Mas a verdade é que não fico empolgado desse jeito desde o Natal de quando eu tinha oito anos.

— Por quê? — Flagrei-me sorrindo.

— Porque nosso cozinheiro fez *dois* pudins de ameixa a meu pedido. Passei mal por dias, mas, ah, valeu a pena.

— Não — falei, revirando os olhos. — Eu queria saber por que você está empolgado agora.

— Porque você vai ser uma feiticeira. Acho brilhante a ideia de ver mulheres fazendo magia de verdade. Aqueles encontros e reuniões abafados da Ordem vão ficar consideravelmente mais animados com algumas saias no meio. — Fomos caminhando devagar pelo corredor, até minha porta.

— Bem, parece que você está levando o conceito de feitiçaria feminina *bem* a sério.

— Nunca levo nada a sério, mas estou encantado com a ideia de ver damas fazendo magia. Fui criado por mulheres, sabe. Minha mãe e minha avó, que Deus a tenha. Também tive uma tutora, Srta. Watkins, a quem eu adorava. Damas são tão mais espertas do que cavalheiros. Elas gostam de uma boa conversa e de se divertir, duas coisas sem as quais não sei viver.

— A vida é mesmo uma brincadeira para você, não? — perguntei, quase impressionada.

— Estou sempre à procura de um concorrente digno. — Ele riu quando paramos em frente ao meu quarto. — Veja, acredito que começamos com o pé esquerdo. Que tal nos apresentarmos de novo? — Ele fez uma mesura bem acentuada. — Sou o Sr. Julian Magnus, seu criado mais obediente, humilde e eternamente leal. E a senhorita é...?

— Henrietta Howel. — Eu *não* iria cair na risada.

— É uma honra, Srta. Howel. Por favor, pode me chamar de Sr. Magnus, ou simplesmente O Incrível. É a forma latina para *Magnus*.

— Sabia!

— Você é brilhante. Agora tenho que ir. *Adieu. Bonsoir.* Boa noite. — Ele beijou minha mão, seus lábios eram macios contra minha pele. Então ele se foi.

Eu voltaria a me lembrar do quanto ele sabia ser irritante no minuto em que enfim conseguisse parar de sorrir.

 6

Gwendolyn Agrippa estava sentada diante do espelho, chorando enquanto passava um pente de marfim em seus belos cabelos. Estendi o braço para tocar seu ombro, mas ela se afastou, o rosto deformado pela fúria.

Toc, toc, toc.

O velho mago de pele escura e casaco multicolorido estava sentado aos pés da minha cama.

— Eu sabia — disse ele.

Claramente era um sonho. Tudo no quarto estava envolto em névoa, exceto o visitante.

O mago agitou um dedo para mim.

— Eu sabia.

— Sabia o quê? — perguntei.

— Vá a ala da Moedinha. Compre um totem para obter sua resposta.

Toc, toc, toc.

— Pare de bater na cabeceira da minha cama.

O mago deu de ombros.

— Não estou batendo. Talvez seja alguém à porta.

Acordei com a luz do sol entrando pela janela. Esfregando os olhos, sentei e congelei ao ouvir uma batida.

— Olá? — chamei, mas ninguém respondeu. Parecia alguma coisa batendo na cabeceira da cama. Virei a cabeça e encontrei uma vara de madeira polida ao meu lado, em cima do meu travesseiro, completamente imóvel. Puxei as cobertas até meu queixo. — Olá? — repeti como uma idiota. Mas o que mais uma pessoa poderia dizer a um objeto misterioso?

O bastão tinha cerca de sessenta centímetros... Um bastão...

— Você pertence a mim? — sussurrei, pegando-o. Podia jurar ter sentido o lampejo minúsculo de uma pulsação, como se fosse um ser vivo. Ao meu toque, a madeira se esticou e se espremeu, como se fosse um pano úmido estendido e depois torcido. Quando a madeira relaxou, não parecia mais lisa e polida. Uma espécie de mão invisível tinha entalhado nela os símbolos da feitiçaria para fogo, água, terra e ar. Uma estrela de cinco pontas apareceu no cabo. Um ramo de folhas de heras tinha sido esculpido ao longo de seu comprimento.

Minhas mãos tremiam ao traçar as imagens. Era meu. Deus, aquilo era *meu*.

Joguei as cobertas longe e saltei para o chão, girando o bastão várias vezes.

Lilly entrou no quarto com uma bandeja de chá e arquejou.

— Isto é mágico?

Inclinei o bastão na direção dela e uma rajada de vento irrompeu pelo quarto, levantando as saias de Lilly acima dos joelhos. Ela deu um pulo e uma xícara caiu da bandeja e se espatifou.

— Desculpe! — Joguei o bastão na cama e corri para ajudá-la.

— Não tem problema, senhorita. — Ela se abaixou para recolher os pedaços junto comigo. Quando nossos olhos se encontraram, caímos na risada. Eu tinha um bastão mágico. O que era uma xícara quebrada em comparação?

LILLY ENCONTROU UM VESTIDO DIURNO cor de maçã-verde, o qual combinava mais com minha pele do que o azul. Depois que ela me deixou apresentável, peguei o bastão e desci as escadas até o salão de café da manhã. Blackwood, Dee e Magnus já estavam lá. Blackwood estava parado à janela, bebericando uma xícara de chá. Ele não estava usando casaco; era chocante vê-lo somente de camisa. Dee comia seus ovos em silêncio. Magnus estava caído em outra cadeira, dormindo.

Blackwood se virou da janela e me viu.

— Srta. Howel — cumprimentou ele, apressando-se em tirar o casaco de uma cadeira. — Perdoe-me. Esqueci que temos uma mulher na casa. Cheguei agora de meu treinamento. — Agora com seu traje completo, ele assentiu para os outros. Dee se levantou e Magnus piscou, acordando. — Dormiu bem?

— Muito bem, obrigada — respondi.

Levou apenas um segundo para Dee ver o que eu tinha nas mãos.

— Ela tem um bastão! — gritou ele. Um instante depois, Magnus e ele me cercaram. Mostrei a todos, me sentindo bem orgulhosa. — Vejam os entalhes — completou, alegre.

— Ela é uma feiticeira de verdade. — Magnus bocejou e deu um tapinha nas minhas costas. Blackwood sentou e me encarou da borda de sua xícara.

— Estou feliz que seja tão maravilhoso — falei, sentando-me numa cadeira. — Fiquei preocupada quando acordei e encontrei o bastão no meu travesseiro. Quem o colocou lá?

— Mestre Agrippa deixou do lado de fora do seu quarto ontem à noite, mas o bastão foi sozinho até você. Ele mesmo faz a escolha — explicou Blackwood. — Isto é seu para o restante da sua vida. — Ele me olhou com uma curiosidade intensa. — Espero que a agrade. Foi cortado de um bosque mágico de vidoeiros brancos na região de Sorrow-Fell.

— Tentarei não quebrá-lo — falei brincando.

— Não o quebre. Você jamais terá outro. — Blackwood arregalou os olhos.

— Sim, eu entendi. Era só uma piada — murmurei.

— Sua conexão com o bastão cobra um preço alto. A maior parte do seu poder foi depositada nele. Se o bastão quebrar, você vai morrer.

— Sei disso — falei. Eu não precisava daquele papinho condescendente. — Eu posso não ter sido criada como feiticeira, mas toda criança inglesa conhece a regra dos bastões.

Ele pegou um jornal para ler.

— Perdão. Foi arrogante de minha parte tentar instruir a escolhida.

Não fazia sentido conversar com Blackwood.

Concentramos a atenção no café da manhã. Linguiças, hadoque defumado, bacon e ovos cozidos nos aguardavam em bandejas prateadas fumegantes; também havia torradas atrás de tigelas de vidro com manteiga e geleia, e o mingau borbulhava numa vasilha de porcelana. Depois da refeição abundante da noite anterior, eu precisava de alguma coisa simples. Servi-me de mingau e chá.

— Você vai comer só isso? — perguntou Dee, horrorizado. — Ninguém come só isso.

— Eu como. De manhã gosto de comida simples. — Provei uma colherada e descobri que o mingau estava bem delicioso. Magnus estava sentado à minha frente, passando manteiga num pedaço de torrada.

— Falou como uma professora — disse Magnus. — Você devia adorar o cardápio da sua antiga escola.

— Na verdade, não. Em Brimthorn, sempre queimavam o mingau. E o café também. — Não lhes contei que as porções eram pequenas demais, e que eu ia para a cama com o estômago roncando na maioria das noites. Duvidava que qualquer outra pessoa naquela sala soubesse o que era passar fome. Eu não queria me diferenciar ainda mais.

— Você era professora, Srta. Howel? — perguntou Dee. — O que ensinava?

— História e matemática, principalmente.

— Francês e música não? — quis saber Magnus.

— Não me destacava nessas disciplinas. E também não sou grande fã de literatura ou poesia, para ser sincera.

— O quê? Mas esses são alguns dos maiores prazeres da vida. — Eu não achava que Magnus estivesse tentando me fisgar. Ele parecia curioso.

— Não estou interessada no que é prazeroso. Estou interessada no que é útil — respondi. Blackwood abaixou seu jornal e me encarou. Algo em seu olhar era inquietante.

— Você sabe julgar adequadamente o que é útil? — perguntou ele. Pela sua expressão, ele claramente discordava.

— Gosto de pensar que sim — falei, aprumando os ombros. — Você duvida?

— Parece-me que você é um tanto dada a sentimentos. — Ele voltou a ler o jornal. — E emoções com frequência atrapalham o bom senso.

Eu queria rasgar o jornal dele, mas sabia que deste modo estaria lhe dando razão. Em vez disso, bebi meu chá agressivamente. Dois meses disso iam parecer uma eternidade.

— Enfim — disse Magnus devagar e com um olhar irritado para Blackwood —, é por isso que nunca assumiu uma posição como tutora? Pelo seu amor ao que é útil?

— Por isso e por outra coisa. — Fitei meu mingau e fiquei brincando com ele.

— O fogo?

— Não. Bem, não só por isso. Rook. Assumir um posto significaria deixá-lo para trás.

— Duvido que ele iria querer que você ficasse em Brimthorn para sempre por causa dele — disse Magnus.

— Não. Ele não queria. — Houve silêncio. Quando olhei para cima de novo, vi Magnus me encarando do outro lado da mesa com um olhar aflito.

— Qual é o seu problema? — perguntei.

Magnus começou a responder, então olhou zangado para mim.

— Tenho que imitá-la, Srta. Howel, até que nos dê um sorriso. — Ele reproduziu tão precisamente minha expressão que tapei a boca com a mão para segurar a risada. Ele deu uma piscadela.

Blackwood dobrou o jornal.

— Magnus, se você já terminou, talvez possa se apresentar ao mestre Agrippa na sala de obsidiana. A aula de hoje deve começar após o café da manhã.

Magnus pousou a mão no coração.

— Meu Deus. Teria lorde Blackwood se dignado a falar comigo? Alguém prestou atenção neste momento histórico? Será que teremos louça comemorativa?

Blackwood fechou os olhos e suspirou.

— Por favor, vá se aprontar para a aula da Srta. Howel.

Magnus afastou a cadeira e assobiou ao sair da sala. Blackwood deu um gole final de seu copo.

— Vamos, Srta. Howel?

Quando me levantei, Dee falou:

— Você deveria dar um nome ao seu bastão, sabe. Nomes concedem um pouco mais de controle sobre as coisas.

Surpresa, deixei minha colher na tigela vazia e peguei meu bastão.

— Que tal Mingau? — falei, dando um sorrisinho.

Para minha surpresa, os entalhes brilharam num tom de azul.

— Ah, não! — exclamou Dee. — Você devia ter dado um nome grandioso. Como isso vai ser retratado nos livros de história? Srta. Henrietta Howel, salvadora da Inglaterra, com seu bastão, Mingau?

Senti a pulsação de novo, quase como uma batida de coração. De algum modo, soube que o bastão estava satisfeito.

— Acho que vai ficar bem bacana nos livros, para falar a verdade. Então é Mingau — afirmei, e saí com Blackwood para ter minha primeira aula.

Descemos as escadas, passando por camareiras que faziam reverência e por lacaios que se curvavam. Continuei meio que fazendo reverências em resposta, ainda insegura de como proceder. Blackwood admitia a existência de todos com tranquilidade. Ele mantinha o queixo erguido, e era elegante com seu cabelo preto sedoso e aqueles estranhos olhos verdes felinos. Eu tinha certeza de que ele me achava desajeitada. Torci para que meu treinamento não exigisse que passássemos muito tempo juntos.

— Srta. Howel. — Ele parou. — Gostaria de lhe perguntar uma coisa.

— Sim? — Droga, eu realmente não queria ter uma conversa particular com ele.

— Posso ver seu bastão? Estive pensando num detalhe dele.

Entreguei-lhe Mingau com certa relutância. Ele girou o objeto nas mãos, a testa cada vez mais enrugada.

— Qual é o problema? — perguntei.

— Eu imaginava que a decoração seria com tema de fogo, dados seus talentos óbvios nessa área. Em vez disso, são ramos de hera. É uma... — Ele fez uma pausa.

— Uma o quê?

— Uma insígnia rara. — Ele me devolveu Mingau. Fiquei aliviada por ter o bastão de volta em minhas mãos. Não sabia que pareceria tão desconfortavelmente íntimo quando alguém tocasse a arma de outra pessoa. Seguimos em direção à sala de treinamento. Ele manteve a mão no próprio bastão embainhado, protegendo-o, como se eu pudesse tentar tomá-lo sem aviso.

MEUS SALTOS ESTALAVAM NO PISO quando entrei na sala de treinamento; o ar preso na minha garganta ecoava pelo espaço. Eu sabia que os feiticeiros chamavam suas áreas de treinamento de salas de obsidiana, mas jamais sonhei com algo assim.

A sala era octogonal e todas as paredes eram pretas, revestidas de pedra obsidiana polida e reluzente. Símbolos estranhos e brilhantes apareciam e desapareciam da pedra. O chão também era azeviche, exceto por uma grande estrela de cinco pontas gravada com aquele fogo brilhante esquisito.

Agrippa deu um passo à frente. Ele usava vestes pretas de mangas compridas que caíam soltas até o chão. O tecido sedoso derramava-se pela obsidiana, preto se entremeando a preto.

— Estas são as vestes oficiais de um feiticeiro comendador — disse ele. — Não é preciso usá-las nos treinamentos, mas gosto de seguir a tradição.

Torci para um dia ganhar vestes como aquelas.

— Fazemos tantas coisas para seguir a tradição — comentou Magnus, me circulando — que poucos de nós conseguem se lembrar do porquê as fizemos em primeiro lugar.

— Talvez devêssemos começar — disse Blackwood, sacando o bastão da bainha presa ao quadril.

— Por acaso Joana D'Arc tinha uma bainha para o bastão dela? — perguntei, desejando ter uma também. A Donzela de Orléans era a última feiticeira mulher que constava nos registros. Eu sabia que a Ordem inglesa odiava o fato de ela ser tão francesa.

— Acho que não — respondeu Agrippa.

— É difícil — falei, olhando para Mingau — quando sua última referência morreu mais de quatrocentos anos atrás.

Senti uma carga estranha no ar, como se Magnus, Blackwood e Agrippa tivessem partilhado um olhar secreto. Contudo, quando levantei a cabeça para fitá-los, estavam todos concentrados em tarefas individuais. O momento, se é que houve um, tinha passado.

— Há outras feiticeiras na história que você pode admirar — disse Agrippa. — Hipátia de Alexandria, a professora. Bem parecida com você. — Ele sorriu. — Hatshepsut, considerada por muitos a maior faraó da longa história egípcia.

Pareceu-me estranho que a maior parte das feiticeiras mulheres pertencesse somente à antiguidade, como se a glória da magia feminina fosse um mito em ruínas a ser debatido por estudiosos.

— Agora chega de papo — falou Agrippa. — É hora da lição. — Ele me pediu para ficar onde eu estava, no centro da estrela. Então eles formaram um triângulo à minha volta. — Feiticeiros são mais fortes quando estão juntos e trabalham melhor em trios. Estamos formando um triângulo e permitindo que você fique no meio para não precisar trabalhar demais no começo. — Agrippa pegou seu bastão. — Você ainda não deu um nome para o seu bastão, deu? — Ele pareceu satisfeito quando assenti. — Excelente. Faça como eu fizer e diga o nome. — Agrippa depositou o bastão dele no chão, se agachou e sussurrou: — Tiberius.

Imitei o mestre e sussurrei:

— Mingau.

Magnus resfolegou, divertido. A luz azul voltou a brilhar nos entalhes.

— Você convoca poder quando faz isso. — Agrippa percebeu meu manejo tímido do bastão. — Você entende o propósito dele?

— Ahn, é um pedaço de madeira mágico? — Percebi que meu conhecimento teórico me levaria só até certo ponto nesta jornada.

Ele sorriu.

— Em salas de concerto, o maestro usa sua batuta para conduzir a música. O mesmo princípio se aplica aqui. Seu bastão comanda os elementos da terra como a batuta dirige os instrumentos. — Ele deu uma volta em torno de mim e prosseguiu: — Você está em certa desvantagem. Para receber a comenda, são exigidas seis manobras, todas bastante complicadas. Quatro delas demonstram seu domínio dos elementos, uma mostra proficiência com o resguardo e a última destaca uma habilidade específica. Estes jovens cavalheiros têm treinado desde que chegaram à minha casa há dois anos. Teremos de trabalhar duro para aprontá-la para o fim de junho. — Feiticeiros sempre recebiam suas comendas no solstício de verão, o que nos dava nove semanas. Não era muito tempo. — George, pode fazer a demonstração da água?

Blackwood foi até uma mesinha em que havia objetos para auxiliar o treinamento. Ele pegou uma tigela de água, trouxe até nós e a colocou no chão, à minha frente.

— Permita-me, mestre — pediu Magnus, ultrapassando Blackwood.

— George é mais hábil em manipular a água, Julian.

— Mas Howel precisa ter ideia de um modelo de feiticeiro, e sou o melhor exemplo disso. — Ele piscou para mim. Fingi que não vi. Ele era mesmo um galanteador sem-vergonha.

Magnus se aprontou. Com uma palavra sussurrada, movimentou seu bastão como uma espada. A água começou a girar, subindo e abandonando a tigela. Ele se virou e, com um rodeio do braço, fez a água dar uma volta em torno dele.

Com um açoite firme do bastão, Magnus ergueu os braços e a água voou para cima de sua cabeça, tomando uma nova forma, uma bolota de neve. Ele golpeou o ar, e a neve se intensificou para virar uma tempestade cujo poder resfriou a sala. Com outro movimento rápido, Magnus transformou a neve em granizo. Ele fez voar os pedaços irregulares de gelo, mas os interrompeu antes que qualquer um de nós se ferisse. Por fim, convocou o gelo e o derreteu, tornando-o uma nuvem preta ameaçadora. Então furou a nuvem, e chuva caiu dentro da tigela de prata. Nenhuma gota foi perdida.

Quando terminou, Magnus bateu a base de seu bastão no chão. Estava ofegante e com a testa coberta de suor. Ele parecia absurdamente satisfeito consigo.

— O que acha? — quis saber Agrippa.

Dava para sentir a energia crua zunindo pela minha pele. Era tão emocionante quanto aterrorizante.

— Vou ter de fazer isso? — Engoli em seco.

— Primeiro você precisa aprender a canalizar o elemento — explicou Agrippa. Ele pegou a tigela e a esvaziou na minha frente. A água foi virando um círculo perfeito, parando a centímetros da ponta das minhas sandálias.

— O que devo fazer? — Respirei fundo e me preparei.

— Tente erguê-la, como uma esfera — disse Agrippa. — Com seu bastão ativado, pegue-o e toque o entalhe do símbolo da água.

Segui as orientações, apertando o triângulo com os dedos. Ele brilhou rapidamente.

— Agora — continuou Agrippa —, encoste seu bastão no chão com o joelho esquerdo flexionado. Sim, seu joelho esquerdo especificamente. E aí levante o bastão bem devagar. Limpe a mente.

— Como vou dar forma à água se não posso pensar nisso?

A reação dos feiticeiros foi interessante. Parecia que eu tinha dito algo ao mesmo tempo divertido e grotesco.

— Você não dá forma à água, é mais como se deixasse ela se moldar por meio de você. Feiticeiros pedem permissão; eles não tomam o controle. — Enrubesci, sentindo ter cometido um erro colossal. Agrippa prosseguiu: — De novo, levante o bastão. Sinta em seu âmago a água flutuando, do chão para o alto.

Parecia que eu estava apenas parada ali, mexendo o braço feito uma boba. Cada vez que uma imagem entrava em minha cabeça, eu a esvaziava.

A água não se mexeu, nem mesmo fez uma ondinha.

— Tente de novo. — Agrippa franziu a testa. Meu estômago deu um solavanco dolorido. Fiz como ele pediu. Depois de mais três tentativas, bufei frustrada.

— Desculpe. Eu não deveria ter conseguido? — O quão complicado poderia ser aquilo quando eu tinha três feiticeiros me ajudando? O quão incompetente eu era? Busquei no rosto de Agrippa por sinais, ainda que minúsculos, de decepção.

Ele não reagiu.

— Você tem poder suficiente para fazer algo acontecer, Srta. Howel — disse Blackwood. — Estamos perplexos que nada tenha acontecido.

— Não a assuste, Blacky — interveio Magnus.

— Chega — interrompeu Agrippa. — Srta. Howel, você não deve se preocupar.

— Isto deveria ser difícil assim?

Ele claramente travou um debate mental por um instante antes de responder:

— Não, acredito que não deveria.

Que tipo de salvadora profética não consegue sequer completar uma tarefa simples?

— Você não deve se preocupar. Manter a mente vazia não é fácil, em especial para alguém que nunca foi treinada como feiticeira. Vou lhe dar uns exercícios de respiração que ajudam a controlar os pensamentos. Agora tente de novo — falou Agrippa. Ele cruzou os braços e ficou observando. Fiz o que ele pediu.

Minha ansiedade causou um branco na minha mente, bem como ele queria. Mas toda vez que eu tocava o símbolo de água em Mingau, nada acontecia. Duas horas atrás, eu tinha criado uma corrente de vento. Por que isso era tão difícil agora?

Meus poderes, quaisquer que fossem, pareciam funcionar só quando eu estava pensando ativamente. Mas isso era *errado*.

E se a rainha não me desse uma comenda? E se eu fosse um fracasso? Eles iriam me botar na rua, com certeza, e Rook iria comigo. Não. Ele não iria perder sua estabilidade por minha causa.

— Srta. Howel, pare. Você vai se ferir. — Ali estava, o traço de decepção na voz dele. A água não se mexia.

Pensei em Gwen, a linda Gwen em seu lindo quarto. Será que ela sentira algo assim um dia? Que, se não o agradasse, ela morreria um pouquinho por dentro? Ou será que ela sempre tivera certeza do amor dele, tal como uma filha deveria ter? Senti-me uma criança trocada, uma criatura teimosa, chorona e chata que tentava roubar o lugar da bela Gwen e insistia em ficar na casa de Agrippa para alimentar-se à custa dele sem nenhuma retribuição.

Não havia sinal de sorriso no rosto de Agrippa. Ao lado dele, Blackwood me observava com interesse. A frustração acendeu algo dentro de mim. Luzes brilhantes apareceram nos cantos da minha visão.

— Bem, talvez os Ancestrais não sejam fãs de saltar poças d'água — comentou Magnus.

Uma onda enorme de chamas me cobriu, não azul desta vez, mas laranja e vermelho-sangue no meio. Agrippa e os garotos fizeram escudos para se protegerem do fogo que se lançava sobre as paredes e o teto. Tão rápido quanto apareceu, o fogo morreu.

— Por que fiz isso? — Botei a mão no peito; meu coração galopava.

— Não faço ideia — respondeu Agrippa.

Eu estava tão frustrada, tão furiosa. Por instinto, resolvi não comentar nada disso com os outros. Eles haviam respondido à minha pergunta sobre controle de um jeito tão esquisito; talvez isto só fosse causar problemas.

— O que há de errado comigo? — perguntei.

— Não há nada de errado — falou Agrippa. — É estranho, é claro. Normalmente, quando auxiliada por três outros, dentro do triângulo... Isto aqui não está ajudando em nada. — Ele coçou a cabeça e suspirou.

— Talvez tenhamos começado um pouco cedo e rápido demais. Srta.

Howel, por que não descansa esta tarde? Falaremos melhor durante o jantar.

Eu não queria descansar. Queria insistir até dominar a lição, mas senti que Agrippa precisava de um tempo para pensar. Para refletir sobre meu fracasso.

— É claro. — Rezei para que ninguém tivesse ouvido minha voz vacilar. Saí, fingindo não perceber os olhares pesados em cima de mim.

NÃO SE FALOU SOBRE O treinamento durante o jantar, mas depois o mordomo me pediu que o acompanhasse até a biblioteca por ordens de Agrippa. Enjoada, segui pelos corredores até chegar a duas portas de carvalho imensas. Ao entrar, o ambiente me fez perder o fôlego.

As prateleiras iam até o alto da sala, bem acima da minha cabeça, com uma escada que se esticava até os volumes mais elevados. Janelas salientes enormes davam para o jardim. Diversas poltronas de veludo verde se agrupavam diante da lareira. O fogo refletia nas paredes e no tapete, e o único barulho era uma crepitação da madeira aqui e ali. Dei passinhos leves pela sala e admirei as prateleiras explodindo com livros e os retratos pendurados nas paredes. Reconheci a imagem de Agrippa, mas foram os outros que examinei com mais cuidado. Alguns eram novos e outros, velhos. Alguns retratos tinham sido pintados recentemente, a julgar pelo estilo das roupas, e alguns datavam de séculos.

Uma imagem em particular chamou minha atenção: a pintura de uma casa enorme com um gramado esmeralda, cercada de todos os lados por uma floresta sombria. A casa brilhava sob a luz do sol. Eu não saberia dizer se a mata sombria e agourenta dava à construção um ar de grandeza e beleza ou se era o esplendor da casa que, por contraste, fazia a mata parecer mais ameaçadora. Alguma coisa naquela imagem atiçou minha imaginação, como uma cena de conto de fadas. De alguma forma, senti que já havia estado ali em outra ocasião.

— Gosta? — perguntou Agrippa, me fazendo sobressaltar. Ele estava parado atrás de mim, sorrindo devido à minha curiosidade.

— É extraordinário. Todos estes livros são de magia? — Dei uma olhada em volta.

— Não. Feitiçaria não exige muito conhecimento literário. Somente estudiosos e magos escrevem alguma coisa. Mas meu pai era um leitor voraz, assim como eu. Tenho orgulho de possuir a maior coleção de teoria e história da magia de Londres.

A ideia de devorar séculos de história da feitiçaria me empolgou.

— Eu adoraria ler um ou dois, se puder.

— Vamos providenciar uma mesinha para você perto da lareira. Vou pedir ao meu bibliotecário pessoal que faça sugestões de livros. — Aquilo era generosidade pura. Eu queria abraçá-lo, mas é claro que me contive. Ele fez um gesto para que eu o seguisse. De cada lado das grandes janelas salientes, havia uma tapeçaria pendurada, e Agrippa pediu para que eu ficasse de pé na frente da que estava à esquerda. — Esta é uma criação especial. Foi feita pelos Oradores do Priorado Dombrey. — Eu tinha ouvido falar neles. "Dombrey" vinha de *d'ombre*, que significava "da sombra" em francês. Eles eram uma das maiores preciosidades da feitiçaria inglesa. Mas eu não sabia como os Oradores se comunicavam até aquele momento.

— Eles são tecelões?

— Os Oradores bebem o sumo da flor de etéria, uma planta noturna que aumenta as habilidades psíquicas. Eles ficam confusos demais para participar de uma conversa de fato, mas têm suas visões e as tecem.

Olhei os detalhes. Uma enorme mão branca saía de um emaranhado de árvores negras e tentava tocar o céu. Línguas de fogo floresciam da ponta de cada um dos cinco dedos. No meio da palma, havia um escudo com um leão de cada lado: era o selo de Agrippa.

— Faz 16 anos que eles criaram isso — contou Agrippa, esticando o braço e tocando o tecido com a ponta de dois dedos. — Muitas das tapeçarias dos Oradores parecem confusas, e ninguém tem ideia do que significam. As palavras, em especial, parecem despropositadas.

— Palavras? — Olhei mais perto e, tecidas nas beiradas da tapeçaria, distingui:

Uma menina de origem feiticeira se levanta das cinzas de uma vida.
Vós deveis vislumbrá-la quando a Sombra queimar
na Neblina acima de uma cidade reluzente.
Vós deveis conhecê-la quando Veneno se afogar

nas Águas profundas dos penhascos.
Vós deveis obedecê-la quando Sorrow começar a lutar
contra o exército impiedoso do Homem Sangrento.
Ela vai queimar no coração da floresta sombria;
seu fogo vai iluminar o caminho.
Ela é duas, a menina e a mulher,
e uma precisa destruir a outra.
Porque somente então três poderão se tornar uma,
e o triunfo reinará na Inglaterra.

Não estava muito entusiasmada de saber que precisaria destruir uma parte de mim, mas diante do evidente orgulho de Agrippa, optei por não comentar isso.

— Mesmo depois que os Ancestrais atacaram, ninguém pensou nisso — disse Agrippa. — Mas seis anos atrás, durante uma inspeção do priorado, reencontraram a tapeçaria. *Sombra* e *Neblina* são alusões óbvias a Korozoth. *Veneno nas águas profundas* deve se referir a Nemneris, a Aranha-da-Água. *Sorrow começa a lutar contra o exército do Homem Sangrento... deve* ser R'hlem. A tapeçaria parece identificar cada Ancestral e dar a chave para a morte deles.

— É impossível que eu, sozinha, vença todos os Ancestrais.

Ele riu.

— Não. Não esperaríamos nada assim. Parece óbvio, porém, que uma menina, uma feiticeira que presumivelmente tem alguma aptidão para usar o fogo, se faz necessária.

Olhei para a outra tapeçaria, a do lado direito da janela.

— Esta também é dos Oradores?

— Não, é uma relíquia da família Agrippa.

A tapeçaria mostrava uma caça a um cervo branco, com damas medievais usando chapéus pontudos e vestidos de manga longa, assistindo a feiticeiros irromperem para um combate, empunhando bastões. Um feiticeiro caído tocava os lábios de um rapaz ajoelhado ao seu lado. Apontei para os dois.

— O que ele está fazendo?

— É um modo de compartilhar poder. Magnus fez isso ontem, quando marcou você com o sangue dele. Ele lhe concedeu temporariamente a habilidade de usar o bastão dele, assim como o homem da tapeçaria está permitindo que seu criado humano domine a magia durante algum tempo. Feiticeiros em combate com frequência faziam isso se estivessem muito fracos para continuar.

Na testa do menino havia uma estrela, provavelmente desenhada com sangue. Então tinha sido isso que Magnus pintara na minha cabeça. Que extraordinário.

— Você pode me ensinar a fazer coisas desse tipo?

— Eu posso e eu vou ensinar tudo a você — disse Agrippa, me conduzindo para fora da biblioteca. — Quando eu terminar, você receberá sua comenda, e tudo ficará bem.

— Então você não duvida disso? — perguntei. Não conseguia olhar para ele. — Depois do meu fracasso desta manhã?

Agrippa pousou a mão no meu ombro.

— Queria que você visse a tapeçaria porque acredito que está destinada a nos ajudar. E aquilo não foi um fracasso. Foi nossa primeira tentativa.

A bondade dele era quase opressiva.

— Jamais poderei agradecer o suficiente por tudo o que fez — murmurei, fazendo uma reverência com a cabeça.

— A seu tempo, acredito que direi estas exatas palavras a você. E terei todos os motivos do mundo para dizê-las.

7

Na manhã seguinte, eu estava indo em direção à sala de treinamento quando Magnus me parou.

— É para você descansar hoje. Ordens do mestre. Fui instruído a acompanhá-la num passeio pela cidade. — Ele enganchou meu braço ao dele e me arrastou para a porta da frente.

— Não tenho nenhum interesse em conhecer o interior das suas cinco tavernas favoritas — falei, engolindo de volta a decepção por perder uma aula.

— Que disparate. Eu tenho *oito* tavernas favoritas, muito obrigado. Além disso, Blackwood vai junto. — Ele riu da minha expressão sofrida. — Pensei exatamente a mesma coisa. Você devia tê-lo ouvido resmungar. E de fato eu o encontrei na sala de treinamento depois do café da manhã, fazendo algumas de suas manobras. Só para praticar um pouco mais, ele disse.

— Imagino que você tenha planos dos quais lorde Blackwood não vá gostar nem um pouco.

— Pelo contrário, planejei uma excursão educacional. — Ele deu um sorrisinho empolgado, mas não falou mais nada.

Seguimos ruidosamente na carruagem de Agrippa, com Blackwood e Magnus sentados no assento de frente ao meu. Enquanto passávamos, pessoas nas ruas sorriam e nos faziam reverência.

— Tem um selo de Agrippa na porta da carruagem — explicou Magnus. Ele acenou pela janela. — Todos amam mestre Agrippa. Todos amarão você também.

— A não ser que eu fracasse. — Eu ainda estava pensando na aula do dia anterior. — O que acontece se eu não receber a comenda da rainha em junho? — perguntei a Blackwood, certa de que ele, dentre todas as pessoas, responderia com sinceridade.

— Então você não vai ser tornar uma feiticeira, Srta. Howel. — Ele declarou com naturalidade, como se eu tivesse questionado sobre as condições climáticas. — No caso raro de um Iniciante não ser capaz de concluir as manobras que lhe foram designadas, toma-se seu bastão e ele é retirado dos registros familiares por desonra.

— Eu receberia a mesma punição que alguém que andou treinando nestes últimos dois anos? — O pânico em relação à minha aula frustrada ressoou de novo, mas não deixei transparecer.

— Eles precisam saber que você é aquela sobre quem a profecia fala. Se não for quem sua majestade procura, você não será incentivada a desenvolver essas habilidades. — O tom de voz de Blackwood tinha uma tranquilidade que não exigia esforço. *Duvido que ela seja capaz*, dissera ele a Agrippa. — A maioria acha que mulheres não deveriam aprender magia.

— E você, o que acha? — Ergui minhas sobrancelhas.

— Apoio a Ordem no que ela considerar ser o certo — disse ele depois de um instante de cuidadosa reflexão. Quanta *generosidade*.

— Blacky, por mais que eu adore suas contribuições na conversa, acredito de verdade que deveríamos focar em aproveitar o dia — disse Magnus. Para enfatizar, deu um tapinha no chapéu de Blackwood, que voou da cabeça dele.

Eles me levaram à Catedral St. Paul, por sugestão de Blackwood. Magnus sufocou um gemido enquanto subíamos os degraus da igreja. Passamos pela nave, e fiquei maravilhada com o piso de mármore e o teto dourado com decoração de anjos. Embaixo, nas criptas, visitamos a sepultura de Christopher Wren, cercada por um portão de ferro. O túmulo era coberto por uma prancha de obsidiana.

— Wren era de uma família de feiticeiros de alto nível — disse Magnus. — Por isso a obsidiana. Todos os feiticeiros tentam ser enterrados com alguma peça dessa pedra. — Ele assobiou, ouvindo o eco bater contra as paredes. — Belo lugar para o descanso eterno, mas prefiro o Canto dos Poetas na Abadia de Westminster. Você provavelmente não iria gostar. Você não é de poetas e dramaturgos, certo, Srta. Howel? — Magnus parou diante de uma coleção de velas de oração. Com um movimento do bastão, acendeu todas, e o brilho iluminou seus cabelos e brincou em seu rosto. Se ele tinha a intenção de me fazer notar sua beleza, talvez estivesse sendo bem-sucedido.

— Eu não disse que os odiava, só que não tinha tempo para eles. Ele respondeu num tom baixo e possante, recitando:

— "Que obra-prima é o homem, quão nobre em razão, quão infinito em faculdades, em forma e em movimento quão claro e admirável, em ação quão angelical." — A voz dele reverberou pelo espaço imenso, suave, porém nítida. — É *Hamlet*.

— Você deveria ser ator. — Eu estava impressionada.

— Acha mesmo? — Ele pareceu satisfeito. — Às vezes, imagino que eu abandonaria a feitiçaria e o dever só pela chance de rodar o país com uma pequena trupe. Mamãe sempre disse que levo jeito para personificações vocais.

Blackwood se aproximou e pediu silêncio.

Depois do passeio, paramos numa estalagem para almoçar. Refeição completa com costeletas e batatas e cerveja *ale*. Mais uns meses me alimentando assim e eu poderia ganhar algumas curvas femininas. Magnus nos entreteve com histórias e piadas, mas eu fiquei tentando fazer Blackwood participar da conversa. Ainda que nosso relacionamento tivesse começado mal, queria que fôssemos corteses. Isso iria aliviar os treinamentos.

— Quantos anos você tinha quando se tornou conde de Sorrow-Fell, meu senhor? — perguntei.

— Eu tinha oito anos quando meu pai morreu — respondeu Blackwood, analisando seu copo de cerveja pela metade. — O mais jovem herdeiro do selo na história da minha família. Acharam isso terrivelmente empolgante.

— Sinto muito — falei de coração. Tornar-se o chefe da família com tão pouca idade era uma coisa, mas herdeiros do selo eram responsáveis por toda a linhagem mágica. A pressão deve ter sido tremenda.

— Meu pai morreu lutando contra R'hlem, a serviço do país. Foi um fim digno — disse Blackwood, tão sem emoção quanto se estivesse lendo um livro em voz alta. — E sua família?

— Papai morreu antes de eu nascer, e mamãe foi logo depois. — Fiquei desconfortável, como sempre me sentia ao falar dos meus pais. Eu não tinha lembranças nem qualquer ligação. Queria poder sentir algo mais além de curiosidade e saudade quando pensava neles.

Blackwood assentiu.

~ 84 ~

— Você cresceu mesmo em Brimthorn, então?

— Bem, eu morei em Devon até meus cinco anos. — Ali estava. Ali estava uma lembrança real, um lampejo de dor real. Blackwood percebeu.

— Por que saiu de lá?

Lembrei-me de minha tia se afastando de mim, entrando de volta na carruagem. De mim mesma pendurada na saia dela, implorando que me levasse para casa. Ela não me dera ouvidos. Ela sequer se importara.

— São muitos motivos — respondi depressa. — A guerra, por exemplo. Sinto muito que o treinamento em Londres tenha lhe deixado tão pouco tempo para passar em sua propriedade. Como disse, as garotas de Brimthorn teriam amado conhecer seu grande benfeitor.

— Já visitei Brimthorn. Talvez eu tenha visto você. É só que nós não teríamos sido apresentados formalmente. — Evidente que não. Ele era o filho do conde e eu, uma garota ajudada pela caridade. As chances de nos conhecermos eram muito pequenas. — Antes da guerra, Sorrow-Fell costumava organizar eventos para as crianças de Brimthorn. Eu teria mantido essa tradição, mas não daria para fazer isso de Londres. É melhor estar presente para esse tipo de coisa.

— Sim. Vai que uma das garotas desafortunadas foge com a prataria enfiada no *bonnet* — falei. Magnus riu discretamente.

— Não gosto de desconhecidos na propriedade quando não estou lá — defendeu-se ele, como se esta fosse uma discussão antiga.

— Talvez seja melhor assim. Sorrow-Fell parece um lugar sinistro para um piquenique.

— Não. É lindo. — A expressão de Blackwood suavizou. — O conde fundador ganhou de presente de um lorde das fadas. As terras são impregnadas de magia. De fato, alguns as consideram meio melancólicas. — Não era de se admirar que ele adorasse o lugar. — Mas as florestas e os terrenos são profundos e exuberantes. Cervos brancos vivem na região. Meu pai sempre proibiu a caça a cervos, pois dizia que era errado matar qualquer criatura mágica. Meu pai... — O brilho sumiu do rosto dele de repente, e aí ele não disse mais nada.

— Você vai a Sorrow-Fell com frequência? — perguntei, sentindo um pequeno lampejo de compaixão.

— Não. Meu estudo me mantém em Londres. — Ele se fechou; não consegui arrancar mais nenhuma palavra.

Uma garçonete bonita nos trouxe mais cerveja. Magnus piscou para ela, o que a fez entrar num frenesi de risadinhas.

Depois do almoço, Magnus me apressou para voltar à carruagem.

— Temos que ir logo, senão os melhores assentos estarão ocupados — disse ele.

— Para quê? — perguntei enquanto seguíamos na carruagem rua abaixo.

— Você já viu um navio zarpar?

As docas ficavam fora da área resguardada. Morar na elegante casa de Agrippa só fez a devastação que testemunhei fora das defesas parecer pior. Magnus falava, mas não prestei muita atenção. Vi as casas incendiadas e as ruas tomadas de entulhos passarem pela janela. Estar sentada numa carruagem chique já fazia eu me sentir culpada.

Saímos nas docas, acotovelando a multidão que acenava com lenços e flâmulas. Espremendo-nos entre as pessoas, tentamos captar um vislumbre acima da aglomeração que aplaudia. Um veleiro imenso seguia pelo rio em direção ao oceano. Era um grande navio de guerra quadrado, com velas brancas e ondulantes e uma bandeira azul desfraldada. A saída do navio tinha ares de celebração nacional. Uma pequena banda tocava enquanto homens vendiam maçãs e tortas de carne em meio à multidão.

— Não é maravilhoso? — gritou Magnus. Ele parecia radiante de empolgação.

— Você quer ir com eles quando receber a comenda? — Para minha surpresa, eu estava impressionada. Com Nemneris, a Aranha-da-Água, atacando a costa, a marinha era um dos lugares mais perigosos para um feiticeiro.

— Sim. Não quero ficar aqui e sustentar o resguardo da cidade. Coloquem-me no meio da batalha. Estou pronto! — Ele deu um grito e jogou o chapéu para o ar. As pessoas ao nosso redor aplaudiram seu entusiasmo.

— Nunca imaginei que tanta gente viria assistir ao zarpar de um navio — comentei. Algumas pobres mulheres soluçavam ao meu lado enquanto sacudiam seus lencinhos na direção da embarcação que partia. Talvez, porém, ver *qualquer* barco deixar o porto fosse motivo para festa. Mesmo que o navio conseguisse passar pela Aranha-da-Água, os ingleses eram *persona non grata* no continente. A Europa não queria ajudar refugiados e, com isso, invocar a ira de R'hlem. — Chegam navios aqui? — perguntei. Magnus seguiu com facilidade minha linha de raciocínio.

— Bem, naturalmente tem havido algum contato. Senão, como Cellini teria vindo? A Itália é a única nação que vai oferecer ajuda. Fora eles, querida Srta. Howel, estamos por nossa conta. Aqui. Abrace-me para se confortar. — Quando não caí em seus braços, ele prosseguiu: — Há boatos de contrabandistas que levam homens e mulheres da Inglaterra para a América. Eles cobram uma fortuna pela oportunidade de fugir e ter uma vida nova. Cá entre nós, se eu tivesse que escolher entre Korozoth e uma rixa numa taverna americana, arriscaria com a velha Sombra e Neblina sem nem pestanejar.

Blackwood se juntou a nós, empurrado por um bêbado e seus parceiros.

— Deveríamos levar a Srta. Howel para casa. As pessoas estão ficando descontroladas. — Ao caminhar em meio à multidão, estudei os rostos à minha volta. Vários pareciam oprimidos e extenuados pela fome e também pelo cansaço. Eu conhecia aquelas pessoas, sabia como se sentiam. Sem dúvida eu os compreendia melhor do que entendia os feiticeiros.

Correr de volta à segurança da área resguardada não me parecia certo.

— Esperem — falei enquanto seguíamos para a carruagem. — Já estamos aqui. O que nos impede de dar uma volta?

— Você quer ver os miseráveis? — Magnus parecia perplexo.

— Não acho que seja uma ideia muito segura — disse Blackwood.

— Se eu for lutar por Londres, deveria ver como *toda* a população vive.

— Talvez um dia, mas não hoje — replicou Blackwood, pegando meu braço. Ele falou com uma paciência cerceante, como se eu fosse uma criança perdida. Desvencilhei-me com firmeza de sua mão.

— Você nunca faz visitas de caridade? Veja. — Abri minha bolsinha. Dentro, estavam os três xelins que eu tinha economizado na minha época em Brimthorn. Era pouco depois de 11 anos economizando, mas bastaria. — Prefiro dar isto a alguém necessitado a gastar comigo, especialmente agora que tenho tanto. Vamos, vai ser só pela ala da Moedinha. Lá não é tão perigoso.

Blackwood retesou o maxilar.

— Eu disse não.

— Vamos votar — propus, ignorando a ordem dele. Levantei minha mão. — Eu voto sim.

— Não — repetiu ele.

— Eu voto sim também. — Magnus deu uma piscadela para mim.

— Quero esticar as pernas. — Ele me ofereceu o braço, e aceitei como uma perfeita dama.

— Obrigada, senhor. Isso me apetece perfeitamente. — Juntos, passamos por um Blackwood carrancudo.

— Uma visita rápida — murmurou ele, nos seguindo.

— Tive uma ideia — disse Magnus enquanto íamos atrás da multidão que deixava as docas rapidamente. — Já que você vai se tornar uma feiticeira, Srta. Howel, talvez devêssemos tratá-la como tal. Todos nós usamos apenas nosso sobrenome uns com os outros. Posso então chamá-la de Howel?

Eu queria ser um deles, não?

— Tudo bem. Posso chamar você de Magnus?

— Perfeito. O que acha, Blackwood? Ela é Howel, a feiticeira?

— A Srta. Howel é uma dama. Deve-se sempre tratar as damas com o respeito devido. — Blackwood assentiu para mim, o retrato da boa educação, mas entendi. Ele não me aceitaria como igual. Ele não me considerava uma feiticeira.

Na ala, as pessoas estavam tão grudadas umas às outras que achei que fôssemos nos fundir numa coisa só. Vimos meninas de vestido preto levando bandejas de totens, cada uma tentando gritar mais alto do que as outras. Parei diante de uma delas: uma lourinha com rosto limpo, mas com as mãos mais sujas que eu já havia visto. Ela me ofereceu uma figura cheia de tentáculos saindo de seu núcleo.

— Por favor, senhorita, tenho aqui Korozoth, a grande Sombra e Neblina, pra te protegê. É a salvação pra você e pra sua família. Custam só duas moedas, senhorita. — Tomei um susto ao reconhecê-la como a menina do dia anterior, a "atropelada" pela nossa carruagem.

Ela arquejou, também se lembrando de mim.

— Aí está você, senhorita. Ele me disse que você apareceria.

— O quê? Quem? — Os pelinhos na minha nuca se eriçaram.

— O mago Jenkins Hargrove. Ele disse que você precisa vir comigo para conhecê-lo, senhorita. Ele adoraria conversar com você, o Sr. Hargrove.

— Como ele sabia onde eu iria estar?

— Ele lhe disse para vir. — Ela falou isso como se eu fosse bem boba por não entender. — Enquanto você estava dormindo.

Ontem, Jenkins Hargrove tinha falado comigo em um sonho. Balancei a cabeça devagar.

— Impossível.

— Nada é impossível com o Sr. Hargrove. Venha logo — disse ela, pegando minha mão. — Nós vamos juntas.

— Não posso — sussurrei, olhando para trás. — Estou com outras duas pessoas.

Magnus nos alcançou. A menina fingiu que não estávamos tendo uma conversa séria.

— Compre um totem, só duas moedas, senhor — disse ela para Magnus. — Pra protegê sua casa e sua família. — Magnus estendeu à menina duas moedas brilhantes, as quais ela pegou e escondeu nas roupas.

— Qual é seu nome? — perguntou ele.

— Charley — respondeu a menina com certa cautela.

— Não tenha medo, Charley. — Magnus se agachou para ficar da altura dela e fitá-la bem nos olhos. — Somos feiticeiros. — Ele fez o totem que tinha na mão se elevar e balançar numa corrente de ar. Charley aplaudiu com alegria. A tranquilidade de Magnus com ela era bem fofa. Ajoelhei ao lado deles.

— Eu estava dizendo a Charley que viemos ver como é a vida dela.

— A vida é muito boa, senhor — respondeu a menina.

— Onde você mora? — perguntou Magnus.

— Com o mago, Sr. Jenkins Hargrove. Nós vendemos totens para ele, e ele nos dá um lugar para dormir à noite — contou Charley. Blackwood saiu abrindo espaço em meio à multidão e chegou até onde estávamos. A menina deu um pulo ao vê-lo. — Oh, meu senhor. Não achei que fosse vê-lo antes da semana que vem. — Ela fez uma reverência para ele. Olhei para cima, surpresa.

Blackwood manteve-se perfeitamente imóvel, como se um movimento súbito pudesse disparar uma armadilha. O que estava acontecendo ali?

— Como você conhece a pequena Charley? — perguntei, ficando de pé.

— Minha família faz ações de caridade. — Ele tomava o cuidado de não olhar para mim.

— Achei que você não fosse muito fã de caridade. — Ergui uma sobrancelha.

— Eu nunca disse isso — murmurou ele.

— Ele vem nos ver toda sexta-feira. — Charley sorriu.

— Uma caridade bem regular para se fazer a um velho ilusionista — comentou Magnus, analisando Blackwood como se quisesse memorizar a expressão desconfortável dele.

— Jenkins Hargrove é o maior mago de todos os tempos. — Charley segurava firme sua pequena bandeja de madeira.

— O que acha de fazermos uma visita ao maior mago de todos os tempos agora mesmo? — disse Magnus. Me encolhi. Não queria conhecer o tal sujeito com Magnus e Blackwood na minha cola. — Leve-nos para conhecer seu mestre, Charley, e você vai ganhar um guinéu novinho em folha.

Blackwood olhou de um lado a outro da avenida, em busca de um jeito de escapar. Senti meu estômago apertar.

— Talvez outro dia — falei a Magnus.

— Acho que hoje não, senhor — murmurou Charley, embora parecesse tentada.

— E se forem dois guinéus? — Ele tirou do bolso duas moedas reluzentes e as mostrou para a menina. Deu certo.

— Venham comigo. — Charley se virou e correu.

— Acho que está ficando tarde — falei para Magnus, tentando disfarçar meu desespero.

— Você quer roubar da coitada de uma garotinha? — perguntou ele com uma inocência fingida. Então a seguiu, exibindo um sorrisinho levado. Blackwood parecia congelado no chão.

— Você quer ir embora? — perguntei.

— Não. Vamos acabar logo com isso. — Ele nos conduziu atrás dos outros.

Charley nos levou para avenidas mais silenciosas e estreitas. No caminho, passamos pelos escombros de casas incendiadas e barracões, construções chamuscadas com vidraças quebradas e paredes escurecidas pela fumaça. O cheiro de mofo e putrefação permeava o ar.

— Korozoth ataca principalmente à noite — disse Charley, brincado alegremente de guia turística. — Muitas pessoas perderam suas casas.

Na esquina oposta, uma luta de boxe sem luvas estava a toda. Dois camaradas sem camisa faziam um cerco mútuo, dando socos e pancadas, e subia um cheiro de suor, sangue e cerveja. Bêbados riam e gritavam, assistindo à cena.

— São animais — disse Blackwood, bloqueando minha vista.

— Estão desesperados — falei com tristeza. — Acham que não valem nada, e se comportam como se não valessem mesmo.

À nossa esquerda, mulheres maquiadas com pancake e ruge deixavam cair xales dos ombros para revelar seios empinados e braços nus. Elas sorriram para Magnus e Blackwood, que desviaram o olhar.

Charley nos levou ao fim de uma viela, onde passamos por dois pedintes sujos e esfarrapados com xícaras de estanho, as quais eles chacoalharam sem muita convicção. Dei uma moeda a cada um. Quando viramos a esquina, arfei.

Um homem Impuro estava recostado na parede de tijolos, olhando para o nada. Não havia dúvida de que tinha sido tocado. Seu braço direito estava inchado num nível grotesco, e sua pele era branca e de um tom verde-claro, completamente marcada por manchas podres. O lado direito da cabeça estava três vezes maior do que o normal, por isso ele precisava se apoiar na parede, numa tentativa de não tropeçar. Alguns fios de cabelo salpicavam seu couro cabeludo. De seus olhos, escorria um fluido brilhante e límpido tão malcheiroso que dava enjoo. Era evidente qual Ancestral tinha sido o responsável por aquilo. Molochoron, aquele monte putrefato e sujo, tinha tocado este homem; tocado, mas não matado. Ajoelhei-me diante dele, com um lenço no nariz.

— Posso ajudá-lo de alguma forma? — perguntei. O homem não respondeu. A respiração dele parecia chiada e suave.

— Ele não consegue ouvi-la — disse Charley. — Está morto para o mundo. — Peguei minha última moeda e apertei na mão dele. Magnus gentilmente insistiu para que eu seguisse o grupo.

~ 91 ~

Subimos um lance de uma escada de madeira frágil que levava à lateral de um edifício de tijolos. Havia uma porta no topo, na qual estavam pintados os seguintes dizeres:

JENKINS HARGROVE

MAGO E ILUSIONISTA, TARÔ E ENCANTAMENTOS

NÃO FAÇO POÇÃO DO AMOR

Charley bateu à porta. Um menino com o rosto sujo a abriu, e lá dentro vimos mais cinco crianças trabalhando num canto. Um fogão mantinha o ambiente quentinho. As crianças estavam talhando peças de madeira escura para fazer mais totens.

— Esta é minha casa — disse Charley.

Além do colchão e do fogão, os únicos outros móveis eram uma mesa de madeira e quatro cadeiras. A mesa estava coberta de garrafas de vidro e xícaras de estanho. Apesar de lá fora estar uma tarde clara, a fuligem cobria as janelas tão completamente que ficamos na penumbra. As paredes eram todas de tijolos expostos e pedaços de reboco partido. Circulando pelo espaço vazio, notei uma cortina de retalhos que separava um cantinho daquele barraco, tornando-o um espaço privativo.

Charley abraçou duas daquelas crianças e as apresentou a Magnus como uma irmã e um irmão. Eles a entupiram de perguntas. Ela havia trazido algo para comerem? Tinha conseguido vender algum totem?

— Onde estão seus pais? — inquiri.

— A sete palmos, senhorita — respondeu Charley. Magnus deu à menina dois guinéus. As crianças se regozijaram, e me senti mal.

— E seu mestre?

Houve um som de batidas. O homem do meu sonho saiu do cantinho cercado pela cortina. Ele fez uma reverência para nós e mancou até a mesa, com movimentos que lembravam um caranguejo artrítico, com passadas de lado e membros retorcidos. Cedendo a um assento à nossa frente, ele espalhou cartas de tarô na mesa.

— Aproximem-se, cara dama e cavalheiros, e deem uma espiada em seu futuro. Somos gente humilde, senhorita, e... — Hargrove parou e nos encarou, então ergueu uma sobrancelha. Ele me reconheceu. — Senhorita. É um prazer conhecê-la. — Por um momento terrível, pensei que fosse comentar sobre o sonho. — E seus acompanhantes. Que beleza. — Ele assentiu para os rapazes. Blackwood retribuiu o gesto.

O mago mudou da água para o vinho. Ele se alongou e estalou as juntas de volta no lugar, de modo que logo as pernas estavam normais e a cabeça, encaixada corretamente sobre os ombros.

— Mil perdões, caríssimos. Confundi vocês com presas fáceis que poderiam se apiedar e se convencer a doar alguns cobres. Como posso ajudá-los?

— Gostaríamos de nos juntar a vossa senhoria numa visita de caridade — falei, olhando para Blackwood. — Sei que hoje não é o dia da semana tradicional da visita dele.

Hargrove pegou uma garrafa de vidro da coleção sobre a mesa, derramou um pouco do líquido numa xícara de estanho e estendeu para Charley. O cheiro era pavoroso.

— Beba seu gim, como uma boa garota.

Ela pegou a xícara com alegria.

— Sabe, não acho que isto seja apropriado para uma criança em fase de crescimento — falei, vendo-a virar a bebida na boca.

— Bem, tento mantê-la com cerveja, mas é um hábito muito caro. — Ele dispôs três cartas de um baralho. Uma das cartas mostrava uma mulher com um bastão, a outra, um homem com uma espada e a terceira trazia um esqueleto sorridente saltitando por uma estrada. Este era um jogo diferente de qualquer outro que eu já tinha participado na vida. — Sou o mago Jenkins Hargrove, provedor dos melhores artefatos misteriosos e quinquilharias esotéricas. Leio tarô e futuro, falo com espíritos e ressuscito os mortos, mas somente em lua cheia ou lua nova, e jamais em feriados religiosos. — Ele olhou para cima, os olhos escuros dançando. — Vocês são feiticeiros, desceram de seu pedestal para dar uma olhada nas pessoas comuns. Que maravilha.

Ele virou as cartas para baixo e, quando as virou para cima de novo, as imagens tinham mudado. Agora havia um garoto e uma garota se beijando, sete moedas caindo no ar e um homem de capa e chapéu pontudo fazendo um soldado de brinquedo dançar.

— Eu nunca tinha visto uma feiticeira mulher. — Hargrove semicerrou os olhos para mim.

— Ainda não recebi minha comenda.

— Hum. Magia é uma empreitada perigosa, menina, especialmente para alguém tão jovem e tão amável como você.

Ele estalou os dedos e uma moeda dourada surgiu do nada e caiu na mão dele. Ele a mordeu, dividindo-a, cuspiu metade na mesa e fez um floreio com a mão diante do pedaço que sobrou. A meia-moeda se transformou num besouro dourado brilhante, que abriu os cascos e bateu as asas finas. Eu me inclinei, atordoada com a demonstração.

— Magia de verdade — continuou Hargrove, meneando a mão de novo e transformando o besouro de volta num pedaço de ouro — é estender os limites do que pode e não pode ser imaginado. Mas suponho que ainda esteja satisfeita em acender fogo e fazer chover. — Ele colocou as cartas de volta no baralho e o enfiou em seu casaco roxo-laranja--avermelhado.

— Pelo menos nossa magia é perfeitamente natural — murmurei, chocada com minha grosseria.

— Não admito que se insulte a Ordem — disse Blackwood. Magnus vestiu sua luva e cutucou o pedaço de ouro, perplexo.

— De forma alguma — disse Hargrove, unindo as pontas dos dedos da mão esquerda aos da mão direita, num gesto de meditação. Suas unhas tinham um comprimento fora do comum. — Não devemos insultar nosso fiel amigo lorde Blackwood, não é mesmo, crianças? — Charley abraçou o mago, deixando claro em quem ela depositava a lealdade. Hargrove deu um sorrisinho, exibindo uma boca cheia de dentes surpreendentemente brancos, e fez um cafuné amigável na menina. — Caro lorde Blackwood, pode me perdoar?

— É claro que perdoo — disse Blackwood. Seu tom de voz indicava que ele desejava tanto sair dali que seria capaz de dizer qualquer coisa.

— A família Blackwood é generosa em sua caridade. Sabiam disso? — perguntou Hargrove para mim e para Magnus. — Sim, estive ao lado de quem recebe a caridade deles diversas vezes nesta minha vida. — Não soava tão bacana como as palavras faziam parecer.

— É sempre uma alegria ajudar da maneira como pudermos — disse Blackwood, fitando a porta como se fossem os portões fechados do paraíso. Jamais pensei que ele pudesse ficar tão transtornado. Para ser sincera, achei um pouco divertido.

— Você é de grande ajuda, meu senhor. Principalmente ao ver que consigo ganhar uma quantidade limitada de dinheiro com encantamentos e totens. A sua Ordem, jovens amigos, não é generosa no que diz respeito às atividades dos magos.

— Por que a Ordem teria qualquer influência no que você faz? — perguntei. Admito, porém, que entendia por que feiticeiros gostariam de manter magos sob seu controle.

— A culpa é daquele desgraçado do Howard Mickelmas, querida garota. Foi ele quem achou que seria muito engraçado abrir um buraco no tempo e no espaço e convocar os malvados Ancestrais de um mundo distante. A culpa é dele, junto com aquela bruxa Mary Willoughby. Eles estragaram tudo para o restante de nós. — Ele suspirou. — Sabia que os magos eram bem prósperos no passado, na Era do Ouro, quando a boa rainha Elizabeth era viva? Éramos os mais sábios, os mais ambiciosos. Éramos o futuro. — Ele pegou as metades do ouro da mesa, apertou com força e reapresentou um único pedaço, intacto. Quando o toquei, ele se transformou numa barata marrom e saltou para cima de mim.

Soltei um grito. Hargrove deu um tapa no inseto e o esmagou no piso.

— Isso, querida garota, é exatamente o que aconteceu com meus iguais. Fomos esmagados pela bota da Ordem. Mas não tema, baratas são bastante difíceis de erradicar. — Ele levantou o pé e o inseto ileso mexeu suas anteninhas e fugiu correndo. As crianças tentaram pegá-lo. — A Ordem nos enfraqueceu, mas não nos aniquilou. Feiticeiros são, acima de tudo, compassivos.

O clima naquele cômodo tinha ficado ruim. Até Magnus parecia desconfortável.

— Talvez devêssemos ir — falei.

— Sem ler seu futuro, minha querida? — Hargrove pegou as cartas e as embaralhou. — Deseja conhecer seu destino? Deseja saber a identidade de seus admiradores? — Ele olhou para Blackwood e Magnus. — Ou você já sabe o nome deles? — Ele se recostou na cadeira e apoiou os pés na mesa.

Qualquer vontade que eu tivesse de conversar com este homem, de saber como ele tinha se infiltrado nos meus sonhos, desaparecera. Eu não ia aguentar ficar ali nem mais um segundo. Blackwood deixou algumas moedas na mesa e seguimos depressa para a porta.

— Volte quando quiser, jovem senhorita. Tenho certeza de que teremos muito sobre o que falar — gritou Hargrove enquanto nos apressávamos pelas escadas até nossa carruagem. O resguardo foi uma visão bem-vinda. Blackwood tirou o chapéu e esfregou os olhos. Magnus encarava o chão, os músculos do maxilar latejando.

— Quais foram exatamente as condições do perdão real para os magos? — perguntei.

— Em troca de suas vidas, eles não podem ter aprendizes nem fazer magia em público — respondeu Blackwood. — Quando esta geração de magos morrer, será o fim da magia deles na Inglaterra. Quebrar as condições do perdão significa perder a vida.

— Que cruel — comentei. — Mickelmas era só um. Por que punir todos os outros com tanta severidade?

— Porque não se pode confiar no trabalho de um mago.

— Por que não?

— Porque eles são maus. — Blackwood virou o rosto e a conversa acabou.

— Obrigada por terem me acompanhado — sussurrei com a voz tediosa.

Fizemos o restante da viagem para casa em silêncio.

8

Minhas aulas no dia seguinte foram um novo desastre. Produzi fogo quando deveria criar gelo e inundei chamas com torrentes de água. Tentei os exercícios de respiração para limpar a mente, mas eles só me deixaram mais ansiosa. Magnus estimulava meus talentos, enquanto Blackwood julgava silenciosamente a falta deles. Mais tarde, quando saíamos da sala, ele veio até mim. Tentei inventar um pretexto para sair dali antes que ele pudesse comentar sobre o quanto eu era fracassada, mas fui surpreendida.

— Seria um privilégio para mim acompanhá-la ao ateliê da madame Voltiana. Ela é a costureira favorita da minha irmã, e ficaria feliz em estar ao seu dispor, com os cumprimentos da minha família. — Ele ficou parado com as mãos às costas e falou como se estivesse fazendo uma transação comercial. Levei um momento para entender que ele queria pagar por roupas novas para mim.

— Obrigada, mas não posso aceitar. É generoso demais. — E eu realmente não gostaria de ficar com nenhum tipo de débito especial com Blackwood.

— Bobagem. Você deverá estar vestida adequadamente para a comenda da rainha em junho.

— Eu não teria como pagar você. Além disso, tenho roupas...

— Srta. Howel — sussurrou ele —, você não pensou em mestre Agrippa. Sei que ele pretendia doar o guarda-roupa da filha, mas vi o rosto dele nesses últimos dias. Talvez uma mudança fizesse bem a ele.

Que burrice a minha! Eu faria qualquer coisa para evitar magoar Agrippa.

— Nesse caso, meu senhor, aceito sua oferta. É muita gentileza de sua parte.

— Não passa de uma responsabilidade. Alguém precisa pensar nessas coisas — disse ele com um aceno despretensioso, como se estivesse revisando suas despesas mensais. Só Blackwood era capaz de fazer alguém se sentir idiota por agradecer.

O ateliê de madame Voltiana era um estabelecimento elegante numa rua movimentada de Mayfair, com um letreiro dourado sobre a porta. Eu nunca tinha visto uma butique de vestidos até então, e olhei ao redor maravilhada. Amostras de seda e cetim caros dobrados empilhavam-se; havia vestidos rendados em manequins de costura. Mulheres de touca branca costuravam, raramente desviando o olhar de seu trabalho. Uma moça, vestida com pompa demais para ser empregada numa loja, estava sentada num sofá, com uma xícara de chá. Quando nos viu, levantou correndo.

— George, você está atrasado. Mamãe não queria me deixar sair sem acompanhante, mas consegui convencê-la. — A garota beijou a bochecha de Blackwood. Presumi que só poderia ser a irmã dele, do contrário ela seria *muito* progressista.

— Você devia fazer como lhe mandam na próxima vez — repreendeu ele, mas seu tom não era severo. Ele até sorriu.

— Que chatice seria a vida se eu só fizesse *isso*. — Era destemida; gostei dela. Blackwood a virou para mim.

— Permita-me apresentar minha irmã, Lady Elizabeth Blackwood.

— Você jamais deve me chamar de Elizabeth, pois soa muito antigo. Eliza está ótimo — disse ela, radiante.

Eliza tinha o mesmo tipo físico do irmão: pele muito clara, cabelo preto e olhos verdes, mas a semelhança parava aí. Ela inteira vibrava de energia. Vestia um traje diurno de um roxo intenso, o qual combinava lindamente com seus cabelos e seus olhos, mas extravagante demais para uma saída qualquer. Ela beijou minha bochecha antes que eu pudesse dizer olá.

— Vamos ser amigas — anunciou ela. — George me escreveu e disse que você parecia esperta, o que é um oásis perto das garotas do meu círculo de amizades. Desconfio que elas resolveram bancar as quietinhas para aumentar as chances de conseguir um marido. Eu não preciso ser modesta, é claro... quem não gostaria de se casar com uma Blackwood? Soa arrogante, talvez, mas é a verdade.

Naquele momento, madame Voltiana apareceu entre um par de cortinas douradas. Ela era uma fada, meia cabeça mais alta do que

Blackwood e magra como uma vareta, com a pele roxa e um emaranhado de cabelo verde-musgo.

— Meu senhor, é uma grande honra recebê-lo. — Ela tomou as mãos dele, que ficou constrangido. — E Lady Eliza, sempre ao seu dispor. — Ela fez uma reverência para a garota. — Minha bela dama, está precisando de alguma coisa em particular? — Madame Voltiana sorriu, revelando a boca repleta de dentes pretos afiados.

Eliza me empurrou para a frente.

— Esta é minha querida amiga Henrietta Howel, e ela precisa se equipar adequadamente.

Voltiana ficou parada, batendo palmas enquanto me estudava. Seu vestido era uma monstruosidade dourada, com babados e camadas suficientes para afogar uma mulher comum. Eu estava ficando cada vez mais tensa com a ideia de ser vestida por aquela fada.

— Entendi. — Com isso, madame Voltiana caiu num pranto violento, deu meia-volta e atravessou voando as cortinas. Blackwood e Eliza se olharam, claramente surpresos.

— Com certeza ela vai voltar — disse Eliza com uma tentativa de sorriso.

De fato, depois de um momento aturdido, Voltiana estava de volta, recomposta.

— Perdoem-me — pediu ela, dando um peteleco numa lágrima que escorria por sua bochecha raquítica. — O desafio parecia grande demais. Contudo, sei que triunfarei. — Ela apontou para mim e assentiu.

— Sim, garota. Você será minha obra-prima.

Talvez eu devesse correr.

Ela levou 15 segundos para me levantar e me botar num banquinho diante de três espelhos. Enquanto grunhia e suspirava e me media e me alfinetava, me virando para um lado e para outro, Eliza tagarelava, discutindo cortes e cores diferentes. Quase tão rápido quanto fui colocada naquele banquinho, fui puxada de volta para sentar no sofá. Eliza se acomodou ao meu lado, explicando certos modismos com ares de especialista. Adoráveis modelos da butique desfilavam vestidos e trajes de diferentes cores, entrando e saindo pelas cortinas tão rápido que eu mal tinha tempo de entender o que a fada planejava para mim.

Dei uma olhada em volta, à procura de Blackwood, e o encontrei conversando com uma das costureiras, uma bela garota loira. Ele sorria para ela, obviamente apreciando a interação. Ela riu de algo que ele disse. Interessante.

Talvez meu guarda-roupa não fosse a única razão para esta visita.

— Você vai precisar de vermelho — disse Eliza, estalando os dedos para uma funcionária. — A cor da sua pele, escura assim, é perfeita para o vermelho. Nada de cor-de-rosa. Rosa seria a morte, e verde a empalideceria. Amarelo pode funcionar, mas só na matiz certa. Marfim! É a melhor opção. O que acha?

Eu não fazia ideia do que responder, então Eliza mudou de assunto.

— Julian Magnus é um de seus colegas Iniciantes, não? Para ser franca, eu estava torcendo para que ele viesse com vocês hoje. — Ela olhou para a porta de entrada, como se para conferir se ele tinha vindo mesmo ou não. — Mamãe ficaria horrorizada de me ouvir dizer isso, mas ele é tão bonito que poderia distrair qualquer pessoa. E ele me faz rir. É claro, ele não tem um centavo e, portanto, é totalmente inadequado.

— Ah, é? — Foi só o que consegui pensar em dizer. Eu gostava da personalidade de Eliza, mas não gostei da observação mercenária a respeito de Magnus. Se um homem falasse assim de uma mulher, eu o chamaria de sem educação.

— Ele não é o herdeiro do selo dos Magnus, o primo dele é. E esse primo é gordo e casado. Uma pena. — Ela suspirou. — Ninguém nunca imagina que garotos bonitos sejam pobretões. Belas mulheres vivendo na pobreza é uma narrativa cotidiana. — Eliza bateu palmas e as funcionárias da butique saíram de sua frente. — Você vai levar três vestidos diurnos e três noturnos, junto com luvas e acessórios e tudo o mais. Mas nenhum vai ser seu vestido para a comenda. Para este, vou bolar algo especial.

Ocorreu-me que Eliza estava acostumada a fazer com que todas as criaturas se submetesse a suas vontades.

— Talvez devêssemos discutir juntas esse traje — sugeri.

— Bobagem. Meu gosto decerto é melhor do que o seu — afirmou ela, acenando como se para me dispensar.

O comentário me incomodou.

— Não precisa ser grosseira.

~ 100 ~

Eliza arquejou e tocou minha bochecha com uma mão enluvada.

— Você ficou chateada comigo.

— Não, não fiquei — falei, mas, para minha surpresa, ela soltou um gritinho feliz.

— Ninguém nunca fica chateado comigo! Ninguém nunca me chama de grosseira! Ouça, isso resolve a questão. Sei que ainda faltam dois meses, mas você precisa ser nossa convidada especial para o *Sonho* anual da Court Player.

Eu não estava entendendo coisa alguma do que ela dizia.

— Desculpe?

— *Sonho de uma noite de verão*. Sabe, a peça? É uma obrigação social anual, e seria um tédio se não fosse o fato de a Court Player ser a única trupe com fadas no elenco, então é maravilhoso. Você vai ficar no nosso camarote. Diga que sim. Agora.

Eu nunca tinha ido ao teatro. O mais próximo disso havia sido uma peça natalina que montávamos todo ano em Brimthorn, por isso o convite era bastante animador.

— Sim, obrigada — falei, me sentindo dominada pela emoção.

— Por nada. Que maravilha. Estou tão feliz por terem encontrado uma dama feiticeira da minha idade. Quando a última estava viva, eu era muito novinha.

Mas que bela bobagem para se dizer.

— A última viveu quatro séculos atrás. *Nós todos* éramos um bocadinho jovens demais para sermos amigos dela.

Eliza me olhou como se eu fosse uma tola adorável.

— Não, querida. Quatro *anos* atrás. Lembra-se? Gwendolyn Agrippa?

— Do que está falando? — Eu sentia que tinha perdido uma conversa importante.

Eliza ofegou de novo.

— Nunca lhe contaram? Ah, eles são mesmo uns malvados, todos eles. Imagine, manter você alheia a algo desse tipo.

— *Do que está falando?* — Não pude evitar o tom rude. Eliza revirou os olhos.

— Gwendolyn Agrippa era uma feiticeira. Ou iria se tornar uma. Quando ela era bebê, o exame de batismo deu positivo para poderes... Não fique chocada assim, tanto meninas como meninos são batizados por conta da tradição... Você pode imaginar a reação de todos quando descobriram que ela era dona de uma habilidade ativa. A primeira menina em quatro séculos! Ela ganhou um bastão e se tornou Iniciante na casa do pai. Meu Senhor, eles acharam que você nunca fosse descobrir? Eles pensaram que era *ela* a garota da profecia, sabe. Então ela morreu daquela febrezinha idiota e tiveram que encontrar outra garota. Por isso estou tão feliz por você estar aqui. — Ela sorriu.

Achei que fosse vomitar. Palehook dissera mesmo que eu tinha um belo exemplo para me equiparar.

Sempre achei a Srta. Agrippa uma das criaturas mais iluminadas de nossa sociedade. Algumas pessoas acreditavam claramente que Gwen era a garota profetizada. O que significava que alguns ainda caçariam motivos para me desprezar. Depois dos meus esforços recentes na sala de obsidiana...

— Você não parece bem — comentou Eliza. — Qual é o problema?

— Tudo isso é demais para absorver — murmurei.

— Não fale a George que lhe contei isso. Minha nossa, ele é mesmo o mais maravilhoso dos irmãos, mas tende a achar que a palavra dele é lei. Já volto — disse ela, e saiu saltitando para arrancar Blackwood da conversa com a costureira.

Enquanto os observava, refleti sobre o que Blackwood devia pensar do status de garota profetizada de Gwendolyn Agrippa.

Logo estávamos na rua. Eliza estava indo embora na carruagem da família, inclinando-se na janela para acenar para mim.

— Venha na próxima semana tomar chá comigo — gritou ela.

— Ela gostou de você. Eliza não costuma gostar da maioria das garotas — falou Blackwood. Ele parecia bem impressionado, retorcendo distraidamente uma fita de seda cor-de-rosa cm volta de uma das mãos. Eu tinha certeza de que ele tinha ganhado o fitilho da costureira bonita.

Sorri vagamente ante o comentário; minha cabeça estava inquieta.

— UMA SURPRESA, SENHORITA — disse Lilly quando entrei em meu quarto naquela tarde. Sete pacotes estavam em cima da cama. — Suas roupas da madame Voltiana.

— Estive lá há apenas algumas horas! — Incrédula, abri um dos embrulhos, relevando um traje noturno deslumbrante, vinho com bordados dourados. — Como é possível?

— Madame Voltiana é especial. Trabalha como mágica. Imagino que seja mesmo com magia, não é? — Lilly deu risadinhas enquanto dispunha as roupas na cama. — Estes vão combinar muito mais com você. Que tal o vermelho para hoje à noite, senhorita? Faremos um penteado encantador de novo.

Ao lado das vestes, havia meias, uma *chemise* e até calcinhas decoradas com renda. Tudo era de um branco imaculado; em minha vida anterior, seria impossível evitar manchas em coisas delicadas assim. Havia luvas de couro de cabra macio nos tons bege e creme. Encostei uma na bochecha e suspirei. Toda véspera de Natal, eu ouvia Jane Lawrence sussurrar o quanto ela desejava luvas de pelica. Talvez eu pudesse lhe mandar um par este ano.

Havia anáguas de flanela e de algodão, e também uma bainha de veludo preto para prender na cintura, perfeita para levar um bastão. Madame Voltiana tinha pensado em tudo.

Sentei na cama, incapaz de apreciar de verdade os presentes. As coisas que Eliza tinha dito sobre Gwendolyn Agrippa continuavam a me atormentar. Além disso, as imagens dos miseráveis nas ruas também ficavam voltando à minha mente conforme eu admirava aqueles trajes. Quem era eu para vestir roupas tão finas quando tantos viviam em sofrimento?

— Lilly, de onde você vem?

— Senhorita?

— Onde está sua família agora?

O sorriso dela desapareceu.

— Minha família não está mais aqui, senhorita. Callax, o Devorador de Crianças, levou meus pais e minhas irmãs. Vovó achou que o único lugar seguro para mim seria dentro da área resguardada, então ela me arrumou um posto nesta casa. Sou grata por isso, veja bem. É seguro aqui. — Ela ficou mexendo na manga de um vestido amarelo.

— Sinto muito — murmurei.

— Passado é passado, senhorita — disse Lilly, disparando para organizar minha penteadeira. — Posso ajudá-la a se vestir para o jantar?

Escolhemos o vestido vinho, e a cor de fato combinou comigo, destacando os tons mais escuros da minha pele. Lilly prendeu meu cabelo de um jeito tão elegante que parecia quase bonito. Enquanto ela ajeitava os cachos ao lado do meu rosto, estalou a língua.

— Você é linda, senhorita. Bem como ele falou.

— Ele quem?

— Rook. Ele é muito simpático. — Lilly enrubesceu até ficar num tom forte de cor-de-rosa. — Os outros não gostam de ficar perto dele, mas ele é lindo. Mesmo com as cicatrizes. — A admiração declarada dela por Rook me surpreendeu, mas por que deveria? Rook era meu amigo mais querido; eu deveria ficar feliz porque Lilly conseguia enxergar além das cicatrizes e ver a pessoa que ele era por dentro. Deveria mesmo.

— Você gosta dele, Lilly? — Minha voz saiu cortada, o que foi uma surpresa; eu sentia um tipo de raiva torpe. Obriguei-me a parar. Que direito eu tinha de ficar brava com Lilly? Nenhum.

— Acho que sim — respondeu ela, abaixando os olhos, envergonhada. Por alguma razão, meu estômago começou a doer.

— Sim — falei. — Aliás, você por acaso sabe onde está Rook?

ENCONTREI-O VARRENDO A ESTREBARIA, CANTAROLANDO enquanto trabalhava. Os cavalos relinchavam, o som alegre que faziam quando tudo estava bem. Rook foi até a égua de Magnus e esfregou o focinho dela.

— Olá, sua beleza manhosa — disse ele, rindo enquanto ela roçava o focinho no ombro dele. — Nada para você esta noite. Não posso deixar você engordar, não é?

— Olá — falei, sentindo uma timidez estranha.

— Nettie? — Nas baias, cavalos relinchavam e pisoteavam. Claramente eu os havia perturbado. Rook me fitou, boquiaberto. — Você parece um sonho.

Nunca me senti tão estranha. Estava parada ali, usando um vestido de noite elegante enquanto Rook limpava as baias do estábulo.

— Senti sua falta hoje — contei.

— Também senti sua falta. — Ele foi pegar um balde d'água.

— Estão te tratando bem?

— Comparado a Brimthorn, o que seria tratar mal? Eu passo a maior parte do tempo cuidando dos cavalos, coisa que gosto de fazer. Aceitei algumas outras tarefas, só para vê-los ir dormir adequadamente. — Ele esticou o braço e fez carinho num dos cavalos de carruagem. — Dou a eles água quente e aveia à noite, em vez de feno. Mestre Agrippa está satisfeito, pois estão com a aparência melhor. Você está melhor, não está? — murmurou ele, rindo quando o cavalo relinchou em resposta. Rook era genial com animais.

— Não deixe que eles explorem você.

— O trabalho me mantém são. Sempre foi assim.

Claro. Era uma distração da dor.

— Os criados são gentis?

— Eles não são grosseiros — disse ele. — Lilly é bem simpática. — Ele se iluminou. — E engraçada também. Conhece um milhão de piadas e vinte jogos de cartas.

Aquele sentimento frio e raivoso queimou dentro de mim por um instante. Eu o extingui.

— Ela é um doce de garota.

Mais silêncio. A expressão de Rook quando olhou para mim pareceu fincada em algum sentimento entre admiração e tristeza. Ele pegou o balde, estremecendo um pouco. Quando éramos crianças, ele buscava água no poço e levava pelo longo caminho colina acima. Para ajudá-lo por causa de sua mão dura, eu agarrava uma das laterais e ele a outra. Às vezes competíamos para ver quem derramaria menos.

— Posso ajudar? — perguntei, tentando desesperadamente agarrar a alça.

— Não. É claro que não! — Ele se afastou. — Você não pode estragar suas roupas novas.

— Eu dou conta de carregar um balde. — A renda esvoaçante em meu ombro me pinicava. Tudo bem, talvez este traje não fosse muito adequado para trabalhos braçais.

Rook concordou com meus pensamentos.

— Não com as roupas que está usando agora.

— Estas roupas são apenas um papel que preciso interpretar para os feiticeiros. — Cada palavra minha parecia aumentar a fenda entre nós. — Nada mudou.

Rook franziu a testa.

— Tudo mudou.

Os feiticeiros eram diferentes de todos os outros, irremediavelmente diferentes. Eles faziam jantares extravagantes quando, menos de dois quilômetros dali, pessoas morriam de fome; realizavam passeios fora da área resguardada para andar entre os pobres durante algumas horas, mas logo voltavam para casa. Meu caminho atual estava me conduzindo para longe de pessoas como Lilly, Charley e Rook, os tipo com quem eu havia crescido. O tipo de pessoa que eu havia sido. Senti um nó na garganta.

— Como estão suas cicatrizes? Elas estão doendo?

— Isso não é algo com que você deva se preocupar agora. — Ele desviou os olhos dos meus.

— Você pode pelo menos cuidar delas para não enlouquecer de dor? — pedi com rigidez.

— É claro — respondeu ele. O silêncio entre nós cresceu.

— Bem, preciso ir. Logo devem começar. — Houve uma pausa, Rook com seu balde, eu com a porcaria do meu vestido elegante. Virei e saí apressada, e minha saia longa farfalhava ao quase tocar o chão.

— Espere. — Ele soou preocupado. — Minhas cicatrizes estão doendo, sim.

— Ah é? — Quase tropecei sozinha em meu furor ao girar o corpo.

— Elas doíam assim antes do ataque a Brimthorn. Conte isto a mestre Agrippa e aos outros. — Ele desviou o olhar para o céu vespertino que começava a escurecer, as nuvens flutuando. — Conte que algo ruim pode surgir esta noite.

— Tem certeza? — perguntou Agrippa, com sua taça de vinho tinto a meio caminho dos lábios. Estávamos sentados à mesa de jantar, onde eu cutucava meu rosbife.

— Rook não é do tipo que inventa coisas.

— Espero mesmo que a velha Sombra e Neblina mostre a cara hoje — comentou Magnus, espetando seu pão e derramando molho em cima dele. — Mandei fazer um casaco especial para a ocasião, e Korozoth deveria vê-lo enquanto ainda está na moda.

— Não fique tão animado — disse Blackwood. — Pelo que sabemos, pode ser R'hlem.

A frase silenciou a todos. R'hlem, o Homem Esfolado, era o mais assustador dos Ancestrais. Bestas como Molochoron e Korozoth eram só isso: bestas com grande talento para a destruição inconsequente. R'hlem mostrava uma inteligência maior. Segundo boatos, ele já fora humano, torcido pela escuridão até virar um monstro. Claro que ninguém acreditava de fato em tamanha bobagem.

— Mestre Agrippa — falei —, não há algo que se possa fazer para cuidar melhor das áreas não resguardadas? Se não somos capazes de blindar nossos cidadãos, por que o restante da Inglaterra deveria confiar em nós?

— Nós? — disse Blackwood. Ele sempre fazia isso, me separava dos garotos com uma palavra ou um olhar. Toda vez que Magnus ou os outros me chamavam de "Howel", ele pigarreava ou bufava exasperado. Pensei que minha amizade com a irmã dele fosse amaciá-lo um pouco. Aparentemente eu estava errada.

— Sei que você ainda não me considera uma de vocês, meu senhor — falei, me esforçando para manter um tom de voz educado —, mas só estou tentando ajudar.

— Concordo com Howel — disse Wolff. — É um absurdo, e fico contente que alguém mais esteja falando isso. Clarence também concorda com a gente, não é?

Lambe assentiu, e seu cabelo claro caiu sobre os olhos.

— É uma vergonha quando famílias são separadas.

Todo mundo parou de falar. Olhares desconfortáveis circularam a mesa. Fiquei confusa, até que Wolff explicou:

— Somente feiticeiros da antiga Igreja da Inglaterra podem ficar na Londres resguardada. Minha família segue outra religião, por isso meus pais tiveram que se mudar para o interior. — Ele pôs de lado a faca e o garfo; seu apetite tinha sumido, sem dúvida. — Assim que eu receber minha comenda, também terei que morar fora da área resguardada.

Que prática odiosa.

— Certamente é importante proteger a *todos* — falei para Agrippa. O mestre assentiu.

— Podemos discutir isto com mais detalhes quando você receber sua comenda.

Blackwood tossiu. Eu já estava preocupada o suficiente com meu fracasso na aula de hoje, não precisava desse tipo de coisa. Tinha chegado ao meu limite.

— Está gripado, meu senhor? — perguntei, atacando-o.

— Não, Srta. Howel.

— Você desgosta da ideia de conviver com uma feiticeira mulher?

— Como falei ontem, isto seria ir contra a Ordem. — Eis outra tentativa clara de *não* responder à minha pergunta. E dane-se se eu estava usando um traje comprado por ele.

— Você *está* contra a Ordem? — insisti.

Ele arregalou os olhos de surpresa.

— Estou sempre do lado da Ordem.

Aquela resposta foi sincera.

— Desculpe, só estou chateada.

— Não tem problema. Compaixão pelos pobres é um sentimento admirável. — Aquele tom. Eu desistiria com prazer do assunto só por causa daquele tom condescendente. Bati o garfo na lateral do meu prato, para me acalmar e me concentrar.

— É admirável, mas não é prático?

— Neste caso, não. O resguardo está a serviço de vossa majestade e, é claro, da alta sociedade feiticeira. Se cairmos, a Inglaterra também cairá. — Ele soava quase como se lamentasse, mas o que poderia fazer? — Os indivíduos mais excepcionais são também os mais necessários.

— Você já parou para pensar que é afortunado por ter nascido em circunstâncias que o tornaram um indivíduo excepcional? — Respirei fundo, porém devagar para evitar gritar. — Rook, por exemplo. Ele poderia ter sido tão bem-sucedido quanto você se tivesse nascido numa família rica, se tivesse frequentado as melhores escolas, se tivesse sido educado pelas melhores pessoas. Mas ele é o filho órfão de um oleiro, um Impuro, e por isso o que quer que ele pudesse ter sido não importa.

— Não acho que este seja um bom tópico de conversa à mesa — disse Cellini, parecendo irritado. Senti que seria bem mais confortável para todos se eu deixasse o assunto de lado, mas estávamos numa discussão agora, Blackwood e eu.

— É claro que Rook importa — disse Blackwood, como se estivesse explicando a uma criança. — Não penso que seja justo que alguns recebam tudo e outros, nada, simplesmente por sorte no nascimento. Mas é a realidade.

— Então a realidade é que os pobres deveriam ser sacrificados para proteger você? — Era nisso que o conde de Sorrow-Fell acreditava de verdade?

— Você está distorcendo minhas palavras, Srta. Howel. — Ele tinha razão, eu *estava mesmo* distorcendo as palavras dele, mas aquele jeito dele me tirava do sério. Ele tinha passado a vida toda na área resguardada. Como poderia supor conhecer o sofrimento das outras pessoas?

— Você já viu um vilarejo destruído pelos Familiares? Já conheceu crianças com os membros arrancados e os corpos cobertos de cicatrizes como as de Rook? Você sabe o que é, como parte da sua escola de caridade, viajar para o campo de batalha para cuidar dos feridos e moribundos? Você já foi atacado sem ter nada para protegê-lo? A primeira vez em que botei os olhos em um feiticeiro, em 11 anos de guerra, foi quando mestre Agrippa foi à minha escola em busca da garota profetizada. Onze anos. O que todos vocês estavam fazendo nesse tempo todo? — Encarei os olhos de Blackwood. — O que *você* estava fazendo, meu senhor? Cavalgando e praticando esportes em sua propriedade no interior?

Agrippa pigarreou e disse:

— Já chega, os dois.

— Na verdade, eu estava ocupado com meus estudos. Queria ser *útil*. Utilidade não é seu interesse primordial? — A voz de Blackwood era de uma frieza sedosa. — Eu não vi muita utilidade numa escola para garotas.

Magnus pousou os óculos na mesa e piscou.

— Encontramos nossa profetizada numa escola para garotas, não foi?

Tive que baixar as mãos para o colo; elas estavam começando a faiscar.

— É bom saber o nível de importância que você dá às suas responsabilidades para com minha casa. Isso explica por que Brimthorn tem sido submetida à violência há tanto tempo!

— Sorrow-Fell protege sua escola, Srta. Howel. Você mesma disse que, em 11 anos, nunca tinha visto um ataque.

— Alguns monstros têm faces humanas. Você manteve os Ancestrais longe, mas permitiu que um homem cruel e violento, que jamais deveria ser responsável por outra vida, dirigisse Brimthorn. Onde estava sua proteção? — Todos à mesa pararam de comer. Magnus arregalou os olhos. Blackwood enrijeceu, mas dava para ver a fúria cintilando dentro dele.

— Você disse que se Rook tivesse nascido na minha posição, seríamos exatamente iguais — retrucou ele. — Bem, você está errada. Somos fundamentalmente diferentes.

— Se tem tanta certeza disso — repliquei, minha voz dura e baixa —, que os pobres são de fato inferiores, então *você* deveria sentir a maior vergonha do mundo por *não* protegê-los. Se gerações de pessoas nascem mergulhadas na pobreza e na privação, é seu dever cuidar delas, e não sacrificar essas vidas para salvar a sua!

Joguei meu guardanapo na mesa e fugi dali. Subi correndo as escadas até meu quarto, onde lutei para conseguir tirar o vestido. Meus dedos queimavam tanto que precisei fazer os exercícios calmantes que Agrippa havia me ensinado. Inspirei e expirei contando até quatro enquanto imaginava uma água fria correndo pelas minhas mãos. Devagar, a queimação passou, mas eu ainda tremia de raiva.

Houve uma batida à porta.

— Quem é? — perguntei.

— Lilly, senhorita. — Ela entrou e vasculhou meu estado amarrotado com um olhar triste. — Disseram que você tinha vindo se deitar. Deixe-me ajudá-la. — Ela estava desatando meu corpete quando ouvimos outra batida à porta.

— Posso falar com você? — perguntou uma voz familiar. Lilly abriu a porta. Agrippa aguardava à entrada. Ele deu uma olhada breve e infeliz para o antigo quarto da filha. Com que frequência, se é que havia alguma, ele entrava ali? — Você está bem?

— Desculpe. — Agrippa não merecia que gritassem à mesa dele. Mantive os olhos fixos no chão. — Não acredito que eu disse tudo aquilo.

— Não peça desculpas. Quando você receber sua comenda, também se tornará a fundadora da linhagem Howel. Parte de sua responsabilidade como herdeira do selo será falar nas assembleias da Ordem. Além disso, fiquei satisfeito. — Olhei para cima, surpresa. Ele fez menção de entrar, mas parou. — O que você testemunhou hoje foi a face mais feia da feitiçaria. Muitos acreditam que homens e mulheres comuns são inferiores. Espero — disse ele, abaixando a voz — que você possa fazer mais por este país do que destruir os Ancestrais. Há mentalidades que precisam ser mudadas.

— Não acredito que isso seria do agrado de lorde Blackwood.

— Ainda assim, é minha crença. Não se aflija nem pense tão mal de George. Ele assume suas responsabilidades a um grau punitivo. Tenho certeza de que ele vai refletir sobre suas palavras pelos próximos dias. — Agrippa deu outra olhada no quarto. Meu estômago deu uma cambalhota diante de sua tristeza evidente.

— Você prefere que eu troque de quarto? Não suporto ver a dor que minha permanência aqui lhe causa.

— Não, é assim que deve ser. — Agrippa fechou os olhos. — Eu vinha evitando esta ala da casa. Este quarto precisava de um novo ocupante, e estou feliz de ver uma jovem dama adorável morando aqui de novo. Agora, vá dormir. — Com isso, ele se foi.

Lilly tirou meu vestido, o colocou de lado e desatou meu espartilho. Tirei os grampos do cabelo, xingando Blackwood baixinho. Vesti minha camisola e fitei meu reflexo no espelho, cansada até os ossos.

— Não sei como serei capaz de encará-los de novo.

— Acho que os cavalheiros mais concordam com você do que discordam — disse Lilly. — Pelo menos foi o que Jimmy me contou, o primeiro lacaio. Ele disse que o Sr. Magnus em particular está do seu lado. Ao que parece, ele falou umas verdades para sua senhoria depois que você saiu.

— Bom saber. — A ideia de Magnus repreendendo Blackwood era agradável. Eu tinha certeza de que ele havia feito um bom trabalho.

— Você deve descansar agora, senhorita. Vovó dizia que tudo parece melhor pela manhã.

— Obrigada, Lilly.

Ela parou à porta.

— Senhorita, Jimmy contou ao pessoal lá de baixo o que você disse ao lorde Blackwood. — Os olhos dela cintilavam com as lágrimas. — Eu venho do distrito Potter, ao sul da área resguardada. Obrigada.

Ela saiu antes que eu pudesse responder.

ACORDEI DE UM PESADELO EM que Gwendolyn estava deitada ao meu lado, em silêncio e apodrecendo em sua morte. Não achei que seria capaz de voltar a dormir depois daquela imagem. Lá fora, estava um breu. Acendi uma vela e, tremendo, pisei no tapete fino ao lado da minha cama. Enrolei-me depressa com meu xale e fui lá para baixo. Vela na mão, refiz meus passos até a biblioteca. O jeito mais rápido de me acalmar depois de um pesadelo era lendo sobre História.

Quando me esgueirei para dentro da sala, a lareira ainda estava acesa, para minha surpresa. Minhas mãos estavam frias, então me aproximei do fogo. Estiquei o pescoço para ver o retrato de Agrippa. Ele era mais jovem quando a tela foi pintada, os cabelos ainda estavam bem pretos. Como devia ser ter Agrippa como pai? Por um momento, fui egoísta em desejar que meu pai não tivesse sido William Howel, um fantasma sem rosto que nunca conheci.

Ali estava a pintura da grande propriedade, daquele branco brilhante escondido num vale escuro. Virei para olhar para ela, fascinada por sua beleza serena e de certa forma assustadora.

Alguém tossiu, me sobressaltando. Blackwood estava sentado com um livro aberto no colo. Ele parecia tão perplexo quanto eu.

— O que raios você está fazendo aqui? — Ele ficou de pé num salto. Não tinha ido para a cama nem tirado o casaco.

— Queria ler alguma coisa. — Eu não sabia para onde olhar. Só a visão dele já fazia meu estômago doer.

— Ah. Alguma coisa em particular? — Até a sua voz me irritava. Os olhos dele passearam por toda a extensão do meu corpo, depois desviou o olhar.

— Não pensei muito no assunto. — Apertei mais o xale ao meu redor.

— Posso recomendar um livro? Esta é uma introdução básica sobre os Ancestrais. Tem sido essencial no planejamento de ataques contra eles. — Ele me ofereceu o livro que tinha em mãos, *Os Sete Ancestrais: teorias e observações*, do Sr. Christopher Drummidge. O volume era fino, mas tinha uma encadernação bonita. Abri numa página em que havia um desenho de R'hlem, o Homem Esfolado. Seus músculos expostos quase brilhavam no papel; quem quer que tivesse desenhado aquilo havia feito um excelente trabalho.

O primeiro capítulo era intitulado "Origens".

— É sabido de onde os Ancestrais vêm? Li apenas um livro sobre a guerra. Nele, dizia-se que os Ancestrais eram demônios do inferno, mas não sei se acredito nisso.

— Drummidge tem uma tese de que eles talvez sejam monstros convocados do centro do planeta. — Ele parecia se divertir com essa ideia.

— Gosto do trabalho dele, mas não concordo com tudo.

— Obrigada. — Abracei o livro contra o peito e fiquei ali parada, em silêncio, enquanto uma tora de madeira crepitava na lareira. O relógio bateu três horas.

Eu estava prestes a sair quando ele perguntou:

— O que você quis dizer em relação ao diretor?

— Perdão?

— Você disse que ele era um homem cruel e violento. O que ele fez? — Deus, como descrever Colegrind de um jeito decente? Enrubesci, o que foi resposta o suficiente para Blackwood. — Entendi. — Os olhos dele se arregalaram. Ele parecia mais jovem, quase triste. — Sinto muito que isso tenha acontecido com você. Eu gostaria... — Ele se virou, de modo que não pude ver seu rosto. Então endireitou os ombros. — Sinto muito por não ter feito mais por você, mas não havia como evitar. Esse era o único ponto que você se recusava a entender no jantar. — Aquele tom condescendente de novo. Mas ele não estava olhando para mim.

— Bom saber que tudo se resume à minha incapacidade de entendimento.

— Você tem o direito de estar chateada, mas não compreende minha situação. — Ele se virou, pegou minha vela e me conduziu para o outro lado da biblioteca. Retratos nos fitavam de cima. Blackwood tomou na mão a chama da vela, a transformou numa bola e lançou para cima, até iluminar um retrato pendurado a vários metros acima de nossas cabeças. O fogo ficou ali e a luz revelou a imagem de um homem jovem e bonito, igualzinho Blackwood. Não, não era igual. Havia diferenças sutis no rosto; os olhos enrugavam-se nos cantos sob algum tipo de alegria secreta e a boca inteirinha ostentava um sorriso confortável.

— Este é meu pai, Charles Blackwood, oitavo conde de Sorrow-Fell. — A voz dele era suave, de certo modo amarga. — Ele foi um dos operários mais incansáveis na guerra contra os Ancestrais. É por isso que seu retrato está pendurado nesta sala.

— É claro. — Por que ele estava me contando isso?

— Meu pai era um grande feiticeiro — continuou Blackwood, passando a mão pelo cabelo. — Ele acreditava que nós, a família Blackwood, tínhamos a responsabilidade de livrar a Inglaterra desses monstros.

— Por que sua família?

— Nós somos os membros mais poderosos desta sociedade, Srta. Howel. — Ele pausou, como se lutasse com o que dizer. — Temos sido os mais abençoados e, portanto, devemos ser os mais amaldiçoados. — Ele deu um passo à frente. Dava para sentir uma necessidade de compressão serpenteando de dentro dele. — Você deve compreender o quanto levo essa guerra a sério. Desde o momento em que meu pai morreu, eu soube que meu único dever nesta vida era destruir esses monstros. Negligenciei minhas demais obrigações, inclusive Brimthorn. Não tenho tempo para jogos, esportes nem amor. Todo o meu ser pertence a esta causa — disse ele — Feiticeiros deveriam estar inteiramente dedicados à tarefa de salvar esta terra, não indo a festas ou passeando de carruagem pelo parque. — O rosto dele se contorceu de raiva. Enfim entendi o ressentimento em relação a Magnus. — O quanto sabe sobre as lutas no restante do país?

— Bem pouco. — Vasculhei meu cérebro. — Os Ancestrais tomaram Canterbury?

— Há três anos eles dominam Canterbury. Três anos! Manchester e Liverpool estão à beira do colapso também. Ao norte, os trabalhadores têxteis e os mineradores sofrem ataques constantes, de modo que muitas vezes ficamos sem combustível ou mantimentos. Os trabalhadores, vários deles crianças, são massacrados. — Agora havia uma ira real em sua voz. — Alguns feiticeiros foram em auxílio deles, mas a maior parte de nossa energia é canalizada para manter esta área resguardada. Não estamos lutando. Estamos nos escondendo.

"Sim, devemos proteger aqueles mais capazes de contribuir, mas desde que os fortes se provem dignos de tal proteção. E não acho que os desprovidos de poder devam ficar totalmente à deriva. Um dos maiores legados de meu pai foi a criação de uma colônia para os Impuros em Brighton, onde os desafortunados podem viver em paz e com dignidade.

"Queria que entendesse o quanto me importo — disse ele. — E queria que entendesse por que não vou me dirigir a você nem fazer reverências como os outros fazem. Até que prove ser uma feiticeira, acima de qualquer dúvida, não posso me dirigir a você como se já fosse uma. Preciso de certeza. — Os olhos dele pareciam cintilar com a luz do fogo. — Você entende?"

Pensei na minha percepção sobre Blackwood até agora. Ele raramente sorria ou ria. E treinava sozinho todos os dias antes de aparecer para o café da manhã. Ele estava presente em todas as minhas aulas, diferentemente de Cellini ou até Wolff e Lambe. E ali estava ele, lendo até altas horas.

Sim, ele levava suas responsabilidades a sério.

Tudo o que dissera fora sincero; dava para ver em seus olhos. Talvez pudéssemos ser honestos, enfim.

— Então você não tem nenhuma objeção quanto a uma mulher lutando?

— A profecia diz que uma mulher vai se erguer para lutar contra os Ancestrais, e jurarei lealdade a essa mulher. — O modo como ele falou me obrigou a pronunciar o nome dela.

— Gwendolyn Agrippa. Você acredita que era ela a garota da profecia. — Blackwood piscou, surpreso. — Lady Eliza me contou tudo nesta tarde. Será que todo mundo achou mesmo que dava para esconder uma coisa dessas?

— A Ordem não deseja complicações — disse Blackwood. — Quando eles acharam a tapeçaria dos Oradores, Gwendolyn tinha acabado de se tornar uma Iniciante. Ninguém duvidava que ela era a profetizada, por isso Agrippa concentrou seus esforços no treinamento da filha. Ela era fantástica. — Os olhos dele suavizaram. — Nada era um desafio, não para ela. A comenda dela teria sido um triunfo jamais visto. — A expressão dele se contorceu amargurada. — E morreu por causa da febre três semanas antes do baile de comenda.

— Mas ela não era a garota da profecia — falei, observando a reação dele. — De acordo com Agrippa.

Ele estremeceu como se eu o tivesse atingido.

— Não ouse falar isso.

— Você já tinha se decidido quanto a isso antes mesmo de botar os olhos em mim, não é? — Dei um passo até ele. — Eu era uma impostora. E se Gwendolyn era mesmo a verdadeira escolhida, ela está morta e, com ela, todas as suas esperanças. Você escolheria a certeza dessa condenação, e não a possibilidade de eu ser a garota da profecia. Por quê?

— Quem é você exatamente? — Ele quase cuspiu as palavras. — Gwendolyn pertencia a uma de nossas famílias mais antigas e virtuosas; a glória era um direito de nascença que lhe cabia. Não odeio você por ter nascido pobre — disse ele quando abri a boca para despejar nele o maior inferno que jamais conheceria. — Mas nossa sociedade se baseia unicamente em tradição. Você é uma intrusa e não pode mudar isso.

Foi como se uma porta tivesse batido na minha cara. Quase derrubei o livro.

— É incrível que você sequer tenha me ajudado, considerando o tanto que me odeia.

— Não odeio você.

— Você me odeia *sim*, porque odeia o modo como nasci. — O perfil dele contra o fogo da lareira era lindo; a única coisa que o estragava era sua expressão fria. É impressionante como, em qualquer outra circunstância, eu o teria considerado de uma beleza sedutora. Ele era lindo tal qual uma escultura romana em mármore: duro e inumano. — Sua estupidez é assustadora.

~ 116 ~

— É nisso que acredito. — Ele estreitou os olhos. — Estou sendo honesto demais para o seu gosto, Srta. Howel?

— Respeito honestidade. É sempre bom saber quem não é nosso amigo.

— Eu já disse que não odeio você. — Então, com um ar esquisito de cansaço, completou: — Talvez eu a tema.

— Por quê?

Ele indicou com a cabeça a pintura da casa que eu tinha admirado e disse:

— Você mencionou que as alunas da escola nunca visitaram Sorrow-Fell durante sua infância.

— Eu nunca vi esse lugar.

— Agora viu. A pintura é uma reprodução exata de lá. — Surpresa, me virei para encarar de novo a linda imagem na parede. Blackwood prosseguiu: — Você parece atraída por lá, e é por esse motivo que os entalhes no seu bastão me surpreenderam.

— O que Mingau tem a ver com isso? — quis saber. Blackwood desembainhou seu bastão (porque nem isso ele tinha tirado) e o estendeu para mim. Um ramo retorcido de hera, idêntico ao meu, estava gravado na arma dele.

— A insígnia da família Blackwood é um aperto de mão com ramos de hera enlaçando a união. Em toda a história da feitiçaria, somente herdeiros Blackwood carregaram a imagem da hera. — As sobrancelhas dele se uniram. — Até você aparecer.

Senti náuseas ao devolver o bastão dele.

— Isso significa que nossos destinos estão entrelaçados de alguma forma?

— Não sei. Temo que possa ser isso. — Ele cruzou os braços.

— Acredite em mim — falei, tremendo —, me sinto exatamente assim também.

ADIANTE, A CASA DOS BLACKWOOD *estava envolta em névoa. O caminho ladeado por sebe me conduziu à frente do edifício. Quando terminei de atravessar a névoa, encontrei o céu claro e o sol caloroso. A floresta negra ao redor não era mais assustadora do que um monstro imaginário numa história infantil. Eu estava em casa, e era a sensação mais segura* que eu já havia experimentado. A grande residência era ainda mais bonita do que na pintura. Com lágrimas de alegria, subi correndo os degraus para ser acolhida lá dentro.

Alguém agarrou minha manga. Gwendolyn Agrippa me puxou para longe, balançando a cabeça e gritando. Comecei a me debater para me livrar dela, sem sucesso. Ela era destemidamente forte. Não. Aqui era onde eu deveria estar. Aqui era o lugar ao qual eu pertencia.

Os sinos da igreja dobraram.

Eu estava em pé no centro de um círculo de pedras. Gwendolyn tinha sumido. Andei pelo lugar, inspecionando os arredores. As pedras tinham o dobro da minha altura. Havia cerca de 12 delas, espaçadas alguns metros umas das outras. Símbolos estranhos tinham sido entalhados nas faces de granito, símbolos que eu nunca vira. Um barulho esquisito me fez parar e encostar a orelha contra uma das pedras. Havia um zumbido saindo dali de dentro. Quase parecia música. Como se a pedra estivesse cantando.

Fiquei ali até que os Sete Ancestrais chegaram, preenchendo as lacunas no círculo. Não havia como escapar agora.

Os sinos da igreja dobraram.

Ali estava Molochoron, uma bolha perfeita de sujeira e doença. Dela vazava água rançosa, inundando tudo com pelos escuros e afiados. Figuras pretas se movimentavam e corriam dentro da esfera, como enguias presas em gelatina.

Que estranho ver ali Nemneris, a Aranha-da-Água. Ela vivia somente na água. Era linda, com patas compridas e delicadas e um corpo esguio verde e roxo. Seus olhos eram três bolas de obsidiana brilhantes. Se não tivesse mais de 15 metros nem fosse absurdamente venenosa...

Os sinos da igreja dobraram.

Callax e Zem vieram a seguir, o ogro e a serpente. Callax tinha seis metros e um crânio exposto, com um maxilar proeminente e braços que se arrastavam pelo chão. Aqueles braços eram excelentes em destruir construções. Zem, com seu corpo comprido de lagarto e sua garganta incendiária, queimaria o que encontrasse pelo caminho.

On-Tez estava empoleirada numa pedra acima de mim e grasnava alto. Batendo suas asas de abutre, ela mostrava os dentes. Tinha o tamanho de um cavalo e era mais mortal do que uma alcateia.

Os sinos da igreja dobraram.

R'hlem, o Homem Esfolado, estava parado do outro lado. Mesmo ele sendo o menor e o mais humanoide dos Ancestrais, era assustador. Talvez fosse por causa da inteligência em seu olhar.

E ali estava Korozoth.

Os sinos da igreja...

ACORDEI COM UMA CACOFONIA EM minha janela. Todas as torres de igreja em Londres estava soando seus sinos como alerta.

Um ataque.

Catei meu xale e corri para o saguão. Portas por todo o corredor foram se abrindo, e delas saíam garotos em variados estados de seminudez. Dee cambaleava meio cego, usando uma cartola e seus pijamas. Apenas Magnus estava arrumado. Ele vestiu rapidamente o casaco e correu até mim.

— Eles deviam ter dado ouvidos a você, Howel — disse ele, indicando com a cabeça os rapazes sonolentos e despreparados. — Se você e Rook achavam que haveria um ataque, não vi motivos para não ficar em alerta. Provavelmente é o velho Zothy. Não acha que ele vai amar este casaco? — Magnus desceu os degraus da escadaria numa corrida, saltitando com alegria. Eu estava aturdida com a rapidez com que tudo tinha acontecido.

— Srta. Howel! — Agrippa subiu as escadas, seu cabelo espetado para todos os lados. — Fique no seu quarto. Você estará a salvo lá. — Ele tentou me conduzir pelo corredor, para retornar ao meu quarto.

— É Korozoth? — Reprimi meu medo. Afinal, este era meu destino, ou ao menos eu esperava que fosse. — Quero ajudar. — Lá embaixo, vi Blackwood chamar os Iniciantes, organizando-os conforme chegavam.

— Ainda não. Fique aqui. Voltaremos logo.

— Aonde estão indo?

— Trafalgar Square. A Ordem sempre se reúne na praça. Fique aqui — repetiu ele, e saiu depois dos rapazes. Havia uma agitação na casa, os criados ainda em trajes de dormir corriam lá embaixo, acendendo as lamparinas e chamando uns aos outros. Não vi Rook entre eles.

— Rook. — Lembrei-me de seus olhos pretos e de como aquela garota Familiar nojenta se referira a ele como "escolhido da Sombra". Se os cavaleiros de Korozoth tinham tamanho efeito sobre ele, o Ancestral poderia atraí-lo de um jeito especial e irresistível...

Desci as escadas correndo e passando pelos criados, que não me deram bola. Voei até a cozinha, gritando por Rook, mas não o encontrei. Lilly passou correndo por mim vestindo uma touca de dormir. Agarrei o braço dela.

— Lilly, você viu Rook?

— Não, senhorita. O que foi?

— Preciso encontrá-lo.

Verificamos a estrebaria e subimos aceleradas até o corredor dos empregados da casa. Ele não estava em lugar algum. Voltamos ao meu quarto, só para o caso de ele estar lá. Não estava, e dei um chute na cama, frustrada.

— Cadê ele? — Lilly parecia apavorada.

— Preciso de ajuda para me vestir. — Abri com força as portas do guarda-roupas.

— Por quê?

— Vou encontrá-lo — falei.

— Lá fora? O mestre não vai gostar disso, senhorita.

— Eu sei aonde ele foi. — Com um suspiro, Lilly pegou o vestido mais simples que eu tinha.

Desejei ter um par de calças para chamar de meu. Espartilhos não eram projetados para enfrentar monstros.

10

As pessoas passavam correndo por mim enquanto os sinos dobravam e chamas e fumaça acendiam o céu noturno. Agarrei Mingau e parei para pedir informação sobre como chegar a Trafalgar Square.

Encontrei os feiticeiros em frente à National Gallery. Parecia haver cerca de cem pessoas com os bastões apontados para o alto. Um brilho imenso apareceu no céu, refletido como um clarão de luz dentro de uma tigela de vidro. Aparentemente, o resguardo que cobria Londres era um domo de energia. Trovões soavam à distância, e de algum lugar em meio a todo o ribombar veio o grito horrível de uma besta.

Fui me esgueirando pela multidão até trombar com Blackwood, que estava com a testa franzida de concentração.

— O que raios você está fazendo aqui? — gritou ele.

— Tem alguma fenda no resguardo?

— É claro que não. Por que teria?

— Veja Howel ali! — Arthur Dee veio até nós. — Ele disse que você viria.

— Quem disse?

— Magnus. Ele disse que você foi uma inspiração para ele.

— Do que você está falando? — perguntei.

— O que você está fazendo aqui? — repetiu Blackwood. Cavalheiros mais velhos se viraram para nos encarar.

— Pode ser que Rook tenha ido encontrar a criatura — expliquei.

— Ele não vai conseguir passar pelo resguardo.

— Mas se alguém vir um Impuro zanzando pelas ruas, quem garante que ele não seria morto? — Isso me assustava quase tanto quanto a ideia de Rook de fato ir ao encontro de Korozoth.

Blackwood balançou a cabeça.

— Não posso me preocupar com isso agora.

Não diga.

— O que você disse sobre Magnus? — perguntei a Dee.

— Ele foi enfrentar Korozoth.

Blackwood agarrou o pobre coitado pelo colarinho.

— O quê? — vociferou ele.

— Ele e Cellini disseram que iriam até a ala da Moedinha. Eles planejavam dar um jeito de passar e lutar...

Blackwood jogou de lado o rapaz imenso e agarrou meu braço.

— Aqueles idiotas — disse ele, o rosto retorcido de fúria. — Onde está mestre Agrippa?

— Precisamos ir atrás deles.

— Não vamos a lugar nenhum. Vou botar você numa carruagem.

— Eu vou com você — falei no meu tom mais professoral. — Se Rook estiver lá, vou encontrá-lo. E você vai me soltar. — Blackwood obedeceu.

— Levo você se souber voar — disse ele.

— Como é que é?

Ele brandiu o bastão.

— Toque o chão com Mingau a norte, sul, leste e oeste, e então o erga bem alto. Isto vai convocar os quatro ventos. Se você não for capaz de fazer isso, vou mandá-la para casa. — Ele soou indulgente; estava certo de que eu iria falhar.

Blackwood bateu o bastão dele nos quatro pontos cardeais e depois levantou o braço. Uma forte corrente de vento se enroscou nele, que foi erguido com uma facilidade natural.

Imitei seus gestos e ergui Mingau, desejando voar. Um fluxo de ar frio balançou minhas saias e quase me arrastou pela praça. Blackwood pareceu surpreso.

— Segure reto! — gritou ele.

Pensar em Rook deu força ao meu braço, me deu concentração. Fui levantada do chão, meus pés instáveis sobre uma almofada de vento.

— Desça o braço — disse Blackwood. Ele dobrou o corpo para a frente, apoiado pelo ar. Copiei o movimento, sentindo como se mãos invisíveis estivessem me segurando. — Muito bem.

— Não precisa ficar tão surpreso.

— Por favor, vá para casa — pediu ele.

— Leve-me para o resguardo. Só quero encontrar Rook, se ele estiver lá.

— Minha proposta deu certo. Blackwood pegou minha mão livre e seguimos em frente, o som de ventos selvagens zumbindo nas minhas orelhas.

Eu estava voando! Nunca tinha me sentido tão leve nem tão ciente do meu corpo físico. Durante os minutos iniciais, fiquei esperando cair a qualquer momento. Quando o vento não sumiu nem me derrubou, não pude evitar rir. Blackwood me orientava sempre que era necessário mover o bastão para a esquerda ou para a direita ou mudar de direção. Disparamos acima da cabeça de homens e mulheres, e de dois espectros pretos a caminho da batalha. A mão de Blackwood era fria, e ele apertava a minha com mais força conforme acelerávamos.

Logo apontamos de novo nossos bastões para os céus e fomos baixando até tocar os pés no chão. Tropecei, mas não me machuquei. Estávamos no limite do domo de resguardo.

As ruas adiante estavam vivas com centenas de pessoas correndo. Era uma avalanche de humanos.

— Vou encontrar os outros. Por favor, pelo amor de Deus, fique aqui — disse Blackwood. Ele assentiu. — Você se saiu bem, Srta. Howel. — Com esse elogio inesperado, ele enfiou o bastão no domo, cortou para baixo e atravessou pela fenda. Toquei o ponto por onde ele tinha passado, mas já estava fechado.

Pressionei o resguardo com a mão e espiei a multidão além, em busca de Rook. Era impossível, claro, que ele estivesse do outro lado. Como teria atravessado? Tal ideia havia sido apenas uma imaginação causada pelo pânico, impossível ser plausível.

Porém, através da multidão, pesquei o vislumbre de um cabelo loiro claro. O ponto mais claro piscou na massa humana escura e desapareceu.

— Rook! — Tentei enfiar Mingau pelo domo, mas enfrentei uma força invisível — Vai, vai — rosnei com o maxilar tenso. Puxei Mingau de volta, procurando por alguma outra falha. — Abra — gritei, tomada de frustração. Mingau cortou o resguardo como uma faca numa tira de papel. Caí de quatro do outro lado da barreira.

Verifiquei e a abertura tinha sumido.

— Rook, volte aqui! — chamei, correndo pela multidão.

Rostos histéricos surgiam à minha frente. Cotovelos me acertavam no estômago. Pés me faziam tropeçar. Lutei contra a corrente, meio insana de desespero. Um corpo pequeno colidiu comigo e braços enlaçaram com força minha cintura. Empurrei a pessoinha e vi quem era: Charley. Ela choramingava e soluçava.

— Não consigo achar eles! Eles não estão em casa!

— Quem?

— O Sr. Hargrove e os outros. Ellie e Billy! Foram todos embora. — Ela chorou, apoiando a cabeça na minha barriga. Peguei-a no colo. O cabelo claro de Rook não estava em nenhum lugar visível.

— Nós vamos achá-los — murmurei repetidas vezes. A multidão diminuiu quando uma massa brilhante de fogo se espalhou à minha frente.

Ouvi a voz de Blackwood.

— Magnus, seu idiota, você vai nos matar assim! — Senti meu coração acelerar ao correr até eles.

Enquanto eu tentava passar pelas últimas pessoas para chegar a uma rua vazia, a besta gritou acima de mim. Olhei para cima, e mais alto, num pretume após pretume, estava a Sombra e Neblina.

Korozoth.

Era uma nuvem funil preta imensa, tão escura que se distinguia no céu noturno. A besta erguia-se a mais de 15 metros, e toda vez que rugia, casas rachavam e rangiam. Na luz dos raios que caíam, empoleirada sobre uma nuvem, vi a cabeça de criatura com chifres e olhos fendidos vermelhos e diabólicos. Tentáculos iguais aos das monstruosidades marinhas balançavam loucamente no centro de seu corpo. Um deles estourou uma janela e mandou abaixo metade de uma parede de tijolos. Os mesmos tentáculos que tinham causado as cicatrizes de Rook.

Rook. Eu ainda não o tinha visto e estava feliz por isso. Botei Charley de pé no chão e a virei em direção à multidão que fugia.

— Vá com eles.

— Mas aonde eles estão indo? — Ela soluçou e eu a empurrei, implorando para que corresse e se escondesse. Quando enfim obedeceu, andei a passos largos na direção dos outros. Minhas mãos estavam tão suadas que quase derrubei Mingau.

Suas silhuetas eram borrões escuros, iluminados por um estouro de fogo aqui e ali. Vislumbrei Cellini quando ele se agachou e girou o bastão num movimento ágil e circular acima da cabeça. Ele enviou um ciclone feroz na direção da besta, poderoso o suficiente para empurrar Korozoth para trás.

Blackwood estava tecendo uma rede de fogo o mais depressa possível, e seu rosto se iluminava com o brilho da chama. Korozoth rugiu e se contorceu, enchendo o ar de detritos e poeira. Corri para Blackwood e ergui meu bastão junto ao dele.

— O que você está fazendo aqui? — gritou ele, tão furioso que uma veia saltou no meio de sua testa.

— Como posso ajudar? — Fingi não tê-lo ouvido. Ele parecia prestes a me arremessar para o Ancestral, mas falei: — Isso vai dar mais certo com duas pessoas.

Com um suspiro bravo, Blackwood me mostrou como mergulhar Mingau na nuvem crescente, como movimentar meu pulso para fazer o fogo crescer. Eu era lenta e sem jeito, mas não totalmente inepta. Quando ele deu a ordem, impelimos o fogo para cima e para longe. Minha mira não era tão boa quanto a de Blackwood, mas deu certo. Korozoth gemeu ao ser atingido pelo nosso ataque, que cobriu de luz a montanha de Sombra e Neblina.

Acima, uma figura nos rondava, lançando chamas. Com um grito, o Ancestral moveu um tentáculo na direção do feiticeiro, mas recebeu uma explosão na boca como recompensa. Enquanto Korozoth se abaixava de dor, Magnus desceu dos céus, pousando graciosamente ao nosso lado.

— Faça fogo, então, Howel — disse ele.

Produzi uma chama na palma da minha mão. Ele coletou o fogo, acenou em agradecimento e voou depressa até a criatura. Pairando na altura dos olhos da besta por um instante, Magnus girou os braços num arco poderoso e mandou outro golpe na cara do monstro. Cego, Korozoth atacou com todos os tentáculos. Magnus logo flutuou de volta e pousou ao nosso lado, soltando um grito vitorioso. Com os cabelos bagunçados e o casaco aberto tremulando ao vento, ele parecia um herói de livros de histórias.

— Estou pronto para ver a feiticeira em ação. O que acha? — gritou ele.

— Sim! — berrei de volta.

A risada de Magnus foi alegre. Não levei muito tempo para perceber que, para ele, batalhar era uma dádiva. Cellini correu para se juntar a nós, falando com Magnus animadamente. Quando me viu, franziu a testa.

— Ela não deveria estar aqui — disse ele.

— Exatamente o que penso — disparou Blackwood. — Mas agora ela pode ser de muita ajuda.

— Acreditem, vocês vão precisar — gritei.

Cellini se posicionou perto de mim, então se inclinou e disse:

— Você não deveria estar aqui.

Como se ele *também* não tivesse contrariado as ordens de Agrippa. Fizemos uma formação em diamante, comigo na ponta da frente, Blackwood atrás, e Cellini e Magnus nas laterais. Depois de tanta dificuldade na sala de obsidiana, rezei para não falhar. Minhas pernas tremiam; não havia mais escapatória. Produzi uma chama pequena e começamos. Cellini rezava em latim enquanto montávamos uma nova rede de fogo.

— *Pater Noster, qui es in caelis, sanctificetur nomen tuum* — recitava ele, e beijou um crucifixo que usava pendurado no pescoço.

— Feiticeiros italianos — murmurou Magnus na minha orelha enquanto a rede crescia. — Levam a guerra tão a sério.

Korozoth rugiu e lançou um tentáculo. A coisa preta e gorda bateu no chão a três metros de onde estávamos. Uma voz dentro de mim gritava, mas não podia sentir medo. Medo era igual a morte. Era hora de reagir.

— Preparem-se — berrou Blackwood. Tomamos impulso e, em uníssono, lançamos o fogo sobre a criatura. Ele caiu como um cobertor na besta de sombra e a fez perder velocidade. Ganhamos tempo para atacar mais uma vez.

— De novo — falei.

Então eu o vi. Ele apareceu na frente de Korozoth do nada, como se tivesse saído da escuridão.

Rook esticou um braço na minha direção. A blusa estava completamente rasgada na frente, deixando as cicatrizes pulsantes à mostra. Mesmo àquela distância, dava para ver que os olhos dele estavam pretos.

— Rook! — Quebrei a formação e corri até ele. Blackwood me segurou pelo pulso. — Me largue!

Rook ergueu o braço e emitiu aquele grito agudo sobrenatural. A névoa o engoliu inteiro.

— Não! — Bati em Blackwood. Mingau caiu no chão.

— Não é real. Ele não está lá — gritou Blackwood para mim. Magnus pegou meu bastão. — É uma tentativa de fazer você se aproximar. É uma ilusão.

Uma ilusão. Não era real. Rook não estava ali. Então ouvi a voz dela, sua vozinha gritando enquanto corria na direção da escuridão:

— Ellie! Billy! Aí estão vocês!

Charley correu até Korozoth, correu para o irmãozinho e a irmãzinha que ela achava que tinham aparecido. Magnus e Cellini gritaram para que voltasse, mas ela já estava longe demais. A pequenina tentou abraçar os dois fantasmas, perplexa ao vê-los desaparecer. Ela olhou para cima e a escuridão feroz a consumiu, fazendo-a desaparecer debaixo das camadas de fumaça e névoa. O grito agudo e frágil dela soou por um instante, então sumiu. Quando a sombra se afastou, Charley não estava mais lá.

Magnus tentou nos reorganizar na formação de diamante, mas não consegui participar. O fogo me aquecia e a raiva alimentava as chamas. Com a cabeça pulsando, me afastei de Blackwood e corri até a nuvem preta.

O rugido da criatura reverberou pelos meus ossos quando ergui os braços para recebê-la. Eu tremia. *Venha até mim, seu cretino*, pensei. *Se gostou do sabor daquela garotinha, venha provar o que vou fazer para você.*

— Estou esperando — falei entre os dentes. O tentáculo apareceu pairando sobre mim, pronto para me acertar.

— Howel! — gritou Magnus.

Todos os centímetros do meu corpo, desde a raiz do cabelo até a ponta dos pés, zumbiam de energia. Deixei o poder seguir à vontade.

O mundo explodiu em chamas, o calor brilhando azul e então escarlate. Olhei para cima, acompanhando minha coluna de fogo que subia cinco, dez, quinze metros. Um grito despedaçado e bestial irrompeu no ar. Senti o cheiro de enxofre. Milhões de estrelas estouraram na minha visão. Senti um frio horroroso e caí na escuridão.

* * *

Acordei na cama, com um pano úmido na bochecha. Fenswick estava ao lado do meu travesseiro, torcendo as orelhas e com a boca franzida numa expressão azeda.

— Você acordou enfim. — Ele não parecia satisfeito.

Quando sentei, o quarto girou diante dos meus olhos. Caí deitada de volta no travesseiro. Uma vela queimava na mesa ao lado da cama e foquei na chama alaranjada. Eu estava viva, de alguma forma. Estava inteira? Meus braços e pernas funcionavam, e verifiquei minhas mãos, antebraços, peito, mas não encontrei cicatrizes.

— Você não foi marcada — disse Fenswick, puxando um cordão de sino acetinado. — Ele a acertou com o lado errado do tentáculo. Ou o lado certo, pela sua perspectiva.

— Como vim parar aqui?

— Magnus a carregou de volta à área resguardada. — Meu rosto esquentou um pouco.

— O que aconteceu a Korozoth? — A porta abriu e Agrippa entrou, seguido dos Iniciantes. Magnus e Cellini se empoleiraram aos pés da minha cama; Dee, Wolff, e Lambe se mantiveram próximos à porta. Blackwood ficou em pé com as costas viradas para a parede, isolado de todos nós. Como sempre.

Fenswick pegou meu rosto com sua pata e estalou os dedos diante dos meus olhos.

— Ela está bem. Não faço a menor ideia de como pode estar ilesa — resmungou a criaturinha.

Agrippa agarrou a cabeceira da cama e veio para o meu lado.

— Você desrespeitou todas as instruções possíveis da Ordem! — Ele pegou minha mão e a beijou. — E você é tudo o que eu esperava que fosse. — Seus olhos brilharam com as lágrimas. — Tudo.

— O que aconteceu a Korozoth?

— Recuou. — Magnus se ajoelhou ao lado de Agrippa. — Você o mandou para longe. Devia ter ouvido o rapazote rugindo e gritando. Ele desapareceu, sumiu no ar como a sombra e a porcaria de névoa que é. Ele nunca correu tanto assim na vida.

Os garotos se aproximaram, todos exceto Blackwood, que sequer sorriu. Ele provavelmente só estava bravo porque eu o tinha desobedecido e passado pelo domo para...

— Rook! — Minha garganta ficou seca. Wolff serviu água do meu jarro de porcelana e me estendeu um copo. O sabor era quase metálico, mas a sensação refrescante era maravilhosa. — Ele está bem?

— Ele não tinha saído daqui — contou Magnus. — Encontraram Rook lá fora, na baia de um dos cavalos. Ele tinha se amarrado a um dos postes.

— O quê?

— Ele disse que sentiu uma vontade incontrolável de correr até a maldita besta, por isso foi até a estrebaria. Disse que sabia que manteríamos você em segurança, e não queria sair, acabar sendo morto e preocupá-la. Nós o encontramos há algumas horas. Aparentemente teve uma noite difícil, coitado. Ele estava coberto de suor.

Rook estivera em segurança o tempo todo. Desmoronei no travesseiro de novo e fechei os olhos. O alívio era doce. Então, com um baque, me lembrei de Charley.

— Se Korozoth voltar...

— Você não vai mais lutar até receber sua comenda — disse Agrippa, severo. — Você é incrível, mas também é sortuda. A Ordem só pôde perdoar o que aconteceu desta vez. Isso vale para o restante de vocês — avisou ele, especificamente para Magnus. — De agora em diante, vocês vão obedecer, senão serão excomungados. — Os garotos grunhiram suas concordâncias.

Magnus apontou seu bastão para o teto.

— A Henrietta Howel! — Os garotos comemoraram, todos menos Blackwood.

Fenswick misturou uma colher de algum tipo de pó num copo de água e o estendeu para mim. Bebi e descobri que não conseguia manter os olhos abertos. Todos os rostos ficaram borrados. Suspirando, relaxei no travesseiro e fiquei assistindo à chama da vela queimar ao meu lado. A chama foi reduzindo e piscando debilmente. Naquele estado drogado, imaginei que a escuridão em si envolveu a luz com a mão. Dei risadinhas diante do absurdo dessa ideia e dormi.

ROOK AFASTOU UMA MECHA DE *cabelo do meu rosto.*

— Nettie? — sussurrou. Ele estava vestido de escuridão. Ela pendia de seus ombros e se estendia por sua pele, como dobras de cortinas.

— Você está a salvo. — Suspirei, erguendo o braço para tocá-lo. Ele pegou meus dedos e os beijou. A facilidade com que fez isso me emocionou.

— Melhor do que isso. Estou livre agora. Você consegue ver?

As sombras me levantaram e flutuei num mar escuro sem fundo. Rook estava suspenso acima de mim, com um brilho em seus olhos de um preto sólido. Éramos dois pequenos objetos girando num vácuo. Exausta, caí de volta na minha cama.

— Descanse agora — sussurrou Rook. — Mas volte para mim amanhã. Você virá, não é?

— É claro — falei, virando de lado e fitando a última faísca da vela. Aquela escuridão rica e aveludada a extinguiu, e o sonho desapareceu com a luz.

HARGROVE SENTOU-SE NA BEIRADA DA minha penteadeira, ainda usando aquele casaco vermelho-roxo-alaranjado ridículo.

— Então — disse ele. — Você é uma bolinha de fogo. Eu deveria saber. — Ele deu uma mordida numa maçã vermelha e crocante que tinha na mão. — Você deveria mesmo ter vindo e falado comigo. As coisas estão prestes a ficar bem mais difíceis para você. — Ele pegou um frasco de vidro de perfume, borrifou um pouco e fez uma careta.

— Vá embora e me deixe dormir — resmunguei, sentando na cama. Meu quarto estava tomado por aquela névoa onírica de novo. Tudo parecia enevoado, a não ser o mago. Ele se levantou e parou ao lado da minha cabeceira, comendo a maçã até o miolo.

— Coisinha estúpida, você não faz ideia da encrenca na qual está se metendo. Venha me ver amanhã e eu a ajudarei. Será sua recompensa por ter tentado salvar a pequena Charley. — Sua expressão presunçosa desapareceu. Ele suspirou. — Sim. Foi minha culpa. Eu nunca me lembro de contar as cabeças.

— Deixe-me em paz.

— Você precisa vir. A informação que tenho é delicada. Você vai querer saber qual é.

— Vá embora e me deixe dormir, Jenkins Hargrove — resmunguei, afofando meu travesseiro.

— Tudo bem. Aqui. — *Ele jogou o miolo da maçã para mim e me ergui para pegá-lo.*

UM INSTANTE DEPOIS, ACORDEI. O quarto estava vazio, tanto de névoa quanto de magos. Sentei com um gemido.

Não gritei quando vi que tinha um resto de maçã na mão. Mas sem dúvida eu quis gritar.

11

Eu não deveria estar aqui, pensei enquanto voltava para a casa de Jenkins Hargrove no dia seguinte. Parte de mim queria dar meia-volta e ignorar a *visita* do mago na noite anterior. Mas ele já havia me visitado em sonho duas vezes, falado comigo. E aquele truque com a maçã... Como tinha feito aquilo?

Ele dissera possuir uma informação delicada. Pois bem. Eu o escutaria e depois lhe diria para nunca mais me procurar.

Tinham me dado a manhã para repousar, e foi bem trabalhoso conseguir permissão para passear pela vizinhança, para tomar um ar. Logo iriam dar pela minha falta. Eu sabia que precisava ser rápida.

Virei a esquina e olhei em volta, procurando o coitado do Impuro. Eu tinha trazido uma moeda e um pedaço de pão para lhe dar, mas ele não estava mais junto à parede. Talvez tivesse seguindo em frente. Ou talvez tivesse acontecido alguma coisa com ele. Que pensamento horrível. Rezei para que alguém tivesse se apiedado dele.

Preparando-me, subi a escada de madeira e bati à porta do mago. Um coro de vozes infantis me disse para entrar. Como antes, Hargrove atravessou as cortinas todo encarquilhado, em sua atuação de homem velho.

— Entre, querida dama, e dê uma espiada em seu futuro. Não somos nada além de pessoas humild... Ah, é você. — Ele estalou e botou os ossos de volta no lugar. — Você deveria me informar quando estiver pensando em fazer uma visita. Levo um minuto para torcer minha espinha para essa entrada. — Ele sentou-se à mesa e afofou o casaco.

Vi o irmãozinho e a irmãzinha de Charley, que estavam com o rosto inchado de chorar.

— Gostaria de falar com você a sós.

— Devo mandar as crianças para a sala de espera ou para a biblioteca? — disse ele pausadamente, dando uma olhada irônica no cômodo apertado. Percebendo que não vi graça alguma, ele bateu palmas e continuou: — Peguem os totens que tiverem terminado e levem para a rua. Vão, vendam os produtos. — Eles recolheram os itens e se arrastaram para fora. Depois que se foram, Hargrove acenou para que eu me juntasse a ele. — Como posso servi-la? Tarô? Quer ler seu futuro? Quer que eu conserte seus imensos dentes da frente?

Ele não falou nada da maçã. Pensei em três abordagens diferentes para começar a conversa. Não consegui verbalizar nenhuma delas.

— Então? — pressionou Hargrove.

— Eu... Eu estou aqui para ver se posso fazer algo pelas crianças — falei fracamente. Minha mentira era meio covardia, meio esperança. Talvez houvesse uma explicação lógica para a maçã. Talvez minha visão dele tivesse *mesmo* sido um sonho, como o que tive com Rook. Pesadelos causados por estresse excessivo.

Ele se recostou na cadeira.

— Mais caridade?

— Sim. — Brinquei com os cordões da minha bolsinha.

— Você é a garota profetizada tão esperada pelos feiticeiros, não é? Acho que derrotar os Ancestrais será de grande ajuda para minhas crianças.

Fiquei pasmada.

— Como soube?

— Por favor, não insulte minha inteligência — retrucou ele. — Tenho conhecimento das palhaçadas absurdas dos feiticeiros. Por que eles têm essa bela profecia está além da minha compreensão. Feiticeiros são crianças atrofiadas e tímidas sem estômago para testar os limites do possível. — Ele manteve a mão sobre a mesa, então a recolheu, revelando a carta de uma mulher segurando um bastão, com os cabelos esvoaçantes sob uma brisa forte. Na carta se lia *A Rainha de Paus*. — Você quer ajudar as crianças? Deixe-me ler seu destino. Duas moedas cada carta.

— Tudo bem. — Sentei pesadamente na cadeira, aliviada. Ele não ia mencionar o sonho.

Ele estalou os dedos e conjurou mais duas cartas. A primeira mostrava um menino feliz com um pé balançando no vão de um penhasco e um cachorrinho ao seu lado.

— O Louco, minha querida, significa o início de uma aventura ou jornada de algum tipo. O Louco é você. — Ele sorriu de seu insulto velado. — Depois disso, temos a Rainha de Paus. Talvez você considere isso óbvio, já que é uma feiticeira e tal. Mas na verdade a Rainha significa alcançar um novo estágio em seu desenvolvimento, quando será capaz de compreender seu passado e vislumbrar seu futuro.

— Que bacana. — Minha voz soou entediada.

— Sim, flores, abraços e filhotinhos de cachorro. Mas veja — disse ele, e virou a terceira carta para revelar aquele esqueleto sombrio saltitante dançando numa estrada, a boca de caveira aberta num sorrisão. — A Morte. Não entenda errado — emendou ele ao me ver estremecer. — A carta da Morte significa que uma grande mudança se aproxima. Sua vida será alterada para sempre. — Ele cofiou seu bigode grisalho e piscou um de seus olhos escuros. — Sua Majestade vai lhe dar a comenda, e você será a feiticeira mais reverenciada e bela a ver todos os seus sonhos se tornarem realidade, hip, hip, hurra, biscoitos e chocolate. — Ele conjurou mais uma carta de sua grande manga roxa e a pôs sobre as outras três. A carta mostrava um garoto e uma garota abraçados. — Ah, os Enamorados. Uma batalha interna entre duas coisas. E agora mais uma carta. — Vimos então a imagem de um homenzinho com um chapéu pontudo fazendo um soldado de brinquedo dançar. — O Mago. Pode significar tomar o controle de sua vida. Ou, neste caso, pode ser assustadoramente literal. — As cartas desapareceram nas dobras das mangas do casaco dele.

— É isso? — perguntei com cautela.

Ele deu de ombros.

— Isso foi o que as cartas me falaram. Gostaria de algo mais?

Eu não conseguia dizer. Talvez fosse covardia, mas, se ele não pretendia tocar no assunto, não seria eu quem provocaria o destino. Eu ia categorizar o sonho como uma ocorrência peculiar e não pensaria mais no assunto, pronto.

— Obrigada pela leitura do meu destino — falei, abrindo minha bolsinha e pegando algumas moedas para deixar sobre a mesa.

— Suas mãos estão tremendo — observou ele.

— A noite passada foi uma provação — murmurei.

Hargrove lançou as moedas para o ar e elas desapareceram.

— Sim. Korozoth é um visitante bem destruidor. Mas estão dizendo por aí que você o mandou embora com suas habilidades de fogo únicas. — Ele cofiou a barba. — Que talento. Eu me pergunto como você as desenvolveu...

— Adeus — falei, virando-me para a porta.

Estava quase do lado de fora quando a voz do mago me alcançou novamente.

— Obrigada pelo interesse na vida das pessoas mais pobres, Srta. Henrietta Howel.

Parte de mim berrava para eu ir embora, mas era tarde demais para isso. Soltei a maçaneta. Devagar, fui me virando para encará-lo.

— Como sabe meu nome?

— Ah, lorde Blackwood o mencionou quando vocês estiveram aqui, não foi? — perguntou ele com inocência fingida.

— Não. Ele nunca falou meu nome. — Senti aquela sensação tensa de mal-estar na boca do estômago. Não havia como evitar o assunto. — E eu não contei a você ontem no meu quarto. Na névoa.

Hargrove fez um zumbido.

— Estava me perguntando quando iríamos tocar nesse assunto.

O ambiente pareceu girar.

— Como você conseguiu fazer aquilo? Como o miolo da maçã foi parar na minha mão se estava num sonho?

— Minha querida, talvez você não goste das respostas para estas perguntas.

— Sei que você me reconheceu na primeira vez que nos vimos na rua. Você tentou disfarçar, mas eu percebi. — Aproximei-me dele com o coração martelando.

— Ah, meu botãozinho de flor, estamos no começo de uma jornada bem traiçoeira. — Ele pegou o gim malcheiroso e deu um gole. — Não queria fazer isso — comentou, limpando a boca com o dorso da mão —, mas devo isso a ele.

— Do que você está falando?

— Sim, eu a reconheci, mas não de um encontro anterior. Não... O problema foi com *quem* você se parece. — Ele bebeu mais um gole, piscando quando a bebida desceu queimando.

— Com quem eu me pareço?

— Seu pai, é óbvio.

Desabei pesadamente na cadeira. Como raios aquele mago sujo de Londres poderia conhecer meu pai?

— Mentira.

— William Howel. Um procurador galês que vivia em Devon com sua bela jovem esposa, Helena, nome de solteira Murray, e a irmã viúva dele. Deixe-me lembrar o nome dela... Anne, Amelia, Agnes. Isso, Agnes. Ele era igualzinho a você: pele escura, olhos e cabelos escuros. Morreu afogado. Qual era mesmo a história, num acidente de barco? Quase 17 anos atrás. Uma tragédia. — Ele me encarou com olhos frios e risonhos. — Acertei em cheio?

Minhas mãos pareciam dormentes.

— Como você poderia tê-lo conhecido?

— Seu pai era um mago, Henrietta Howel. Assim como você.

Fiquei de pé antes mesmo de conseguir pensar. Agarrando a beirada da mesa para me apoiar, falei:

— Não pode ser. Ele trabalhava com a lei, não com magia.

— As artes mágicas não rendem muito dinheiro, como você pode ver — comentou ele, fazendo um gesto para apresentar sua condição de vida miserável —, mas são uma boa pedida para um amador talentoso. Seu pai era exatamente isso, e sua tia Agnes também. Você está chocada. Não sabia que mulheres podem ser magas? É raro, mas pode acontecer. Tudo se resume ao sangue. E não recomendo você ficar fazendo resumos sobre sangue, vai ser trabalho jogado fora. — Ele me ofereceu a garrafa de gim. Recusei, apesar de desejar muito uma bebida. — É ainda mais raro que uma garota de uma linhagem de feiticeiros herde as habilidades do pai. Nem seu pai, nem sua mãe são feiticeiros, então como explica seu status recém-revelado? Uma profecia? — Ele fez um muxoxo alto, úmido e grosseiro. — Você é a maga que está vivendo a mentira mais magnífica de todas. E foi por isso — completou, se inclinando para a frente — que senti uma necessidade idiota de ajudá-la.

Eu não era feiticeira, era maga. Maga. Comum, suja, baixa. E não a garota da profecia. Os pensamentos iam e voltavam na minha cabeça como ondas. Eu não conseguia segurá-los.

— Como você conheceu meu pai? — Notei minha voz subindo.

— Nós nos conhecemos quando ele veio a Londres para ver se faria parte de nossa Associação. Magos são criaturas desorganizadas, mas em certa época discutimos sobre tentar reativar a Associação, algo bem parecido com a Ordem dos feiticeiros. Porém, nunca funcionou. A maioria dos membros não se lembrava de aparecer para as reuniões. Ou tinha se transformado em xícaras e não conseguiam ir. Tudo isso aconteceu quando o ilustre mago Howard Mickelmas era presidente. — Ele chacoalhou a garrafa de gim, perdido em pensamentos. — Preciso confessar que foi bacana encontrar você no plano astral. Eu não conversava com um colega mago dessa maneira desde antes da proibição de termos aprendizes.

Minha cabeça boiou.

— Plano astral?

— Outro truque mágico. Nossas almas podem deixar nossos corpos e vagar pela dimensão espiritual. Feiticeiros não conseguem fazer isso. Foi assim que entrei no seu quarto e lhe dei aquela maçã deliciosa. Enfim, estamos fugindo do assunto. Basta dizer que conheci seu pai e, depois da morte dele, Agnes me disse que Helena tinha dado à luz uma filha, e que a pobre viúva morrera de complicações no parto. Perdemos o contato logo depois e não pensei mais no assunto. Até que tudo isto aqui aconteceu. — Ele se inclinou sobre a mesa. — É por isso que estou tentando ajudá-la. Você está numa posição perigosa.

— Sim, por causa dos Ancestrais — resmunguei.

— Não. Por causa de monstros bem mais próximos e astutos do que o velho R'hlem jamais poderia ser. Se descobrirem que na verdade você é maga...

— Não me ameace — disparei.

— Ameaçar? Por que você deveria se sentir ameaçada? Afinal, ninguém nunca a torturou. Ninguém a forçou a revelar a localização e o nome de outros magos para que fossem listados nos arquivos dos feiticeiros. — Ele enrolou as mangas compridas e me mostrou seus braços escuros e esquálidos. Cicatrizes brancas e cinzentas riscavam a pele, juntamente a feridas antigas de cauterização que eu desconfiava serem marcas de queimaduras. Levei a mão à boca. — Ninguém lhe contou, não é, que magos são versões dementes de feiticeiros? Ou pior: que somos descendentes do demônio em pessoa? Mas tenho certeza de que você nunca terá de encarar isso. Afinal, *você* pode fazer a magia deles.

Blackwood dissera, com o rosto torcido de nojo, que magos eram malvados. Agrippa tinha falado livremente sobre quão horríveis eles eram. Magos eram obscenos, traiçoeiros, sujos...

— Não posso ser uma de vocês! Sou uma feiticeira! — Derrubei a cadeira ao me levantar. Minhas pernas estavam tão fracas que quase tropecei. — Isto é um truque. Você está tentando pegar mais dinheiro, como fez na rua. Mentiroso!

— Seu pavor é audível — disse Hargrove, escarnecendo ao se levantar. Talvez eu tivesse ferido seu orgulho. — Você tem motivo para sentir medo. Sabe o que vão fazer quando descobrirem que você é maga? — A voz dele tinha esfriado. — Eles vão expulsá-la daquela bela casa e jogá-la na sarjeta. Eles vão arrastar você até a rainha e botar seu nome na lista de ameaças em potencial. E, se você sequer respirar de um jeito que eles desaprovem, vão cortar este seu lindo cabelinho e botar você atrás das grades. Depois, numa manhã fria e cinzenta, vão levá-la para fora e descer um machado brilhante neste seu pescoci...

— Cale a boca! — berrei. Uma erupção de chamas saiu do meu corpo. Hargrove caiu no chão quando a bola de fogo explodiu no ar. Ele riu.

— Que temperamental. A magia reage muito bem a isso. — Hargrove desenrolou as mangas do casaco. — Volte quando não conseguir mais fazer os feitiços deles e seu mestre ficar nervoso de verdade. Volte se um dia quiser saber mais um pouquinho sobre o seu pai. — Ele espanou poeira de si e voltou à mesa. Sentado, levou o gargalo da garrafa de gim nos lábios, mas caíram só umas gotinhas. — E quando voltar, traga comida e bebida, por favor.

ASSIM QUE ENTREI NA CASA de Agrippa, desmoronei no fim do vestíbulo, tremendo tanto que não consegui nem tirar minhas luvas. Não era possível. Não. Parecia que a mão de alguém estava esmagando meu coração. O que eu ia fazer? O que raios eu poderia fazer?

Uma menina de origem feiticeira se levanta das cinzas de uma vida. Feitiçaria. Não magia. Não eu. Mas eu não podia ser maga.

— Senhorita, achei você! Por onde andou? — perguntou Lilly, me ajudando a ficar de pé. Seus olhos azuis estavam muito arregalados. — O mestre a chamou à biblioteca imediatamente, com todos os jovens cavalheiros. — Por um momento assustador, pensei que ele tivesse descoberto aonde eu havia ido. Mas então me lembrei de que naquela tarde haveria uma aula na biblioteca e… puxa vida, eu estava atrasada.

Encontrei-os sentados próximos às janelas. Todos se viraram para me encarar quando entrei. Agrippa tinha arregaçado as mangas e estava mergulhando as mãos numa tigela de prata com água.

— Srta. Howel — disse Agrippa quando me sentei ao lado de Dee. — Eu estava prestes a mandar uma equipe de buscas atrás de você. Por Deus, onde esteve? — Ele parecia ao mesmo tempo aliviado e irritado.

— Desculpe. Perdi a noção do tempo enquanto passeava pela vizinhança. — As palavras soaram distantes, como se outra pessoa as tivesse pronunciado. — Precisava tomar um ar.

Agrippa suspirou.

— Sei que a noite passada foi uma provação, mas não é pretexto para perder aulas. Estamos entendidos?

— Desculpe. — Até eu conseguia notar que minha respiração estava ofegante. Blackwood, sentado à minha frente, me encarava com interesse.

Agrippa mergulhou de novo as mãos na tigela de água e disse:

— Pois bem, vamos começar com perguntas fáceis para benefício da Srta. Howel. Qual é a diferença entre hidromancia e o controle de água tradicional?

A mão de Dee voou para cima. Blackwood respondeu:

— Controle de água mexe com o elemento em si, como abrir o mar. Hidromancia usa a água como uma ferramenta mágica, normalmente como um espelho para outro lugar.

— Bem explicado. Hidromancia, juntamente à piromancia, geomancia e aeromancia, são alguns dos talentos dos feiticeiros que os magos tentaram reaprender depois da Grande Cisma Mágica de 1526. Se queriam tanto assim nossas habilidades, não deveriam ter fracassado nas deles. — Os garotos deram risadinhas.

Tossi violentamente. Dee deu batidinhas nas minhas costas.

— Pegue um copo d'água para ela — disse Magnus. Ele estava largado numa poltrona e apoiou o antebraço na testa num gesto dramático. — Coitada da Howel. Estou tão entediado que também poderia morrer engasgado.

Agrippa usou o bastão para espiralar a água pelo ar, espalhando-a até que parecesse um grande painel de vidro. Ele explicou como projetar uma localização específica no espelho hidromântico. Ouvi, mas a voz de Agrippa ficava se metamorfoseando na de Hargrove. Em minha imaginação, o sorriso de Hargrove ficava sinistro enquanto ele distribuía as cartas na mesa. Ele exibiu a Rainha das Varinhas, franziu a testa e rasgou a carta. Então virou a carta do Mago e riu. *Aqui está*, disse ele, cofiando o queixo barbado. *Você não é uma feiticeira, é maga, Srta. Howel. Srta. Howel.*

— Srta. Howel! — disse Agrippa. Quase caí da cadeira. — Está me escutando?

— Desculpe. O quê? — Cravei os dedos nos braços da poltrona para me firmar.

— Qual é a situação da Cornualha na guerra? — Todos os olhos estão fixos em mim. Agrippa parecia preocupado. — Tem certeza de que está bem?

No espelho d'água, os penhascos da Cornualha estavam retratados perfeitamente.

— Hum, sim. — Minha língua parecia pesada e engoli em seco. O suor escorria em minhas têmporas. — A Cornualha sofre uma grande quantidade de ataques, vencida apenas por Londres na frequência com que ocorrem. O oeste em particular vive sitiado. Ninguém tem certeza do porquê, já que não é uma região muito populosa. Nemneris, a Aranha-da-Água, é o Ancestral que mais recebe a tarefa de assolar a região.

— Ótimo. O que estamos fazendo para contra-atacar?

Dee ergueu a mão, agitando-a. Enquanto Wolff discutia o domo que estávamos tentando montar para proteger os penhascos, Blackwood se inclinou para sussurrar ao meu ouvido.

— Por onde andou?

— Por aí. — Peguei papel e caneta e tentei fazer anotações. Felizmente, ele não falou mais nada.

Tratamos da situação de Lancashire, para onde Sua Majestade havia enviado tropas adicionais para proteger os produtores de algodão.

— Não tem havido pedidos para evacuar — disse Wolff com tristeza, balançando a cabeça. — Mas os trabalhadores não têm para onde ir. Preferem morrer cedo a perder sua subsistência.

Demos uma olhada em Yorkshire.

— Não há muito o que reportar a respeito — disse Agrippa quando a charneca apareceu. — Além da Londres resguardada, Yorkshire é o outro local mais seguro nesta guerra.

Discutimos o porquê de o norte permanecer relativamente intocado – menos recursos tentadores somados ao terreno difícil – enquanto Londres e a costa recebiam uma grande quantidade de investidas – R'hlem queria destruir o governo, capturar a rainha e dizimar a Marinha Real. Perdi muito do que foi falado; o sangue zunia em meus ouvidos. Agrippa voltou a nos mostrar a Cornualha.

— O almirante Ethermane lidera a frota contra Nemneris. Qual é o novo plano dele no combate à Aranha-da-Água?

Dee ergueu a mão pela décima vez, mexendo os dedos para chamar mais atenção. Magnus se endireitou e, enfim interessado, respondeu:

— O almirante Ethermane acredita que devemos congelar a criatura em sua teia. Gelo mágico em escala tão grande é difícil, mas eles estão tentando. O objetivo é impedir que Nemneris leve a guerra para o resto da Europa. Não que o resto da Europa esteja interessado no que ocorre na Inglaterra, é claro. — Ele golpeou a cabeça de Cellini com os papéis que tinha na mão.

— Como pode dizer isso, seu idiota? — Cellini riu. — Vou voltar a Roma para terminar meus estudos e deixar vocês todos apodrecerem aqui.

Agrippa pigarreou.

— Muito bom, Julian. Agora, quem... Calma, Arthur, não fique acenando assim. Quem pode me dizer...

A voz dele foi sumindo. Olhamos horrorizados para outro trecho da Cornualha. Vários navios tinham naufragado ou sido empalados ao longo da costa rochosa. Seus mastros estavam quebrados e seus cascos, partidos ao meio. Teias cobriam as embarcações como mortalhas espectrais. Os piolhos de Nemneris, seus Familiares, corriam pelos cascos destruídos. Ficamos de pé e nos aglomeramos diante do espelho d'água.

— Vejam — disse Magnus, apontando para um navio com uma bandeira azul ainda hasteada. Reconheci o navio. Era o mesmo que tínhamos visto zarpar das docas sob aplausos da multidão. Mas não podia ser a mesma embarcação. A que vimos em Londres tinha as velas brancas, enquanto as desta eram de um tom puro de...

— Por que as velas estão vermelhas? — perguntei. Agrippa tocou o espelho d'água com o bastão e desenhou um oito esquisito. O navio aumentou de tamanho e ganhou detalhes.

Havia corpos humanos pendurados nos mastros, como ornamentos horrendos. Eram massas de carmesim escuro e manchado. Eu queria olhar para o outro lado, mas se eu quisesse me tornar feiticeira e não maga — maga, não —, teria que dar conta de cenas terríveis como aquela. Toda a pele dos corpos tinha sido arrancada e as velas estavam manchadas com o sangue das vítimas. Compreendemos o que estávamos vendo antes que Agrippa proferisse as palavras:

— Isso é obra de R'hlem.

12

— Você não está se concentrando — disse Agrippa quando me escorei na parede da sala de obsidiana. Ele bateu palmas. — Você precisa prestar atenção.

— Sim — falei, encarando a parede. No reflexo brilhante dava para ver as minhas olheiras. Eu não conseguia mais dormir. Só conseguia ouvir os gritos frenéticos de Charley, dos outros desafortunados tragados por Korozoth e dos marinheiros esfolados vivos por R'hlem. Era meu dever ajudá-los.

Eu tinha sido *escolhida* para ajudá-los. Não tinha?

Você não é feiticeira, é maga. Já havia se passado uma semana desde que eu fora me encontrar com Hargrove, e a voz dele não saía da minha cabeça. Chegamos ao fim de abril sem fazer nenhum progresso. Agrippa agora estava oficialmente preocupado.

— Então. Vamos retomar do início da manobra da terra. Preparar — disse Agrippa, apontando para uma pedra grande no centro da sala. Ele tinha razão em soar irritado. Estávamos absurdamente atrasados na aula do dia. Eu deveria estar partindo a pedra e a grudando de volta, mas não tinha sequer começado.

Virei-me, dobrei os joelhos e lancei chamas sem querer.

— Cuidado! — gritou Agrippa quando quase chamusquei seu casaco. Ele bateu nas mangas para apagar as fagulhas. Parei de queimar e me encolhi de vergonha. — Qual é seu problema hoje?

— Não estou me sentindo bem — murmurei.

— Isso não é desculpa. — A voz dele era firme. — Você precisa lutar contra a dor. Haverá momentos na batalha nos quais você vai se sentir *muito* mal.

Recompus o espírito e me preparei de novo para a manobra. Avancei, girando o bastão acima da cabeça. A pedra deveria ter se partido em dez pedaços; em vez disso, rolou uma vez, depois outra e parou. Nada do que eu fazia dava certo.

Nada nunca daria certo, não se eu não fosse a garota da profecia.

— Tem alguma coisa errada — comentou Agrippa. Ele se aproximou de mim. — Você tem estado dispersa esta semana toda.

— Não tenho dormido direito, é só isso. — Mordi a bochecha.

A voz de Agrippa suavizou.

— Você pode falar se alguma coisa estiver incomodando.

Virei para encará-lo, para contar sobre minha visita a Hargrove... Mas continuei calada.

Eu não podia perder meu posto. Por nenhum motivo do mundo.

Nem em prol da verdade.

DEPOIS DAS AULAS DAQUELE DIA, fui para a saleta e me encolhi em um assento perto da janela com o livro sobre os Sete Ancestrais aberto no colo. Estava estudando a imagem de R'hlem, seus músculos e suas veias perturbadoramente expostos. Ele tinha um olho amarelo horrendo no meio da testa. Mesmo no desenho, senti como se ele pudesse enxergar dentro de mim. Estremecendo, virei a página para abrir no capítulo sobre Korozoth.

Luz e chamas são os únicos meio de impedir esse Ancestral, eu li, *pois qual é o único aliado contra a força irrefreável da sombra e da escuridão? Contudo, não existe exemplo de luz ou fogo fortes o bastante para erradicar a besta.* A nuvem preta gigantesca me fitava da página.

Fechei o livro e peguei outro, bem devagar. O título era *Heresia: a Grande Cisma Mágica de 1526.* Li sobre batalhas entre feiticeiros e magos. Havia imagens de ambos os exércitos: o lado dos feiticeiros estava armado com bastões e acompanhado de um coro de anjos celestes; os magos chegavam montados em rebanhos de porcos, com o diabo em pessoa atrás. Não achei historicamente precisa, mas a imagem era memorável. Li descrições de como alguém matara um mago para que a alma dele, nos momentos finais, se aproximasse de Deus. O procedimento envolvia decepar os braços, pernas e a língua do mago enquanto ele ainda estivesse vivo. Fiquei lendo até não conseguir mais, até meu coração começar a galopar.

Fechei os olhos e o livro e me inclinei para a janela aquecida pelo sol. Eu não o ouvi entrar, por isso dei um pulo quando Magnus se ajoelhou à minha frente.

— Assustei você? — perguntou ele com aquele típico sorrisinho diabólico.

Afofei minha saia de modo a cobrir o exemplar de *Heresia*, torcendo para que ele não o tivesse visto.

— O que você quer?

— Dar isto a você. — Ele ofereceu outro livro, *Henrique V*, Shakespeare. — Já que você gosta tanto de história e eu, de teatro, pensei em juntar as duas coisas. — Ele se acomodou ao meu lado e a luz do sol tocou seus cabelos. — Sempre quis interpretar Henrique.

— Você queria usar armaduras e fazer grandes discursos com centenas de pessoas ouvindo cada palavra sua.

Ele soltou um suspiro dramático.

— Meu sonho de infância. — Ele pegou o livro e abriu numa página quase ao fim. — "Querida Catarina, e tão querida" — falou com a voz profunda e suave, quase suplicante —, "dignar-se a ensinar a um soldado termos que possam encontrar destino nos ouvidos de uma senhorita e pleitear em seu coração gentil uma morada para as declarações de amor que ele proferir?" — Magnus fechou o livro e me fitou com um olhar de avaliação. — Pensando bem, você não daria uma boa Catarina.

— Não? Muito taciturna? Muito escura?

— Muito corajosa. Você está mais para Henrique. Tem até o nome, ou quase. E se eu a chamar de Henrique de agora em diante?

— E se chovesse em seu quarto durante a noite?

— Finalmente você está aprendendo a ser uma feiticeira de verdade! — Ele voltou a me estender o *Henrique V*. — Leia e depois me diga o que achou.

— "Vossa majestade vai rirr de mim" — falei com um péssimo sotaque francês — "porrque eu não saberr falarr seu Inglaterra." — Chocado, Magnus agarrou o exemplar e confirmou que eu tinha dito exatamente a fala seguinte. Gostei de vê-lo surpreso.

— Já leu este livro?

— O Sr. Colegrind tinha uma cópia das histórias de Shakespeare.

— Bem, elas não são nada perto das tragédias dele. Teremos de botar você numa dieta rigorosa.

— Você não acha que já tenho trabalho o suficiente?

— Não será trabalho nenhum. Será divertido. — Abrimos a peça naquela mesma cena e ele continuou: — "Oh, querida Catarina, se me amardes profundamente com seu coração francês, ficarei contente em ouvi-la declarar-se erroneamente com sua língua inglesa. Gostais de mim, Kate?"

— "*Pardonnez-moi*, mas não sei o que significa 'gostar.'"

— Ah, por favor, faça o sotaque francês. Nunca ouvi nada tão engraçado. Ai! Por que você me bateu? — Passamos a hora seguinte, ou quase isso, lendo trechos da peça, e nunca ri tanto na minha vida quanto naquele tempo. Por um momento, o estresse dos últimos dias evaporou. A campainha anunciando o jantar soou e nos levantamos. — Howel, você me acompanharia a uma festa na Hanover Square esta noite?

— Uma festa? — Fiquei inquieta. Não queria ir a público enquanto não estivesse no controle das lições.

O que poderia ser nunca, considerando o ritmo atual das aulas.

— Somente alguns outros Iniciantes vão. Dee e Cellini estão pensando em ir também.

— Não sei se vou ficar confortável com a atenção que vou receber. — Empurrei a porta para abri-la e saímos em direção ao saguão.

— Estarei ao seu lado a noite toda. Ninguém vai prestar atenção em você enquanto puderem ficar olhando para mim. — Ele deu uma piscadela.

— Não sei se presto para festas. Não sei flertar, não sei dançar e não sou engraçada.

— Não sei do que está falando. Acho você hilária. — Parei e bati de leve no braço dele. — Este foi o tapa mais engraçado que já recebi. Só não vá beber tanto ponche a ponto de acabar dormindo debaixo das escadas. — Quando não respondi, ele falou com mais doçura: — Você vai receber sua comenda. Essas pessoas serão seus aliados. Não é uma ideia ruim fazer com que gostem de você.

Será que eu *iria mesmo* receber minha comenda? Essas pessoas não seriam minhas aliadas se soubessem o que eu era de verdade. O que Hargrove tinha dito que eu era.

— Para você é fácil, não é? — Enrubesci. — Ser estimado pelas pessoas.

— É o que meu professor de música sempre disse: prática. Escute!

— Magnus entoou alguns compassos de uma ópera italiana numa voz tão desafinada e lamentável que desci correndo as escadas só para me afastar dele. Ele correu atrás de mim, cantando cada vez mais alto.

— Eu vou à festa se você me prometer nunca mais cantar — gritei.

— Combinado!

Talvez ter alguns outros aliados fosse exatamente do que eu precisasse agora. E, pelo que eu sabia, com Magnus lá talvez até fosse divertido.

— NÃO SEI O QUE dizer em eventos assim — falou Dee, fitando sua taça de ponche vazia. — Todas as garotas querem dançar, e não sou bom dançarino. Elas dão risadinhas e vão embora.

— Também não consigo pensar em nada para dizer. — Estávamos parados feito guardas próximos à mesa do ponche e assistíamos ao redemoinho de atividade. Casais dançavam a música que o quarteto de cordas tocava num canto do salão, suando em bicas pela proximidade das velas. Senhoras mais velhas, acompanhantes das moças, vestidas com trajes pretos de crepe e renda, dormiam nas cadeiras.

A música era maravilhosa. A dança parecia bastante divertida. Magnus fazia par com uma bela ruiva.

— Ela é de família de feiticeiros? — perguntei, tentando não prestar tanta atenção à nova parceira de Magnus. Eu não me importava com isso, de qualquer forma.

— Aquela ali é Eugenia Whitechurch, a filha do comandante. A linhagem mágica dela vem lá de trás, desde o Conquistador. — Magnus e Eugenia dançavam uma quadrilha, rindo enquanto davam voltas um no outro.

— Gostaria de saber dançar — murmurei.

— Eu ensino — ofereceu Dee com um sorriso tímido. — Não sou bom, mas sei como se faz.

— Oh, você faria isso? Estou me sentindo uma idiota parada aqui.

— Veja, é fácil. — Ele pegou minha mão e deu uns passos para a frente e para trás. Infelizmente, ele deu um passo grande demais e pisou no meu dedão do pé. — Desculpe — pediu quando mordi o lábio e dei pulinhos para aliviar a dor. — Sou melhor quando não está tão lotado.

— Tenho certeza disso. Espero que meus sapatos não tenham estragado, senão Lilly vai me matar.

— Ah, ela não teria coragem. Lilly é garota mais amável do mundo. E a mais bonita — murmurou ele. Então ele gostava da Lilly, não é?

— Ela sabe que você a admira? — Minha voz tinha um quê de afiada. Criadas que chamassem a atenção do mestre poderiam ser pressionadas a fazer coisas que não desejavam.

— Ah, não. — Dee enrubesceu. — Eu não gostaria de deixá-la desconfortável. — Ele soou totalmente sincero.

— Você é um perfeito cavalheiro — falei, enlaçando meu braço ao dele. Dee sorriu.

Cellini apareceu em meio à multidão e acenou para mim. Dois rapazes estavam ao lado dele, um moreno e outro loiro. Eles sussurraram entre si e seguiram Cellini, que se aproximava.

— Howel, você está linda esta noite. — Cellini beijou minha mão com movimentos grandiosos. Ele estava meio vacilante e cheirava muito forte a ponche. Um sorriso lento e contente apareceu em seu rosto. — Linda. *Bella ragazza.* — Ele murmurou mais algumas coisas em italiano, impossíveis de se compreender. Dei uns tapinhas gentis em seu braço e Dee o ajudou a ficar de pé. — Estes aqui são amigos meus — falou ele, girando o punho num floreio. — Lovett — o rapaz loiro sorriu — e Hemphill. — O de cabelo preto também assentiu. — Camaradas muito bacanas, estes dois. São Iniciantes de mestre Palehook, mas não devemos usar isso contra eles. — Ele disse aquilo bem devagar, apontando na cara de Dee, como se estivesse dando uma lição. — Eles sempre perdem nas cartas. Isso ajuda bastante.

Lovett e Hemphill fizeram uma reverência para mim.

— Então você é a garota da profecia, Srta. Howel? Encantado em conhecê-la — disse Lovett. Ele era um jovem bonito, mas havia algo estranho em seu sorriso.

— Obrigada — respondi, torcendo para parecer confiante.

— Quem sabe não nos inspiremos em lutar vestindo saias e chapéus floridos a partir de agora. — Hemphill riu. — O velho R'hlem não ficaria surpreso se visse um exército de feiticeiros marchando em roupas femininas?

~ 148 ~

— Talvez não vá chocá-lo tanto, então, ver uma mulher liderando as tropas — retruquei.

— Você vai nos liderar, Srta. Howel? — Hemphill deu um sorrisinho. — É uma ambição e tanto.

— Bem, não de imediato, é claro. — Dei um passinho para longe deles, tocando as costas na parede.

— Ah, sim, um passo de cada vez. Que inteligente — disse Lovett. — Como vai você, Dee? — perguntou ele, mudando de assunto. — Dançou bastante esta noite? Não houve gritos de dor das moças, então suponho que a resposta seja não. — Ele riu. Eu não achei a menor graça.

Dee não disse nada, mas seu rosto ficou vermelho.

— Fico contente que não tenha havido mais ataques nas últimas noites — comentou Hemphill. — Deve ser por sua causa, Srta. Howel. Dizem que você deu uma surra na velha Sombra e Neblina. Alguns poderiam considerar essa demonstração de força de uma masculinidade inapropriada.

— Alguns poderiam considerar o que você fez anormal — disse Lovett, se apressando em emendar: — Mas não é o que nós achamos.

Cellini estava mergulhado numa perplexidade embriagada.

— Rapazes, vocês não estão sendo muito amigáveis. — Ele se virou para Dee. — Ou estão? Não sei dizer; está tudo embaralhado.

— Eles *não* estão sendo amigáveis — murmurou Dee. Cellini se afastou, cambaleando de volta para a multidão.

— Também nos disseram — continuou Lovett, dando um passo mais para perto — que você trouxe para cá um rapaz Impuro. É verdade? Eu me ericei.

— Quem te contou isso?

— Mestre Palehook, é claro. Todo mundo queria saber tudo sobre você, mas você se manteve estranhamente quieta no seu canto.

— É muita bondade sua cuidar de algo tão destruído — disse Hemphill. — Imagino que sinta náuseas só de olhar para aquilo.

— Vocês dois — disse Dee, ficando escarlate —, por que não nos deixam em paz?

Os dois garotos o ignoraram.

Gritar com eles não me traria nada de bom. Tentei passar pelos dois, mas eles bloquearam meu caminho.

⁓ 149 ⁓

— Tem sorte por todos nós a estimarmos por ser a resposta à profecia, Srta. Howel. — Lovett se inclinou para sussurrar ao meu ouvido. — Senão não haveria poder no mundo capaz de nos convencer a deixar um esquisito daqueles morar em nossa Londres resguardada.

Estiquei meu braço, talvez para empurrá-lo, talvez para queimá-lo, pois naquele momento senti as chamas quase chegando na pele. Mas Magnus entrou no meio da roda e agarrou os dois rapazes pelo ombro, impedindo que algo acontecesse. Cellini o chamara bem a tempo. Os cretinos se acovardaram diante de Magnus. Apesar de sua natureza ser alegre, ele sabia ser feroz.

— Saiam daqui — disse ele, a voz ameaçadora e baixa. Então os soltou, mas eles não foram embora de imediato.

— Deve ser uma maravilha para você, Magnus — comentou Hemphill, se encolhendo. — Todos nós sabemos da sua estima pelas garotas. Tê-la sob o mesmo teto deve facilitar muito. Você não precisa ficar perambulando pelas ruas atrás de uma.

Eu não conseguia respirar. Magnus agarrou o colarinho de Hemphill.

— Cuidado com o que fala — sussurrou Magnus. Naquele momento, ele teria dado uma aula a Blackwood sobre intimidação fria. — Ou vou desafiá-lo para um duelo.

— Feiticeiros não podem duelar uns contra os outros — disse Hemphill. Ele parecia meio abalado, entretanto.

— Ainda não recebemos nossa comenda. Lutaremos com espadas de resguardo, e eu o cortarei ao meio. Vou espalhar suas tripas pelo saguão para ver se você tem mesmo algum sangue correndo nas veias. Agora vão. — Ele ficou parado ali, e os dois garotos se infiltraram na multidão.

— Eles não gostam de você — disse Cellini para mim, com um bocejo. — Não conseguem aceitar uma dama como uma de nós. — Ele então fechou os olhos e começou a roncar.

Toquei minha bochecha e descobri que ainda estava queimando. Com uma desculpa rápida, escapei para o vestíbulo. Música e risadas ultrapassavam as paredes enquanto eu seguia para a porta da frente.

Parei nas escadas e me apoiei na balaustrada para me acalmar. Se era assim que as pessoas se comportavam quando pensavam que eu era a garota da profecia, o que raios aconteceria caso descobrissem que eu era maga?

Ninguém jamais poderia descobrir. Nunca. Deus, se ao menos minhas aulas pudessem melhorar...

— Howel, espere. — Magnus me alcançou. — Sinto muito. Eles sempre foram detestáveis.

— Você acha que eles andam espalhando esse tipo de história sobre nós dois? — Eu sabia o valor que tinha o bom nome de uma mulher. Ainda que o boato fosse uma mentira descarada, o fato de simplesmente existir poderia ser o suficiente para arruinar minha reputação. E neste momento, minha reputação era a única coisa que me mantinha em segurança.

— Vou pedir ao mestre Agrippa para investigar isso.

— Por que eu vim a esta festa? Devia ter ficado em casa. — Sentei pesadamente num degrau da escada, cansada demais para ficar de pé.

— Nem todos os feiticeiros são como eles. Eu não sou. Dee não é. Até Blackwood é um tipo melhor do que eles, mesmo sendo tão divertido quanto um frango molhado. — Magnus olhou ao redor para se certificar de que estávamos a sós, então sentou ao meu lado. — Eu queria que você ficasse à vontade.

— Não tem como eu ficar à vontade aqui. — *Porque você é maga e está mentindo para todo mundo.* A voz na minha cabeça era feia. E agora eu estava prestes a chorar. Dei as costas para Magnus e tapei minha boca com a mão.

— O que foi? — A voz dele era gentil. Ele passou um braço reconfortante pela minha cintura e pegou meu queixo com a outra mão. Virando-me para encará-lo, disse: — Você não pode deixar que eles a amedrontem.

— Não tenho medo *deles*. — Comecei a tremer. Ele se inclinou para perto, falando com suavidade.

— Tem alguma coisa errada desde a noite do ataque de Korozoth. Parece que há sempre coisas terríveis passando pela sua cabeça. — A voz dele era tranquilizadora. — Sei que presenciar a morte daquela garotinha foi horrível.

Parte de mim queria afundar a cabeça no peito dele e contar tudo. Minha parte sã sabia que isto era impossível. Por que eu tinha que mentir para quem era tão bom para mim? Que tipo de pessoa eu me tornava ao fazer isso?

Respirando fundo, contei o máximo da verdade que podia.

— Estou com medo de não ser o que todo mundo precisa.

Magnus pegou minha mão.

— Você é. Você será.

Seu toque era cálido. Seus olhos acinzentados brilhavam à luz baixa das velas no saguão. Ele estampava um sorriso confiante, do tipo que indicava que jamais conhecera a derrota. Do tipo que prometia que eu seria protegida de quaisquer perigos que aparecessem.

Senti uma carga de energia minúscula, tal como aquela que atinge o ar antes da queda de um raio. Magnus apertou minha mão.

Vagamente, lembrei que havia um boato rolando a meu respeito. Apesar de estarmos a sós, era arriscado ficar de mãos dadas com Magnus, ainda mais porque não tínhamos um acompanhante. Afastei-me gentilmente.

— Acho que meus nervos levaram a melhor desta vez. Volte ao salão para dançar. Não tenho dúvidas de que a Srta. Whitechurch está à sua procura — falei.

— Tem certeza de que está bem?

— Preciso de um momento para recuperar o fôlego. — Fiquei de pé e ajeitei meu cabelo. Magnus se levantou também.

— Seu problema é que você só tomou uma taça de ponche a noite toda. A vida é muito melhor quando a cabeça está zoada. Foi Aristóteles quem disse isso.

— Não disse, não. — Dei risada. Magnus foi embora. Sozinha, fechei os olhos para me recompor. Eu tinha que botar um sorriso na cara antes de voltar ao salão, ou as pessoas iriam comentar.

Um suspiro me fez virar a cabeça. Palehook descia as escadas com uma taça de ponche na mão. Ele me olhava por sobre os óculos.

— Srta. Howel. Está angustiada?

Mais do que ele seria capaz de imaginar. Contudo, eu poderia ter ao menos uma conversa franca com ele.

— Eu preferiria que o senhor não falasse de Rook às pessoas. — Minha vontade era de estourar com ele, mas precisava ser educada.

— Você é um tópico de muita discussão. Cornelius cometeu um grave erro ao mantê-la trancada dentro de casa. Na ausência de qualquer coisa factual, a fofoca é inevitável. — Ele passou um dedo esguio pela borda da taça de ponche, provocando um fraco zunido musical. — Se você fosse minha Iniciante, eu teria lidado com a situação de outro modo.

— Ainda assim, por favor não discuta minha situação, mestre Palehook. Nem com seus Iniciantes, nem com ninguém. Acabei de falar com dois de seus garotos e eles foram excepcionalmente grosseiros. As pessoas podem acabar achando que você não deseja que eu receba minha comenda. — Dei meia-volta para sair, mas ele entrou na minha frente.

— Essa é uma acusação injusta, Srta. Howel. Estou ao seu lado no serviço ao meu país. — Ele parecia sincero. Senti firmeza em sua voz. — Meu único desejo é mandar os Ancestrais de volta para o lugar de onde vieram.

— É bom ouvir isso. Estava com medo de que você tivesse jurado lealdade à memória de Gwendolyn Agrippa.

Palehook deu um sorriso malicioso.

— Devo aceitá-la como a escolhida. Mas ainda reverencio a Srta. Agrippa. Ela era uma servente resoluta da Ordem. Conhecia nossos meios. — Ele fez uma reverência para mim. — E sabia qual era seu lugar.

Ele se afastou, sua ameaça velada me causou arrepios.

13

No dia seguinte, Palehook chegou para observar a aula. O mordomo o anunciou no jardim, onde estávamos todos juntos para botar a mão na massa. Agrippa acreditava que um tempo longe da sala de obsidiana poderia me acalmar, mas o resultado não estava sendo o esperado. Todas as minhas tentativas de realizar manobras terminavam comigo lançando uma tigela de água na cabeça de alguém. Coitado de Dee, ainda estava pingando e fingindo que não ligava.

— O que ele está fazendo aqui? — sussurrei enquanto Magnus buscava outra cadeira. Palehook conversou com Agrippa perto das roseiras, esmagando algum inseto oculto.

— Só não bote fogo em nada que não deveria — sussurrou Magnus em resposta. Ficamos de pé em fila por um tempinho enquanto Palehook se acomodava numa cadeira de jardim e protegia o rosto do sol com um leque de papel.

— Está um dia quente hoje — comentou ele ao servir-se de uma xícara de chá. — Por que estão do lado de fora?

— Alguém solicitou mais espaço — disse Blackwood. Ele não mencionou meu nome, mas Palehook imediatamente olhou para mim. Droga.

— Verdade?

— Estamos acertando alguns detalhes — explicou Agrippa com um olhar preocupado.

— Prossigam — disse Palehook.

— Acho que já praticamos o suficiente para a comenda hoje — falou Agrippa. — Hora de um duelo. Vamos usar água. Howel, Blackwood, vocês começam.

Percebi que o plano era me tirar de cena o mais rápido possível, de modo que Palehook não acumulasse expectativas. Blackwood e eu nos posicionamos no meio de todos e fizemos uma reverência.

— Dê-me um instante para começar — sussurrei. Nos afastamos e flexionamos os joelhos. O começo era sempre difícil, como levantar um saco de cimento com o poder da mente, mas depois disso...

Um jato de água bateu no meu peito. Gritei enquanto Blackwood convocava a água de volta para ele e depois a lançava na minha direção feito um foguete. Protegendo-me com um pensamento, caí sobre um joelho. O ataque espirrou em meu escudo. Fiquei de pé, estimulada pela raiva.

A água na minha tigela espirrou no ar e fragmentos pontiagudos de gelo se formaram. Eu tinha conseguido. Com um grito triunfante, golpeei várias vezes. O gelo disparou para a frente.

Blackwood ficou de cócoras e girou o bastão. Meu ataque perdeu velocidade e o gelo voltou a ser água. Ele tinha tomado o controle da minha arma. Em pânico, tentei reaver o elemento.

Blackwood deu um salto e espiralou a água num esguicho de quase dois metros de altura. Soltei um grito quando o funil emborcou em cima de mim. Por um momento, lutei debaixo daquilo. Era como se estivesse me afogando. Blackwood desfez o feitiço, e deitei sobre as pedras do pavimento, molhada até os ossos e tossindo. Ele estendeu a mão para me ajudar a levantar. Quase o mordi.

— Excelente, lorde Blackwood. Isso foi uma... manipulação original do bastão, Srta. Howel — comentou Palehook. Ele se virou para Agrippa: — Seus treinamentos são bem heterodoxos.

— Não sei se concordo — disse Agrippa. Notei o constrangimento na voz dele.

Se a Morte tivesse aparecido para me buscar naquele instante, eu a teria abraçado, aliviada.

Enquanto Wolff e Lambe se posicionavam para o duelo seguinte, conduzi Blackwood para a beirada do gramado.

— O que foi aquilo? — sibilei.

— Venci o duelo.

— Você me fez parecer uma tonta diante dos mestres. — Torci minhas mangas o máximo que consegui.

— Na verdade, você fez isso sozinha — retrucou ele. E então aplaudiu Wolff, que tinha atingido a tigela vencedora, e continuou: — Os mestres têm direito de ver suas inconsistências. Você vai de congelar água em movimento, um dos feitiços mais difíceis que existem, a não saber como se proteger de um simples ataque. — Ele coçou o queixo. — É quase inacreditável.

— Então eu não tenho o direito de errar? — Revezei o peso do corpo entre os pés, nervosa. Será que ele desconfiava da razão do meu desempenho irregular?

— Eu permitiria mil erros seus se você melhorasse, mas parece que só piora.

— Talvez se você ajudasse em vez de ficar me insultando, acharíamos um modo de me preparar a tempo de receber a comenda — sussurrei. Blackwood cruzou os braços e me encarou com uma satisfação presunçosa. — Falei alguma coisa engraçada?

— Você só se preocupa em garantir sua posição. A responsabilidade não significa nada para você.

Não tinha como rebater. Ele só disse a mais dolorosa verdade. No entanto aquilo não me impediu de me enfiar atrás de uma roseira e xingá-lo.

Palehook estava de saída, mas antes me chamou para conversar com ele.

— Seu desempenho foi original — disse ele, sisudo.

— Estamos trabalhando para estabilizar meus poderes. Acho que estamos progredindo bem — menti.

— De fato. Mestre Agrippa continua esperançoso de que você vá melhorar. — Ele assentiu. — Devo admitir que minha confiança começou a enfraquecer.

Depois que ele foi embora, segui sozinha para a sala de obsidiana e convoquei meu fogo. Encarei meu reflexo em chamas nas oito paredes. O toque delicado do fogo na minha pele era reconfortante enquanto eu abria os braços e tombava a cabeça para trás. Era só para isso que meu poder servia.

Às vezes, eu gostaria de poder incendiar de verdade.

No dia seguinte, eu estava descendo as escadas em direção à biblioteca quando ouvi uma conversa. As vozes ecoavam da sala de jantar e eu teria passado reto se não tivesse ouvido o que Agrippa dizia.

— Talvez ela não seja a profecia.

Foi um milagre eu não ter tropeçado e caído nos últimos degraus. Fui até a porta da sala de jantar e abri só uma fresta. Escutei Agrippa vociferar com um interlocutor oculto.

— Ele não disse com todas as letras, mas deixou implícito. Não sei o que Palehook pretende com isso. — Houve o som de um punho batendo numa mesa.

— Talvez ele só esteja dizendo o que pensa. — Era a voz de Fenswick. Espiei ali dentro. O duende em pé sobre a mesa, com os quatro braços cruzados. — Talvez seja verdade. O quão ruim ela é? — Ele beliscou a orelha esquerda.

Eu queria fugir. Agrippa balançava a cabeça enquanto dava um passo à frente e entrava no meu campo de visão.

— Ela está tentando. Que Deus a ajude, pois nunca vi ninguém se esforçar com mais afinco.

— Isso é muito bom e tudo o mais, mas tentar não é a mesma coisa que conseguir.

— Quando ela não está treinando, está na biblioteca, lendo. Semana passada a encontrei adormecida numa cadeira com um livro no colo. Ela é uma aluna maravilhosa. — Agrippa dava passos para a frente e para trás, entrando e saindo da minha vista.

— Tenho certeza de que ela dá conta de ler mais do que todos nós, mas esse não é ponto. Ela não é boa. — Confie em Fenswick para ser direto.

— Não — sussurrou Agrippa. Meu espartilho me beliscou. Eu não conseguia respirar. Ele sentou-se à mesa. — Não sei por que isso está acontecendo. Depois de Korozoth, eu tive tanta certeza.

— Será que você não se precipitou? — Fenswick soava gentil. — Talvez ela não seja aquela de quem vocês precisam, afinal.

Não esperei para ouvir a resposta. Na minha pressa para sair dali, esbarrei na porta. Agrippa gritou meu nome enquanto eu escapava.

Com Mingau na mão, abri as portas da sala de treinamento e encarei meu reflexo nas paredes pretas espelhadas. Eu faria a manobra de fogo agora e com perfeição. Acendendo uma das mãos, espiralei a chama no ar, onde ela virou uma esfera flutuante. Ótimo. Agora era só transformar a esfera num redemoinho.

Dei impulso e girei pela sala, reproduzindo com exatidão todos os gestos e movimentos. Mas não fui capaz de transformar o fogo, nem

157

mesmo um pouquinho. Xingando baixinho, golpeei o ar até meus braços ficarem cansados e meu corpo começar a suar. Então vi meu reflexo. Eu não parecia uma feiticeira. Com o cabelo desfeito, eu parecia uma louca.

Xinguei mais um pouco e lancei Mingau no ar. O fogo explodiu. Choveram brasas e cinzas por toda a sala.

Bateram à porta. Agrippa entrou, com uma expressão triste que não suportei ver.

— Desculpe ter manchado seu nome — sussurrei. — Eu não pretendia falhar na frente de mestre Palehook.

— Não há por que pedir desculpas. — A voz dele estava trépida de raiva, mas não de mim. — Palehook nunca deveria ter dito aquelas coisas.

— Ele quer que a profecia se concretize. Deve acreditar que cometemos um engano. — *E de fato cometemos um engano*, pensei. *Não cometemos?*

— Augustus não gosta de dividir poder. Isso é culpa minha.

— Sua?

— Palehook fez um pedido à Ordem assim que pusemos o pé na cidade. Ele mesmo queria treinar você.

— O quê? — Quase vomitei com a ideia. Viver sob o mesmo teto que aquele homem? — Eles teriam que me arrancar à força desta casa.

Agrippa sorriu.

— Ele pode ter sete filhas, mas não acho que Augustus seja um professor ideal para moças, e sem dúvida você é uma moça. Está se sentindo bem? — Ele pareceu alarmado. Eu tinha começado a tremer tanto que até meus dentes estavam batendo.

— Talvez seja frio.

— Bobagem, você está apavorada. — Ele pegou minha mão.

Ali estava ele, me reconfortando, e tudo o que eu fazia era mentir.

— Não sou quem você precisa. — Minha voz soou tão pequena. Estava prestes a confessar, obrigando as palavras a saírem... Mas minha covardia era forte demais.

— É claro que é. Sabíamos que o treinamento traria desafios bem particulares — disse Agrippa com a voz suave. — Nós vamos encontrar a chave para estabilizar seus poderes. Prometo.

Fitei os olhos dele.

— Você acredita que a Srta. Agrippa era a garota da profecia?

— O quê? — Agrippa me soltou.

— Eu sei que ela teria se tornado uma feiticeira se não fosse a febre. Faria muito mais sentido ela ser a escolhida. — Discretamente, peguei meu lenço e sequei meus olhos.

— Eu tinha orgulho de Gwendolyn. Não existem palavras para descrever o quanto. Mas ela não era a garota profetizada — respondeu Agrippa com firmeza.

— Mas ela era sua filha. Você, dentre todas as pessoas, deveria ser o primeiro a me acusar de fraude.

Talvez fosse este o meu desejo.

— Gwendolyn tinha força e graça, mas ela nos deixou antes de receber a comenda — disse Agrippa. — Eu me recuso a aceitar que nossa única esperança tenha sido levada embora antes que ela pudesse ter feito qualquer coisa. Francamente, se eu rejeito a candidatura da minha própria filha, gostaria muito que mestre Palehook entrasse na fila também. — A irritação tomou sua voz. — Admito que nunca se ouviu falar de uma garota com seus talentos que não fosse de família de feiticeiros, mas na minha opinião, isso só fortalece mais sua candidatura. É um milagre.

Um milagre. Ou magia.

Meu tempo estava acabando. Eu sabia disso. Hargrove tinha me falado para voltar quando eu aceitasse que não seria capaz de lançar feitiços. Quando eu começasse a deixar mestre Agrippa nervoso.

Mas eu não podia desistir. Não de tudo. Não ainda.

14

EU ESTAVA SENTADA DIANTE DO espelho, escovando meus cabelos com movimentos longos e suaves. Lilly tinha ido se deitar horas antes, e a casa adormecida rangia e se acomodava. Parei o que estava fazendo e abaixei a escova. Por que eu estava acordada?

Uma névoa enchia o quarto. Suspirei e esfreguei os olhos. Outro sonho com Hargrove, a última pessoa que eu desejava ver. A porta do quarto se abriu.

— Você já pode ir embora — falei para a figura que se postava sob a luz.

R'hlem, o Homem Esfolado, deu um passo na minha direção; a chama da vela brilhava em seus músculos úmidos e sanguinolentos. Aquele único olho amarelo, pendurado no meio da testa se arregalou.

Fiquei de pé em um pulo, derrubando quase metade dos vidrinhos que estavam sobre a penteadeira. Um frasco de perfume se espatifou no chão, e de imediato todo o quarto começou a cheirar a lavanda. Corri para a janela, na esperança de abri-la e mergulhar para a rua lá embaixo. Mas ela não cedia, e meus músculos queimavam pelo esforço. Colei o corpo contra o vidro enquanto R'hlem se aproximava.

Gritar. Deveria gritar, mas só conseguia soltar um choramingo fraco. Escorreguei para o chão. A presença do Homem Esfolado preenchia o ambiente. O ar em volta dele zumbia de medo. Ele não rugia nem lançava um leque de tentáculos como Korozoth, porém a inteligência diabólica de seu olho me assustava mais do que qualquer outra coisa.

Ele se inclinou e sussurrou:

— Talvez.

Então estendeu o braço na minha direção, mas rolei e corri para minha cama. Não demorou nada para eu dormir. Aquela imagem foi o suficiente.

* * *

Acordei ofegante, com a camisola grudada no corpo ensopado. Olhei ao redor, me assegurando de que R'hlem não estava à vista. Senti o cheiro de fumaça e gosto de sangue... Fumaça!

Um incêndio brotava no meio da cama. Contas de chama azul pontilhavam as palmas das minhas mãos. Pulei da cama, peguei o jarro de porcelana na mesa e derramei água na roupa de cama. O fogo morreu com um silvo e uma densa fumaça cinza encheu o ar. Tossi e abri uma janela. Botei a cabeça do lado de fora e respirei fundo. Eu estava bem.

Não, eu não estava.

Caí de joelhos. Aquilo não tinha sido um sonho. Era a porcaria do plano astral, o mesmo onde eu costumava ver Hargrove. Como R'hlem tinha me encontrado? Ou será que fora *eu* quem *o* tinha encontrado? Talvez meus poderes de maga tivessem lhe dado um caminho para minha mente.

Maga. A palavra ainda me deixava enjoada.

Lilly ficou consternada quando, horas depois, entrou no quarto e encontrou a cama com a marca de queimado — e a mim dormindo com o corpo encolhido debaixo de uma janela aberta. Sempre disposta a ver o lado bom da coisa, propôs justificativas felizes para o ocorrido enquanto recolhia os lençóis.

— Talvez seja um sinal de que seus poderes estão ativos. — Ela deu uma fungada e ficou chateada ao encontrar os estilhaços do frasco de perfume no chão. — Só Deus sabe como isso aconteceu — disse ela.

Eu sabia.

Sentada na penteadeira, aguardando Lilly me trazer chá, massageei minhas têmporas, pensativa. Se eu não era a garota da profecia dos feiticeiros, será que não deveria confessar e permitir que eles procurassem a pessoa certa? Mas se eu lhes contasse, o mínimo que me aconteceria seria a expulsão, junto com Rook. Depois de tudo o que eu tinha feito para nos manter ali, não seria capaz de encarar isso.

Eu trabalharia mais duro pela Ordem. Seria a serva mais leal da Inglaterra, fosse eu a escolhida ou não. Mas eu precisava aprender a controlar meus malditos poderes.

Olhei para o espelho e notei que meu visual estava péssimo. Meu reflexo estava ossudo e pálido. As noites insones tinham cobrado seu preço.

E depois do sonho com R'hlem, eu duvidava que fosse voltar a dormir facilmente.

— Foi um pesadelo, senhorita? — perguntou Lilly, me entregando uma xícara de chá.

— Sim. Foi terrível.

Ela estalou a língua.

— Todos nós estamos tendo pesadelos.

— Você também teve?

— Não. Eu não. — Ela piscou como se estivesse arrependida de ter comentado. Logo adivinhei e baixei minha xícara.

— Rook? Ele está bem?

— Ele tem dormindo mal. Não para de chorar por causa da dor de cabeça desde a noite em que você lutou contra Korozoth. Dá para ouvir até do alojamento feminino.

Por que Rook não tinha me contado sobre a dor? Pensando bem, quando fora a última vez que havíamos conversado direito?

Naquelas duas semanas, eu o tinha visto algumas vezes na estrebaria, mas nunca por muito tempo. Ele estava sempre ocupado com o trabalho, e eu estava sempre pensando na próxima aula. Não conseguia me lembrar de nada que tivéssemos dito um ao outro além de umas poucas cortesias. Envolvida nos meus problemas, eu havia negligenciado meu amigo.

— Lilly, você devia ter me contado — falei, envergonhada.

— Ele pediu para eu não contar. Disse que você tinha muito com que lidar para ficar se preocupando com ele.

DEPOIS DE PEDIR LICENÇA PARA sair da saleta naquela noite, me esgueirei para a cozinha para tentar encontrar Rook. Pensei que ele pudesse estar no pátio quando ouvi música, um violino e um violoncelo, sonoros e tristes, e, acima da melodia, a voz aguda e nítida de Rook.

"Ela não me escuta, ela não se importa,
ela não ouve o que tenho para falar;
E aqui estou, imerso na tristeza,
Debaixo do salgueiro a me lamentar.

Era uma canção que tínhamos aprendido na infância com os aldeões que moravam perto de Brimthorn. Pela manhã, escapávamos para ver os homens entoando-a, a caminho do trabalho.

"Minha querida tem fortuna e beleza;
Os ricos batem à sua porta;
Minha querida tem fortuna e beleza;
Mas eu, ah!, eu só peço esmola."

Por que aquelas palavras me fizeram encolher? Espreitei na esquina e os encontrei. Rook estava sentado e cantando, Lambe com o violino sob o queixo pequeno, Wolff no violoncelo. Quando a canção terminou, Lilly aplaudiu e correu até eles.

— Ah, nunca ouvi nada tão bonito. Sua voz é divina — disse ela, sentando-se ao lado de Rook.

— É gentil da sua parte, Lilly, mas não sou tão bom assim. — Ele riu.

— Oh, não. Eu acho que é a mais maravilhosa que...

Entrei na cozinha, fingindo que não tinha espionado. Rook se levantou de pronto.

— Srta. Howel — disse.

Ele jamais precisaria chamar Lilly de *senhorita*. Tal pensamento me causou náusea. Lambe e Wolff também se levantaram e bateram no ombro de Rook.

— Você tem uma bela voz — comentou Wolff. — Obrigado por ter nos acompanhado. Precisamos mesmo praticar.

— É um prazer — disse Rook. Os rapazes fizeram um aceno com a cabeça para mim ao sair.

— Senti que ele precisava se animar um pouco — sussurrou Lambe. Nesse momento, eu o amei e odiei a mim mesma.

— Posso ajudá-la com alguma coisa, senhorita? — perguntou Lilly.

— Queria conversar a sós com Rook.

— É claro. — Ela se virou para ele. — Nos vemos depois na estrebaria? Jimmy está ensinando as garotas a valsar.

— Sim. — O sorriso de Rook sumiu assim que Lilly se foi. — Como você está, Nettie? — De repente ele se mostrou muito interessado numa vassoura e se recusava a olhar para mim. Bem, por que ele deveria gostar

~ 163 ~

da minha visita? Agora que eu parava para pensar no assunto, esta era a primeira vez em duas semanas que eu me dignava a encontrá-lo a sós.

— As aulas estão indo. Como você está? — Sentei no banco e gesticulei para que ele sentasse ao meu lado. Ele se acomodou o mais distante possível e juntou os braços de modo a evitar tocar em mim, ainda que acidentalmente. Estava agindo como se eu fosse contagiosa.

— Estou bem — respondeu ele com a voz tensa.

— Sei que isso não é verdade, pois Lilly me contou que você tem tido dores de cabeça — murmurei.

— São dores de cabeça. Nada diferente das que já tive. — Um momento de silêncio se passou. Eu não conseguia entender aquele estranhamento entre a gente. Talvez eu o tivesse ignorado, mas o modo como Rook se portava fazia parecer que tinha sido por dois anos em vez de duas semanas.

— Lilly contou que dá para ouvir seus gritos do quarto dela. Você está fazendo a pasta?

— Eu não uso mais isso — disse ele. — Interfere demais.

— Você está louco? Não quer controlar as dores?

Rook fez uma careta e disse:

— Sei o quanto isso tudo enoja você.

Talvez eu estivesse perdendo o pouco de sanidade que me restava.

— Você sabe que elas não me enojam. Só odeio ver você assim.

— Não vou desistir disso. — A mão ruim dele se apertou num punho. — É tudo o que tenho.

— Não é verdade. Você não pode deixar que as dores o impeçam de fazer o que quiser fazer. — Para minha surpresa, Rook se levantou e me encarou. Ele tremia, tomado por uma emoção violenta.

— Não me vejo impedido de fazer nada. É você que vê as coisas assim — disse ele.

— Por que raios de repente eu passaria a odiar suas cicatrizes depois de oito anos? O que mudou tão drasticamente?

— O que mudou? — repetiu ele, gritando. Então, com a expressão desanuviando, ele voltou a sentar ao meu lado no banco. A alteração brusca de humor me assustou. — O que mudou? — repetiu ele de novo, agora com suavidade. — Você não sabe do que estamos falando, sabe?

— *Do que* estamos falando? — Inclinei o corpo para me afastar dele.

— Espere — pediu ele. Então juntou as palmas das mãos e fechou os olhos. Depois de respirar fundo três vezes, devagar, ele ergueu as mãos. As sombras nos cantos do cômodo se moveram.

A princípio, pensei que eu tivesse perdido a cabeça ao ver a escuridão retinta se espalhar. A luz solar que se esticava pelo chão da cozinha pareceu murchar e morrer quando a sombra a cobriu. A escuridão se deslocava, crescia. Engrossava em torno dos pés de Rook como uma poça oleosa. Ele abaixou e passou a ponta dos dedos pela massa, que espiralou em resposta: era uma coisa viva.

— Por Deus, o que você está fazendo? — falei baixinho.

A sombra se dispersou, voltando às paredes como se nada tivesse acontecido. As pupilas de Rook estavam dilatadas e escuras.

— Eu já tinha mostrado isto a você. Na noite do ataque de Korozoth, fui ao seu quarto depois que todos tinham saído.

Pensei e pensei... e me lembrei do sonho em que Rook flutuava perto de mim, envolto na escuridão.

Oh, Deus.

— Veja.

Ele fechou os olhos e prendeu a respiração. A luz na cozinha sumiu depressa enquanto sombras se levantavam das fendas e dos cantos. A sala à minha volta rodou até cair na escuridão. Com um grito espantado, produzi uma bola de fogo na mão. Rook e eu ficamos sentados no breu, com minha chama como única fonte de luz. Ele se aproximou, tocando nossas testas.

— Fenswick me deu uma poção — falei. — Achei que sua visita tivesse sido um sonho. — Trouxe minha bola de luz para mais perto do rosto de Rook. Os olhos dele tinham voltado a ser de um preto sólido.

— Tudo aconteceu quando senti o ataque de Korozoth. Quanto mais perto ele chegava, pior ficava minha agonia. Então, de repente, descobri que podia convocar a noite. Foi como se todos os pedacinhos do meu corpo tivessem sido acesos, só que em vez de luz, era escuridão. Assustei um pouco os cavalos. Tive que pedir desculpas com uma porção extra de aveia. — Ele riu. — Antes, nunca tinha sido capaz de entender por que fui amaldiçoado. Eu não tinha percebido que era uma bênção, na verdade.

— Você está feliz, então? — sussurrei.

~ 165 ~

— Mais do que nunca, especialmente agora que descobri que você achava que tinha sido um sonho. Quando você se afastou, deduzi que meu poder lhe causasse repulsa.

— Eu jamais teria nojo de você.

— Desculpe ter duvidado de você. — Ele esticou o braço e tocou uma mecha solta do meu cabelo. Apesar do meu medo, deixei que a mão dele descesse para minha bochecha. Seu toque era de um frescor delicioso. — Desde que éramos crianças, soube que seríamos separados um do outro. Por causa disto. — Ele moveu os dedos sobre o fogo na minha mão. A escuridão ali se deformou por um instante. — Porém, se somos os dois diferentes, isto não nos une? Sei que você está com dificuldades com os feiticeiros. E se formos os únicos do nosso tipo? — Ele se inclinou na minha direção, e a luz do fogo brincou em suas bochechas e em seus olhos, agora totalmente escurecidos. — Nascemos para ficar juntos, não é?

Pousando minha bochecha na dele, me senti aquecida enquanto Rook suspirava. O fogo na minha mão começou a morrer, sufocado pela escuridão. Era como se as sombras estivessem tentando me tocar e me envolver. Não era como se houvesse algo morando na escuridão; era mais como se a escuridão em si fosse uma criatura viva.

— Não — gritei, me afastando. Imediatamente as sombras se dissiparam. Logo estávamos sentados de novo sob a luz da cozinha. Rook pareceu abalado. — Eu não quis dizer "não" para isso. Quero dizer que não podemos desistir desse caminho. Da comenda, quero dizer. — Eu balbuciava, sem saber como concluir a ideia. Rook o fez por mim.

— Existe apenas um caminho. — Ele falou como se não concordasse muito.

— Precisamos ter cuidado. Um passo em falso e eles podem se livrar de nós.

— Compreendo. — Ele pegou minha mão. — Fale a verdade: você sente aversão a isso, ao que sou?

As sombras me assustavam; eu não ia mentir sobre isso. Tudo parecia ligado demais a Korozoth, e antinatural. Mas as sombras eram parte de Rook.

— Não — respondi. — Mas você precisa se cuidar. Controlar a dor. Farei o que puder para ajudar.

— Não é sua ajuda o que eu quero — disse ele ao me puxar para perto. Todo o meu ser se aqueceu.

Toquei o rosto dele.

— Não queríamos sair de Brimthorn e ficar juntos?

— Sim — sussurrou ele.

— A comenda vai assegurar nosso futuro. Você não vai mais precisar trabalhar como serviçal.

— Eu poderia participar da batalha — disse Rook. Ele se iluminou com a ideia. — Poderíamos lutar lado a lado.

— Por que não? — Talvez se a Ordem visse o que um Impuro era capaz de fazer, ela desenvolvesse um respeito maior pelos desafortunados.

— Podemos cuidar da segurança um do outro, como sempre fizemos.

— Sempre — repetiu ele. O ar parecia eletrizar quanto mais nos aproximávamos. Rook enroscou os dedos nos meus. Seus olhos, novamente azul-claros e lindos, se arregalaram. — Nettie? — sussurrou ele.

— Sim? — Sentia a cabeça leve ao me inclinar mais para perto dele.

Alguém pigarreou. Quase voamos para longe um do outro. Blackwood estava parado à porta, nos observando com interesse.

— Peço desculpas — disse ele. — Eu os assustei?

— Não. — O quanto ele tinha visto? Fiquei de pé, alisei minha saia e sorri para Rook. — Vou voltar para vê-lo de novo, se eu tiver tempo. — As palavras soaram tão sem consideração que desejei poder pegá-las e enfiá-las de volta na boca.

— É claro. — O rosto de Rook estava corado enquanto ele pegava uma vassoura e saía para o pátio da estrebaria. Passei depressa por Blackwood e subi correndo as escadas.

— Espere. — Ele veio atrás de mim. Parei. — Não tem necessidade de sair assim, toda ofendida.

— Ser espionada não é algo que levo numa boa. — Minhas mãos se contraíram em punhos.

— Eu só desci para falar com você. Rook é um tópico bem interessante, porém...

Girei o corpo tão rápido que quase perdi o equilíbrio. Ao menos eu teria levado Blackwood junto na queda escadaria abaixo.

— Rook não é um tópico para você estudar. Está me ouvindo? — Puxei a barra da saia e corri, torcendo para que ele não me seguisse.

~ 167 ~

Quando ouvi a porta da biblioteca sendo aberta, soube que minha torcida não valera de nada. Xingando, segurei meu livro diante do rosto, fazendo dele uma parede à prova de som. Naturalmente, foi em vão.

— Não era minha intenção espionar — disse Blackwood, sentando ao meu lado.

— Você simplesmente se esqueceu de anunciar sua chegada?

— Aquela foi a primeira vez que vi Rook. Nunca tinha visto um Impuro tão coerente.

— Então gosta de ficar se embasbacando com os desafortunados? Você precisa encontrar atividades melhores. — Li o mesmo parágrafo do livro diversas vezes, rezando para que Blackwood fosse embora logo. Será que ele tinha visto as sombras de Rook?

— Aquela colônia para os Impuros é da minha família, por isso tenho interesse na questão. A maioria dos pacientes é catatônica. Rook não faz ideia do quanto é especial. Você já considerou mandá-lo embora? — Ele falou no tom casual típico de uma transação comercial. Fechei o livro de supetão.

— Você deve perguntar a Rook, e não a mim, sobre o que ele quer fazer da vida. Já que ele é tão coerente, talvez deva participar da decisão sobre o próprio futuro.

— Foi só uma sugestão — disse Blackwood, erguendo as mãos. — Não falaremos mais disso. Lá embaixo, você mencionou que ele sofre com dores.

— Você escutou toda a minha conversa? — Tal ideia fazia meu estômago revirar.

— Quando eu desci vocês estavam discutindo sobre qual caminho seguir, ou algo do tipo. Você mencionou dor. — Ele fez uma pausa. — De novo, desculpe *mesmo* ter espionado.

Ele não tinha visto as sombras, então. Aliviada, respondi à pergunta.

— Rook está sofrendo com dores de cabeça terríveis à noite. Eu sei que é porque ele não cuida direito das cicatrizes.

— Ele já tentou láudano?

— O diretor de Brimthorn não permitia isso nas instalações da escola. Ele dizia que destruía a cabeça das pessoas. — Nesse ponto, Colegrind e eu concordávamos.

— Dores fortes são comuns entre os Impuros. Os médicos da colônia do meu pai esfregam um bálsamo especial de óleo de linhaça e verbena no peito dos pacientes. Se quiser, posso pedir que Fenswick produza algo similar. Talvez ajude Rook com as dores de cabeça.

— Obrigada. Seremos gratos por isso — murmurei, baixando o olhar. Não queria que ele visse o quanto eu tinha gostado da ideia.

— É o mínimo que posso fazer por vocês dois. — Ele se inclinou e foi coberto por uma faixa de sombra. — Andei pensando sobre sua vida em Brimthorn desde aquela noite que discutimos no jantar. Gostaria de ajudá-los agora, se puder.

Inacreditável. Lorde Blackwood estava mesmo pedindo desculpas? Senti-me amolecer um pouco.

— Não era como se você tivesse nos deixado lá para ficar se divertindo. Você tinha muitas responsabilidades. — Elogiar Blackwood foi muito esquisito.

— Você também — replicou ele. — Desde que a vi com Rook, compreendi isso. Vocês cuidam um do outro. — Ele pigarreou e se mexeu diversas vezes na cadeira, como se humildade fosse um novo traje desconfortável.

— Quando não está desfilando como conde de Sorrow-Fell, você até que é uma boa companhia — considerei. Blackwood fez um som de engasgo levemente semelhante a uma risada.

Como se estivesse confessando algo, ele disse:

— Não tenho talento para conversar com pessoas da minha idade.

— Você não tinha amigos na infância? — Franzi a testa.

— Tinha meu preceptor e minha tutora. — Aquilo revelava muita coisa. Às vezes, quando eu conversava com Magnus e os outros rapazes, percebia Blackwood nos lançando olhares quase desejosos do outro lado da sala. Se ele notava que eu o encarava, sempre voltava ao seu livro. — Mamãe não acreditava que o relacionamento com outros jovens cavalheiros seria bom para mim. Foi… um pouco solitário.

— Ela provavelmente só queria protegê-lo — falei. Blackwood fez um som desdenhoso.

— Do jeito dela, acho. Ela não é uma mulher muito afetuosa.

Fiquei chocada com sua sinceridade. Talvez a mãe dele fosse como minha tia Agnes. Talvez tivéssemos *sim* muito em comum.

— Sei como é se sentir sozinho em qualquer escala. Exceto por Rook, eu tinha apenas uma amiga de verdade na escola. Mas Judith foi morar com o tio em Glasgow quando tínhamos dez anos. E a maioria das meninas não se aproximava por causa da minha amizade com um Impuro.

— Sim, somos bem parecidos mesmo. — Ele engasgou e riu de novo. Quase senti um carinho por ele. E tive de me lembrar do quanto ele sabia ser irritante, caso contrário isto poderia se tornar um hábito.

— Se serve de alguma coisa, você não é desprezado. Dee me disse que gostaria de ser parecido com você.

— Não é verdade. — Ele se inclinou para a frente. — Ele disse isso mesmo?

— Ele acha você intimidador, mas este é um obstáculo fácil de se superar.

— Ele se daria melhor caso se espelhasse em alguém como Magnus. — Aquela aversão amarga crepitou na voz dele de novo. — Foi por isso que vim atrás de você. Os outros estão lá em cima brincando de charadas. Sei o quanto você gosta de estar no time dele.

Ah, ali estava aquele tom irritante.

— Não vivo para participar do time de Magnus, obrigada. Ele apenas foi a primeira pessoa a fazer eu me sentir acolhida aqui, e nunca me desprezou por ter nascido pobre. — Minha pretensão era fazer uma piada, por isso fiquei surpresa quando Blackwood estremeceu.

— Perdoe-me por isso. Eu jamais devia ter dito o que disse.

Esta conversa *estava* mesmo interessante.

— Por que você resolveu falar disso tudo?

Ele pegou meu livro e virou umas páginas, numa tentativa clara de não me encarar.

— Nunca conheci ninguém tão próximo de um Impuro quanto você com Rook, e gosto disso. Pensei que você quisesse ser nossa salvadora para se cobrir de glórias, mas você faz isso tanto por ele quanto por você. Não é?

— Isso não deveria confirmar a péssima opinião que tem a meu respeito? Eu me importo mais com meu amigo do que com sua profecia.

— Sei o que é amar tanto alguém a ponto de mover o mundo só para arrancar um sorriso da pessoa. — Ele se levantou da cadeira, foi

~ 170 ~

até a lareira e se apoiou na cornija enquanto fitava as chamas. Nunca imaginei que Blackwood pudesse falar com tanta paixão. — Não posso desprezá-la por isso, e respeito sua escolha de amizade. A maioria das pessoas não se importa com indivíduos dos grupos mais baixos que circulam entre nós.

A feição pulsava em mim.

— Se existe alguma coisa que aprendi em todos aqueles domingos na igreja, é que devemos amar quem está abaixo de nós.

— E os pecadores? Devemos amá-los também? — A voz dele era rouca e baixa.

— A redenção não é impossível a ninguém — falei, surpresa pelo tom dele.

Blackwood se arrepiou e baixou a cabeça. Preocupada, fui até ele e botei a mão em seu ombro.

— Você está bem?

— Eu menti — sussurrou. Então me encarou. Seu olhar era frio; o jovem sorridente e vulnerável tinha desaparecido. — Não fui ao seu encontro por causa de jogos de salão. Queria aferir sua reação quando eu sugerisse mandar Rook embora.

— O quê? Por quê?

— Mestre Agrippa acha que minha colônia para Impuros é o melhor lugar para ele.

Meu corpo inteiro ficou dormente.

— Não. Ele me prometeu que não o mandariam embora.

— Ele acha que talvez Rook seja uma distração para você.

— Como? Eu quase não o visito aqui. Hoje foi a primeira conversa de fato que tive com ele em semanas!

— Ninguém quer fazer isso — murmurou Blackwood, ignorando o que eu disse. Afastei-me da lareira, me afastei dele. — Com as dores de cabeça de Rook, as quais não deixam os criados dormirem, e seu desempenho irregular, mestre Agrippa não quer mais problemas.

— Como ninguém mencionou isso antes? — Agarrei o encosto da cadeira. Será que um dia eu acordaria e descobriria que Rook não estava mais lá? — Quando vão nos separar?

Blackwood suspirou.

— Mestre Agrippa aceitou esperar mais uma semana.

— Aceitou? Alguém está forçando isso? — Dei um passo na direção dele.

Blackwood balançou a cabeça.

— Não posso discutir isso.

— Isso é coisa de Palehook, não é? — O silêncio de Blackwood só fez confirmar minha desconfiança. Minhas mãos começaram a faiscar. — Não podem levá-lo, está me entendendo? Senão eu deixo esta casa, coisa que, tenho certeza, vai agradar você.

— Não posso prometer que vamos vencer, mas vou lutar para que ele fique com você — disse Blackwood. Ele ofereceu a mão para firmar o compromisso. — Você tem minha palavra.

— Acho que sei o quanto vale a palavra de todo mundo — falei e saí correndo da biblioteca.

No meu quarto, acendi a vela ao lado da cama. Tentei lançar a chama no ar uma, duas vezes, mas a cada tentativa o fogo lambia meu bastão, inofensivo.

— Por favor — sussurrei, chegando mais perto. — Por favor, funcione.

A chama virou uma bola de fogo, então apagou.

— Por quê? — Minha voz ficou engasgada com as lágrimas e chacoalhei Mingau tal como alguém faria com uma criança malcriada. — Por que você não faz o que eu peço? — Furiosa, joguei meu bastão contra a parede. Ele piscou azul por um instante.

Senti como se alguém tivesse batido minha cabeça numa pedra. Caí, e o teto começou a girar. Meu crânio latejava. Rolar de lado foi como uma sinfonia de agonia.

Eu não deveria ter feito aquilo com meu bastão. Se o bastão quebra, o feiticeiro quebra junto.

— Desculpe, Mingau — sussurrei.

— Senhorita! — Lilly apareceu no meu campo de visão, me olhando de cima. — O que foi?

— Dói — gemi. Lilly passou meu braço em torno de seu pescoço e me ajudou a levantar. O chão se inclinava num ângulo tão insano que tive certeza que ia vomitar. Murmurei algo que nem eu consegui entender. Lilly me deitou na cama e, depois de um momento, ouvi seus passos se distanciando do quarto.

Fechei os olhos e aguardei que a escuridão parasse de girar. Fiquei assim por alguns instantes ou por horas, não sei, até que ouvi a voz dele.

— Nettie?

Quando abri os olhos, vi Rook sentado ao meu lado.

— Lilly disse que você precisava de mim.

— Ela disse? — Sentei devagar. Uma dor chatinha havia substituído a pontada aguda na minha cabeça. Lilly estava em frente à minha penteadeira, de prontidão.

— Achei que você precisasse do Sr. Fenswick, senhorita, mas você disse que só queria Rook.

Rook apertou minha mão.

— Precisa de alguma coisa?

Engoli o nó na garganta. Meu queixo começou a tremer, o que significava que lágrimas era iminentes.

— Estamos com problemas. Eu falhei. Não consigo nem tentar fazer o que mestre Agrippa quer, e a rainha não vai me dar a comenda.

Lilly ofegou, mas Rook apertou minha mão.

— Pode chorar, se quiser.

— Não quero — murmurei. — Eles vão nos separar. Se eu não melhorar nas aulas e você não conseguir controlar suas dores, eles vão mandá-lo para Brighton. Lorde Blackwood me contou.

A expressão de Rook endureceu.

— Eles podem fazer isso?

— Até que eu receba a comenda, eles controlam tudo.

— Muito bem — disse Rook, então assentiu para Lilly. — Arrume as malas da Srta. Howel. Nós vamos embora.

— O quê? — Lilly se sobressaltou.

— Não. — Agarrei o braço dele. — Não vamos embora. Esse é o único jeito...

— Não é o único jeito. — Rook afastou uma mecha de cabelo da minha testa. — Você não precisa ser uma feiticeira. Vamos partir para Sussex ou Kent. Eles precisam de tutoras lá, bem como de criados. Ou podemos lutar, seguir para o Exército sob nossas próprias condições agora que sabemos que nós dois temos poderes. — Esta última parte ele sussurrou para evitar que Lilly escutasse. — Vamos começar do zero. Juntos.

— Você sabe que eu faria qualquer coisa para manter você em segurança. — Arfei, e, quisesse ou não, as lágrimas agora caíam.

— Eu consigo manter você em segurança também — sussurrou ele.

— Vamos cuidar um do outro.

— Sim. — Sequei os olhos com meu lenço. — Bournemouth pode ser lindo nesta época do ano.

— Exato! Podemos partir à primeira luz amanhã e deixar tudo isto para trás. Podemos morar na costa.

Não seria divino? Imaginei um trecho na praia com pedrinhas, o quebrar das ondas. Eu já conseguia sentir a água envolvendo meus pés descalços, meus tornozelos granulados por causa da areia. Talvez fôssemos a Devon, onde tia Agnes ainda vivia em seu chalezinho. Ela veria o quanto cresci e resolveria esquecer a feiura do passado. Imaginei-a nos abraçando e nos conduzindo para dentro, com chá pronto e uma lareira acesa.

Que fantasia boba. Ambos sabíamos que tipo de vida nos aguardava fora do domo de resguardo. Fome e desdém nos acenavam, além de acusações de bruxaria e ódio pelos Impuros. Se não fôssemos mortos por nossas habilidades, estaríamos nos expondo ao ataque de Ancestrais. Agora, quando pensava naquele trecho de praia, eu via Nemneris, a Aranha-da-Água, emergindo das ondas.

— Não. Nossa única chance é se eu receber minha comenda. Preciso melhorar nas aulas, e você deve tentar evitar gritar tão alto à noite. Mesmo que isso signifique usar a pasta. — Eu estava pedindo que ele suprimisse seu poder por mim. Que hipocrisia da minha parte. — Lorde Blackwood tem um remédio bom para a dor — falei fracamente.

— Não podemos confiar neles, Nettie. — Ele estava resoluto. — Não deveríamos ter que fingir para sermos aceitos.

Rook tinha razão. Num mundo perfeito, poderíamos expor livremente nossas habilidades. Mas nesse mundo perfeito não estaríamos em guerra contra sete monstros perversos.

— Precisamos trabalhar juntos.

— Para que você possa receber sua comenda? — A voz dele soou oca. Aquela afinidade que compartilhamos na cozinha desapareceu, e senti que ele escapava de mim de novo. — Talvez fosse melhor para todos se eu fosse para a colônia de lorde Blackwood.

— Não! — gritou Lilly. Ela enrubesceu.

— Não — ecoei, pegando a mão dele. — Eu fiz tudo isso para que nós dois pudéssemos ter oportunidades melhores na vida.

— Sim. Nós dois. — Depois de um momento de silêncio, ele continuou: — Foi egoísta da minha parte pedir para você fugir comigo.

— Quando eu receber minha comenda, poderemos revelar seus talentos a Agrippa — sussurrei.

— Não. Agora eles precisam de luz, e não de mais escuridão. — Ele se inclinou rápido e deu um beijo no topo da minha cabeça. — Você precisa descansar. — Então se levantou da cama e saiu. Lilly prometeu voltar com chá antes de correr atrás dele. Sozinha, me deitei e fiquei refletindo. O que quer que Rook pensasse das minhas intenções, tudo o que eu queria era que estivéssemos os dois a salvo. Entre o segredo dele e o meu, tudo estava nas mãos da minha comenda agora.

E eu sabia aonde deveria ir, e a quem deveria recorrer, para ser bem-sucedida.

15

Dois dias depois, na minha tarde de folga, segui para a ala da Moedinha. Eu apertava um punhado de pão e queijo contra o peito. Teria pegado vinho também, mas o mordomo contava as garrafas e eu não queria causar problema para nenhum dos criados.

Uma camada fina de fuligem amarela cobria o resguardo. Desta vez, cortá-lo foi ligeiramente mais difícil do que cortar uma teia de aranha. Palehook não estava fazendo seu trabalho direito.

— Desculpe, senhorita — disse um rapaz com uma voz grosseira quando trombou em mim.

— Não tem problema — respondi. Ele passou me empurrando e se afastou. Segui meu caminho para a casa de Hargrove, quase pisando num corvo preto que bicava a rua em busca de grãos perdidos. Fiquei maravilhada com sua envergadura quando ele voou até pousar em um telhado. O pássaro se juntou a um pequeno grupo de outros corvos. Ao sair daquela rua, eu já tinha contado dez deles, todos cantando lá de cima.

— Falei para você me trazer bebida — disse Hargrove enquanto eu entregava os alimentos às crianças. Eu não podia dar a trouxa de comida a ele, já que o mago estava cortando um longo rolo de intestino ensanguentado sobre a mesa. O cheiro era medonho. Uma das crianças escancarou uma janela para obter um pouco de ar fresco.

— O que você *está* fazendo? — Franzi meu nariz.

— Estas são as entranhas de uma porca branca. Comprei de um camarada em Shoreditch, um roubo por duas moedas. Ele disse que ela comeu uma moeda que tem o rosto da rainha nos dois lados. Numismatomancia é adivinhação por meio de dinheiro. Essa moeda revelará maravilhas a mim.

— Como, por exemplo, por que você gastou duas moedas para recuperar uma?

— Que hilário. — Ele fez um corte e ficou enrugando a testa enquanto inspecionava as entranhas ensanguentadas. — Esta é sua herança mágica, querida fuinha. Tenha mais respeito. — Certa de que vomitaria, tirei meu capuz. As sobrancelhas de Hargrove subiram. — Você está horrível. Quando foi a última vez que dormiu?

— Não pareço tão mal assim.

Hargrove gesticulou para uma das crianças.

— Pegue o espelho da família.

A criança me estendeu um espelho trincado antes que eu pudesse me opor. Mesmo se meu reflexo não estivesse partido, o dano era nítido o suficiente. Meus olhos estavam escuros e afundados, e minha pele estava amarelada. Eu tinha emagrecido.

Os sonhos com R'hlem haviam me mantido acordada de novo. Três noites seguidas já. Eu receava que estivesse se tornando um hábito.

— Eu não tenho dormido.

— Por que não?

Minha paciência tinha chegado ao limite, por isso enruguei o rosto.

— Adivinhe.

— Sei que você não queria voltar aqui. — Ele chutou uma cadeira na minha direção, como um convite para que eu me sentasse. — Você é uma criaturazinha orgulhosa, hein?

Eu duvidava que uma resposta inteligente fosse fazê-lo querer me ajudar.

— Ensine-me a ser maga.

— Mas eu pensei que você fosse feiticeira. Da última vez em que esteve aqui, você gritou isso aos quatro ventos. — Ele sacudiu um dedo ensanguentado para mim.

— Não sou capaz de fazer a magia deles. Você disse que me ajudaria. — Meus nervos estavam detonados o bastante. Minha cabeça começou a latejar.

— E por que eu faria isso?

— Pelo meu pai.

— Sim, mas, agora que pensei nisso, percebi que é um jeito espetacularmente bom de se morrer. Gosto de estar vivo. — Ele fungou. Bati Mingau na mesa, tomando o cuidado de evitar as tripas de porco.

— Se eu receber minha comenda, poderia tentar derrubar a proibição de aprendizes de magos.

Ele pesou a proposta.

— Não acho que essa seria uma luta fácil.

— Ainda assim, eu vou lutar por isso se você me ajudar.

— Sim, mas quero dinheiro. Doze libras, para ser exato. Tenho um projeto que exige certa quantia.

Caramba, doze libras? Onde ele achava que eu conseguiria esse valor todo?

— Para que você precisa disso?

— Regra número um: como minha aprendiz, você não faz perguntas enxeridas.

Se ele me fizesse receber a comenda, eu praticaria até um assalto para conseguir o dinheiro. Eu daria um jeito.

— Você vai ter que aceitar em partes. Não consigo o valor total de uma só vez.

Ele assentiu.

— Isso e uma garrafa de vinho na próxima vez que você vier vão selar nosso acordo.

Aliviada, tentei lhe dar Mingau.

— Mostre-me o que fazer.

— Não sei usar isto — disse ele, limpando as mãos num pano. — Magos não usam bastões, minha querida.

— Mas você disse que eu era maga. — A dor latejava em minhas têmporas. Por que raios tudo precisava ser tão complicado?

— Bem, talvez você tenha alguma habilidade antiquada. Magos são descendentes de feiticeiros, afinal. Seu pai sempre falava sobre voltar a unir as duas sociedades. Uma pena que ele tenha se afogado.

— Como ele era? — Meu coração acelerou. Ninguém nunca tinha me falado nada sobre meu pai. Tia Agnes me dizia que ele era um bom procurador e um péssimo marinheiro, e me dizia também para não fazer perguntas.

— Amigável, espirituoso, sempre com uma piada na ponta da língua. Esse era o galês nele. Sem dúvida inteligente, apesar de um pouco cabeça-quente. Tal pai, tal filha. Você sabe mesmo fazer aquele negócio de botar fogo nas coisas usando as mãos?

— Sim. — Minha pele pinicou só de ele tocar no assunto.

— Magos possuem muitos talentos únicos e estranhos, minha garota, e vários podem ser passados pelas gerações de família. Alguns magos assumem a forma de animais, outros permitem que almas penadas entrem em seu corpo e se comuniquem por meio dele. — O rosto dele se iluminou. — Quer ver o meu? Por acaso não tem um lencinho aí, tem?

Entreguei meu lenço de linho, enojada quando ele o pegou com os dedos ensanguentados. Hargrove o examinou, murmurando e franzindo os lábios. Exasperada, comecei a sentir que ele estava brincando comigo. Balancei a cabeça e estendi o braço para pegar o lenço de volta.

— O que você fez? — perguntei, levantando o olhar para ele.

Hargrove tinha desaparecido. Verifiquei o canto da sala, debaixo da mesa, até mesmo do lado de fora. As crianças deram risadinhas ao me ver tão confusa. Por fim, uma delas ergueu a voz e disse:

— Ele está no seu lencinho.

— O quê? — Impossível. Desdobrei uma preguinha e encontrei um olho preto enorme piscando para mim. Com um grito, soltei o lenço, e Hargrove pulou de lá de dentro e caiu no chão.

— Como? — falei, arfando.

— Magos quebram *todas as leis da natureza*. É claro que você é uma de nós. Seu pai também conseguia pegar fogo e nunca se queimar. Não é surpresa nenhuma você possuir a mesma habilidade. — Então era esse o segredo. Eu era a filha de um mago com um talento anormal. Minha última esperança de que tudo isso fosse um erro morreu. Afundei na cadeira.

— Magos não são descendentes de feiticeiros? — A profecia falava de uma menina de origem feiticeira. Hargrove compreendeu o que eu queria saber de verdade.

— Feiticeiros gostam de fingir que não têm nenhuma ligação conosco. Os Oradores podem ser um bando de tolos drogados, mas jamais seriam tão vagos em relação a um detalhe tão importante. Se a profecia fala de alguém de "pura feitiçaria", significa um progenitor feiticeiro.

Aí estava minha última esperança, morta. Fechei os olhos.

— Essa profecia é uma bobagem. — A voz de Hargrove suavizou. — Ditar quem pode ou não ser importante é um desperdício de inteligências. Dê a qualquer um o sumo da flor noturna Etheria, e ele vai dizer que ouriços estão saindo da madeira e que há nuvens de uva pairando no horizonte. Agora, desperte seu bastão. — Fiz o que ele pediu. — Os feiticeiros querem adicionar seu poder ao deles, como se virassem um balde d' água numa poça. Diferenças entre feiticeiros e magos, capítulo um, seção um: nossos instintos são opostos. O que quero dizer com isto? Deixe-me responder com outra pergunta: qual é a diferença entre um pássaro e um peixe?

— Um voa e o outro nada?

— A resposta correta é: *tudo*. Feiticeiros *conduzem* a energia da terra de um lugar a outro. Nós, magos, somos criadores dela. Você compreende? — Ele bateu um dedo na testa para enfatizar. — Nós não manipulamos: nós geramos. Seu mestre Agrippa se submete ao poder dos elementos; ele é um mero condutor. Ao contrário, *seus* sentimentos, pensamentos, sonhos e ambições, tudo isto constrói sua magia. Como você se sente agora?

Amedrontada. Brava. Minha garganta estava apertada e minha cabeça pulsava. Chamas azuis tinham aparecido e rodopiavam em volta de mim.

— Você vai queimar a todos nós! Acalme-se — gritou Hargrove.

A raiva cessou e o fogo foi se apagando até se tornar apenas uma casca fina grudada em meu corpo. Com um pensamento, parei de queimar.

— O que isso significa?

— Significa, anjinha, que o que você pensa e sente direciona sua habilidade.

Peguei uma cadeira e a posicionei no centro da sala. Eu a encarei e usei os dois braços para erguer meu bastão, empregando a força magnética da terra. Não esvaziei a mente. Imaginei a cadeira sendo erguida. Acima de tudo, *desejei* erguê-la. Senti algo se acumular dentro de mim, um tipo de pressão. Depois de algumas tentativas vacilantes, a cadeira subiu cerca de um metro e pairou sem a menor oscilação. Baixei-a para o chão, tonta de alívio.

— Eu consigo trabalhar com os feiticeiros? — perguntei, a tensão drenando do meu corpo.

— Sim, desde que você se concentre em si mesma. Eles podem usar seu poder, mas nunca lhes conte o que você é de fato. — Ele voltou a abrir os intestinos, inspecionando-os cuidadosamente. — Você é uma estranha no ninho. Se eles descobrirem a verdade, vão expulsá-la e deixá-la quebrar o pescoço no chão.

— Mestre Agrippa não faria isso.

— Todo mundo tem seus limites. Ahá! — Ele segurava uma moeda coberta de sangue. Limpou-a e a girou no ar. — Duas faces, tal como o homem disse. Que bacana saber que ainda existem pessoas confiáveis no mercado negro.

— O que mais pode me ensinar?

Hargrove balançou a cabeça.

— Não acho que eu deveria mostrar a você nenhum truque de verdade. Quanto menos souber, menor sua chance de escorregar e se revelar para os feiticeiros.

— Sr. Hargrove — disse Billy, ficando na ponta dos pés e espiando pela janela —, venha ver os pássaros!

— Sim, que lindos — disse Hargrove, distraído.

— O quanto da magia os magos conhecem? — perguntei.

Ele se encheu de orgulho.

— O que esquecemos é mais do que mestre Agrippa poderia aprender numa vida.

— Sr. Hargrove, os pássaros! — chamou Billy de novo. Espiei pela janela, para onde o menininho apontava. Dez corvos tinham pousado em círculo na rua abaixo. Os transeuntes os contornavam.

— Por que feiticeiros têm tanto medo de magos? — quis saber.

— Por causa do nosso potencial de poder. Poderíamos aniquilar a Ordem feiticeira com pouco esforço. — Ele juntou os restos de intestinos e os lançou pela janela aberta. Lá embaixo, alguém soltou um grito de nojo.

— Se somos tão poderosos, por que ainda não fizemos isso?

— Porque magos não gostam de ordem. Apreciamos nossa liberdade. — Ele se arrastou até uma tigela de água e lavou as mãos. — Cometemos nossos erros sem interferências.

Eu estava prestes a perguntar o que ele queria dizer quando ouvimos gritos vindos de fora.

Os dez corvos começaram a crescer e a mudar de forma, como balões de ar nas mãos de um funcionário de parque de diversões. Eles pularam para o centro do círculo e se fundiram, se transformando num monte gordo e emplumado. A massa aumentou, e um momento depois havia uma figura preta enorme. Ela se ergueu no meio da rua, um vulto alto e humanoide com vestes pretas e um capuz cobrindo seu rosto. Penas cor de ébano cobriam seus braços longos, ligeiramente parecidos com asas.

Era um dos corvos, um dos Familiares de On-Tez, a Lady Abutre. Com um movimento rápido e terrível, o monstro movimentou a mão cheia de garras e decapitou um transeunte.

16

O CAOS IRROMPEU LÁ EMBAIXO quando pessoas saíram trombando umas nas outras, tentando sair do caminho. A criatura-pássaro agitou os braços e acertou uma mulher, derrubando-a no chão.

— Por que On-Tez mandaria um de seus corvos para cá? Ela fica em Canterbury — falei horrorizada.

— Os ataques não acontecem só à noite, patinha. O velho R'hlem está em guerra e pretende vencê-la.

— Por que os feiticeiros não fazem nada?

Ele me encarou.

— Porque os Familiares não atacam a área resguardada, coração, e é só com isso que a Ordem se importa. — Ele grunhiu enquanto olhava pela janela. — É a quarta vez em dois meses. Eu deveria me mudar. Não é justo para a região.

— Por que *você* deveria se mudar?

— A magia — disse ele, como se fosse óbvio. — Os Ancestrais e seus Familiares são atraídos pelo cheiro dela, como formigas por um pãozinho doce.

Em Londres vivem muitas pessoas com magia. Será que a cidade estava sob ataque constante por causa da gente?

— Venha — disse Hargrove. — Vou lhe mostrar uma saída.

— Se foi nosso poder que invocou essas criaturas, nós deveríamos nos responsabilizar e pôr um fim nisso. — Agarrei a manga do casaco dele quando ele passou reto por mim.

— Eu não *devo* fazer nada. Se a coisa toda é entre mim e eles, escolho a mim. — Ele se desvencilhou de mim. Olhei de novo pela janela.

O Familiar cortou o peito de um homem, deixando-o sangrar no chão. A rua se turvou de carmesim e a coisa jogou a cabeça para trás, dando um grito triunfante, os braços-asas eriçados. Minhas mãos estavam quentes. Quando abri a porta da frente, Hargrove a fechou com força.

— Você vai se matar assim! — disparou ele.

— Me ajude. Sei que não sou capaz de lutar sozinha. — Puxei Mingau da bainha.

— Quer mandar um ventinho ou uma chuva naquilo? Vai precisar de mais do que controle das condições climáticas, sua bestinha.

— Me ajude! — Apontei para a porta. — Ou vou descer lá e morrer tentando, e você vai ter que conviver com a culpa por ter decepcionado meu pai.

— Acho que você está superestimando o quanto eu gostava dele — murmurou Hargrove. — Mas tudo bem. — Ele correu para o fundo da sala e empurrou a cortina para o lado, dispersando as crianças enquanto arrastava um baú de madeira. Então deu duas batidas na tampa, que se abriu. Uma de cada vez, as crianças foram entrando no baú e desapareceram, soltando gritinhos de empolgação ou pavor. Assim que a última criança tinha desaparecido, Hargrove fechou a tampa, bateu nela três vezes e a reabriu. O baú continha agora uma série de bugigangas: pedaços de barbante, velas e brinquedos, sinos de cobre manchados, anéis de ouro no formato de dragões, lenços rendados e frascos de vidro repletos de um líquido espesso e com uma coloração estranha. Um aroma de mariposas e pétalas de rosa saiu de lá.

— Aonde as crianças foram?

— Er... depósito. É disto que precisamos. — Ele pegou um item, fechou o baú e foi até a janela, então a cobriu com algo que parecia uma teia de aranha grande e resistente.

— O que está fazendo?

— Vou precisar de poder extra para isto. Use seu bastão. — Ele tocou a rede usando as duas mãos e disse: — *Com sua malícia teça, com seu fel robusteça, para uma aranha pegar cresça, para vê-la cair fortaleça.* — Meu nariz enrugou de desgosto. — Bem, funciona para mim. Ative Torrada ou Geleia ou sei lá como se chama seu bastão e use da melhor maneira que conseguir. Apenas se lembre de imaginar algo grande o suficiente para pegar a criatura.

Encostei Mingau na rede, fechei os olhos e imaginei uma teia gigante, forte o bastante para conter um pássaro. Nada aconteceu.

— Você não disse que eu era maga?

— Pare de reclamar e pense no que exatamente quer fazer. — Intenções, eu tinha que ser específica nas minhas intenções. Os gritos lá embaixo me impulsionaram. Imaginei uma rede capturando aquele corvo, vi o pássaro grasnar e cair enquanto eu o pegava na armadilha. Primeiro, eu precisava tecer a rede, fazê-la crescer. Girei meu bastão numa espiral progressiva, começando no centro e se estendendo para fora. Imaginei-a ficando maior, grande o suficiente para pegar aquela cretina. Pegue-a. Pegue-a. Pegue...

— Funcionou! — berrou Hargrove. Abri os olhos e encarei o cenário para além da janela. O Familiar estava grudado ao chão no meio da rua, preso debaixo de uma imensa teia de aranha. Abri a porta da frente, apesar dos protestos de Hargrove, vestindo meu casaco e o capuz. A criatura começou a rasgar a rede para fugir.

Desci correndo as escadas e cortei o ar com meu bastão três vezes, usando minha fúria como combustível. O vento veio do leste e esmurrou a coisa. Quando o Familiar ergueu os braços-asas para se proteger, o vendaval o conduziu para o céu. Deslizei para uma viela e abracei a parede, assistindo ao Familiar lutar contra o vento.

Do nada, uma capa vermelha-roxa-alaranjada apareceu, se agitando sob a brisa. O traje voou para cima e se enrolou no corvo. Parecia que os dois estavam batalhando. Com um aceno, fiz o vento parar. O corvo despencou. Quando tocou o solo, o casaco se levantou e correu depressa, como se tentasse escapar.

O Familiar estava deitado, imóvel. Aos poucos, pessoas começavam a se aproximar. Mantive minha cabeça abaixada e dei passos lentos pela multidão até parar ao lado da pilha de trapos e penas e encarar a coisa morta. Dei uma olhada no rosto nada humano que se escondia sob o capuz. Os dentes eram afiados e pretos, a pele era mais branca do que giz, exceto no queixo, onde havia manchinhas de sangue fresco e de sangue ressecado. Penas negras cobriam o topo da cabeça do monstro, por isso não dava para ver seus olhos, e um nariz que já fora humano agora se moldava num bico pontudo. Um líquido repugnante escorria de um ferimento no peito afundado do corvo.

Alguém me agarrou pelo ombro e, tapando minha boca com a mão, me girou num redemoinho. Um instante depois, as mãos me soltaram.

Virei-me, tropeçando, para encarar meu agressor. Hargrove sorria e assentia.

— Não dê um passo para trás. Seria uma queda e tanto. — Ele me agarrou quando, sem ouvi-lo, quase tombei no vão. Estávamos num terraço. Lá embaixo, a confusão da multidão era um murmúrio persistente. Equilibrando-se na mureta do terraço, Hargrove limpava o sangue de uma lâmina prateada. — Outro grande defeito dos feiticeiros é que não são criativos em relação a seu armamento. Magia é bacana, mas uma faca funciona que é uma maravilha. Corvos tendem a morrer melhor com uma lâmina de prata. Escrevi muito sobre isso no meu diário, *A Vida e o Tempo de um Mago Verdadeiramente Fantástico, Seus Pensamentos e Teorias, Volume Sete.* — Ele fitou o próprio reflexo na superfície da lâmina. Lambeu o dedão e o esfregou numa mancha de sangue em sua testa.

— Como você voou sem vento? Como raios você desapareceu? Como nos trouxe até aqui em cima? — Minha voz estava aguda e ofegante. Era *impossível.* Era *brilhante.*

— Estas — começou ele, enfiando a faca nas dobras do casaco — são perguntas do tipo que você não pode fazer.

— Não precisa me ensinar a fazer isso que você faz. Só me ensine...

— Como eu faço o que faço, mas não como fazer o que faço? E se o que faço tiver a ver com meu conhecimento sobre como fazer, e fazê-lo exigir apenas o conhecimento de como se faz? O que você faria então?

Pisquei.

— Acho que você pifou meu cérebro.

— É um bom cérebro, levando tudo em consideração. Escute, minha fogueira adorável, não posso ensinar muita coisa a você. Nossa segurança depende disso. Suponho, porém, que uma certa magiazinha não faria mal. A não ser que fosse a arte mágica de reorganizar ossos. Ou de virar a pele do avesso. Ou... deixa para lá. Sério, eu tinha esquecido o quanto sentia falta de ser professoral com meus iguais. Um mago sem um aprendiz é como um cachorro sem latido.

— Você vai me ensinar como enfrentá-los? — Acenei para o cadáver do Familiar lá embaixo. — Como matá-los?

— Que sanguinária, hein? Você não vai querer sair por aí e ser trucidada antes da sua grande comenda.

~ 186 ~

— Não posso deixar essas pessoas sofrerem assim. Se a Ordem não vai fazer nada, eu vou.

Hargrove suspirou.

— Muito bem. Na próxima aula, discutiremos técnicas de batalha.

— Talvez eu não consiga vir com frequência.

— Qualquer tempo que dispuser. — Seu olhar tinha algo como tristeza. — Você se saiu bem hoje. Usou um pouco da astúcia dos magos, sabe, mesmo com o bastão. Tenho certeza de isso vai transpirar em nossas aulas. Agora, falando em transpiração, preciso tomar um banho. — Ele nos enrolou na capa e, no mesmo instante, estávamos de volta à viela.

— Obrigada. Fico contente de saber que meu pai teve um amigo tão bom.

— Não. Não pense isso. — A expressão dele obscureceu. — Se tem uma coisa na qual seu pai se azarou, foi com as amizades.

Antes que eu pudesse questionar o significado da frase, ele se enrolou na capa e sumiu.

A FAMILIAR QUE ESTAVA DO outro lado da sala se aproximou de mim. Ela lambeu os lábios ressecados com uma língua preta grossa e zumbiu no fundo da garganta. Era a amazona que eu tinha encontrado, aquela com os olhos costurados com linha preta.

— Mocinha feiticeira — sibilou ela. Seu cabelo ralo de um loiro quase branco caía grudando no rosto e nas costas.

Ela era ainda mais horrenda do que eu me lembrava. Afundei no sofá, tentando manter meu juízo. Era só um sonho. Estávamos sentadas na biblioteca tomada por névoa. Olhei para o outro lado da sala, para o meu corpo que dormia sobre a mesa. Isto me daria uma lição sobre estudar quando estivesse tão cansada.

Será que essas aparições sobrenaturais iam ocorrer toda vez que eu dormisse?

Tentei não entrar em pânico. Se R'hlem pudesse me matar em sonho, com certeza ele já teria feito isso. Nas últimas três noites, ele tinha me seguido aonde quer que eu fosse. Com um sorriso divertido, tinha assistido à minha luta para acordar. Mas ele jamais tocara em mim. Talvez não conseguisse.

*E ali estava ele. R'hlem apareceu ao lado da amazona, com uma ex-
pressão satisfeita no rosto esfolado.*

*— Gosta dela? — perguntou ele a mim. A garota se ajoelhou aos pés
dele; parecia prestes a se enroscar naquelas pernas como um gato de esti-
mação.*

— Não — respondi.

*R'hlem riu da minha resposta mal-humorada. Então fez um carinho
sob o queixo da Familiar. Com um aceno dele, ela desapareceu.*

— Sem medo agora. Você se saiu bem.

Eu me saí bem?

*— O que isso quer dizer? Como você está fazendo isto? O que quer de
mim?*

*Ele não respondeu, simplesmente se aproximou e estendeu a mão para
mim. Levantei-me sem aceitar a ajuda e recuei para perto da lareira acesa. Onde quer que eu fosse naquela sala, ele me seguia devagarinho. Parecia que minha confusão lhe dava grande prazer. Tentei uma abordagem
diferente.*

*— Os Ancestrais estão atacando Londres por causa do cheiro de ma-
gia? — Pronto. Isso enfim o fizera parar. — Vocês estão nos atacando porque muitas pessoas com magia vivem dentro da área resguardada, não é?*

*— Pergunte aos seus homens incríveis quais pecados eles cometeram
— zombou R'hlem. Pecados? Agora ele me olhava com interesse genuíno.
— Quem lhe contou isso?*

Eu não denunciaria Hargrove.

— Quero acordar agora.

*R'hlem veio até mim. Antes que pudesse me desvencilhar, ele agarrou
meu pulso. Seu tato era escorregadio e frio. Sangrento. Gritei e lutei. Ele
apertou mais. Estava apertando tanto que poderia quebrar meu...*

— HOWEL? — MAGNUS ME chacoalhava. Agitei-me cegamente, derrubando os papéis que estavam sobre a mesa. — Desculpe. Não percebi
que você estava tão determinada a dormir.

— Devo ter cochilado — murmurei, esfregando os olhos.

Magnus agarrou meu pulso.

— Você se cortou?

Olhei para meu braço e descobri marcas de dedos brilhando úmidas de sangue. Livrei-me das mãos dele e limpei as manchas com meu lenço.

— Eu me arranhei quando estava no jardim. Deve ter sangrado mais do que eu pensava — falei fracamente. O que teria acontecido se Magnus não tivesse me acordado? Talvez ele tivesse descoberto meu cadáver mutilado naquela mesa. Tentando parecer preocupada, agarrei minha caneta e olhei para um pedaço de papel. Magnus me observava, as costas voltadas para a lareira. Depois de um minuto, cedi. — Pois não?

— Só estava pensando — disse ele com os braços cruzados — por que você estava fora da área resguardada hoje.

Deixei cair a caneta.

— Eu não estava.

— Você estava, e espancou aquele corvo com um jato de vento. Eu tinha planejado participar da briga, mas ela acabou antes que eu pudesse fazer qualquer coisa. Por que você estava lá?

Fiquei de pé e dei as costas para ele.

— Não percebi que você me seguia.

— Você falou comigo.

— Não falei. — Olhei de volta para ele, confusa. — Quando?

Ele se curvou e trombou em mim.

— Desculpe, senhorita — disse com um tom grosseiro familiar.

— Você era o camarada que trombou em mim? Como sabia aonde eu estava indo?

— Vi você se esgueirando para a cozinha para pegar comida, então a segui. Aonde você foi?

— Queria levar algo para as crianças daquele mago horrível, Hargrove. Por favor, não conte a mestre Agrippa. — Percebi que tinha dado a Magnus poder sobre mim. Droga.

— Como conseguiu controlar tão bem o vento? Nas aulas hoje de manhã você não conseguiu nem erguer uma pena.

— Às vezes, quando você não precisa fazer alguma coisa, descobre que consegue. — Será que ele aceitaria aquela resposta sem dizer mais nada?

Magnus assentiu.

— Acho que faz sentido. Você se saiu bem, na verdade, ao lutar contra aquela coisa. Besta nojenta, não é?

— Sim. Você sabia que Familiares às vezes atacam a área não resguardada de dia? — Senti enjoo ao me lembrar da carnificina que tinha testemunhado.

Ele pareceu desconfortável.

— Não. A Ordem gosta de guardar alguns segredos de nós, não acha? — Ele girou um globo que estava sobre a mesa, deslizando o dedo pelo oceano Pacífico.

— A gente devia fazer alguma coisa a respeito disso.

— Nós vamos fazer. Assim que tivermos nossa comenda, poderemos mudar as coisas. — Ele se inclinou na mesa: era a imagem da confiança.

— Você acredita mesmo nisso, não é?

— Nunca tive problemas para acreditar em mim. — Ele sorriu, e me senti um tanto corada. Talvez eu estivesse perto demais da lareira. — E eu estava certo em acreditar em você. No momento certo, você será uma grande feiticeira.

— Acha mesmo?

— Sim. — disse ele, sem dúvida nem hesitação.

— Por quê? — perguntei sem pensar.

— Por que o quê?

— Por que você é tão gentil comigo? — Baixei os olhos. De algum modo, me senti muito exposta.

— Porque sou maravilhoso. Não percebeu ainda?

— Não — falei. — Por que você nunca duvidou do meu lugar como feiticeira?

O sorriso dele diminuiu um pouco.

— Porque eu já vi como tratam mulheres que ousam sair do lugar socialmente esperado. — Ele caminhou até a lareira e ficou parado diante do fogo. Havia dor em seus olhos, algo que eu não tinha visto. — Depois que meu pai morreu, meu tio achou que eu precisava ser criado por homens. Eu era um Magnus, afinal. Somos guerreiros, desde antes da queda de Roma. Ele mesmo queria me educar, mas mamãe brigou para que eu morasse com ela. Ela suportou vários homens importantes maltratando-a, dizendo-lhe que era uma tola, que eu cresceria fraco. Fraco como uma mulher. — Ele piscou. — Mamãe nunca cedeu. Será que eu virei algo tão ruim assim? — Ele olhou para cima quando eu me aproximei.

— Não. — Sorri.

— Então. Quando vejo uma dama enfrentar um grupo de homens que dizem saber mais do que ela, me flagro desejando o sucesso dela. Você *vai* conseguir, Howel.

Minhas bochechas ficaram quentes.

— Terei mais chances de sucesso assim que dominar as malditas lições. Ainda tem tanta coisa que não sei. — Voltei para a escrivaninha para reorganizar meus papéis. — Ler só vai me levar até certo ponto.

Magnus se postou ao meu lado.

— Sou a alma da experiência. Deixe-me ensiná-la.

— Ensinar o quê?

— O que você quiser. — Ele ergueu uma sobrancelha. — Escolha qualquer coisa.

Pensei por um momento.

— Como você me enfeitiçou para que eu não o reconhecesse na rua?

— Quem disse que foi magia? — Ele riu e bateu palmas. — É isso que um ator faz, querida Howel. Ele mostra o que você quer ver.

— Vou me lembrar disso.

— Mais alguma pergunta, minha dama intrépida?

Lembrei-me de Hargrove embainhando sua faca prateada.

— Por que feiticeiros não utilizam armas humanas? Talvez elas pudessem ser úteis contra alguns Familiares ou até contra os próprios Ancestrais.

— Bem, nós *treinamos* com sabres e pistolas — disse Magnus. Senhor, eu não fazia ideia disso… Na primeira vez que disparei uma arma, fui derrubada no chão.

— Mas nós usamos em batalha?

Magnus soltou uma risada surpresa.

— Suponho que esse seja um tópico para discutir com o imperador. Enfim, usamos mais algumas lâminas do que outras. — Os olhos dele se iluminaram. — Que tal uma coisinha para te ajudar? Vou instruí-la em outra lição de armamento, uma que você ainda não aprendeu. Você deve se dar melhor nisso do que com as pistolas.

Magnus era o melhor guerreiro da casa, sem dúvida. O que quer que ele me ensinasse, seria absurdamente útil.

— Sim, por favor.

— Elas são chamadas espadas de resguardo. Mestre Agrippa queria esperar até que você tivesse dominado algumas manobras, mas não vejo sentido nisso. Você pega o resguardo que coloca em volta de si, desliza pelo braço até o bastão e o modela em uma arma com o pensamento. Assim. — Ele pegou seu bastão e o ativou com o nome Excalibur. — O que foi? — perguntou ele quando ri. — Eu adorava a lenda de Artur quando tinha 14 anos. Foi logo antes de eu perceber que garotas são excitantes. Foi ótimo eu não ter recebido o bastão depois disso, senão o teria chamado de Louisa. Ou Marianne. Ou Emily.

— Acho que deveríamos começar antes que você liste todas as garotas de Londres — falei.

Ele me mostrou como me envolver com o resguardo, como imaginar aquela bolha protetora se encolhendo no meu corpo e se acumulando no meu braço, e como deslizá-la até o bastão.

— Com prática, você vai ser capaz de criar a espada com um simples pensamento. Agora você pode vê-la, pontuda e de um amarelo desbotado. Ela vai cortar melhor do que uma espada humana.

De fato, os contornos mal eram visíveis, mas quando botei meu dedão na lâmina, fui cortada. Magnus me mostrou como segurar o bastão, com o dedo indicador e o médio mais para cima, para equilibrar.

— Agora seu movimento ganha centralidade. E sempre mantenha o corpo firme — disse ele, pousando a mão na minha barriga. — Como a arma é leve, você vai precisar de mais controle. O movimento vem do seu ombro, não do seu cotovelo.

Com Magnus atrás de mim, fiz umas poucas evoluções elegantes. Depois, ele me ensinou algumas defesas simples. Trombamos nas cadeiras e derrubamos o globo da mesa.

— Você não vai ter muitas grandes batalhas desse jeito. — Dei risada e pulei em cima dele, que me bloqueou com facilidade.

— Não, mas é tremendamente divertido se você quiser ver o medo nos olhos do inimigo. — Com isso, ele me desarmou, derrubando Mingau, e me agarrou pela cintura. — *Voilà*. Capturei você. — O braço dele me segurava com firmeza. — Talvez eu não te deixe escapar — disse ele com a bochecha encostada na minha.

— Ah? — Minha pulsação acelerou quando ele se afastou só o suficiente para fitar meus olhos. Magnus acariciou a lateral do meu rosto, e a ponta de seus dedos deixou um rastro de calor.

— *Hum.* Alguém já lhe contou que você tem uma sarda no cantinho do olho?

— Ah, não. — Sabia que deveria desviar o olhar, mas não conseguia. Aquele não era um dos flertes corriqueiros e bobinhos de Magnus. — Imagino que não seja nada atraente.

— Pelo contrário. Chama atenção para seus olhos, que são brilhantes. — Ele se inclinou. — Acho que você tem os olhos mais adoráveis que já vi, agora que pensei no assunto. São quase pretos de tão escuros, e lhe dão uma expressão feroz em batalha. Mas se eu me aproximar — E foi o que ele fez, gentilmente —, vejo um castanho cálido. Quando seu olhar está suave, aparecem manchinhas douradas. Nada em você é exatamente o que aparenta.

— Pareço cansada. Sei que sim — murmurei. O braço dele apertou mais meu corpo.

— Nada que uma boa noite de sono não cure. — Ele abarcou minha bochecha por um breve momento. — Você tem um rosto lindo, Howel — sussurrou. Ele acariciou meu queixo com o dedão. Fechei os olhos.

E Rook?

— Obrigada. Quero dizer, por me ensinar — falei, me afastando dele. Recuperei Mingau, um pouco desajeitada.

— Você se saiu bem para a primeira vez. E no fim vai dar conta do jogo, mas não vai me superar. — Ele fez uma reverência. A suavidade em seu olhar e em sua voz desapareceu, mas ambos sabíamos o que havia acontecido. Senti como se os retratos, os livros e até o fogo na lareira tivessem testemunhado tudo.

— Você pode vencer os jogos, mas eu vou vencer as batalhas — falei, saindo da sala num passo rápido. Subi as escadas correndo.

Uma vez no meu quarto, sentei ao lado da janela, embaçando o vidro com minha respiração. Fechei os olhos. Magnus me achava linda. O jeito como ele me olhou e tocou. O que teria acontecido se eu não tivesse me afastado?

Ele é paquerador. Eu sabia disso, nunca tinha levado suas provocações a sério. Mas desta vez pareceu diferente.

Eu *queria* algo diferente?

Do que eu estava falando, depois do que quase ocorrera com Rook na cozinha? O que eu estava fazendo ao incentivar as ideias ridículas de Magnus?

Mas Rook ainda se mantinha distante de mim. A decepção dele ante minha recusa em fugir fora evidente, ainda que tivesse dito o contrário. A decepção dele em relação a *mim* era evidente.

O que eu estava fazendo ao pensar em *qualquer uma* dessas coisas? Rook era meu amigo; Magnus, meu aliado. Era só isso o que eles eram, tudo o que eles poderiam ser. Havia a comenda, e, se eu conseguisse ir tão longe, haveria a guerra depois. A vida já era complicada o suficiente. Resolvi parar de pensar naqueles dois imediatamente.

Passei uma hora fazendo desenhos na janela embaçada até finalmente tirar o assunto da cabeça.

17

Hargrove pousou o bule de chá na mesa e arregaçou as mangas.

— Vamos começar seu treinamento. Transforme isto num rato, e seja rápida. Quero que volte a sua forma normal a tempo da hora do chá.

Isso era bem mais do que eu esperava para minha primeira aula propriamente dita. Era o dia seguinte, domingo, quando a única obrigação dos Iniciantes de Agrippa era comparecer à igreja. Eu tinha usado minha liberdade para voltar correndo à casa de Hargrove.

— Só preciso cutucar o bule? — murmurei, gesticulando com meu bastão. As cinco crianças de Hargrove estavam sentadas num círculo à nossa volta, os rostinhos apoiados nas mãos.

Com um rosnado impaciente, Hargrove bateu quatro vezes na tampa do baú de madeira. O baú se escancarou numa explosão de papéis e pergaminhos. Ele saiu fuçando em meio aos rolos, cartas e pedaços de papel até que, com um grito de triunfo, levantou um livro com capa de couro. Deu uma espanada nele, o jogou sobre a mesa e folheou as páginas até chegar ao que desejava.

— Aqui — disse. Semicerrei os olhos, encarando o manuscrito meio apagado.

— Não consigo ler.

— Preciso fazer tudo sozinho? Aqui diz claramente: "*Bigode de um bico fumegante, cabo para um rabicho, porcelana para um coração pulsante, dente, unha e pelo de bicho*".

Apontei meu bastão para o bule e repeti as palavras. Hargrove gemeu, exasperado.

— Bem, o que devo fazer?

— Nenhum mago é igual a outro. Somos como flocos de neve delicados, ou orelhas. Estas falas foram originalmente escritas em latim... Alguma coisa *muris fumo* alguma coisa... bem, certa vez conheci uma mulher chamada Peg Bottleshanks. Ela era maga, e usava latim e um pouco de inglês, além de algumas notas musicais de seu apito de nariz. Entende? Loucura total!

— Mestre Agrippa diz que um sistema se faz necessário.

Hargrove bufou grosseiramente, o que fez as crianças ficarem animadas.

— Não nos importamos com regras.

— Mas como vou saber o que está correto?

— No que lhe diz respeito, a palavra *correto* não existe mais. Por exemplo, o que acha de eu andar no teto?

— Gravidade não funciona assim — disparei.

Hargrove ergueu sua capa multicolorida, balbuciou "Bibidi-bop, para o alto, *allons-y*, atacar" e, para minha surpresa, plantou os pés no teto. De cabeça para baixo, ele dançou vivamente pelas vigas, espanando pó e algumas teias de aranha. As crianças aplaudiram e gritaram de alegria. Um momento depois, ele voltou, triunfante.

— O que estava dizendo, jovem arrogante?

— Como eu faço isso?

— Não sei se você é capaz. Brinque um pouco, veja o que consegue descobrir.

— Não gosto disso — falei, balançando a cabeça. — Os feiticeiros têm tradições.

— Você gosta de tradições?

Dei a volta na mesa, fui até o baú de madeira e remexi pelas pilhas de lixo maçarocado. Estremeci diante da bagunça.

— Não gosto de tanta desordem assim.

— Você é mais feiticeira do que eu imaginava — ponderou ele. — E é assim que deve ser se quisermos que receba a comenda. O que acha de focarmos em controlar seus dons? Você fez progresso na última vez, quando levitou a cadeira.

E deixar uma aula por terminar? Jamais.

— Transformarei o bule num rato, para provar que sou capaz. — Com isso, fiz um floreio com as mãos e repeti fielmente as palavras de Hargrove. Nada aconteceu. Repeti as palavras, desta vez apontando Mingau. Nada ainda.

Foi assim por vários minutos. Hargrove desarrolhou com os dentes uma garrafa de gim e sentou, engolindo o líquido. Ele bebia demais. Tentei a coisa toda em francês –*Que sotaque elegante, anjinha. Eu poderia ouvir você dizer souris* o dia inteiro* – e, quando não funcionou, proferi algumas palavras indignas de uma dama antes de me sentar para encarar o pequeno bule: tinha o bico lascado e era branco com pequenas rosas pintadas. Eu não tinha ideia do que fazer.

Peguei Mingau de novo... e pude senti-lo quente ao meu toque, quase como se fosse uma coisa viva. Ele estava impaciente. Eu podia me imaginar *atraindo* um rato dos confins cinzelados de um bule. E, ao atraí-lo, imaginei a manobra feiticeira que convocava água da terra, para ser usada em casos de sede extrema. Girei meu bastão no sentido horário e anti-horário, num movimento de arco. A chaleira se remexeu um pouquinho. Hargrove se levantou.

Eu sentia na língua as palavras que ele me ensinara. *Bigode de um bico... cabo para um rabicho.* Completei a manobra de novo e, desta vez, quando chegou a hora de movimentar o braço, imaginei o bule se inclinando e um ratinho marrom se espremendo para sair, então sussurrei:

— *Bico para um rabicho.*

O bule inchou, então se amarrotou todo. Derramou uma bolota de pelo e orelhas e, um instante depois, um ratinho de olhos brilhantes, pelo marrom e bigodes eriçados estava de pé sobre as patas traseiras e enrugava o focinho para nós. O bicho se atirou da mesa para o chão e correu em disparada. As crianças se jogaram para pegá-lo, mas ele se esgueirou por uma rachadura na parede e desapareceu.

— Consegui! — gritei, lançando Mingau no ar numa alegria vitoriosa. Hargrove bramia risadas, dançando até o outro lado da sala para pegar papel e caneta.

— Escreva exatamente o que você fez. Nunca vi nada igual. — O sorriso largo dele sumiu enquanto fitava a parede. — Aquele era meu único bule. Bem. Não tem o que fazer! — E voltamos a cantar e a rodopiar pela sala. As crianças se rejubilaram, pulando para se agarrar às minhas saias.

— Quero fazer outro — falei sem fôlego.

---

* Souris: rato em francês

— Maravilha, sei exatamente o que deve fazer. — Hargrove me entregou uma garrafa vazia. — Transforme isto num bule.

LOGO DEPOIS, HARGROVE ESTAVA SERVINDO xícaras de chá com sabor de gim.

— Mulinha mágica, é assim que vou chamar você. Uma híbrida delicada das duas raças.

— Você acha que sou a única?

Hargrove grunhiu.

— Não pense que você é tão especial assim. Você não está sozinha nessa, eu sei. Já aconteceu de crianças feiticeiras nascerem como você, assim como crianças magas. Ao contrário delas, porém, você tem a oportunidade ímpar de desenvolver as duas metade de seus talentos.

— Quantos como eu você já conheceu? Quero dizer, antes, quando...

— Antes, quando era permitido ser um mago publicamente? Um ou dois. Estão mortos agora, é claro. Foram pegos treinando aprendizes.

Estremeci com a ideia.

— Howard Mickelmas, aquele desgraçado. É culpa dele termos que viver assim — falei. Hargrove só deu de ombros e se serviu de gim. — Como ele era?

— Mickelmas? Por quê?

— Você é a única pessoa que já encontrei que o conheceu. Sempre foi evidente que ele era mau? — perguntei.

Hargrove fez uma careta.

— Ele era só um mago comum. Um pouco idiota, claro, mas se houvesse pena de morte por idiotice, não restaria uma pessoa sequer neste planeta.

— Como ele era fisicamente?

— Não sei. Ele nunca deu as caras nas reuniões da Associação. Ele mandava um corvo ou um gato, que se sentava no meio da sala e através do qual Mickelmas se comunicava. Ótimo truque de salão. Costumam considerá-lo maluco, mas agora ninguém sabe como era a cara dele. Provavelmente é por isso que ele sobreviveu todos esses anos. — Ele engoliu mais chá. — Não gosto de falar dele, se você não se importa. Fico irritado.

~ 198 ~

Eu compreendia os sentimentos dele.

— Meu pai conseguia falar por meio de animais?

— Não, só o negócio de botar fogo em si mesmo.

— Mas ele conseguia manipular fogo. Isso não é um traço feiticeiro? Você não acha estranho que essa mistura de habilidades possa existir em uma pessoa?

Ele bufou.

— Senhor! É como se William Howel tivesse se levantado dos mortos e voltado num vestido para me passar um sermão. Que imagem pavorosa.

— Meu pai fazia essas mesmas perguntas? — Inclinei para a frente.

— Sim, e chegou a uma conclusão assombrosa: nada. — Ele suspirou. — William tinha tantas esperanças para a magia na Inglaterra; esperanças insanas e irracionais. Ele queria um consórcio. — Ele encostou a ponta dos dedos indicadores e dos dedões, formando um triângulo com as mãos. — Bruxas, feiticeiros e magos, todos no mesmo nível. Todos a serviço da coroa. Todos iguais.

— Por quê? — Eu estava ávida. Antes das aulas com Hargrove, tudo o que eu tinha do meu pai era uma lembrança parcial de um retrato que ficava sobre a lareira da minha tia.

— Por causa da crença dele de que toda magia se resume a uma linha reta. Bruxas, feiticeiros, magos.

— Bruxas vêm primeiro? — Franzi a testa.

— Chega de perguntas. — Hargrove me assustou com sua brusquidão. — Eu costumava falar isso para seu pai, quando ele escapava por uma tangente ridícula: conhecimento é tão poderoso quanto fogo. Quanto mais forte brilha, mais ele devora. Agora precisamos pagar pelas suas aulas, pequenina. — Ele estendeu a mão, mexendo os dedos.

Estremeci ao lhe dar uma moeda de uma libra.

— Vendi três laços de seda de cabelo. Terei de dizer a Lilly que os perdi, senão ela vai ficar louca de preocupação. — Amarrando a cara para ele, completei: — Você me transformou numa ladra.

— Percebi que você não teve escrúpulos ao roubar aquele pão e queijo — respondeu ele, embolsando o dinheiro. Os sinos da igreja bateram seis horas. Dei um salto. Como eu tinha deixado o tempo passar assim?

— Droga. Nunca vou conseguir passar pelo resguardo esta hora.

— Deixe comigo. — Hargrove me guiou para a área isolada pela cortina, onde ficava seu leito e seu baú mágico. Ao empurrar a cama de lado, foram revelados 12 símbolos pequenos e esquisitos talhados no assoalho; formavam um círculo de cerca de um metro de diâmetro.

— Entre aí. Isto vai levá-la para casa.

— O que é?

— Um círculo de portal. Um velho truque mágico. Ele vai levá-la para onde você quiser. Mas você precisa pensar claramente no lugar, ou ele pode ficar confuso e deixá-la no norte da África.

— O que são estas linhas? — Inspecionei os rabiscos aos meus pés. Algo neles parecia um tanto familiar.

Meu sonho com os Sete Ancestrais, a noite do ataque de Korozoth. Eu estava em pé num círculo de pedras cujas gravuras eram bem semelhantes a estas. Um arrepio desceu pela minha espinha. Eu tinha aprendido a não levar os sonhos a sério.

— Estas são letras emprestadas de círculos de convocação, reconfiguradas para nossos propósitos — explicou Hargrove.

Círculos de convocação. Aquelas marcações pareciam erradas.

— Não posso fazer como você e desaparecer sozinha?

— Ah, não sou tão especial, franguinha. Minha capa, veja, tem runas de portal costuradas no tecido. — Ele girou o casaco e pude ver a cintilação da linha dourada no barrado. Não havia nenhuma outra função para aquilo, exceto usar o círculo.

— O que eu digo? Algumas palavras mágicas?

— Não. Diga "por favor, me leve para casa". É educado.

Fiz como ele instruiu, imaginando a casa próxima do Hyde Park. Com o barulho alto do vento em minhas orelhas, a sala desapareceu.

— Caramba, de onde você veio? — perguntou Agrippa, assustado. Percebi horrorizada que tinha aparecido ao lado dele na rua. Felizmente, não havia mais ninguém ali. Tentei agir de forma casual.

— Eu estava indo para a direção oposta.

Agrippa balançou a cabeça.

— Deus do céu, preciso ficar mais atento. Não posso ter Ancestrais aparecendo do nada ao meu lado, não é?

Meu coração doeu ao ver o quanto ele confiava em mim.

— Podemos ter uma aula na sala de obsidiana? — pedi. Mesmo que eu fosse maga, poderia pelo menos deixá-lo orgulhoso. Agrippa suspirou; parecia que o que ele mais desejava era trocar de roupa e ir jantar. — Acho que fiz algum progresso. É efeito daquilo tudo que lorde Blackwood me fez ler.

— Muito bem. Uma aulinha não vai fazer mal.

AGRIPPA SE REMEXEU SOB SEU casaco e assentiu para mim. Era a imagem da paciência. Ele queria comer. Eu queria provar meu valor.

Depositando uma tigela de água aos meus pés, ele disse:

— Erga a água no ar e a modele como uma esfera. — Ele bocejou, compreensivelmente com baixas expectativas. Por alguma razão, água era o elemento mais complicado para mim.

Desta vez, no entanto, eu podia sentir o poder como uma segunda pele. Dobrei o joelho esquerdo e a imagem se formou perfeitamente em minha cabeça. Concentrei-me nela, desejei sua presença. Não falei nada, porque não precisava falar. A água ganhou forma, então caiu e virou uma poça no chão.

Agrippa ficou surpreso.

— Ei. Isso foi bom.

— Então deixe-me tentar algo mais difícil. — Preparei-me para a manobra com fogo.

Num instante, eu tinha um redemoinho de chama amarela e vermelha girando em direção ao teto. Queimava tão forte que Agrippa protegeu os olhos e deu batidinhas na testa com seu lenço de bolso. Mesmo em meu traje, achei fácil controlar tudo. Caí num agachamento de feiticeiro com minha perna esquerda esticada para a frente e fui girando o redemoinho cada vez mais depressa. Abrindo meus braços, o fogo explodiu num lampejo brilhante.

Meus poderes reagiram lindamente a cada pensamento e desejo meu. Depois de tantos anos vivendo à mercê da minha habilidade, jamais tinha imaginado que controle pudesse ser tão maravilhoso.

Agrippa tossiu, espanando flocos de cinzas que tinham caído em seu casaco.

— O que raios você tem feito? — quis saber ele.

— Andei estudando, senhor.

Agrippa começou a rir.

— Minha menina! Minha querida menina! — Ele pegou minhas mãos. Rodopiamos pela sala de obsidiana, numa comemoração muito semelhante a que fiz com Hargrove à tarde. Ele me puxou e deu um beijo carinhoso em cada bochecha minha. O orgulho estava estampado em seu rosto. Eu estava zonza, quase bêbada de felicidade.

— Eu sabia que você era capaz. Você vai dar uma lição nos Whitechurch e em Palehook.

— Desculpe por ter demorado tanto.

— Oh, não se preocupe. Conseguimos no fim das contas, não é? — Ele se iluminou com uma ideia. — Há algumas técnicas avançadas que podemos testar. Tenho ensinado alguns movimentos de bastão dos nossos colegas russos. Eu ia ensiná-los a Gwendolyn antes de ela... — Ele se calou, e aquela velha tristeza o tomou de novo.

— Sinto muito.

Agrippa balançou a cabeça e a melancolia se foi.

— Não sinta. Agora eu vou treinar *você*, Henrietta. Minha querida menina.

Finalmente me tornei Henrietta para ele. Eu queria batucar naquelas malditas paredes de obsidiana, queria berrar minha conquista. Ele nos conduziu para fora da sala, chamando a todos. Quando eles apareceram nas escadas, olharam para nós como se estivéssemos loucos.

— Não é o jantar? — perguntou Magnus com evidente decepção.

— O que Howel fez agora? Botou fogo na biblioteca sem querer? — disse Cellini, descendo as escadas. Bem, um comentário grosseiro merecia uma resposta à altura. Logo havia em meu bastão um feitiço para canalizar uma rajada de vento. Derrubei Cellini dos últimos três degraus, deixando-o estatelado e atônito.

Magnus caiu na risada e aplaudiu.

— Brilhante! Mostre mais alguma coisa!

Virei e dei de cara com Blackwood, estupefato. Fiz uma reverência, tal como se faz antes de um duelo. As sobrancelhas dele se ergueram em compreensão.

Está pronto?, articulei em silêncio. Ele fez uma reverência em resposta, aceitando o desafio. Num zás, nós dois estávamos com nossos bastões em mãos.

— Use o vento — falei.

Com um movimento perfeito, ele lançou uma rajada de ar como uma linha de pesca bem acima da minha cabeça. Ela chicoteou e bateu nas minhas costas, quase me derrubando. Eu estava sendo propositalmente lenta, para deixá-lo à vontade. Antes que pudesse preparar seu segundo ataque, rodopiei meu bastão, movendo-o rápido para a frente. O vento deu uma rasteira nele, que caiu no tapete dando um gemido. Ele sentou, parecendo confuso.

— Você se rende?

Blackwood espanou as mangas do casaco e estendeu a mão comprida e pálida para mim.

— Ajude aqui, Srta. Howel. — Ele sorriu fracamente.

Todo mundo começou a falar ao mesmo tempo. Dee estava se oferecendo para o próximo duelo quando Cellini perguntou:

— Como conseguiu fazer isso? — Ele franziu a testa. — Não tem como você ter melhorado tanto assim tão depressa.

— De repente, tudo fez sentido — falei, mantendo um tom leve. Eu esperava que alguém comentasse algo assim. Para ser sincera, minha maior surpresa foi não ter sido Blackwood.

Cellini não se contentou.

— Mas o que aconteceu?

— Pare de reclamar — resmungou Magnus, empurrando-o. — Você virou inglês de uma hora para outra? — Todos deram risadinhas, então voltaram a falar. Ninguém estava interessado em questionar nada, para meu alívio.

Brincalhona, disparei uma labareda em Cellini. A chama explodiu em fumaça e brasas bem na cara dele, que tossiu e olhou fixamente para mim. Dei de ombros. Não adiantava ficar chateado comigo esta noite. Eu planejava curtir.

Magnus ergueu o bastão e gritou:

— A Howel, a feiticeira! — Os outros se uniram a ele, vibrando. Bem, todos exceto Blackwood. Mas ele *estava* sorrindo. Enquanto os rapazes comemoravam, Magnus encostou os lábios na minha orelha e sussurrou: — Você é uma de nós agora.

* * *

Naquela noite, enquanto os andares superiores ressoavam com risadas e músicas, fugi da festa e corri para a estrebaria para encontrar Rook. Podia ser efeito da euforia da vitória, mas até os estábulos pareciam estranhamente transformados. O mundo ao meu redor tinha renascido.

Ele estava esfregando um cavalo quando bati à porta da baia. O animal cheirou meu cabelo em busca de pasto. Dando risadinhas, acenei para meu amigo e o abracei.

— Estamos a salvo — sussurrei. O estranhamento entre nós se dissolveu. Era como se nossa última discussão nunca tivesse acontecido.

— Gostaria de ter visto — disse ele, me rodopiando. — Pode me contar como conseguiu?

— Um dia, quando tudo isto tiver acabado, juro que vou dar todos os detalhes. Talvez você se surpreenda.

Rook me pôs no chão. Ele estava lindo. Seus olhos estavam brilhantes, e eu jamais o tinha visto sorrindo de maneira tão despreocupada.

— O quê? — Ele riu ao notar que eu o encarava.

— Desculpe, mas... você parece tão feliz.

— Então estou transparecendo meu estado de espírito — disse ele, me pegando pela cintura. Soltei um gritinho zombeteiro enquanto ele me colocava sobre uma sela e voltava ao trabalho. — Com uma noite maravilhosa como esta, como eu poderia me sentir diferente? Você vai receber sua comenda, a melhor feiticeira desta era.

— Segunda melhor, se você ouvir Magnus falando de si — observei, revirando os olhos.

— Bem, você vai brigar com ele pelo título. E para melhorar tudo, minha dor se foi.

— Não! — Desci num salto da sela. — Totalmente?

— Faz dias que não sinto nem uma pontada. As pessoas sem marcas sempre se sentem bem assim? Se sim, como é que encontram tempo para ficar bravas?

— Esta é uma notícia ótima! Foi o remédio sobre o qual lorde Blackwood falou, não foi? Ele nunca vai me deixar esquecer esse grande favor que me fez.

— Não tenha medo — disse Rook com um sorrisinho. — Você não deve nada a ele. Parei de tomar o remédio.

— O quê? — Meu sorriso murchou. — Então como você reprime as sombras?

— Oh, eu não reprimo — disse ele. — Veja. — Ele acenou para trás para ilustrar seu argumento e compreendi.

Quando entrei ali, pensei que a diferença que percebi na estrebaria era por causa da minha empolgação. Agora eu entendia que metade do pátio estava coberta em sombras. Nem mesmo a luz forte da lua conseguia penetrar ali. Os cavalos estavam mais quietos do que de costume, parados em alerta em suas baias.

— Não se preocupe — disse Rook com uma voz tranquilizadora. — Só faço isso quando não tem ninguém por perto. É bom para praticar.

— Mas pensei que as sombras só viessem quando as cicatrizes doíam.

— Eu também achava isso, até que aconteceu a coisa mais extraordinária. Eu estava indo pedir a nova poção ao Sr. Fenswick quando a dor parou. Pela primeira vez desde que me recordo, o sofrimento foi embora. Percebe? Eu tinha dores porque não podia usar meu poder.

Rook não estava mais vivendo na prisão que era seu corpo. Lágrimas borraram minha visão quando voltei a abraçá-lo.

— Por que está chorando? — sussurrou ele.

— Estou tão feliz. — Solucei, pressionando minha bochecha no peito dele. A batida de seu coração era alta e firme ao meu ouvido.

— Agora eu tenho tudo — balbuciou ele junto aos meus cabelos. O ar entre nós dois parecia crepitar com a energia. Percebi que tudo o que eu precisava fazer era erguer a cabeça para algo acontecer. Senti que ele aguardava eu lhe dar permissão. E apesar de ter prometido a mim mesma fugir de complicações, me descobri empinando lentamente o queixo...

Porém, a escuridão estava atrás de mim. Tocando minha saia. Tentava me alcançar. Era *errado*...

— Preciso voltar lá para cima. — Separei-me dele tão de repente que Rook quase tropeçou. Parte de mim gritava para eu ficar; a maior parte estava desesperada para fugir. — Os rapazes e mestre Agrippa vão se perguntar aonde eu fui.

— É claro. — Ele não parecia nem um pouco incomodado. — Teremos tempo para conversar depois, assim que você receber sua comenda. — Rook sorriu para mim.

Seus olhos estavam de um negrume puro.

Você precisa se habituar a isso. É o poder dele, assim como fogo é o seu, pensei. *Pela primeira vez, ele está livre.*

— Mais tarde venho ver você — falei, com um sorriso forçado. Rook se voltou para o trabalho, assobiando. De volta à cozinha, sentei num banco e passei a mão diante dos meus olhos. Sinceramente, eu estava me comportando como uma criança. Hoje eu tinha ganhado tudo o que poderia desejar, e ali estava eu, toda preocupada. Se a dor de Rook tivesse mesmo acabado de uma vez por todas, então tudo teria valido a pena.

Contudo, não pude evitar um arrepio ao voltar ao batente da porta que dava para o pátio e observá-lo trabalhar, cantando enquanto as sombras ondulavam e fluíam a seus pés.

 # 18

Os sinos da meia-noite bateram quando Magnus e eu contornamos a beirada do domo, esquadrinhando as ruas escuras para além do escudo de resguardo.

— Então você não acredita que os Ancestrais são demônios do inferno? — perguntou Magnus.

— Não. Místicos medievais descreviam um quinto elemento, éter, que eles alegavam ser mantido escondido de nossos olhos por apenas uma camada fina de realidade. Muitos seguiam essa crença, até que ela foi considerada heresia. Pode ser que Howard Mickelmas e Mary Willoughby tenham aberto um portal para esse quinto elemento.

— Nunca imaginei que uma dama tão prática fosse aceitar teorias tão místicas.

Obviamente eu não podia contar a ele que tinha discutido as mesmas teorias com Hargrove.

— Então de onde você supõe que vieram aquelas imensas bestas carnívoras? De Portugal?

— Acho que sua teoria é melhor do que a crença do arcebispo de que os Ancestrais são os sete pecados capitais em carne e osso. — Ele estremeceu. — Será que aquele borrão do Molochoron é a encarnação da luxúria? Sério, nada me deixa mais excitado do que uma gelatina bolorenta.

Eu ri.

— Li um artigo escrito pelo pai de Blackwood, aliás, sobre essas crenças nos sete pecados capitais. Ele as considerava bobagens. Sabia que ele foi o primeiro a registrar em papel o nome "Ancestrais"?

— Sim, o pai de Blackwood era um grande homem. Pena que o filho seja do tipo austero. — Magnus deu uma pancada no domo, criando uma linha de faíscas. Franzi a testa, pressionando a superfície. Ela cedeu, quase como se fosse feita de borracha. Por um tempo, o domo havia voltado a ficar firme, mas agora estava piorando, e rapidamente. Agrippa não levara a sério quando comentei, mas eu continuava preocupada.

— Não devíamos ser tão duros com Blackwood. Acho que ele tem muita coisa na cabeça. — Desde nossa discussão na biblioteca, meu relacionamento com Blackwood tinha melhorado. Os pensamentos odiosos e raivosos que eu tivera em relação a ele agora me deixavam desconfortável.

— Tem aquela aula infeliz dele no alvorecer, seguida do desespero educativo na hora do chá. — Magnus andava de costas para me encarar. — Não imaginava que você seria tão masoquista a ponto de gostar de alguém que a desmereceu por ter nascido mais pobre.

— Não diga isso em voz alta! — Sério, eu tinha contado coisas demais a Magnus nos últimos dias. Ele deu uma olhada ao redor com ar dramático.

— Não tem ninguém por perto. Mas talvez devêssemos voltar. Nosso turno está quase no fim. — Demos meia-volta e começando a retornar. Todos os Iniciantes assumiam turnos de patrulha do resguardo como parte do treinamento. Havia se passado três semanas desde meu triunfo com Agrippa, e agora eu estava autorizada a participar de todas as atividades dos Iniciantes. Antes, teria sido impensável eu sair com Magnus no meio da noite e sem um acompanhante. E o fato de ninguém ter se oposto a isso provava que as pessoas estavam começando a levar a sério minhas habilidades. Talvez eu enfim estivesse saindo da sombra de Gwendolyn Agrippa. — Eu não a culparia se estivesse ficando um pouco mais complacente, é claro. Blackwood *é* o conde de Sorrow-Fell. A maioria das garotas daria tudo para conquistar esse prêmio.

Resmunguei, pois era a única resposta apropriada a essa ideia.

— Não seja ridículo. Estou aqui para receber a comenda, não para arrumar um marido.

— Mas seria bem legal riscar os dois itens da sua lista de uma só vez, não?

— Primeiro de tudo, eu não me casaria com lorde Blackwood nem se ele fosse o príncipe de um reino maravilhoso. Não desgosto mais dele, mas dificilmente temos um amor escrito nas estrelas.

— Muito bem. E o segundo de tudo?

— Nunca vou me casar. Nenhum homem me deixaria participar de batalhas, e eu não iria querer ninguém que pudesse me impedir de cumprir meu dever.

— Não seja tão apressada em descartar a compreensão dos cavalheiros — disse Magnus. — Existem homens que admiram uma moça habilidosa. Um deles pode estar mais próximo do que você imagina, se prestar atenção ao que está bem na sua cara. — Ele chegou mais perto. Por um instante, não ousei respirar. Desde aquele nosso momento na biblioteca, Magnus tinha voltado com seus velhos flertes inofensivos. Eu meio que torci para que continuasse assim. Ele suspirou baixinho e continuou: — Não percebe como Palehook olha para você?

Ele riu. Fiquei tão aliviada que ri também.

— Então com quem devo me casar?

— Alguém confiante, charmoso, absurdamente lindo, brilhante, que dance bem e que saiba pedir o vinho adequado para qualquer prato. Além disso, garanta que ele tenha um cavalo. Não tem sentido se casar se você não for ter um cavalo. Senão, você terá de viajar na lua de mel numa carroça de nabos. — Ele embainhou o bastão. — Chega de papo sobre casamento. O que acha de uma visita às banquinhas de café em Covent Garden?

Antes que eu pudesse responder, um grito perfurou a escuridão.

Pressionamos nossas mãos contra a parede invisível para dar uma olhada nas ruas. Depois de um minuto, ouvimos mais um grito, alto e pranteado. Soava como uma menininha.

Magnus cortou a barreira sem hesitar. Agarrei o ombro dele.

— Precisamos aguardar os outros.

— Pode ser tarde demais. — Ele deu um passo para fora do resguardo e correu na direção do grito. Idiota. Bem, ele não iria a lugar nenhum sem mim. Lancei três jatos de fogo no ar e esperei até ouvir o sino da guarda tocar. Alguém viria. Satisfeita, segui Magnus.

Ele tinha desaparecido. Meus passos ecoantes era o único som que eu ouvia enquanto corria pela rua erma. Comecei a achar que era um péssimo plano, quando de repente a criança gritou de novo. Ao fim de um beco à esquerda, encontrei a menininha, pálida, magra, esfarrapada e sozinha. Agachei ao lado dela.

— Você está bem? Cadê sua mãe?

Ela balançou a cabeça. Percebi que a mão direita dela estava fechada com força. Quando eu abri seu punho, descobri ali uma moeda de um guinéu novinha em folha. Como raios ela carregava tanto dinheiro?

— Desculpe por isto — sussurrou a garotinha. Então se virou e correu.

Fui acertada bem atrás da cabeça. Mingau rolou para longe quando caí para a frente e ralei as palmas no chão. Mãos agarraram meu cabelo, puxando-me para ficar de pé. Figuras em preto surgiram. Alguém chutou minha barriga. Perdi o fôlego e a dor foi tão intensa que me encolhi. Lutando para respirar, eu os ouvi murmurando entre si.

— Seja rápido.

— Ainda não. Deixe-a sangrar um pouco.

As vozes. Eram terrivelmente familiares.

Eu estava me erguendo quando uma bota acertou a lateral do meu corpo. Faíscas e estrelas dançaram nos cantos da minha visão. A bile inundou minha garganta. Sacudi o corpo com selvageria cega, tentando afastá-los.

— Cadê a faca?

— O quê? Nós não vamos matá-la, vamos? — falou uma terceira voz, assustada.

Eu *conhecia* aquela voz. Mãos se esticaram para me pegar.

Chamas oscilavam pelo meu corpo. Um garoto gritou quando rastejei para a frente, ainda queimando, desafiando alguém a me tocar de novo. Houve uma cacofonia de passos, correndo na minha direção e também fugindo de mim. Em minha confusão, era como se os passos estivessem ressoando pelas paredes. De algum lugar, Magnus berrou:

— Seu cretino imundo!

Agora eu ouvia sons de luta, de homens se engalfinhando. Minha vista pulava de um ângulo bizarro a outro quando Magnus derrubou alguém. Sentei e vi Lovett esparramado ao meu lado, inconsciente. Havia um corte em sua testa, de onde escorria sangue fresco.

— Cretino — ofeguei, e minha voz saiu com um chiado esquisito. Chacoalhei o corpo, porém ele não acordou. Acima, Magnus lutava contra outra pessoa. Eu esperava ver Hemphill quando virei a cabeça.

Cellini estava preso no abraço de Magnus, tinha uma mancha de sangue debaixo do nariz. Uma coisa caiu da mão dele e tilintou pelo chão. Uma faca. Eu sabia o que ele planejava fazer com aquela faca.

Senti meu estômago revirando. Apoiei as mãos no chão e levantei com esforço antes de vomitar. Minha cabeça latejava. Não era possível ser Cellini ali. Não era possível ele ter me atacado. Ele era meu amigo. Ele era um de *nós*.

— Por quê? — gemi. Cellini ofegava enquanto Magnus, estupefato, o segurava pelo pescoço.

— Não entendo. — A voz de Magnus soou pequena.

Cellini começou a chorar.

— Precisava ser feito. Você não percebe?

— Nos dê alguma desculpa — suplicou Magnus. — Você não queria machucá-la de verdade. Você foi obrigado a isso.

O rosto normalmente bonito de Cellini se contorceu de raiva.

— Você a escolheu em vez de ficar com a gente. Em vez dos seus. Não vê como ela é bizarra? Ou você sempre fica sentimental assim depois de se deitar com elas?

Foi como se ele tivesse me chutado de novo.

Magnus o socou. Houve um grito gorgolejante e Cellini cuspiu sangue no chão. Um dente branco brilhava em meio ao vermelho. Indiferente, Magnus continuou o espancamento cruel, sem nenhum traço de seu humor. Não imaginei que ele fosse capaz de tamanha fúria. O rosto de Cellini começou a parecer um pedaço de carne sangrenta.

Arrastei-me de joelhos e segurei o braço de Magnus.

— Pare — arfei. — Deixe que a Ordem lide com ele.

— Cadê aquele outro? — gritou Magnus. — Vocês eram três. Era Hemphill, não? — Cellini não deu conta de responder. Tinha desmaiado. Quando Magnus o soltou, ele desabou no chão. — Você sabe o que ele ia fazer? — ofegou Magnus. Então pegou a faca, cuja lâmina brilhou com o luar, e a jogou longe com um silvo de aversão. — Você está bem? — Ele me ajudou a levantar e depois me abraçou.

— Estou. — Cedi ao abraço e percebi o tremor no corpo dele.

ANDÁVAMOS DE UM LADO A outro diante da biblioteca, ouvindo as vozes abafadas lá dentro. Uma ou duas vezes alguém gritou, e então voltaram aos cochichos. Magnus encarava a porta, como se pudesse abrir um buraco ali só com sua força de vontade.

— Obrigada — agradeci. — Não sei se conseguiria escapar deles sozinha.

— Se fosse por mim, os dois seriam enforcados. — Magnus não tinha tirado as roupas rasgadas e manchadas de sangue. O cabelo estava todo arrepiado e parte de mim queria arrumá-lo. — Não acredito que eles deixaram Hemphill se safar.

— Não tenho certeza de que ele estava lá. O que vai acontecer agora?

— Excomunhão. Eles vão atar o bastão de Lovett, que vai perder a posição de herdeiro da propriedade do pai. Cellini será enviado de volta a Roma, onde vai encarar a justiça deles.

— Atar o bastão? — Eu sabia que excomungados eram os párias da feitiçaria, mas desconhecia os detalhes.

— Eles mergulham o bastão em chumbo fundido para restringir seu poder e cortar a conexão. Às vezes o feiticeiro não sobrevive. — Ele estava pálido. — Há quem considere a execução uma punição mais humana.

A ideia contorceu meu coração. Toquei Mingau na bainha para me consolar.

— Mesmo que Cellini me odiasse, por que arriscar tanto?

Magnus balançou a cabeça.

— Não sei.

Olhei para minhas mãos.

— Sei que ele era seu amigo. Não deve ser fácil.

— É mais fácil do que você pensa, Howel. Eu jamais deixaria alguém machucar você.

Minhas mãos pinicavam com a energia. Não havia tempo para discutir mais a questão. Palehook abriu a porta, ao seu lado estava Lovett, amarrotado e manchado de lágrimas.

— Srta. Howel. Eu me empenharei para garantir que toda justiça seja feita. Tem minha palavra.

Notei que Palehook não me olhou direito nos olhos ao falar, e puxou Lovett para ir embora assim que pôde. Agrippa saiu em seguida, o rosto pálido. Ele segurou meu queixo.

— Você está bem, minha pobre e corajosa menina? — Ele me examinou de cima a baixo, virando minha cabeça para lá e para cá. — Está com alguns hematomas, mas acho que nada mais grave. Vá para cima e deixe Fenswick dar uma olhada em você.

— Quero vê-lo. — Olhei na direção da porta da biblioteca.

— Não. Não posso permitir isso.

— Se o senhor ficar, mestre, e eu estiver ao lado dela, ele não vai tentar nada — disse Magnus. Parecia que ele adoraria arrumar o menor pretexto para uma nova sessão de espancamento.

— Por favor. Não vou me sentir bem, a não ser que o veja. — Eu não precisava dar mais oportunidades aos pesadelos.

A porta se abriu com um rangido e Cellini escapuliu para o saguão. O rosto dele estava inchado, tanto pelos machucados como pelo choro.

— Por que fez aquilo? — perguntei.

— Não sabia que eles planejavam matá-la. Só queríamos que você fosse embora. — Quando ele falou, vi o buraco onde antes havia um dente incisivo. Ele chorou. Nenhuma visão jamais havia me deixado tão enojada.

— Você deveria ter querido me ajudar. Já que sou a garota profeti...

— Ah, chega dessa tapeçaria *imbecil*! — As lágrimas sumiram; a raiva dele me assustou. — Segurei minha língua porque os modos ingleses não são como os meus. Se vocês acreditavam que poderiam encontrar a salvação numa garota feiticeira, quem era eu para discordar? — Ele fungou e limpou o nariz. — No começo você era normal, Srta. Howel, mas agora é medonha.

Quando Magnus avançou para Cellini, toquei o braço dele para impedi-lo. Cellini percebeu e sua fúria aumentou.

— Vejam isso! Dando ordens a homens. O problema é que os feiticeiros ingleses não estudam a bíblia. Primeira Carta de Paulo a Timóteo: "A mulher ouça a instrução em silêncio, com espírito de submissão. Não permito à mulher que ensine nem que se arrogue autoridade sobre o homem." Em Roma, mulheres não podem sequer entrar na sala de obsidiana. — Ele olhou para Agrippa e Magnus. — Ela não é uma de nós. E vai destruir a todos nós se vocês permitirem, é uma sorte que não estarei aqui para ver!

Magnus agarrou o pescoço de Cellini e o ergueu. Agrippa os separou imediatamente.

Ela não é uma de nós. Cellini e eu sempre tínhamos nos dado bem, ou assim eu pensava. Jogávamos charadas no mesmo time, ríamos no café da manhã. Como não fui capaz de enxergar essa raiva? Eu tinha mesmo feito algo para merecer isso?

Ou eu simplesmente tinha sido orgulhosa? Lembrei da raiva em seus olhos quando lancei aquela pequena chama na direção dele e ri. Talvez arrogância numa mulher fosse algo insuportável. Tentei encontrar algum pedido de desculpas em seus olhos. Havia apenas fúria.

— Dê-me seu bastão — disse Agrippa.

Como se fosse uma tortura, Cellini soltou a bainha de sua cintura e entregou o conjunto. Parte de mim se condoía por ele. Mas a parte fria e brava venceu.

— Eu vou receber minha comenda — falei com a voz tremendo apesar de meus esforços. — Você não pode fazer nada quanto a isso.

— Alguém vai — murmurou ele.

Enquanto Cellini era acompanhado para fora e eu secava meus olhos, fiquei pensando se alguém mais *iria* atacar. Mesmo com meu progresso, eu sabia que ele tinha razão. Orgulho numa mulher era imperdoável.

— DISSOLVA TRÊS GOTAS DISTO num copo de água — grunhiu Fenswick ao me entregar um frasco com um líquido dourado borbulhante que ficou cor-de-rosa assim que o virei de ponta-cabeça. Ele bateu as orelhas quando o ajudei a descer da cama. — Tem mais alguma coisa incomodando você?

— Eu ainda tenho pesadelos. — Os sonhos com R'hlem não eram mais tão frequentes desde que havia tomado o controle dos meus poderes, mas tinham voltado.

— Bem, continue mastigando casca de salgueiro.

Ele seguia para a porta, titubeante, quando uma criada entrou com uma bandeja para mim. Ela franziu o nariz para Fenswick e quase passou por cima dele, derrubando-o. Ele ficou de pé e espanou suas roupas.

— Tome mais cuidado — vociferou ele.

Ela baixou a bandeja e o golpeou com um guardanapo.

— Coisinha nojenta. Xô — disse, conduzindo um Fenswick sibilante para fora do quarto. Sentei na cama.

— Não ouse tratá-lo assim — gritei.

A criada fez uma careta. Por que justamente hoje era a noite de folga de Lilly?

— Desculpe, senhorita, mas isso não o machucou. Eles não sentem as coisas como nós.

— Ele é uma pessoa — falei.

— Não. Perdoe, senhorita, mas não é. — Ela fungou. — Ele é uma besta.

Antes eu poderia ter concordado com ela. Agora, enquanto ela me entregava a bandeja, tudo o que eu conseguia ouvir eram as palavras sibiladas de Cellini: *Ela não é uma de nós.*

No DIA SEGUINTE, DEPOIS DAS aulas, fui à biblioteca para ler sobre duendes. Não tínhamos muitos volumes sobre o assunto, mas encontrei uma passagem em *Um Compêndio das Fadas* (Laurence Puchner, 1798) em que se lia: *Uma raiz de mandrágora ou uma cebola mofada pode ser bastante útil para dar as boas-vindas a um súdito da rainha das Fadas sombrias.*

A cozinha de Agrippa não tinha uma raiz de mandrágora sequer. Contudo, encontrei uma cebola velha com manchas verdes brotando nela. Teria de servir. Fui para o canto de Fenswick na casa. Ele morava dentro de um baú com gavetas em um quarto de empregados vazio.

Eu o encontrei relaxado, tentando cochilar na última gaveta, as orelhas amontoadas atrás da cabeça.

— O que é? — disse ele. — Não pode me deixar descansar? — Ele esfregou os olhos com duas de suas quatro patas.

— Queria lhe dar isto. — Entreguei a cebola. Ele a pegou como se nunca tivesse visto uma. — Imaginei que poderia deixá-lo mais à vontade...

Por um momento, a expressão dele não mudou. Eu tinha cometido um erro grave. Então suas orelhas caíram uma para cada lado. Seus olhos pretos cintilaram. Ele abraçou a cebola com força, fungou e disse:

— Estou nesta casa há seis meses e ninguém... tinha me dado boas-vindas.

Eu não conseguia entender como uma cebola mofada podia fazer alguém se sentir querido, mas havia muitas coisas que eu não compreendia.

— Fico contente de ter sido a primeira.

— Por que você se importa? — As orelhas dele se agitaram.

— Suponho que eu entenda o que significa não se encaixar muito bem.

— Você é uma garota feiticeira.

— Com as marcas para provar isso. — Tocando um dedo no hematoma arroxeado na minha bochecha, comecei a ir embora.

— Err, espere. A casca de salgueiro não está ajudando com seus pesadelos, não é? — As orelhas de Fenswick caíram para as costas.

— Não muito.

Mais tarde naquela noite, encontrei um pacote num saquinho de veludo à minha porta. Cheirava a ervas e a roseiras. Um bilhete, numa caligrafia infantil e gorducha, dizia: *Para pesadelos. Coloque debaixo do travesseiro.*

A partir daquela noite, não vi mais R'hlem. Nem senti saudade dele.

19

Minhas novas roupas masculinas tinham um caimento terrível. Tive de dobrar três vezes as mangas e enrolar uma corda na cintura para segurar as calças. Mas era o jeito, afinal correr pelos terraços de Londres era uma tarefa inadequada para vestidos. Deitei de barriga para baixo e rastejei para a frente. Hargrove apontou para o terraço do outro lado.

— Vejamos se você consegue botar isto... lá — disse ele, indicando a chaminé. Com cuidado para não cair, apontei Mingau para meu coração, torci o bastão ao mesmo tempo em que murmurava algumas palavras-chave sem sentido, então atirei o braço na direção do outro terraço. Deu certo. Uma visão de mim mesma, uma cópia completa do meu atual visual de calças, me encarava da base da chaminé.

Era surpreendente me ver sem ser num espelho. Minha cópia estava boquiaberta, assim como eu. Perdi o equilíbrio e escorreguei para a beirada do terraço. Hargrove me puxou de volta pelo colarinho do casaco e a visão do outro lado desapareceu.

— Não seja tola, garota. Não tem necessidade de perder o equilíbrio por causa de um reflexo bem feito. Agora quero ver você voar. Direto para o sul, siga para o limite do resguardo. Lá nas docas, onde comemos aquela torta de carne suína da última vez. — Com isso, Hargrove se enrolou na capa e flutuou para o céu. Eu estaria perdida se ele ganhasse de mim. Na última vez que perdi uma corrida, tive que lhe comprar uma garrafa de gim e massagear suas têmporas.

Convoquei o vento e alcei voo pelos terraços sobre as vielas labirínticas de Londres. Que lindo era poder ver, tal qual um pássaro, os acontecimentos do começo da noite e o acender das lâmpadas. Estava feliz por poder ficar tanto tempo. Agrippa tinha ido a Surrey e ficaria até o dia seguinte resolvendo questões da Ordem, e ninguém mais sentiu necessidade de verificar meu paradeiro. Cheguei ao ponto de encontro e desci com graça.

Ouvi uma rajada de vento e me virei para cumprimentar Hargrove, mas não foi seu rosto que me recebeu. Foi o rosto *dela*.

Ela desceu ao chão, sem a companhia de seus amigos assustadores. A amazona das sombras desmontou de seu cervo preto, e mesmo antes de ela tirar o capuz esfumaçado eu soube que era aquela com os olhos costurados. Não era um sonho nem uma ilusão desta vez. A garota desembainhou o punhal e o balançou na direção de uma multidão que gritava. Homens largaram suas mercadorias e correram; mulheres se enfiaram dentro de suas casas e bateram as portas. Eu já estava pronta para abrir fogo quando ela deu as costas àquelas pessoas. Então farejou o ar e se virou para me encarar.

— Você não está vestida adequadamente — murmurou. Inclinando a cabeça, ela farejou de novo, com força. — Mas tem o mesmo cheiro. E um bastão. — O rosto dela se franziu todo com um lampejo de dor. — Daminha feiticeira.

— O que você está fazendo aqui? — Preparei-me para o ataque. A amazona jogou a cabeça para trás e gargalhou.

— Segui seu cheiro. O maldito rei quer saber como você luta. — R'hlem. Ela agitou duas vezes o punhal, testando. — Ele quer ver se você vai morrer. — Com um salto, ela fez um arco com a lâmina na minha direção. Golpeei de volta com uma rajada de vento e rolei para o chão. Fiquei com as costas contra o resguardo enquanto ela se levantava, sibilando. Desta vez, pulei para o lado quando ela atacou, e o punhal furou o contorno amarelinho da barreira. O ponto de impacto se iluminou com um verde intenso por um instante, então começou a sumir. Ela se virou para me encarar, as narinas dilatadas. — Ótimo, ótimo. Não tem medo. Ele gosta de quem tem coragem.

— O que ele quer? — perguntei.

Ela golpeou de novo, e a combati com minha espada de resguardo. Ela era boa, mas o treinamento com Magnus tinha ajudado. Colidimos nossas lâminas algumas vezes, então me inclinei para trás e a chutei na barriga. Dava para fazer tanta coisa com calças e botas! Os homens não tinham noção do quanto eram sortudos.

Antes que ela pudesse se recuperar, acertei-a com um túnel de vento e fiz a terra subir e envolvê-la como se fosse a mão de alguém, arrastando-a. Ela estava bem perto do domo quando Hargrove pousou ao meu lado.

— Nunca tinha visto isso — comentou ele, observando a amazona presa.

— Uma mistura dos dois estilos — murmurei. A garota gritou e ergueu os braços. Era como se ela tivesse *virado* fumaça e se drenado para a terra para se libertar.

Hargrove e eu soltamos uma descarga de magia. Convoquei o vento para dissipar a Familiar-fumaça e ele reduziu o cervo demoníaco ao tamanho de um cãozinho. Ela se reconfigurou ao seu estado sólido e caiu no chão com um guincho penetrante. A amazona ficou atônita ao se deparar com sua montaria agora minúscula, que balia como um cordeirinho irritado. Botando o cervo sob o braço, ela levantou a mão em sinal de rendição.

— Vá embora. — Apontei Mingau com mais confiança do que sentia. — Ou vou soltar fogo.

Com um silvo, ela estendeu o braço e tocou o domo.

— Em breve — resmungou ela, dando uma risadinha horrível enquanto deslizava a ponta dos dedos pela superfície brilhante.

O cervo voltou ao seu tamanho normal e ela o montou. Eles galoparam pelo céu e sumiram antes que nós pudéssemos atacar de novo.

— Temos que ir — sussurrei, puxando meu boné para cobrir os olhos.

— De fato. Depois de um dia difícil protegendo a cidade, acho que merecemos uma torta de carne. — Hargrove não parecia tão despreocupado quanto suas palavras soavam. Olhamos para o ponto em que a Familiar tinha cortado o domo. Quando botei os dedos ali, encontrei um cortezinho na superfície.

— BEM — DISSE HARGROVE quando pousamos num terraço para recuperar o fôlego —, agora você viu quais são os desafios de se derrotar os bichinhos da Sombra. Eles sempre foram os mais complicados de destruir. Os Familiares mais fáceis de se matar são, é claro, as lesmas de Molochoron. Lembra aquele camarada gordo e melequento semana passada em Hoxton? Aquele que explodiu?

— O que está acontecendo com o resguardo? — sussurrei. — Ele parece feito de borracha por dentro e de vidro frágil por fora.

— O domo costuma enfraquecer conforme nos aproximamos do solstício — respondeu Hargrove, estalando as costas e estremecendo. — Ele fica mais forte sempre perto do Natal.

— Por quê?

— Há quem acredite que os Ancestrais estão ligados ao calendário pagão, então o solstício de verão é uma época particularmente maravilhosa para eles. Acredito que há verdade nisso. Mas, claro, os feiticeiros usaram esse conceito para atacar as bruxas. — Ele soou amargo.

— Você conheceu alguma bruxa?

— Antes de as queimarem, você diz? Sim, uma ou duas. — Ele bufou e cuspiu do telhado. — Um bando de mulheres com flores e centeio nos cabelos, trabalhando na lavoura e fazendo poções para aliviar dor de dente. Verdadeiramente as praticantes de magia mais temíveis de todos.

— Se elas são tão inocentes, por que foram banidas?

— Muitos acreditam que mulheres mágicas são difíceis de se controlar — disse Hargrove. — Como você bem sabe. — A lembrança de Cellini e da faca voltaram em cores vívidas. — Já que estamos conversando, você trouxe o pagamento para mais uma lição noturna? — Ele estalou os dedos.

Resmungando, tirei do bolso duas moedas de uma libra. Ao entregá-las, murmurei:

— Tente gastar com sabedoria.

— Com isto, já foram dez libras e quatro xelins. Quase lá. E o restante?

— Na próxima vez. — Agrippa agora me dava duas libras por semana para gastos cotidianos; portanto, involuntariamente vinha pagando por minhas aulas. Agora já fazia cerca de cinco semanas que me esgueirava para visitar Hargrove sempre que podia. Balancei as pernas na beirada do terraço e olhei para o resguardo, uma bolha cintilante na noite. — O que acontece se a barreira não segurar?

— O que acha? Pandemônio total. Espero estar a um oceano de distância quando acontecer.

— O quê? Aonde você vai? — Surpreendentemente, a ideia de perdê-lo me magoou. Hargrove nunca tinha sido caloroso, mas ele conhecia meus segredos. Isso tinha um peso.

— Para o local que você está me mandando com essas 12 libras. Para ser exato, dez libras e quatro xelins. O restante da Europa não aceita refugiados da Inglaterra, mas pode ser que os Estados Unidos sim.

— Você nunca vai conseguir sair pelo mar.

— Conheço a pessoa certa — replicou Hargrove.

— Quem? — Então me lembrei de Magnus mencionando que navios contrabandistas levavam viajantes clandestinos em troca de dinheiro.

— É melhor que você não saiba por onde nem com quem. Só preciso do dinheiro, e estou prestes a juntar o valor total.

— Você vai me deixar? E as crianças?

— A cerimônia da comenda é em menos de duas semanas. Você não vai precisar mais de mim. E eu não disse que não levaria as crianças, só que precisaria de somente uma passagem. — Claro, ele as colocaria no baú mágico. — Não sou um completo babaca, sabe.

— Pensei que você quisesse ver os magos retomando o poder.

O rosto dele perdeu todos os traços de jovialidade.

— Já sacrifiquei o bastante por essa maldita causa. Agora é a vez de os jovens lutarem, se tiverem determinação o bastante.

— Você me treinou para sentir que fez sua parte? — perguntei baixinho.

— Talvez. Eu acreditava ter um débito que precisava compensar.

— Com quem? — Levantei-me depressa da beirada do terraço, batendo a sujeira das calças.

— Ninguém em particular — respondeu ele. — Agora considero pago, graças a você. — Ele sorriu. — Você me permitiu rir por último. Os feiticeiros vão honrar a filha emergente de um mago como resposta à preciosa profecia deles. — Ele cuspiu de novo.

— As MALVADAS FILHAS DA madrasta de Cinderela ficaram de fora da festa de casamento, amuadas. Os pássaros, que viram a crueldade em seus corações, vieram do céu e bicaram os olhos das jovens até arrancá-los. — Sibilei para as crianças, que estavam prontinhas para dormir, e elas ofegaram. — Mas Cinderela, que havia sido boa e verdadeira, governou com seu príncipe por muitos anos. — Elas suspiraram com a revelação final. A irmã caçula de Charley se agarrou à minha saia e não soltou. Gentilmente, peguei-a no colo e fui me sentar à mesa com Hargrove. Ele parecia satisfeito e bêbado.

— Quer um gole do espólio? — ofereceu ele, estendendo a garrafa. Recusei. — Onde eu estava mesmo, antes de você trocar de roupa e cuidar destes maltrapilhos?

A garotinha já tinha caído no sono. Abracei-a mais forte.

— Você estava me contando sobre a cisma mágica. — História da magia era um tópico sobre o qual eu estava interessada em aprender, e ele em contar.

— Ah, sim. Você deve se lembrar de Henrique VIII, o grande rei cabeludo que gostava de fazer tudo do seu jeito. A primeira esposa dele, Catarina, não podia ter filhos. Então ele foi até a Ordem de feiticeiros reais e disse: "Façam com que a rainha possa engravidar." Ninguém sabia como fazer isso, é claro, então lhe disseram que ele estava sendo doido e idiota. Um deles, Ralph Strangewayes, sonhando com fama e fortuna, decidiu tentar.

"Por dois meses, Strangewayes ficou trancado no quarto. Ele encomendou livros de todo tipo: de alquimia, de medicina, religiosos. Certo dia, solicitou que o rei fosse a seus aposentos e o apresentou a uma mulher. Dizem que ele enfeitou o cabelo dela com fitas, a pele com luz de velas, o corpo com o vento do oeste, e a língua com três notas do canto de um pássaro; ela era a mulher mais linda e estranha que todos já tinham visto. O rei se apaixonou no mesmo instante. Strangewayes disse: 'Esta é a mulher que vai dar à luz seu novo soberano.'"

— Ana Bolena? — perguntei, certa de que ele estava me pregando uma peça.

— Ela mesma. Então o rei se divorciou de Catarina e casou com essa criação mágica. Por um tempo, Strangewayes e os magos eclipsaram feiticeiros em todos os sentidos. É claro, como a história nos conta, Bolena teve a cabeça decepada, e Strangewayes caiu em desonra.

Acabou no alto da torre, esperando para ver se alguém o levaria à execução. Mas quando a rainha Elizabeth subiu ao trono, aquela criança da magia e da realeza, deu uma comenda a Strangewayes. Magos se tornaram os praticantes de magia favoritos, pelo menos no reinado dela. Elizabeth era mestiça. Sabia disso? Nascida de uma mulher não humana, mas semeada por um homem humano. Muitos acreditam que a razão para ela ser a rainha virgem era porque ela não era capaz de procriar. — Ele deu uma risadinha até que sua pele escura corou e ficou ainda mais escura. — Sabe? Lá embaixo? Lisinha como a ponta de uma vela sem pavio.

Mandei-o ficar quieto, indicando com a cabeça a criança que dormia sobre meus joelhos.

— Acho que tudo isso é mentira.

Ele soltou um barulho grosseiro e bebeu mais.

— Você é uma boa aprendiz.

— Obrigada.

— É verdade também que você é tão divertida quanto um porco vestindo roupas de passeio, mas não dá para se ter tudo. — Ele bufou de tanto rir. — V-você é tão azeda que se Molochoron a engolisse, aquela maçaroca que ele é iria ficar toda franzida! — Ele bateu os pés no chão e caiu de gargalhar.

— Eu sei — falei. — Conte mais da história dos magos.

— Não, me conte a *sua* história, minha peixinha. Por que você é um melão carrancudo?

— Porque eu sei o que eu sou. — Fitei minhas mãos.

— Que é...?

— O que você mesmo disse. Indigna de ser amada. — Para minha irritação, Hargrove mostrou a língua para mim.

— Vocês, moças, são todas iguais. "Oh, minha vida é tão impossível. Nenhum garoto jamais vai me desejar e eu vou viver sozinha num casebre com 16 gatos. Esse é meu infortúnio" — disse ele com uma voz aguda e efeminada.

— Eu não fico me vitimizando. Apenas sei que não é fácil me amar.

Ele parou a imitação.

～ 223 ～

— O que há de tão horrível em você?

Eu nunca tinha contado essa história a ninguém, nem mesmo a Rook. Insegura sobre por que deveria relatar a Hargrove, dentre todas as pessoas, respondi:

— Quando eu tinha cinco anos, minha tia Agnes me levou para a escola em Yorkshire. — Depois de todo esse tempo, eu ainda me recordava vividamente dela, uma mulher alta e orgulhosa com roupas pretas e que não olhava para mim quando me agarrei às suas saias. — Chorei quando ela voltou para a carruagem. Gritei: "Por favor, tia, não me deixe aqui. Quero ir com você. Eu amo você." E ela se virou para mim e disse... — Parei quando um nó se formou em minha garganta.

— O que ela disse? — O sorriso presunçoso de Hargrove sumiu.

— "Você é uma criança horrível. Se conseguisse ser agradável, eu a amaria. Mas como alguém poderia se importar com uma criaturazinha teimosa, chorona e séria como você?" — As palavras foram exatamente essas. E vinham à minha cabeça pelo menos uma vez por dia desde que foram pronunciadas. — Eis sua resposta — falei com uma vivacidade artificial na voz e forçando um sorriso. — Não há nada que possa ser feito. — Virei o rosto quando uma lágrima escorreu pela minha bochecha.

— Pobrezinha — disse ele com a voz suave. Então estendeu o braço pela mesa e lhe dei minha mão. — Pobrezinha, coitada. — Nesse momento, ele parecia tão gentil quanto Agrippa. — Você tem um coração bom. Não foi sua culpa. — Ele emendou tão baixo que quase não ouvi: — Não foi culpa dela também.

— O quê?

Hargrove me soltou. Apoiando a cabeça na mão, ele disse:

— Por favor, use o círculo do portal. Estou cansado.

— Eu o ofendi?

— Não basta eu ter várias bocas para alimentar e você para ensinar. Agora estou sendo atolado por essas histórias tristes.

Com uma pontada de dor, deitei a menininha para dormir e fui para o círculo de portal entalhado.

— Não foi minha intenção estragar sua noite. Adeus. — Ergui minha saia para entrar no círculo.

— Henrietta. — Ele raramente me chamava pelo nome. — Você sofreu bastante. Lembre-se de que não é a única. — Ele deitou a cabeça na mesa, como se estivesse exausto.

— Foi egoísmo da minha parte incomodá-lo com isso — murmurei, e evaporei para minha casa.

NA NOITE SEGUINTE, SENTEI-ME DIANTE da lareira da sala de estar com Blackwood. Ele estava usando cartões para testar meu conhecimento sobre os Ancestrais.

— Zem — disse ele. A luz da lareira dançava em seus contornos e sombreava seus olhos.

— Uma serpente que cospe fogo, tão comprida quanto um barco pequeno. Ele é visto com frequência em Hertfordshire e, até este momento, destruiu dois vilarejos inteiros. — Fechei os olhos com força, concentrada.

— Bom. O que está sendo feito em Hertfordshire para defender os cidadãos?

— Todas as famílias feiticeiras com propriedades na região enviaram pelo menos um filho como proteção. Também estão criando uma série de canais em cada vilarejo para trazer água como uma barreira natural contra Zem. É um processo demorado.

— Excelente. — Ele baixou os cartões. — Como você tem estado nestas últimas duas semanas? — Havia preocupação em seus olhos. Desde o ataque de Cellini, Blackwood e os outros andavam cuidando mais de mim. Lambe e Wolff me ensinaram novas estratégias no jogo de xadrez. Dee vinha se esforçando muito para não pisar no meu pé enquanto praticávamos dança.

— Estou bem.

— Você ainda precisa ficar sozinha em suas tardes de folga? — Algo no modo como ele falou chamou minha atenção. — Você se tornou tão habilidosa. Decerto a tarde inteira não é mais necessária.

— Tem alguma coisa que queira me perguntar?

— Algumas pessoas estão bem interessadas no que você faz. Sugiro que tome cuidado. — O tom e a expressão dele sugeriram que era sério.

— Quem está interessado?

— Só tente não chamar muita atenção para si. — Ele se afundou mais na poltrona e embaralhou os cartões. Eu conhecia aquela feição. Por mais que tentasse, não conseguiria arrancar mais nada dele sobre esse assunto. — Agora. Conte-me sobre R'hlem, e não se esqueça de focar na campanha dele na Escócia.

20

Nos NOVE DIAS SEGUINTES, EVITEI visitar Hargrove. Participei de jogos na sala de estar, fui às aulas e fiz passeios de charrete com Magnus (com a devida dama de companhia). Tentei me convencer de que não ligava se nunca mais visse o mago. Mas acordei na manhã do dia 19 de junho me sentindo culpada. O baile da comenda seria em apenas dois dias, e eu duvidava que teria uma chance de visitá-lo depois que me tornasse feiticeira. Além disso, ele precisava do restante do dinheiro. Tinha feito por merecer.

Uma última aula antes que nós dois seguíssemos com nossas vidas.

Quando cheguei, não conversamos pelos primeiros minutos. Deixei um saco de laranjas para as crianças, as quais elas pegaram com alegria. Ele estava sentado com a bochecha apoiada em uma das mãos, e a outra tamborilando na mesa. Dei-lhe o dinheiro que faltava e gastei um tempão dobrando e redobrando minhas luvas.

— Você parece distante hoje — disse Hargrove por fim.

— Se estou, não quero preocupá-lo — respondi. — É indelicado pedir que compartilhe meus problemas.

— Desculpe pela outra noite. — Ele fez uma moeda de cobre correr por seus dedos várias vezes. — Reagir daquela maneira àquela história foi o ápice da falta de educação. — O pedido de desculpas dele me surpreendeu. Com certeza o verdadeiro mago tinha sido sequestrado por fadas e substituído por esta cópia cortês. — Sempre fico desconfortável com coisas frágeis, como sentimentos e confissões. E borboletas também.

— Está perdoado — falei, analisando uma laranja. — Vamos ter aula?

— Não há nada mais para ensinar a você. Não, achei que hoje poderíamos conversar. — A moeda deslizou pelos dedos dele num ritmo mais rápido. Hargrove queria conversar? Por que ele parecia tão tenso?

— Está pronta para receber a comenda?

— Tanto quanto possível — falei. Hargrove não respondeu, só ficou olhando as crianças devorarem as laranjas. — O que foi?

— Na primeira vez em que você esteve aqui, pensei que seria igualzinha a seu pai. Eu estava errado. — Ele bateu a moeda na mesa e esfregou o queixo. Parecia alguém prestes a mergulhar num rio congelante.

— Como assim? Você acha que não sou tão boa maga quanto ele?

— Nada disso. Acho que com um pouco mais de tempo, você poderá ser ainda melhor do que ele. William era do tipo talentoso, mas não tinha disciplina de verdade. Pelo menos, não quando o conheci. — Ele se recostou na cadeira.

— É o fato de eu ser uma feiticeira que preocupa você? Não me esquecerei do que me ensinou sobre minhas origens. Talvez, antes de você partir para os Estados Unidos, eu possa voltar uma última vez...

— Não. Depois que você obtiver sua comenda, não vai poder voltar.

Então este seria nosso encontro final. A tristeza se embolou no meu estômago, muito embora às vezes Hargrove soubesse ser grosseiro e cheirasse a repolho e a álcool.

— Obrigada por tudo — agradeci. — Farei o que puder para ajudar na causa dos magos. Prometo.

Estremecendo, ele ficou de pé e deu as costas para mim.

— Não, você não é nem um pouco como William. Você tem a mesma precipitação impulsiva dele, mas é racional quando se esforça para isso. Acho — disse ele, pausando ao se virar para me encarar — que você dá conta.

— Dou conta do quê?

— Às vezes, acredito que nossas vidas são vividas num ciclo sem fim — disse ele. — Que nosso erro se torna o fardo de nossos filhos, e que em algum momento tal fardo se torna o erro deles, e por aí vai. O único jeito de escapar disso é quebrando o ciclo. Entende?

— Não. Acho que não.

Ele sentou e tomou minha mão.

— Tem algo que preciso lhe contar sobre seu pai. Veja, ele não...

Houve uma batida à porta e Blackwood a abriu sem esperar por uma resposta. Quando me viu, seu rosto perdeu a cor.

— O que está fazendo aqui? — perguntou ele. E meio que tentou esconder uma bolsinha de veludo atrás das costas. As bochechas coradas e a respiração pesada davam sinais de que ele esteve correndo. — Então? O que raios *ele* estava fazendo aqui? Não era sexta-feira, seu dia costumeiro de fazer caridade. Eu não teria vindo se fosse, com medo de enfrentar esta exata situação. Para aumentar minha surpresa, Rook apareceu na entrada com um pacote nas mãos.

— Nettie? — disse ele, tão chocado quanto Blackwood e eu. Formávamos um trio de perplexidade.

Antes que eu pudesse falar, Blackwood pegou meu braço.

— O que você está fazendo? — questionei, atordoada por sua ousadia.

— Vamos embora — disparou ele, jogando a bolsinha de veludo para Hargrove. Ela fez um som de moedas tilintando ao cair. — Caridade — resmungou Blackwood.

— É sempre muito bem-vinda — disse Hargrove secamente, despejando o dinheiro sobre a mesa. — Volte quando quiser, senhorita. Duas moedas para outro tarô, uma moeda para ler folhas de chá. Mas você tem que trazer sua própria chaleira.

— Sei caminhar sozinha, obrigada — falei, desvencilhando meu braço do aperto de Blackwood. Saímos da sala pisando duro, Rook e eu primeiro. Andei devagar deliberadamente, só para irritar.

— O que você está fazendo aqui? — sussurrou Rook.

— Uma visita. — Tropecei nas palavras; ainda não me sentia confortável em mentir para ele. — Ele fez você correr por aí o dia todo?

— Não se preocupe comigo. — Ele indicou Blackwood com a cabeça. — Não vou deixá-lo ser descortês com você.

— Há maior chance de eu ser descortês com ele. — Assim que chegamos lá embaixo, me virei para Blackwood. — Você não pode me tratar daquela maneira na frente das pessoas.

— Por que você está aqui? — Ele soava furioso.

— Trouxe umas coisas para as crianças. Você não estava fazendo o mesmo?

— Por que você visitaria um mago? Se mestre Agrippa souber...

— Serei muito grata se você não contar a ele — falei, tentando soar tão gentil e conciliatória quanto possível. Ele disparou rua abaixo e me apressei para alcançá-lo.

— Talvez eu devesse — disse Blackwood. Bem, adeus gentileza e conciliação.

— Mestre Agrippa tem certeza de que receberei a comenda. Você está procurando algum pretexto para sabotar isso? — Era uma coisa infantil de se dizer, mas eu queria jogar *alguma coisa* nele.

— Você acredita mesmo nisso? — gritou ele, parando do nada na rua. A multidão fluía à nossa volta. — Depois do que eu disse sobre minha responsabilidade em relação à Ordem? Depois de eu ter gastado horas e horas ajudando em seu treinamento? Eu já não tinha avisado a você que as pessoas estavam curiosas sobre suas saídas?

— Sim, mas você nunca me contou quem exatamente estava tão curioso.

Ele bufou.

— Estou tentando proteger você.

— Porque sou uma dama frágil?

— Porque você vai se tornar uma feiticeira! — berrou ele. — Não acredito que você veio aqui sozinha, depois do que aconteceu com Cellini. — Ele tinha razão nisso. — E visitar um mago é perigoso para sua reputação. Magos não são confiáveis.

— Por que não? — A vontade de bater nele aumentou exponencialmente.

— O que quer dizer? Nada de bom vem de se associar a...

— Cadê Rook? — Quando virei para falar com ele, Rook havia sumido.

— Ele está bem.

Os olhos de Blackwood ficaram selvagens e atormentados. Ele congelou e encarou o muro de tijolos atrás de mim com tanta intensidade que fiquei imaginando se ele era capaz de enxergar *através* da construção.

— O que é? — Toquei o braço dele. — Você está bem?

— Tem algo errado. Por favor, fique aqui. — Ele se virou e, sem dizer mais uma palavra, se embrenhou pela multidão. Atônita, chamei por ele enquanto o seguia. Voltamos à viela da casa de Hargrove. Foi então que os vi.

Rook estava no meio de uma luta contra dois homens vestidos de preto. Um deles estava dando um mata-leão em Rook, que chutou o outro agressor, acertando-o em cheio no peito.

Num instante, eu tinha aprontado uma espada. Blackwood seguiu meu exemplo, e juntos corremos em direção ao conflito. O rosto de Rook se contorceu de pavor.

— Nettie! — gritou ele. A princípio, pensei que fosse um pedido de ajuda, mas ele ergueu a mão num gesto para me deter. — Não!

A escuridão correu pelas paredes e rachaduras. Rook e os dois homens desapareceram sob um véu de sombras. Blackwood e eu ficamos parados diante do vazio, sem ter o que fazer. Não dava para enxergar nada, mas ouvi os gritos apavorados dos homens.

— O que diabos... — A voz de Blackwood quase não saiu. Entrei em pânico. Ele não podia descobrir sobre os poderes de Rook, ainda não. Com raiva de mim mesma, recolhi a força invisível do meu escudo protetor e joguei em Blackwood. Uma rajada grande de energia o jogou contra a parede, e ele foi ao chão. Verifiquei depressa que, apesar de inconsciente, ele respirava. Rezei para que não o tivesse ferido de verdade e corri na direção dos agressores.

A cobertura de escuridão pulsava à minha frente. Lá dentro, as vozes começavam a sumir. Estiquei a mão para tocar a sombra, mas desisti, com medo. Tinha alguma coisa diferente naquela escuridão.

— Deixe eles irem embora! — gritei. — Consegue me ouvir? Rook!

Soltei uma camada de fogo na massa que se contorcia. A camada de sombra dissolveu, revelando três homens deitados no chão. Nenhum deles se mexia. Rook estava deitado em posição fetal.

— Rook, você está bem? — Apavorada, ajoelhei perto dele.

Rook investiu contra mim. Os olhos dele brilhavam pretos. Não havia humanidade naquele olhar. Ele agarrou meus braços e me arremessou no chão. Minha cabeça bateu no solo, e alcancei Mingau. Se Rook atacasse de novo, ia encarar um feitiço.

Mas o ataque não veio. Aguardei num silêncio receoso até que o ouvi sussurrar:

— Nettie, o que foi que eu fiz?

Devagar, rastejei até encará-lo. Os olhos estavam de volta ao tom azul normal. A expressão dele era de horror.

— Eu encostei em você?

Os homens no chão chamaram minha atenção. Um deles soluçava e tremia como se estivesse com frio. O outro estava deitado de costas, olhando fixamente para o céu.

— Levantem-se — falei, tentando soar autoritária. O camarada choroso ficou de pé rapidinho e apontou para mim, aterrorizado.

— Não se aproxime! — gritou ele, e foi ajudar o companheiro a se levantar. O homem quieto aceitou a condução do outro, mas não parecia muito consciente do que estava acontecendo à sua volta.

— O que vocês estavam fazendo? — Ergui minha espada, apesar de não ter soado tão vigorosa. Estávamos todos apavorados demais para demonstrações de coragem.

— Não se aproxime! — gritou o homem de novo, e os dois correram da viela. Rook me puxou para o chão quando tentei correr atrás deles.

— Não. É o que querem — ofegou Rook, me segurando.

— Mas eles atacaram você.

— Eles não estavam atrás de mim. Me pegaram quando não conseguiram apanhar o alvo verdadeiro. Qualquer um perceberia isso.

— O quê? — Então percebi que Rook estava andando *comigo*. O próprio Cellini tinha dito que outros me atacariam. — Oh, Deus.

— Não acho que eles vão voltar. — Rook esfregou os olhos. — Eu os assustei.

— Sim, obrigada.

— Não. — Ele estremeceu. — Eu machuquei você. Como pude fazer isso?

— Você não sabia que era eu.

— Exato. Nós não conseguimos diferenciar você dos outros.

Agora eu estava com medo de verdade.

— *Nós*?

— A voz na escuridão sussurrava... — Ele parou. Horrorizado, olhou para as cicatrizes ao longo de seu braço esquerdo. — Sou uma aberração.

— Precisamos falar com Fenswick sobre isso.

— Não. Não quero que ninguém mais saiba — grunhiu Rook. Ele se afastou e foi até Blackwood, que estava começando a acordar. Não dava para discutir agora, então mordi a língua e me juntei a eles. Rook ajudou o feiticeiro a sentar. Gemendo, Blackwood esfregou a parte de trás da cabeça.

— O que raios aconteceu?

— Tentei atacar aqueles homens, mas perdi o controle e acabei acertando você. Desculpe-me. — Meu pedido de desculpas foi sincero, o que conferiu credibilidade à minha mentira. — Eles fugiram.

— Pensei ter visto... — Blackwood fez uma pausa enquanto analisava Rook, depois balançou a cabeça. — Provavelmente bati minha cabeça forte demais.

Para mudar de assunto, falei:

— Graças a Deus você pressentiu algo. Quem seriam aqueles homens?

— Londres está tomada de sujeitos perigosos — murmurou Blackwood. — É por isso que você nunca mais deve sair da área resguardada desacompanhada.

Nós o ajudamos a ficar de pé e servimos de apoio para ele enquanto cambaleávamos para casa.

Assim que chegamos, Agrippa e a governanta fizeram um alvoroço em torno de Blackwood. Rook aproveitou a oportunidade para escapulir.

Tão logo consegui, subi correndo as escadas até o alojamento dos criados e bati à porta dele.

— Rook. Por favor, me deixe entrar.

Depois da minha terceira tentativa, ele respondeu:

— Não confio em mim mesmo, Nettie. Você deve ficar longe. — A voz dele soava tensa, como se estivesse erguendo alguma coisa. Ou, talvez, restringindo alguma coisa.

Espalmei as mãos contra a madeira. Queria raspá-la até chegar ao outro lado.

— Eu me sentiria muito melhor se pudesse ver você.

— Quero deixar você entrar — murmurou ele. Eu o ouvi se afastar mais ainda da porta. — Mas não posso.

— O baile é depois de amanhã. Tudo o que você precisa fazer é segurar as pontas até lá. Acha que dá?

— Sim. — A voz dele estava tão, tão fraca.

Só mais uns dias. Rook dava conta. Ele ia dar conta.

Ele precisava dar conta.

21

Lilly me ajudou a vestir um traje carmesim, um vestido que eu ainda não tinha estreado. Eu estava determinada a aproveitar esta noite. Rook estava seguro em seu quarto, de folga do trabalho por causa do ataque à tarde. Era um consolo; meus nervos estavam à flor da pele.

— Primeira vez no teatro. — Lilly suspirou. — Você vai precisar de algo muito especial. — Ela me mostrou um pacote de papel. — É para seu cabelo, senhorita. Do jardim. — Eram várias rosas vermelhas, da cor perfeita para meu vestido. Tiramos os espinhos e as enfiamos no meu cabelo. Quando me virei para ela, Lilly aplaudiu. — Ficou lindo!

Desci as escadas, seguindo o som da voz e da risada dos garotos. Quando apareci, todos ficaram em silêncio. Dee sorriu. Até Lambe e Wolff assentiram para mim, aprovando o visual. Mas senti os olhos de Magnus em mim desde o momento em que comecei a descer.

— Vamos? — murmurou ele, oferecendo o braço.

As carruagens nos deixaram no teatro, no meio de um grupo de pessoas elegantes. Entramos no saguão de veludo vermelho. Espelhos compridos com molduras douradas refletiam a multidão, dando a impressão de um oceano vivo com rostos e conversas. Candelabros polidos iluminavam murais com damas cor-de-rosa e brancas sentadas em nuvens fofinhas, tocando liras e cercadas por querubins alados. Olhamos ao redor até encontrarmos Blackwood e Eliza. No instante em que ela pôs os olhos em mim, beijou minhas duas bochechas e pegou minhas mãos.

— Estou tão feliz que você veio. Queria lhe mostrar este corte de vestido diferente. Gosta? — Ela deu um giro para mim, toda charmosa em seu vestido verde-esmeralda com mangas bufantes. Então agitou o leque de renda preta.

— É uma graça.

— *Eu* falei para madame Voltiana usar este estilo num traje especial para sua comenda, pois é muito elegante. Você planeja beber champanhe esta noite? George sequer me deixou dar um golinho — disse ela, batendo o leque no braço do irmão. Ele balançou a cabeça e sorriu. Sua irmã era a única pessoa do mundo capaz de desmontar aquela fachada estoica.

— Nunca provei, na verdade.

— Pronto! Viu, George? Se Henrietta for tomar champanhe esta noite, então eu também vou, e não diga que não posso — disse ela.

Magnus se aproximou de nós. Eliza sorriu e estendeu a mão enluvada num gesto bem teatral.

— Olá, Sr. Magnus. Faz tanto tempo desde a última vez em que nos vimos. — Ela piscou com charme.

— Minha querida — disse Magnus, beijando os dedos dela. — Você ficou ainda mais adorável. Não sabia que isso era possível. — Ele fez uma reverência profunda enquanto ela dava risadinhas e agitava o leque. Deus, eles se mereciam. Blackwood pigarreou e levou Magnus embora.

Com os rapazes longe, Eliza se virou para mim.

— Tive uma ideia deliciosa. Assim que você receber sua comenda, podemos desenhar um selo Howel. Ninguém desenha um novo selo de feiticeiro há eras, será maravilhoso! Você gosta de unicórnios?

— Não muito — respondi com um sorriso.

— Ah. Bem, só um pequenino, então.

Em dado momento, fomos obrigados a ocupar nossos assentos no camarote de Blackwood. Tínhamos uma boa visão do palco. Homens e mulheres se esforçavam para olhar através dos oclinhos de ópera para ver melhor a peça e também uns aos outros. Sentindo um desconforto profundo, me perguntei se algum par de olhos estava virado para nosso camarote. Estiquei o pescoço para ver o teto abobadado, o lustre de cristal, as cortinas de veludo vermelho e a magnífica tela pintada à frente do palco. Eu jamais seria capaz de imaginar um lugar assim, e estava tão embasbacada que quase nem li o programa. Quando as luzes baixaram, criaturinhas parecidas com mariposas flutuaram diante de nós. Quase as golpeei com o leque de Eliza.

— Não — sussurrou ela —, são fadinhas.

De fato, depois de uma inspeção mais minuciosa, notei que havia pequenas criaturas humanas atadas àquelas asas. Uma que estava na minha frente chacoalhou seu cabelo platinado e deu uma risadinha, um som baixo, quase inaudível. As fadas voaram para o palco e a peça começou.

Apreciei cada momento. Os quatro amantes eram hilários, embora eu tenha achado Helena idiota, de tanto que chorava e gritava. Titânia e Oberon, a rainha e o rei das fadas, eram lindos de doer. A pele de Titânia brilhava mesmo quando ela estava longe das luzes.

Em dado momento da peça, um homem infeliz chamado Bottom teve a cabeça transformada na de um burro. E as fadas realmente fizeram a transformação no ator. A plateia estremeceu quando o burro azurrou para nós, e foi um pouco difícil entender por causa de seus lábios de jumento. Puck, um garoto com pele verde e folhas no lugar dos cabelos, aparecia e desaparecia no colo de vários espectadores. Ele inclusive se materializou no nosso camarote, beijou a mão de Eliza e roubou uma rosa do meu cabelo. Magnus avançou para pegá-la de volta, mas Puck desapareceu.

— Não tem problema — falei. Magnus tinha exagerado na bebida e, para ser franca, eu também. Que experiência deliciosa era o champanhe! Eu estava em qual taça, terceira? Magnus encostou os lábios na minha orelha.

— Ele devia ter beijado sua mão. Você é a garota mais linda de Londres esta noite — sussurrou ele. Meu corpo todo se aqueceu e pareceu mais pesado de algum modo.

Ao fim da peça, Puck apareceu no palco e disse:

— Se nós, sombras, os ofendemos, pense somente nisso e acertemos.

Magnus alinhou seu bastão na direção do ator.

— O que você está fazendo? — vociferei.

— Ele roubou uma rosa sua, não é? Eu vou dar rosas a ele. — Magnus apontou para uma das velas, e as folhas na cabeça de Puck pegaram fogo. Todo mundo começou a gritar. A fadinha chiou e começou a bater na cabeça dele para apagar as chamas. Assim que conseguiu, apontou um dedo para nosso camarote.

— Feiticeiros! Comportem-se, seus bêbados infames! — O teatro emergiu em risadas e aplausos.

Apontando o bastão para o teto, Magnus gritou:

— Por sua majestade! — Os rapazes e eu nos juntamos a ele (exceto Blackwood, obviamente). A plateia aplaudiu. Eu nunca tinha me sentido tão viva e esplêndida.

Ao fim da peça, Blackwood me puxou de lado, segurando meu braço quando tropecei.

— Está bêbada, Srta. Howel.

— Estou perfeitamente bem. — Realmente, ele não deveria me olhar tão horrorizado. Só tropecei porque o carpete estava irregular.

— Vou levá-la para casa. Se alguém a flagrar assim, sua reputação será prejudicada.

— Não preciso de reputação. — Fitei os sapatos dele. Eram sapatos adoráveis.

— Quero ficar alegrinha também — sussurrou Eliza.

— Eliza, fique quieta. Baixe a cabeça, Srta. Howel, e nós...

— Pode ficar calminho aí, George. Eu a levarei para casa — disse Magnus, ajeitando o xale nos meus ombros. — Sei lidar com bebida. Você tem sua irmã para acompanhar.

Blackwood assentiu.

— Tudo bem. Tenham cuidado, vocês dois. — Ele acompanhou Eliza à saída. Ela deu tchau para mim e lançou um olhar para Magnus.

— Obrigada, papai — resmungou Magnus. Com risadinhas, saímos dali em silêncio, tropeçando uma vez em minha saia.

DESCEMOS DA CARRUAGEM CANTANDO MÚSICAS divertidas sobre peixes. O mordomo não pareceu nem um pouco satisfeito quando entramos aos tropeços.

— Devo enviar Lilly ao seu quarto, Srta. Howel?

— Chamarei pelo sino quando estiver pronta. Obrigada. — Magnus e eu subimos pesadamente as escadas. Estendi minha mão para apertar a dele. — Boa noite. Durma bem.

Ele beijou minha mão, sem nunca desviar os olhos dos meus.

— Boa noite, Howel.

Aquela sensação cálida e fluida voltou. Segui para o meu quarto, tentando clarear a cabeça. Tinha acabado de chegar à minha porta quando ouvi um barulho e me virei. Magnus estava atrás de mim.

— O que foi? — Minha voz saiu rouca.

— Esqueci uma coisa — disse ele. Seus olhos tinham um brilho estranho.

— O quê?

Ele passou a mão pela minha cintura. Ofeguei, mas ele me segurou. Magnus aproximou os lábios do cantinho da minha boca e me beijou.

— Espere — falei. Ele se afastou.

— Não foi tão ruim, foi? Eu vou embora, se quiser.

Isso era exatamente o que ele precisava fazer. Havia Rook no andar de cima, a comenda, a guerra.

— Fique. — Por um momento, não acreditei que falei aquilo. *Retire o que disse. Agora.* Mas aquele beijo...

Ele me abraçou com afinco e colou os lábios no outro cantinho da minha boca. Gemi quando virei o rosto para beijá-lo direito, mas ele pôs as mãos nas minhas bochechas, me segurando. Gentilmente, pressionou os lábios nos meus por apenas um instante. Inclinei-me para a frente, queimando de desejo.

— Por favor — pedi, o mundo oscilando diante de mim. Isto era tão errado, catastrófico, mas naquele momento eu só conseguia sentir o calor do corpo dele junto ao meu e a maciez de sua boca.

— Ah, minha querida — sussurrou ele, e me beijou de novo, com mais intensidade. Passei os dedos pelos cabelos dele. Ele beijou meu pescoço, respirou contra meu colo e deu uma mordiscada no meu ombro nu. Todas as moléculas do meu organismo explodiram em luz e calor. Magnus beijou minhas pálpebras, então voltou para a minha boca.

— Ao inferno tudo isso — sussurrou ele.

O corredor girou. Ouvi a porta do meu quarto se fechando e ele colou meu corpo ao dele, de modo que ficamos perfeitamente alinhados.

— Desejei isso por tanto tempo — murmurou ele ao meu ouvido, enviando pequenos sinais de fogo pela minha espinha. — Você também, não?

— Sim — respondi. Agora *eu* tomava a iniciativa de dar beijos *nele*, passando os braços pelo seu pescoço. Eu não conseguia me conter. Era bem parecido com minha vontade de criar fogo: uma faísca que começava uma labareda. Deixei um rastro de beijos pelo maxilar dele. Ele gemeu e me puxou mais para perto.

— Você é uma criatura aventureira, não é? — A voz dele estava rouca e sua respiração, pesada. Ele correu as mãos pelas minhas costas, de cima a baixo.

— Não sei — sussurrei enquanto ele beijava meu pescoço. Eu sentia como se estivesse descendo uma colina íngreme correndo, o coração martelando com a excitação. Eu o fiz olhar para mim, passei a ponta dos dedos pelo seu rosto e cabelos. Tocá-lo era um ato irresistível. Será que todas as pessoas achavam beijar tão intoxicante?

— Você *é* uma aventureira — disse ele baixinho. Senti a ponta de sua língua quando nosso beijo se aprofundou. Ele tocou meus cabelos, soltou um grito e ergueu a mão, com sangue brotando da pontinha de um dedo. — Como raios isto aconteceu?

— Devem ter sobrado alguns espinhos nas rosas — falei, com medo de que ele parasse. Ele riu enquanto tirava as flores do meu penteado e me beijava de novo. Meus pés se ergueram do chão. Eu estava deitada agora, e o dossel girava acima de mim. Magnus puxou minha saia, centímetro por centímetro, revelando minha perna...

— Não! — gritei. Então o empurrei, rolei da cama e caí de joelhos no chão. Nenhuma quantidade de álcool me faria sair de mim tanto assim. Cambaleei para ficar de pé e me segurei na cabeceira da cama. Magnus sentou, seu cabelo estava amassado.

— O que você está fazendo? — perguntei. O que *eu* estava fazendo? Como tínhamos chegado ali tão rápido?

— Pensei... bem, não vamos fazer?

— Não, pelo amor de Deus. — Eu quase não conseguia pronunciar as palavras.

— O que mais tínhamos para fazer? — Ele parecia confuso.

— Isso é algo que se guarda para depois do casamento.

— Mas, querida — disse ele, como se eu fosse lerda —, você sabe que não posso me casar com você.

— Como é que é? — O efeito da bebida passou. Eu nunca tinha estado tão alerta.

— Você sabe que estou noivo.

— Você está *o quê*? — Minha mente lampejou com imagens nas quais eu acertava Magnus com um raio.

— Eu te contei. Não contei? — Agora ele parecia hesitar. — Srta. Doris Winslow, estou noivo dela. Espere. Eu não te contei?

— Não. — O chão girava sob meus pés. Queria cair na cama e acordar para descobrir que nada disso tinha acontecido.

~ 239 ~

— Ai, Deus. Não me admira que você estivesse tão empolgada. Desculpe. — Ele balançou a cabeça e passou a mão pelos cabelos. — Fugiu da minha cabeça.

— Você achou que fosse... — engasguei com a palavra — comigo e depois me largar?

— Não! Henrietta, só estou me casando com ela por causa da falta de dinheiro da minha família. Eu não sei como ganhar dinheiro, então preciso de uma herdeira. Mas ela é muito enfadonha, sabe. Nada a ver com você. — Ele se aproximou com aquele sorriso maroto de volta. — Você é a garota mais empolgante que já conheci.

— Mas você não se casaria comigo. — Minha voz soava distante. Em algum momento eu já quis me casar com ele? Sua presença era tão intoxicante, e algumas vezes eu não conseguia parar de pensar nele. Mas isso era amor?

Acho que ele não me trataria assim se me amasse.

— Eu não posso ter duas esposas, posso? Veja, podemos manter segredo. Assim que recebermos nossa comenda, você terá sua casa, e eu terei a minha. Será fácil nos encontrarmos para...

— Minha reputação seria destruída.

— Mas você vai ser uma feiticeira! Não é como as outras garotas. Mesmo se descobrissem, ninguém iria...

— Você não entende nada do mundo, não é? — O Sr. e a Sra. Magnus seriam aceitos pela sociedade. Eu seria uma pária porque mulheres fáceis sempre sabem seu lugar.

— Desejo você mais do que a qualquer outra garota que já conheci — disse Magnus, tentando alcançar minha cintura. Desejo. Não amor. — Se eu pudesse, me casaria com você amanhã. Mas as coisas são como são, então vamos tirar proveito desta situação ruim.

Dei um tapa para arrancar o sorrisinho do rosto dele, o mais forte que consegui. Tirei Mingau da bainha e o apontei para o peito de Magnus, que ergueu as mãos.

— Não faça nada idiota — murmurou ele.

— Saia daqui ou eu vou gritar.

Magnus abriu a porta e saiu. Fiquei sentada na cama por dez minutos, estupefata, então toquei o sino para chamar Lilly. Ela não perguntou por que demorei tanto para chamá-la, e eu não contei.

Fiquei encolhida na escuridão, até que ouvi os meninos chegarem, os gritos e brincadeiras ecoando pelos corredores. Pensei no dia em que eu tinha duelado com Magnus na biblioteca e ele elogiara meus olhos. E eu achando que havia algo especial nessa atenção, mas estava enganada. Ele me desejava, nada mais do que isso. Eu era a tola.

Uma porcaria de uma tola, pensei. Magnus tinha jogado uma das minhas rosas em cima da cama. Peguei-a, arranquei todas as pétalas e as esmaguei, fechando o punho.

Pensei em Rook, em nós dois sentados na charneca, lá em Yorkshire. Tudo era claro, todos estavam em seu devido lugar. Quem eu havia me tornado? O que eu estava me tornando?

Chorei enquanto escutava os rapazes subirem as escadas para dormir. Quanto mais chorava, mais odiava isso. Botei fogo nas pétalas para me acalmar, observando enquanto crepitavam e escureciam na minha mão. Deu certo. A descarga de calor na minha pele fez as lágrimas evaporarem. O fogo queimou minha tristeza. Restou somente uma brasa de raiva.

22

— Você está bem, Henrietta? — perguntou Agrippa no café da manhã. Eu encarava meu chá com olhos tristes.

— Só estou cansada, senhor. — Do outro lado da mesa, Magnus comia sem dizer uma palavra. Quando Dee tentou fazer uma piada, Magnus lhe lançou um olhar tão hostil que ele ficou quieto. A sala inteira estava silenciosa, exceto pelo som de Lambe batendo em seu copo de água com um garfo. Blackwood lia e relia uma carta, perdido em pensamentos. Éramos um grupo bem contente.

— Vamos praticar a criação de uma coluna de fogo nesta manhã. Quando tiver terminado seu café…

— Já terminei. — Afastei meu chá e minha torrada intocada.

— Você não comeu nada.

— Não estou com fome, senhor.

— Ouso dizer que é pelo excesso de champanhe — disse Blackwood, enfim baixando a carta. Ele olhou de mim para Magnus. Notei que desconfiava de alguma coisa. Droga. — Talvez a Srta. Howel se beneficie de uma aula particular — completou.

O sangue correu para minhas bochechas.

— Quero trabalhar como de costume.

Arrastei minha cadeira para trás e deixei a sala sem dizer mais nada.

Imaginei a chama de uma vela crescendo até virar um pilar de luz. Sentia minhas mãos quentes, mas a coluna de fogo não aparecia.

— Henrietta, você não está se esforçando — disse Agrippa.

— Minha cabeça dói. — Não era mentira.

— Bem, não pode. Amanhã você receberá sua comenda ou será dispensada. Não haverá uma segunda chance. Tudo precisa ser perfeito

— disse ele. Blackwood estava parado próximo a uma parede enquanto Magnus olhava para tudo que é lado, exceto para mim.

— Até agora tenho feito tudo certo, não tenho? — Massagear minhas têmporas não estava ajudando em nada.

— A rainha é jovem e insegura de seu reino. Seus assessores não mágicos não gostam da ideia de uma feiticeira mulher. Se você falhar em qualquer detalhe, eles vão convencer a rainha a não lhe dar a comenda.

Faíscas se iluminaram sobre meu vestido, mas morreram. Agrippa estufou as bochechas, exasperado.

— Por que raios você está tão cansada esta amanhã? Você foi ao teatro ontem, não é como se tivesse andado até Northumberland. — Ele andou ao meu redor.

— Não me sinto bem. — As lembranças do beijo de Magnus retornaram, tingidas pela vergonha.

— Não importa como se sente — disse Agrippa.

— O que quer dizer? — Tirei as mãos da cabeça.

— Aqueles homens querem ver se você é uma feiticeira. Eles não têm tempo para nada além disso.

A câmara foi tomada por uma rajada de vento que derrubou Agrippa. Ele se levantou com dificuldade, erguendo a mão, sinalizando para eu parar.

— Desde que eu faça exatamente o que todos querem — falei —, terei valor?

— Não foi isso que eu quis dizer. — Ele tentou se levantar de novo, mas desta vez o forcei para baixo. Minha respiração acelerou.

— Estou cansada de atender aos pedidos de todo mundo, e estou cansada de agradar e agradar! — Minha voz se tornou um grito, e o vento se ergueu comigo. Agrippa clamou por ajuda. Blackwood correu para ajudá-lo e berrou para que eu parasse.

Magnus me agarrou pelos braços.

— Você vai machucar o mestre. — Seus olhos acinzentados queimavam nos meus. Ele tinha razão. Eu não queria ferir Agrippa. O vento arrefeceu e Magnus suspirou aliviado, apertando meu braço. — Obrigado.

Botei fogo no ponto exato em que Magnus estava me tocando. Com um grito, ele recolheu a mão e encarou, horrorizado, as bolhas em suas mãos. Meus pensamentos giravam, desesperados e selvagens. Eu queria queimar. Soltei Mingau e virei de costas para eles, mãos na cabeça. Fúria pulsava por todo meu ser, fazendo as chamas saltarem mais alto.

— Pare — gritou Blackwood. — Você está perdendo o controle.

As chamas azuis ondulavam na minha pele e nas minhas roupas, espiralando em uma coluna ao subir até o teto.

— Não consigo parar — berrei quando o fogo se intensificou. Eu não conseguia silenciar as batidas na minha cabeça, a fúria. Pressionei a testa com as mãos e soltei um grito muito agudo.

Ondas de fogo escarlate imensas transformaram as paredes de obsidiana em reflexos de um vermelho infernal. Eu não conseguia me acalmar. Magnus tinha me deixado *vulnerável*. É claro que ele jamais se casaria comigo... Eu não via isso? Eu não era digna de tamanha honra. Blackwood e Magnus estavam agachados ao lado de Agrippa, se protegendo. Mas os escudos de resguardo não aguentariam para sempre.

Por um instante, a sala foi tomada pelo fogo. Eles gritaram por misericórdia. *Eles*. Agrippa e Blackwood eram inocentes. Será que eu simplesmente os mataria? Será que eu mataria alguém, mesmo Magnus, mesmo que por acidente?

Não. Obriguei meus pensamentos a se acalmarem. O fogo cessou. Agrippa era um amontoado no chão enquanto Magnus e Blackwood apontavam seus bastões para mim, o medo genuíno nos olhos.

— Para trás, Howel — disse Magnus. Ele vacilou, sem firmeza na pegada do bastão. Deus do céu, eu tinha acabado com as mãos dele. E se ele não conseguisse receber a comenda agora?

O que foi que eu fiz?

— Desculpe — sussurrei, levantando devagar. — Mestre Agrippa, me desculpe mesmo.

O olhar dele acabou comigo. Ele considerava minha existência repulsiva. Dei meia-volta e corri, e não parei até sair da casa.

BATI SETE VEZES À PORTA de Hargrove antes de entrar sem ser autorizada.

— Por favor, você precisa me ajudar — ofeguei ao entrar na sala. — Fiz uma coisa terrível.

Minha voz ecoou no espaço vazio. O lugar estava abandonado. A mesa e as cadeiras, a cortina, o colchão na frente do fogão, o baú do tesouro de Hargrove, tudo havia sumido como se nunca tivesse existido. Hargrove e as crianças tinham partido. Tinham zarpado para os Estados Unidos, provavelmente.

Ajoelhei no ambiente agora desabitado e chorei.

A ESTREBARIA DE AGRIPPA ESTAVA tomada pelo cheiro pungente de esterco e pelo odor adocicado de cereais. Quando tive certeza de que não havia mais ninguém por perto, fui andando até as baias. Os cavalos me afocinharam, procurando por regalos.

— O que vou fazer? — falei. Talvez eu pudesse me transformar numa égua e ficar ali. Mas eu não era esse tipo de maga, e, claro, animais tinham seus próprios problemas.

— Howel? — Droga. Magnus correu até mim. As mãos deles estavam enfaixadas. — Onde raios você esteve?

— Não acho que seja da sua conta.

— Pelo amor de Deus, me desculpe. Eu tinha bebido demais. Não pretendia insultar você.

— Então você não se responsabiliza por suas ações?

— Não é isso que estou dizendo — disparou ele. — Estou tentando me desculpar. Aquilo não devia ter acontecido.

— Mas aconteceu, e você não pode mudar isso. — Desejei que ele desaparecesse. Ele não desapareceu.

— Você talvez possa pedir desculpas por tentar me matar — disse ele.

— Desculpe por tentar matar você. Satisfeito? — Fiz um carinho agressivo num cavalo.

— Aquilo que eu falei, sobre não querer me casar com a Srta. Winslow, era verdade. — Ele se aproximou o bastante e senti seu hálito nos meus cabelos. Eu meio que esperava, mesmo agora, que ele envolvesse minha cintura com seus braços. E odiava me sentir assim. — É sério. Se eu não tivesse esse noivado infernal...

— Você é bem convencido, não é? — Virei para encará-lo. — E se eu não tiver um grande desejo de me casar com *você*? E se eu o achasse bonito e charmoso e quisesse trocar uns beijos, mas nada além disso? Consegue imaginar uma situação na qual uma moça não gostaria de se entregar a você de corpo e alma?

Ele enrubesceu e se inclinou para mais perto.

— Boas moças não correm por aí tentando fazer rapazes as beijarem.

— Eu não tentei fazer você me beijar nem nada.

— Não se finja de magoada, Henrietta. Você gostou do que aconteceu ontem à noite. E se você é do tipo que gosta de ser beijada e nada mais, existem vários homens que...

Um barulho próximo nos sobressaltou. Rook apareceu na esquina, pálido. Um balde de madeira estava caído no chão. A água agora escorria pelas pedras.

Magnus pigarreou.

— Rook. Deixe-me explicar.

Um brilho selvagem tomou conta dos olhos de Rook. Ele jogou o esfregão de lado e enfiou a mão na cara de Magnus. O feiticeiro cambaleou para trás. Agora os garotos estavam saindo no tapa, Magnus com um físico superior, porém com as mãos feridas, e Rook com uma fúria maior. Magnus se defendeu de Rook e o subjugou.

— Magnus, solte-o! Rook, pare! — Quanto mais intensamente eles lutavam, maior era a chance de o poder de Rook se manifestar. — Parem, já disse! — Então aconteceu.

A escuridão veio das estrebarias como uma onda, uma massa de sombras recaindo em cima deles. Rook se desvencilhou de Magnus e emergiu da escuridão, deixando o outro gritar enquanto sumia de vista.

— Deixe-o ir — implorei. Rook me ignorou, fascinado por seu trabalho. Dei um tapa na cara dele, numa tentativa desesperada de acordá-lo. O alvo de sua raiva mudou. Agora eu sentia a escuridão crescendo à minha volta. Minha pele ficou arrepiada.

Com um grito, botei fogo na minha mão e lancei na direção do rosto dele. Vivi um momento horrível quando pensei tê-lo queimado, mas funcionou. As sombras se afastaram de mim e de Magnus. Rook tinha voltado ao normal.

Não, não exatamente. Seus olhos tinham retomado a cor de sempre, porém havia uma estranheza no modo tranquilo como ele observava os efeitos de seu trabalho. A visão de Magnus enrodilhado em terror parecia agradá-lo. Parado, com os braços relaxados, ele inclinava a cabeça para estudar a cena em diferentes ângulos. Lembrei-me da garota Familiar, quando lutei contra ela na beirada do resguardo. Ela mexia a cabeça de um jeito bem parecido.

— Não me lembro de nada disso — disse ele com um tom de voz distante. — Eu estava tão bravo.

— Eu sei — falei. Devagar, me aproximei da pessoa que não era bem Rook e toquei sua mão. Ele caiu no chão.

— Não — gritou com a voz carregada de angústia. Ele gemeu, entrelaçando as mãos junto à nuca. — As vozes queriam que eu estraçalhasse você ao meio. Se você não as tivesse assustado com aquele fogo... O que está acontecendo comigo?

O escolhido da Sombra. Era assim que a Familiar tinha chamado Rook na estrada de Brimthorn.

— Não sei — murmurei. *Ele nunca deveria ter vindo a Londres*, pensei. Mas daí, *eu o havia feito vir comigo*.

Durante nossa conversa, Magnus se levantara de sua posição defensiva no chão. Seu cabelo estava todo bagunçado, com fiapos de palha. Eu nunca o tinha visto tão pálido.

— O que foi aquilo? — perguntou ele. Então, apontando para Rook: — O que, em nome de Deus, você é?

Não tinha mais como esconder.

Passos ecoaram pelo pavimento de pedra. Os lacaios agarraram Rook e o forçaram a ficar de pé. Ele não protestou. Na verdade, parecia aliviado.

— Parem! — gritei. Magnus me segurou.

— Não piore as coisas — sussurrou ele. Só me restava ficar ali, desamparada, enquanto Agrippa e Blackwood atravessavam o pátio rapidamente.

— O que raios está acontecendo? — berrou Agrippa.

— Ouvimos gritos, senhor — explicou o mordomo. — Viemos aqui e encontramos o jovem mestre no chão.

Os outros não tinham visto o poder de Rook, mas Magnus sim. Uma palavra dele e Rook estaria no pior tipo de apuro.

— Magnus, quantas pessoas vão tentar matar você antes que o dia de hoje chegue ao fim? — disparou Blackwood.

247

— Por que, Rook? — Agrippa se curvou para meu amigo, agora preso entre dois lacaios. — Por que você faria algo assim?

Rook balançou a cabeça.

— Não posso contar, senhor.

— É melhor você contar, ou será expulso da minha casa imediatamente.

— Não! — Avancei. — É tudo culpa de Magnus. — Todos se voltaram para mim.

— Como é? — disse Agrippa. Não havia um jeito bom de escapar disto. Mesmo deixando de lado o ataque de sombras de Rook, ao confessar a razão da agressão dele eu mancharia para sempre minha reputação.

Mas Rook era mais importante.

— Rook ouviu sem querer minha conversa com Magnus...

— Era uma brincadeira, na verdade. Pelo menos da minha parte — disse Magnus, intervindo com tranquilidade. — Isto vai me ensinar uma lição, suponho.

— Julian, o que raios está acontecendo? — insistiu Agrippa. Prendi o fôlego.

Magnus penteou o cabelo para trás, seu sorriso confiante de volta.

— Eu fiquei provocando Howel ontem à noite sobre, ah, sobre alguma coisa qualquer. Ela ficou brava, então a segui até aqui, provocando-a mais. Rook me ouviu dizer... — Então fez uma pausa e riu, como se ele mesmo não pudesse acreditar. — Que eu gostaria de não tê-la beijado.

— Você fez o quê? — disse Agrippa, chocado. Mordi a bochecha.

— Não, eu não fiz isso de verdade, é claro. Como eu poderia beijar algo tão frio? Meus lábios ficariam grudados nela. Foi uma piada sem graça, mas o coitado do Rook pareceu achar que eu estava falando sério. Ele defendeu a honra de Howel. — Magnus riu como se fosse a melhor piada do mundo. Ele daria mesmo um excelente ator. — Por favor, não puna Rook por sua nobreza. O golpe que ele deu foi em defesa de todas as mulheres. — Percebi que Magnus não iria mencionar os poderes de Rook, e eu mal conseguia acreditar.

— Você a provocou. Isso explicaria... — Agrippa olhou para mim, sem dúvida se lembrando do que havia acontecido pela manhã. — Você deve ter mais cuidado com o que fala, Julian. Um dia desses, poderá sofrer graves consequências.

— Percebo isso agora, senhor.

— Muito bem. Rook, você vai ficar trancado no seu quarto até depois do baile.

— O quê? Por quê? — gritei.

— Não questione minhas decisões, Henrietta.

Rook se deixou arrastar pelos homens; ele não parecia conseguir ficar de pé sozinho. Enquanto a multidão seguia para dentro da casa, Blackwood agarrou Magnus e o puxou para um lado da estrebaria. Esgueirei-me dos outros, aguardei perto da parede e fiquei ouvindo a conversa deles. De verdade, eu estava ficando boa demais em espionar.

— Seu cretino — disse Blackwood, a voz um veneno puro.

— Não aconteceu nada.

— Qual é o nome da outra garota?

— Doris Winslow — respondeu Magnus, surpreso. — Quando você descobriu a respeito dela?

— Agora há pouco. Mas eu teria que ser um idiota para não adivinhar o que aconteceu quando vocês desceram para o café da manhã. Vocês dois não conseguiam se olhar, quando antes ficavam tão confortáveis. — Ele pronunciou *confortáveis* como se fosse uma doença contagiosa. — Supus então que havia outra garota. Você é o lixo mais abjeto que existe.

— Eu nunca, jamais pensei que a coisa iria tão longe. — Magnus soava enojado, mas acho que não tinha nada a ver comigo. — O champanhe me deixou solto. Mas isso não é desculpa.

— Eu não devia ter permitido que ela fosse para casa com você. Era como pedir para um lobo cuidar de uma ovelha.

— Howel é surpreendentemente capaz de cuidar de si.

— Você poderia ter arruinado a vida dela.

— Não vai se repetir — disse Magnus suavemente.

— E quase fez aquele garoto ser demitido.

— Eu salvei o dia aqui, muito obrigado. Ele vai ficar bem.

— Entenda uma coisa, Magnus. Ela vale dez de você, em todos os aspectos, e vou acabar com a sua raça se você prejudicá-la de novo. — Isso me surpreendeu.

— Você claramente mudou de opinião. É perda de tempo, Blacky. Ela não está interessada em você; foi o que ela mesma me disse. — Estremeci de vergonha. — Além disso, seria a fofoca da cidade. O grande conde de Sorrow-Fell se unindo a uma garota pobre. *Pobre* foi um termo que você mesmo usou, lembre-se, não eu. — A voz de Magnus estava quente de raiva.

— Não me recorde disso — vociferou Blackwood. — Não estou apaixonado por ela, mas consigo enxergar seu valor.

— Com você, tudo sempre tem a ver com valor, não é? Por que não cultiva uma personalidade? Você é como um espectro, coagulando o sangue de todos quando entra num lugar.

— Ao menos eu não gasto meu tempo seduzindo moças inocentes.

— Alguém voltou a ler romances. Qual é o título deste? *O lordezinho fajuto e a leiteira agressiva?* — Magnus suspirou. — Tentei não me envolver com ela, mas não deu para evitar. Ela mexe comigo do jeito certo...

Blackwood fez um som de nojo.

— Não me importo. A não ser que queira um inimigo, Magnus, você vai deixá-la em paz.

— Como você fez quando ela frequentou aquela sua escola?

A parede tremeu, como se alguém tivesse sido empurrado contra ela. Houve um lampejo de fogo. Um instante depois, Blackwood passou correndo por mim, batendo na manga esfumaçante de seu casaco.

— Dando ordens por aí como se fosse Deus todo-poderoso — berrou Magnus, esfregando a parte de trás da cabeça e aparecendo na esquina. — Não é de se admirar que ninguém goste de você, Blackwood.

— Não estou aqui para agradar a ninguém — retrucou Blackwood, seguindo para a casa. — Estou aqui para fazer o que for necessário.

Magnus ficou parado por um momento, vendo o colega se afastar.

— Sei que está aí, Howel. — Droga. Encolhi-me ainda mais nas sombras. — Não precisa se preocupar — continuou ele —, não vou contar a ninguém o que aconteceu. Acredito que matariam Rook se descobrissem. — Ele parecia assustado. — Mas, pela segurança de todos nós, espero que você saiba o que está fazendo. — Com isso, ele seguiu Blackwood e voltou para dentro da casa.

O mordomo me encontrou no saguão e me instruiu a encontrar Agrippa imediatamente. Entrei na biblioteca e o flagrei no pior humor possível. Seu rosto estava num tom vermelho intenso e as veias em seu pescoço saltaram quando ele berrou comigo.

— Como ousa atacar um colega feiticeiro? Como ousa deixar minha casa sob tais circunstâncias sem pedir autorização? — Sua raiva quase me fez cair no chão. — Garota ingrata. Se alguém descobrisse metade do que se passou aqui, expulsaria você de Londres esta noite!

— Perdão — falei, com os olhos baixos.

— Você me atacou. A mim, dentre todas as pessoas. Eu a trouxe para cá. Eu alimentei você, cuidei de você como se fosse desta casa. Eu a tratei como se fosse minha... — Ele se calou, como se para engolir a palavra não dita. — Nunca testemunhei um comportamento tão egoísta e lamentável.

— Desculpe mesmo — sussurrei. — Não pretendia...

— Agora você vai subir e ficar no seu quarto até que eu tenha decidido o que fazer. Escutou? Se puser um pé para fora antes do meu retorno, a punição será severa.

— Foi um acidente. — Minha garganta apertou. — Minhas emoções tomaram o controle.

— Vá já para cima! — Agrippa escancarou a porta e eu corri. Os garotos me chamaram, mas eu não pretendia responder. Uma vez no quarto, sentei na cama e fiquei encarando o fogo. Agrippa não tinha me devolvido Mingau depois que o derrubei na sala de obsidiana.

Depois que Cellini me atacou, eles tomaram o bastão dele. A dor de perder Mingau, a mera ideia de perdê-lo, ameaçava me destruir.

Seria o fim, para Rook e para mim. Rook. Eu tinha destruído sua esperança de alívio pelo poder que o atormentava. Eu havia acabado com suas chances de ter uma vida segura. Carregada pela angústia, caí na cama, fechei os olhos e dormi.

R'HLEM ESTENDEU A MÃO.

— Já faz um tempo — disse ele.

Eu havia negligenciado deliberadamente as ervas de Fenswick. Eu queria este encontro. A névoa estava tão densa que eu não conseguia enxergar o quarto.

— Você não deve ter muita coisa para fazer — murmurei, seguindo para a janela —, para ficar pipocando na minha cabeça com tanta frequência.

— Consigo fazer várias coisas ao mesmo tempo. Por que me quer aqui?

Pressionei a testa contra o vidro.

— Não sei.

R'hlem me afastou e gentilmente destrancou a janela. Lá fora, as ruas de Londres tinham desaparecido. Meu quarto estava na beirada de um penhasco. A queda se estendia diante de mim, parecia infinita. Aquele terreno não era familiar, um deserto de pedras cor-de-rosa e vermelhas, a terra árida e rachada. O sol carmesim ardia. Grandes criaturas negras com asas de couro pinoteavam pelo céu.

— Quero ir para casa. — Esfreguei meus olhos. Isto tinha sido um erro.

— Não existe "casa" para você, não é mesmo? Não posso ler sua mente, mas posso adivinhar seus pensamentos. Você vive da caridade dos outros. — A voz dele era tranquilizadora e gentil, totalmente incompatível com sua aparência. Olhei pela janela. No vale abaixo, os outros Ancestrais caminhavam.

Molochoron rolava, claro, já que era aquela massa pulsante cinza e bolorenta.

On-Tez, com sua grotesca cabeça de mulher velha sobre o corpo de um abutre preto, voava pelo céu de um laranja febril.

Ali estava Callax. Ele era tão grande e com músculos tão volumosos que não fiquei surpresa quando ele quebrou a saliência grossa de rocha com o mesmo esforço necessário para se quebrar a casca de um ovo.

Zem deslizava com seu corpo de lagarto-de-gola comprido e lustroso. Um imenso colar frisado de pele abria-se em sua cabeça, e ele expirava um jato de fogo e vapor tóxico.

Nemneris, a Aranha-da-Água verde e roxa, escalava a lateral do penhasco para criar uma teia gigante e hedionda.

E ali estava Korozoth, a velha Sombra e Neblina.

— Pobre criança. — R'hlem não soava como uma besta horrenda. — Você precisa que alguém cuide de você.

Percebi por que eu quisera a visita dele. Meu período na casa de Agrippa tinha acabado. Hargrove tinha ido embora para os Estados Unidos. Quem ia me ajudar agora? R'hlem voltou a oferecer a mão. Finalmente entendi o que fazia com que humanos comuns fossem em bandos até ele, para se transformarem em Familiares. Havia segurança em servir e obedecer. E R'hlem era um líder carismático...

Não. Meus problemas eram só meus. Por mais difícil que fosse o caminho adiante, eu o percorreria.

— Adeus — sussurrei, e saltei da janela para o precipício.

ABENÇOADO O SER QUE BATEU à minha porta. Com olhos tristes, espiei para fora da janela e encontrei o breu. Bateram de novo à porta. Agrippa estava parado na soleira, ainda de chapéu e capa.

— Refleti sobre algumas coisas — disse ele. Meu estômago revirou. Devagar, ele trouxe a mão que estava atrás de suas costas e mostrou meu bastão. — Está tudo bem, querida. Se pedir desculpas a Magnus, não vejo motivo para estender esta situação. — Seus olhos brilhavam com lágrimas. Ele parecia tão aliviado quanto eu.

Joguei meus braços em volta dele, sem me importar se pareceria inadequado. Ele me abraçou apertadamente, e chorei em seu ombro.

— Sinto muito — lamentei.

Ele afagou meu cabelo.

— Foi um acidente. Acidentes podem ser perdoados.

R'hlem tinha razão. Eu vivia mesmo da caridade dos outros. Mas assim que a noite seguinte chegasse, eu teria um lar verdadeiro na sociedade dos feiticeiros. Havia um caminho à minha frente, e eu seguiria por ele.

23

AGRIPPA E EU NOS SENTAMOS diante da lareira enquanto eu jantava. Era apenas carne de carneiro fria, mas o sabor estava divino. Ele observava as chamas, distante.

— O senhor está bem? — perguntei.

— Hum? — Ele sorriu. — Só estou distraído. Imagine só, a esta hora amanhã à noite você receberá a comenda de feiticeira.

— Espero que sim. — Segurei minha xícara de chá usando as duas mãos, apreciando o calor.

— Impossível não ser assim. — Ele olhou as chamas de novo. — Eu teria tido esta conversa com *ela*, sabe. — Ele suspirou. — Com a minha Gwen.

— Você devia ter muito orgulho dela.

— Mais do que as palavras podem expressar. Ela era minha única filha. Deveria ter dado irmãos e irmãs para ela, mas quando a mãe dela morreu, não consegui me convencer a casar de novo. Todos pensavam que tudo o que eu mais queria era um filho, mas Gwen bastava para mim. — Ele balançou a cabeça. — Disseram que eu não deveria treiná--la. Disseram inclusive para eu lhe dar um bastão só para imediatamente tomá-lo de volta e lacrá-lo, de modo que ela perdesse os poderes.

Que ideia monstruosa.

— Quando vi que ela tinha chances de ser uma feiticeira — prosseguiu Agrippa —, não poderia ter ficado mais satisfeito. Então teve aquela doença horrorosa, terrível. — Ele fechou os olhos.

— Sinto muito.

— Às vezes, repasso aquela noite na minha cabeça... Será que eu poderia ter feito alguma coisa diferente?

— Você não pode alterar o desenrolar de uma febre, mestre Agrippa. — Fiquei de pé, um pouco desajeitada, e pousei a mão no ombro dele. Ele apertou meus dedos.

~ 254 ~

— Obrigado, Henrietta. Você tem sido de grande consolo. É maravilhoso ter uma moça nesta casa de novo.

— Nunca conheci meu pai, mas sei que o senhor demonstrou tanta gentileza e carinho quanto ele faria — falei.

Agrippa começou a soluçar. Seu corpo todo chacoalhou quando ele se apoiou no braço da poltrona, escondendo o rosto nas mãos.

— Desculpe. Falei algo errado? — Ai, em que eu estava pensando? — Não pretendia dizer que me sinto sua filha. Foi estranho e idiota da minha parte.

— Nem um pouco, minha querida. — Ele secou os olhos com um lenço e beijou minha mão. — Vai ser muito difícil deixar você ir.

— Me deixar ir? — Meu coração dilatou. Ele estava preocupado que eu fosse abandoná-lo assim que recebesse minha comenda? Queria lhe dizer que eu ficaria caso precisasse de mim, mas antes que as palavras pudessem sair, ele se pronunciou:

— Henrietta, talvez você devesse ir para a cama. Descanse para amanhã. Você vai precisar.

— É claro. Boa noite, senhor. — Saí da biblioteca e segui em direção às escadas, me sentindo mais leve do que nunca. Que bela diferença fazia algumas poucas horas. Agrippa não queria que eu fosse embora. Eu tocaria no assunto depois da cerimônia de comenda, mas já o imaginava me abraçando com alegria.

E Rook? Se a situação ficasse mais permanente, talvez o status dele mudasse. Talvez pudéssemos discutir com Agrippa sobre os poderes de sombra dele. Mantive a calma, lembrando a mim mesma que nada era certo. Mas se eu conseguisse sobreviver ao dia seguinte, tudo poderia ficar bem.

Sonhei com Gwendolyn Agrippa deitada na cama, seu cabelo loiro-claro espalhado no travesseiro. Ela parecia em paz e bela, mesmo na morte. Eu vestia roupas masculinas esfarrapadas, e minhas mãos e meu rosto estavam sujos como os de um mendigo. Aproximei-me para tirar um anel do dedo dela e enfiar no meu, mas o colchão se tornou uma fonte de sangue.

Acordei com uma batida forte. Aguardando meu coração se acalmar, fui me arrastando até a porta e sussurrei:

— Quem é?

— Sou eu — respondeu Blackwood. Vesti meu roupão e abri uma fresta da porta. Sua aparência me chocou. Seu cabelo preto estava rebelde e bagunçado. A camisa estava aberta na gola e a gravata branca, amarrotada debaixo do queixo. Com os olhos vermelhos, parecia que estivera bebendo. — Preciso falar com você. Na biblioteca.

Encontrei-o em frente à lareira, e fiquei assustada. Normalmente tão sereno e elegante, ele agora segurava a borda de mármore e apoiava a cabeça nela, os olhos bem fechados. Ele murmurou algo para si. Tudo o que consegui distinguir foram as palavras *perdido* e *tempo*.

— Sobre o que raios você quer falar?

— Por favor, sente-se. — Ele me conduziu a uma poltrona, então se virou, apenas uma silhueta escura contra as chamas. — O que vou contar a você agora jamais contei a nenhuma outra alma viva. Nem minha mãe ou irmão sabem deste segredo.

Esperei, as mãos entrelaçadas no colo.

— Antes de morrer, meu pai me contou uma coisa, a qual me fez jurar que nunca repetiria a ninguém.

— Do que você está falando?

— Meu pai tinha a mente aberta — disse Blackwood, esfregando o queixo. — Ele acreditava em fortalecer a Inglaterra por meio do uso de forças além de nossa compreensão natural.

— Como magos?

— Sim. Magos. Escute — disse ele, se ajoelhando à minha frente. — Sabe por que pago Jenkins Hargrove?

— Caridade.

— Não. Não exatamente. É meio caridade, meio... dívida, eu diria.

— Não entendo.

— Eu o pago porque seu nome verdadeiro não é Jenkins Hargrove. É Howard Mickelmas.

Quase pulei do meu assento. Howard Mickelmas? O mago perverso que trabalhara com Mary Willoughby e acabara com nosso mundo? *Aquele* era o homem que havia me treinado? Se alguém descobrisse, eu estava morta.

Não conseguia aceitar que o camarada desleixado e um tanto bêbado que eu conhecia supostamente era aquele monstro insano. Não, eles não podiam ser a mesma pessoa.

~ 256 ~

— Como você sabe que ele é Howard Mickelmas?

— Porque meu pai me contou quem ele era e me disse para pagá-lo.

— Por que faria isso?

— Mary Willoughby e Howard Mickelmas causaram a ruína neste país, sim, e abriram a fenda pela qual os monstros atravessaram. Mas eles precisaram de uma terceira pessoa para completar a trindade do poder, e essa terceira pessoa — disse ele, a cara retorcida de dor — foi meu pai. E ninguém — disparou ele, notando minha expressão horrorizada — além de mim mesmo e de alguns interessados tem conhecimento disto. Até esta noite. Até você. — Ele se afastou de mim e voltou para perto da lareira. — Depois que os Ancestrais apareceram, meu pai sabia muito bem o que uma palavra faria à família Blackwood. Ele ajeitou tudo para que a culpa recaísse sobre Willoughby e Mickelmas, e não em cima dele.

Minha mente estava acelerada, mas pousou em um detalhe.

— Você disse que ninguém mais sabe, exceto você e alguns interessados. Quem?

— Mickelmas, obviamente. E mestre Palehook — contou ele. — Não faço ideia de como, mas ele sabe o que meu pai fez.

— É por isso que ele se acha tão livre para ser grosseiro com você?

— Exato. Papai tinha noção do quanto Palehook é inescrupuloso. Fui instruído a obedecê-lo em tudo. E assim fiz. — Ele me olhou de novo, a culpa estampando seu rosto. — Até recentemente.

— O que você fez?

— Ele queria algo que eu não tinha o direito de dar.

Como um lampejo, revi a cena: Blackwood chegando à casa do mago, junto com Rook, dentre todas as pessoas... Blackwood me apressando, deixando Rook para trás... A reação súbita dele quando pensou, não, quando *soube* que Rook estaria em apuros. Pulei da poltrona. Ele pegou meus pulsos.

— Como você pôde? — gritei.

— Não pude. Foi por isso que voltei. O que quer que ele tivesse planejado, eu sabia que não tinha o direito de sacrificar Rook para me salvar.

— O que Palehook quer com ele?

— Não faço ideia. Juro. — Ele caiu de joelhos, as mãos unidas, como se estivesse rezando. — Por favor, me perdoe.

Sentei, tentando respirar apesar da fúria.

— Por que está me contando isto?

— Mestre Palehook disse que, se eu não lhe desse Rook, ele revelaria o segredo da minha família. Recebi uma carta hoje de manhã. Todos os feiticeiros da cidade saberão amanhã, até o café da manhã. Eu falhei.

— Por que resolveu me contar agora?

— Porque queria dar uma chance a você — disse ele, os olhos enlouquecidos. — Eu chamei você de pobre, fingi ser seu superior por natureza. Aqui. — Ele agarrou meu pulso e botou o rosto nas minhas mãos. — Pode me bater, me queimar, faça o que quiser fazer. Mereço sua punição, mais do que a de qualquer outra pessoa. — Ele parecia meio louco.

A minha versão mais jovem e menos complicada o teria atacado com prazer. Mas eu sabia como era mentir em favor da própria sobrevivência. Hesitante, acariciei seus cabelos.

— Este deve ter sido um fardo terrível de se carregar sozinho.

Blackwood baixou a cabeça no meu joelho, quase como se estivesse derretendo de alívio. Escorreguei para me sentar no chão ao lado dele. Ficamos observando o fogo juntos.

— Eu estava enganado sobre você — sussurrou ele. — A princípio, eu a vi como nada além de uma dor a ser tolerada. Mas agora você é a única pessoa nesta casa toda que consegue me compreender. — Ele não estava errado. Éramos pessoas similares, que guardavam do mundo segredos grandiosos e terríveis. — Pela primeira vez em muito tempo, desejei que alguém pensasse bem de mim.

Ele havia me mostrado sua alma. Para ser digna disso, eu precisava ser honesta.

— Não sou uma feiticeira — revelei. — Mickelmas me contou que meu pai era um mago com habilidades de fogo. Não sou especial. Não sou a garota profetizada.

Deveria ter doído. Deveria ter sido horrível. Porém, tudo o que senti ao falar a verdade foi um alívio doce e tranquilizante.

Ele pensou um pouco.

— A profecia fala de uma menina de origem feiticeira. Magos são descendentes de feiticeiros. Talvez signifique isso. — Uma chama de desespero apareceu; ele precisava ter certeza da minha situação.

— Mickelmas acredita que os Oradores não cometeriam um erro desses.

~ 258 ~

— Você consegue usar um bastão.

— Sou uma mistura das duas raças, mas nasci maga. Você precisa saber a verdade.

Ele ficou em silêncio por um momento. Então falou:

— Precisamos de você. É isso que importa. O restante são títulos.

— Gentilmente, ele pegou minha mão. Não foi um gesto romântico; foi mais profundo do que isso.

Ficamos sentados lado a lado, nossos fardos mais leves, se não tirados de nós.

O CAFÉ DA MANHÃ FOI um tanto silencioso, mas nada aconteceu. A carta não chegou. Agrippa não se levantou da cadeira, apontou para Blackwood e gritou "Cortem a cabeça dele!". Tudo o que fez foi pedir mais geleia. Achei que Blackwood fosse desmaiar antes do término da refeição. Eu mesma não me sentia muito melhor.

Queria passar na casa de Palehook para descobrir o que estava acontecendo, mas os preparativos do dia impossibilitavam isso. Assim que terminamos de comer, seguimos para uma última e rápida rodada de treinamento, e logo depois demos início à exigente tarefa de nos lavar e vestir.

A casa toda ficou num alvoroço o dia inteiro, com os garotos à procura de seus chapéus ou se perguntando se as botas estavam lustradas direito ou desejando que pudessem ter uma barba de verdade.

Lilly me deu banho, encheu minha pele de pó e me enfeitou tanto que achei que fosse ficar louca. Meteu grampos no meu cabelo, que arranharam meu couro cabeludo e fizeram meus olhos lacrimejarem. Quando o crepúsculo começou a se arrastar pelo céu, ouvimos uma batida à porta. Eliza entrou com um pacote.

— Aqui está. Ameacei arruinar madame Voltiana se ela não terminasse isto a tempo para hoje à noite — disse ela antes de se lançar na minha cama de um jeito bastante dramático. — Você vai ter que me contar todos os detalhes deliciosos depois. Ainda não posso ir ao baile, só ano que vem, quando tiver 16 anos. Hoje à noite terei que ficar em casa com mamãe e suspirar em frente à lareira.

Abri o pacote e encontrei um traje lindíssimo, com intrincadas filigranas de renda dourada bordadas sobre cetim branco, com uma capa presa nos ombros e que se estendia até virar uma cauda. A saia era volumosa e tomava quase a cama inteira. Balancei a cabeça, não conseguia acreditar no que via. Era uma obra de arte.

— Eliza, é lindo demais.

— É claro que é. Eu que escolhi.

Lilly passou as mãos sobre o tecido elegante.

— Oh, vamos botar em você agora — gritou ela, agarrando pedaços do vestido.

— Você é uma fofa — murmurou Eliza, satisfeita com o entusiasmo da outra.

Eu tinha uma última coisa a fazer. Deixei as meninas a sós com o adorado vestido, subi correndo as escadas até o alojamento dos criados e percorri o longo corredor até a porta de Rook. Tentei girar a maçaneta, mas é claro que estava trancada.

— Olá? — disse ele com a voz fraca.

— Rook, sou eu. Como você está?

Pausa.

— Estou bem, Nettie. Estou descansando. Você está indo para o baile, então?

— Sim, quase. Na próxima vez que nos falarmos, talvez eu já seja uma feiticeira de sua majestade. — Pousei uma das mãos na porta, imaginando que poderia simplesmente derreter a madeira e atravessar para dentro do quarto.

— Você vai ter a vida que deveria ter tido desde sempre. — Parecia que ele não estava se incluindo na descrição dessa vida.

— Você virá comigo, Rook. Nós vamos assumir o controle disso.

— Sim. — Ele não parecia convencido.

— Sinto muito pelo que aconteceu.

— Eu também. Eu não queria machucar ninguém. — Ele soava assustado. — Parece que só sei fazer isso agora. — Houve um momento de tanto silêncio que achei que tivesse encerrado a conversa, mas então ele sussurrou: — Tem alguém por perto?

— Não. O que foi?

— Aquilo que o Sr. Magnus disse... Ele estava falando a verdade?

Fechei os olhos e apoiei a testa na porta. Eu poderia simplesmente mentir.

— Sim — respondi.

— Ah, entendi — murmurou ele. Eu quase podia sentir a testa dele encostada do outro lado da porta, tal como eu estava fazendo. Olhei para baixo e vi a sombra de Rook escorrendo pelo corredor, me procurando. Com um arquejo, me afastei. — Desculpe — gritou ele. A sombra correu de volta para dentro do quarto. Ouvi uma pancada fraca, como se ele tivesse dado um soco na madeira. — Estou me esforçando tanto.

— Rook.

— Tome cuidado esta noite. Minhas cicatrizes estão doendo de novo. — Então eu o ouvi se afastar.

24

As carruagens seguiram pelos portões e entraram num pátio enorme. Fomos deixados em frente ao palácio, tão branco e elegante que lembrava um bolo de casamento. Guardas de libré vermelho estavam em posição de sentido. Um lacaio de peruca correu até nossa carruagem e baixou um degrau. Desci e olhei ao redor, maravilhada.

— Venha comigo — sussurrou Blackwood.

Fomos anunciados ao salão de baile, que brilhava com velas e lustres. Aguardei de braço dado com o mestre Agrippa, tão assustada quanto no dia em que encaramos os Familiares na colina. Anunciaram o duque de Buckingham, a Lady Evelyn Rochester, e então:

— Mestre Cornelius Agrippa e Srta. Henrietta Howel.

Enquanto descíamos as escadas, ouvi cochichos entre centenas de pessoas, e vários olhares em cima de mim. As filigranas douradas capturavam a luz e brilhavam conforme eu prosseguia pela multidão. *Parece fogo*, percebi. Eliza tinha sido astuta na escolha do vestido. Mantive meu rosto como uma máscara indecifrável, tal como Blackwood havia me instruído. Em dado momento, o restante dos garotos se juntou a nós, e Agrippa pediu licença para discutir alguma coisa com o conde de Southampton.

— Você percebeu, não é? — sussurrou Dee quando um homem e uma mulher elegantes passaram por nós, seus olhares nos esquadrinhando. — A sociedade inteira vai prestar atenção na gente agora, vai observar cada coisinha que fizermos.

— Achei que você estaria mais acostumado a essa ideia. — Desejei ter um feitiço que me tornasse invisível.

— Não. Eu não gosto muito de Londres. Por mim, teria voltado para a propriedade da minha avó em Lincolnshire para me preocupar só com os chalés e os jardins. Não sou muito da sociedade. Não como Magnus.

De fato, Magnus parecia totalmente confortável, com um copo de ponche na mão. Ele ria e flertava com uma jovem de vestido branco (mais uma conquista), e eu desviei o olhar.

Em algum momento, Dee e eu fomos puxados para uma conversa com Palehook.

— Esperamos ter o prazer de contar com suas habilidades em breve, Srta. Howel. Acredito que a guerra correrá suave com você oficialmente do nosso lado. — Palehook não sorriu. Notei que ele estava pálido e suado. Ele tossia bastante e suas pálpebras estavam inchadas e tingidas de rosa.

— O senhor está bem, mestre Palehook?

— Tenho me sentido mal. Obrigado por perguntar. Acredito que tenha alguma relação com o tanto de energia que preciso despender para manter o resguardo. Korozoth, você sabe, ataca com muita força.

— O resguardo está afinando, não é?

Ele deu um sorriso tênue.

— Não por falta de esforço meu, garanto.

Dee foi buscar mais ponche. Aproveitei a oportunidade.

— Por que o senhor não informou a todos os mestres sobre lorde Blackwood? — perguntei. Aquilo certamente o surpreendeu muito.

— Lorde Blackwood mencionou nosso desentendimento?

— Ele me contou tudo. O que está planejando?

— Nada. — Ele estendeu as mãos, num gesto de trégua. — O segredo dele está seguro comigo. Confesso que quase revelei, mas me ocorreu que, se todos soubessem, eu perderia o poder que tenho sobre ele. Agora meu poder é ainda maior do que antes. — Ele sorriu. — Não acha?

Que sujeitinho odioso.

— O que o senhor queria com Rook?

— Aplaudo isso em você, querida. Essa sua devoção a alguém tão horrivelmente inferior. — Antes que eu pudesse responder, ele fez uma reverência e desapareceu na multidão. Tive que respirar devagar para evitar pegar fogo.

As danças começaram. Magnus veio até onde Dee eu estávamos, na beirada do salão, contentes na posição de observadores durante a maior parte do baile.

— Aceita dançar comigo esta primeira valsa? — perguntou ele a mim, com uma reverência.

~ 263 ~

Minha vontade era esmurrá-lo. Pedir que me deixasse em paz, mas esta noite eu também queria a menor quantidade de problema possível. Havia olhos vigilantes demais no salão de baile. Além disso, eu não podia lhe dar a satisfação de me ver tão chateada.

— Antes você do que eu — disse Dee para dentro do copo. — Eu seria motivo de riso no instante que desse meu primeiro passo.

Assim, peguei a mão de Magnus e rodopiamos pela pista. Orbitávamos um ao outro com as mãos arqueadas sobre nossas cabeças, então nos juntávamos e dávamos giros, as luzes e as pessoas um borrão ao redor. Ele dançava com perfeição. Claro que sim.

— Está pronta? — sussurrou ele.

— Sim. — Fiz minha voz sair o mais rígida possível.

— Pelo amor de Deus, me desculpe. Você não pode me perdoar?

— Não — falei. Se eu contasse até dez, evitaria ficar brava. Ele apertou mais o braço em volta da minha cintura e me puxou para o mais perto que poderia ousar durante uma dança.

Aplaudimos os músicos quando a valsa terminou.

— Imagino que não queira nenhuma bebida — murmurou Magnus.

— Não.

— Devo dizer que é de uma maturidade assombrosa de sua parte responder a qualquer pergunta minha com monossílabos. "Concorda, Srta. Howel, com a teoria de Platão de que conhecimento é lembrança?" Sim. "E como você descreveria isso?" Não. "Qual é sua comida favorita?" Pão.

— Estou mais do que pronta para receber a comenda. Porque significa que meu período com você está chegando ao misericordioso fim. — Vociferávamos um com o outro agora, e um grupo de garotas com leques tremulantes riu ao perceber.

— Aonde você vai quando receber sua comenda? — perguntou Magnus com a voz baixa.

— Não sei ainda, mas vou pensar em algo. E Rook vai comigo.

— Sim, é claro, não pode se esquecer do velho e querido Rook. Também não se esqueça dos poderes de noite eterna e horror inominável; esse é um truque *muito* bom para festas. — Ele fez uma pausa, então retomou com um tom menos raivoso. — Você precisa tomar cuidado com ele. Algo terrível pode acontecer. — Quando nos aproximávamos de Dee, ele sussurrou: — Apesar do que você possa pensar, eu me importo com o que acontece com você. — Ele se voltou para a multidão, em busca de uma nova parceira.

Blackwood e eu fomos para a pista para uma contradança. Ele era um dançarino hábil, elegante e veloz. E a dança também nos providenciou uma oportunidade excelente para conversar.

— Sobre o que você estava falando com Palehook? — quis saber ele quando demos um giro.

— Sobre sua situação.

— E? — Ele teve de esperar darmos a volta.

— Você está seguro — sussurrei. — Acho que vai ter que tomar providências um dia, mas por ora está a salvo. — Depois de mais algumas voltas, a música parou. A dança havia terminado.

— Eu não fazia ideia do quanto estava sozinho — disse ele quando trocamos reverências — até ter você do meu lado. — Deixamos a pista juntos, a mão dele nas minhas costas.

Depois disso, esperamos ao lado de Dee até Agrippa emergir da multidão. Ele bateu palmas para a música e assentiu para mim.

— Chegou a hora, Henrietta. A rainha quer vê-la primeiro.

— Não deveríamos ir todos juntos? — perguntou Dee, baixando o copo.

— Henrietta é um caso especial. Venha, minha querida.

— Em 15 minutos, você já terá terminado — disse Blackwood.

Aceitei o braço de Agrippa e seguimos rumo ao meu destino.

25

Entramos numa longa antessala. Cavalheiros zanzavam, alguns com farda militar, outros com trajes finos. Reconheci o comandante Whitechurch, que me olhava com uma expressão indecifrável. Os homens se separaram em duas fileiras e formaram uma avenida em direção ao grande trono, no qual estava a rainha Vitória.

Senhor, ela era apenas uma garota, um pouco mais velha do que eu. Era pálida, quase doentia, com o cabelo escuro enrolado em cachos elegantes, e as mãos pequenas repousavam unidas em seu colo. Ela usava um vestido de veludo azul intenso e uma grande coroa. Entreguei o cartão com meu nome para um cavalheiro com uma peruca empoada que aguardava próximo ao trono. Ele o deu à rainha. Quando ela assentiu, fiz uma reverência. A rainha estendeu uma mão enluvada, a qual beijei.

— Vossa Majestade. Sou sua humilde serva. Busco sua comenda real para pegar em armas contra os inimigos da Inglaterra e para defender a vida de Vossa Majestade com a minha própria.

— Obrigada, Srta. Howel — disse ela, a voz suave e aguda. — Estamos bastante satisfeitos com sua presença. Disseram que você será uma arma nesta guerra contra nossos agressores. Esperamos com carinho que seja verdade. — Ela lançou um olhar para o exército de homens parados em volta do trono, como se verificasse se tinha falado corretamente. Como ela deveria se sentir, recebendo solicitações e exigências desses cavalheiros tão mais velhos dia após dia? Senti uma afinidade breve e bizarra com a rainha.

Com sua permissão, entrei no círculo disposto por sete pedras polidas no chão. Agrippa se apresentou quando um criado trouxe meu bastão. Eu tinha sido obrigada a deixá-lo com minha capa na entrada do palácio.

O criado seguiu para uma mesa comprida encostada na lateral da sala, pegou uma tigela de prata cheia de água e a depositou diante de mim.

— Chegou a hora do julgamento — disse Whitechurch, a voz se elevando sobre a multidão. — Esta jovem veio receber a comenda em nossas artes mais sagradas e antigas. Veremos se é digna.

— Primeiro a água — sussurrou Agrippa.

Adotando todos os movimentos corretos com o bastão, fiz o círculo fluido contornar meu corpo, então o transformei: de água para gelo, para granizo, para neve, para chuva, depois fiz três variações de ataque. Tudo saiu perfeito.

A rainha se inclinou para a frente.

Peguei uma pedra grande, estilhacei em areia, juntei tudo de novo, fiz partir em 16 pedaços, os organizei e reorganizei em ordens diferentes, então moldei a pedra em uma pequena parede lisinha. Criei um redemoinho de fogo e voei pela sala cinco vezes antes de criar uma coluna de vento que me conduziu lentamente ao chão. Então criei um domo de resguardo para o cachorrinho de Sua Majestade, de modo que ninguém pudesse alcançá-lo (um pouco para o pavor da rainha). Ela parecia fora de si de tanto deleite. Quando soltei o cachorro, ela o pegou no colo tal qual uma menininha faria, não se importando nem um pouco com sua aparência régia.

Por fim, havia chegado a hora da coluna de fogo. Isto era o que os cavalheiros e a rainha mais queriam ver: minha habilidade ímpar que ajudaria a derrotar os Ancestrais. Com um movimento rápido do bastão, fui alçada para o ar, onde entrei numa labareda azul. Os homens arquejaram. A rainha aplaudiu descontroladamente. Abri os braços e fiquei ali em puro triunfo. Com um pensamento, baixei até o chão, apaguei as chamas e fiz uma reverência. Minha respiração estava intensa e meus músculos doíam, mas eu me sentia gloriosa.

A multidão ficou louca de empolgação. Até o comandante sorriu, assentindo devagar. A rainha parecia ansiosa para ficar de pé e aplaudir, verificando pela sala se havia alguém que poderia se importar. O ar zumbia de vitória. Eu era uma feiticeira. Eu tinha conseguido.

Então, do fundo da sala, veio um aplauso lento e deliberado. Palehook veio se esgueirando pela porção de homens.

— Que talento extraordinário possui a Srta. Howel. — Ele sorriu.

— Obrigada. — Fiquei tensa. O que ele estava fazendo?

— Uma pena, de verdade. É mesmo uma pena. — Ele balançou a cabeça.

— O que é uma pena?

— Que você tenha mentido para todos nós.

A sala explodiu em murmúrios. A rainha parecia confusa.

— Do que você está falando? — perguntei, tentando manter o pânico longe da voz.

— Explique-se, mestre Palehook — disse a rainha.

— Nossa profecia fala de uma *feiticeira*, Vossa Majestade, e não de uma *maga*.

— O quê? — gritei. Por Deus, eu não ia desmaiar. A rainha se levantou do trono.

— Como ela pode ser maga? Ela não poderia ter sido treinada. Essa prática foi expressamente proibida pelo meu tio, rei George.

O comandante apontou para Agrippa, branco de choque.

— Senhor, explique esta acusação insana.

Ah, graças aos céus. Agrippa resolveria a situação. Eu estava quase tonta de alívio.

— Todas as palavras ditas são verdadeiras, majestade, comandante — disse Agrippa sem olhar para mim. — O pai dela era um procurador galês chamado William Howel, um mago, que também possuía a habilidade de queimar sem se ferir. Ele passou o talento para a filha. Ela é, sim, maga, nada além disso.

Parecia que os gritos, berros e perguntas à minha volta estavam vindo de debaixo d'água. Eu deveria ter erguido minha voz com os demais, mas não conseguia respirar. Quando chamei o nome de Agrippa, ele me deu as costas. Foi um gesto que quase me destruiu.

Segure a dor, pensei, me forçando a não chorar. *Lute agora e deixe a mágoa para depois.*

— Como pode um feiticeiro treinar um mago? — quis saber a rainha.

— Isso não é possível. — A expressão aturdida do comandante se tornou furiosa. — Nossa abordagem da magia é totalmente separada e impossível de conciliar. Você não deveria ter sido capaz de treiná-la — vociferou ele para Agrippa.

~ 268 ~

— Foi um embuste, senhor. Ela me fez acreditar estar se beneficiando de meus ensinamentos, mas buscou um mago que pudesse ajudá-la a aperfeiçoar suas habilidades num esforço para se passar por uma de nós.

Então entendi o que estava para acontecer. Os guardas posicionados ao longo das paredes se precipitaram sobre mim quando dei um passo para fora do círculo. Cogitei lutar para escapar, mas, mesmo que eu passasse daqueles homens, ainda assim haveria sempre Agrippa, Whitechurch e Palehook. Eu estava presa numa armadilha.

— E quem raios a treinou? — disse a rainha, sua frustração aparente. Como se aproveitando a deixa, a porta no extremo da sala foi aberta. Dois guardas entraram, e carregado entre eles, um homem esfarrapado e trôpego.

— Howard Mickelmas — sussurrou Agrippa. Homens gritaram de medo. A rainha estremeceu. O comandante se pôs na frente de Sua Majestade, o bastão a postos para o caso de estourar uma luta.

— Você trouxe essa *coisa* para a presença de nossa soberana? — gritou ele.

— Não há o que temer, majestade — disse Mickelmas. Seu olho esquerdo estava inchado, e havia um corte longo e feio em sua testa. — Vim aqui confessar.

— Confessar o quê? — perguntou a rainha.

Ele respirou fundo.

— Que Mary Willoughby e eu fomos responsáveis, os únicos responsáveis, pela vinda dos Sete Ancestrais. Que eu me escondi por muitos anos quando deveria ter aceitado a punição pelos meus crimes. E — acrescentou ele, olhando para mim — que treinei esta jovem para servir à escuridão. Eu a treinei para usar seus poderes para enganar Vossa Majestade, receber a comenda e destruir os feiticeiros reais do lado de dentro, tudo a serviço dos Sete Ancestrais, meus verdadeiros mestres, longo seja o reinado deles em caos e sangue.

— Ele está mentindo! — berrei, a voz ecoando pelas paredes. Os guardas me agarraram. Estiquei os braços na direção de Agrippa e gritei: — Mestre Agrippa, diga a verdade a estes cavalheiros.

Agrippa deu as costas para mim.

~ 269 ~

— Seu verdadeiro mestre confessou, garota — disse Palehook. — É covardia não admitir sua traição.

Por acaso aquele verme queria me dar lição de covardia?

— Cretino! — Desvencilhei-me dos guardas e estendi Mingau para a frente, numa tentativa vã de soltar um feitiço. Contudo, Palehook estava com seu bastão. Ele me acertou com a força do resguardo e desabei. Um guarda arrancou Mingau de minhas mãos.

— Ela atacou — murmurou alguém. Dois dos guardas da rainha me ergueram e me botaram de pé. Outro guarda ficou diante de mim com uma espada em riste.

— Se pensar em botar fogo em si — disse ele, apontando a espada para o meu peito —, vou atravessá-la com isto.

Agrippa emergiu da multidão. Os olhos dele brilhavam com lágrimas.

— Ela não é feiticeira. Venho treinando uma maga todo esse tempo — falou ele.

Humilhada, busquei Mickelmas. Ele só estava de pé porque dois guardas o seguravam em tal posição. Provavelmente tinha sido torturado para dizer tudo aquilo.

— Vossa Majestade, senhor comandante, todos eles estão mentindo para você! — gritei. Todos na sala me fitavam com um olhar frio e hostil. Cinco minutos antes, eles estavam encantados. A vergonha era insuportável.

— Deus a ajude — disse Agrippa.

— O que eu não entendo — disse a rainha, abalada — é por que vocês trouxeram dois *magos* à minha presença desta maneira. Como ousam arriscar assim a minha... a *nossa* segurança?

— De fato — concordou o comandante, a voz enregelada.

— A culpa é minha, majestade, comandante. — Palehook fez uma reverência para os dois. — Descobrimos isso somente ontem. A Srta. Howel é uma criatura ardilosa e, por todo esse tempo, conseguiu evitar ser descoberta. O pobre Cornelius apenas concordou com minha sugestão, pois não conseguiu pensar em nenhuma alternativa num prazo tão curto.

— No futuro, mestre Palehook — suspirou a rainha —, você não vai alimentar nossas esperanças para depois destruí-las deliberadamente. Guardas, levem a Srta. Howel para a prisão lá embaixo. Decidiremos o que será feito.

~ 270 ~

26

Segui numa carruagem sem janelas. Eles haviam acorrentado meus pulsos. Dois guardas estavam sentados de frente para mim. Um deles segurava Mingau. O outro mantinha a mão no cabo da espada, pronto para me matar caso eu dificultasse a viagem.

— Aonde estamos indo? — perguntei diversas vezes antes de desistir.

A carruagem fez uma virada brusca à esquerda e parou com um solavanco. Eles me puxaram para fora e me arrastaram através de um pátio de pedra. Logo fui conduzida por uma série de degraus até chegar a um longo corredor onde havia sete celas separadas com grades de ferro. Fui colocada dentro de uma delas, então fecharam a porta e me trancaram ali. Era um espaço úmido, sem janelas, mobiliado somente com um banquinho e uma cama estreita com um colchão gasto. Sacudi meus pulsos acorrentados, incapaz de acreditar no que estava acontecendo. Eu não iria chorar. Eu me recusava a chorar.

Passos e vozes soaram da escada, e Agrippa apareceu. O guarda destrancou a porta e o deixou entrar. Ele ficou de pé na minha frente com uma expressão fúnebre.

Ocorreu-me algo quase divertido.

— Lembra-se da última vez que veio me ver numa cela? Você disse que eu era uma feiticeira. Que iria me levar a Londres para ver a rainha. Veja aonde chegamos. Engraçado isso.

— Sim — disse ele. Sua voz vacilou.

—Por quê? — Não chorei nem implorei. Não gritei. Nada disso me ajudaria agora.

— Para salvar você — sussurrou ele.

— Me salvar? — Eu tinha passado a viagem de carruagem entorpecida, mas agora eu sentia os primeiros sinais de raiva. — De receber a comenda real e um lugar na sociedade, ah, sim, você de fato me salvou disso. Agora estou presa e talvez seja...

— Você vai ser executada amanhã. Seu bastão será quebrado ao alvorecer.

Claro que era assim que tudo terminaria. Mais do que qualquer outra coisa, eu estava cansada.

— Sim, sou maga. Mas Mickelmas e eu não tínhamos plano nenhum de ferir ninguém. Eu nem sabia que ele era Mickelmas... — Parei. Não podia trair o segredo de Blackwood. — Até recentemente.

— Acredito em você — respondeu ele.

— Então por que fez o que fez?

— Porque reconheci os sinais. Eu os ignorei uma vez, e o resultado foi desastroso.

— Não entendo. Você planejou tudo isso desde o começo?

— Não. Eu achava que você era uma feiticeira até nossa aula de ontem de manhã. — Ele balançou a cabeça. — Você perdeu o controle de suas emoções e seu poder quase nos destruiu. Só magos manipulam suas habilidades dessa maneira. — Aparentemente, Mickelmas subestimara o quanto feiticeiros sabiam sobre magos. — Depois que você atacou Julian, fui conversar com Palehook. Ele andava querendo conversar comigo. Tinha descoberto Mickelmas e o obrigara a confessar que conhecia você e seu pai. — Claro que Palehook tinha "descoberto" Mickelmas. Ele sempre soubera do paradeiro do mago, sem dúvida. Será que os homens dele tinham me reconhecido saindo da casa de Mickelmas quando foram sequestrar Rook?

— Que sinais você reconheceu? Quando? — Inclinei-me para a frente.

— Gwendolyn. Se eu tivesse prestado atenção aos sinais, ela não estaria num lugar tão horrível agora.

— Você fala como se ela estivesse viva.

Para minha surpresa, ele disse:

— Ela está.

— Ela morreu de escarlatina. Todo mundo sabe disso.

— Todo mundo sabe a história que eu contei. — Agrippa se aproximou da porta da cela e se apoiou nas barras, olhando para o corredor. — Gwen era uma garota muito inteligente e brilhante. Desde seu batismo, eu soube que ela era um milagre. Deus me perdoe, eu fiz todas as vontades dela. Quando encontramos a tapeçaria, pensei que ela fosse a garota citada pela profecia.

— Mas os Ancestrais a chamaram. Não sei como, mas, para ela, a força desse chamado foi extraordinária. Percebi o temperamento difícil dela, seu mal-estar, seu crescente interesse neles. De onde eles tinham vindo? Por quê? O que eles queriam de nós? Ela foi ficando cada vez mais agressiva e irascível, e leu todos os livros sobre os Ancestrais que conseguiu encontrar. Ela usava os poderes para destruir objetos. Ela feria pessoas. E reclamava de sonhos terríveis.

— Sonhos? — Sentei ereta. — Que tipo de sonhos?

— Sonhos de névoa. Foi só isso que ela me contou — respondeu ele. Sonhos de névoa, de fato. Mais provável que fossem sonhos com o Homem Esfolado e uma oferta. — Chegou ao ponto que precisei trancá-la no quarto. Então, certa noite, ela desapareceu.

"Por uma semana inteira, temi o pior. Procurei por toda Londres até o dia em que ela se materializou na porta da frente de casa. Ela parecia febril e esquisita, por isso a botei na cama. Mais tarde naquela noite, enquanto eu patrulhava o corredor para ter certeza de que ela não iria fugir de novo, ouvi um barulho e entrei no quarto. O ambiente estava tomado por uma luz infernal, e vozes sussurravam pelos cantos. A linguagem não era humana.

"Ela estava parada de costas para mim, encarando a janela. O espelho chacoalhava, os pentes e escovas da penteadeira pulavam. Ela se virou para mim. *Agora eu vejo, papai*, disse, esticando os braços. *Papai, agora vejo direitinho.*

"Ela segurava os próprios olhos. Ela os arrancara. O sangue escorria por suas bochechas como lágrimas, e aquela risada. — Agrippa pausou, então pigarreou antes de continuar: — Naquele momento, veio um som da janela. Uma besta preta enorme, como um cervo, batia as patas no vidro como num pedido para entrar. Acabei desmaiando. Quando acordei, a janela estava aberta e Gwen tinha sumido."

A Familiar com os olhos costurados. Não podia ser.

— Você acha que estou no mesmo caminho? — Minha voz estava rouca. E eu não estava no mesmo caminho? Eu tinha os sonhos. Eu tinha usado meu poder contra meus amigos. Eu era imprevisível. Eu tinha sentido a tentação de ceder a R'hlem. Eu...

Eu tinha recusado a mão de R'hlem. Eu jamais me renderia a ele.

~ 273 ~

— Não acho que mulheres devessem praticar magia agora — disse Agrippa num tom pesaroso. — Quer seja como bruxa, feiticeira ou maga, não se pode confiar que elas controlem suas habilidades. As forças das sombras as atraem com força excessiva.

— Eu não sou Gwendolyn. — Eu tinha cometido erros, mas nunca seria Gwendolyn.

— Mulheres são governadas pelas emoções e, quando ganham poder, se moldam para se ajustar a ele. Você não tem como evitar. Não estou fazendo isto porque a odeio. — Lágrimas percorriam suas bochechas. — Estou tentando salvar sua alma. Não posso permitir que uma coisa tão terrível aconteça a outra garota que amo. — Amor? Minha garganta fechou, meus olhos queimaram. Ele não me amava se queria me matar. — Prefiro que você morra amanhã, inocente e pura, do que seja chamada a servir os Ancestrais.

— Os outros sabem? — Não podia suportar pensar no sorriso que Blackwood me dera ao me conduzir do salão de dança para minha morte.

Ele balançou a cabeça.

— Eles acham que você foi levada a outro lugar durante a noite. Quando tudo estiver acabado amanhã, vou contar.

— E o que vai acontecer a Rook? — Travei o maxilar.

— Rook vai ficar bem. Vou cuidar disso.

Mas tremi ao pensar no que poderia acontecer com ele tão logo suas habilidades fossem descobertas. Agrippa tentou pegar minhas mãos.

— Henrietta, eu sei que você não é capaz de entender agora, mas um dia...

— Um dia quando eu estiver morta?

— Quando você estiver no reino de Deus, sã e salva, vai me agradecer.

Um pensamento me ocorreu.

— Ontem à noite, quando você chorou perto da lareira e disse que seria difícil me deixar partir, estava falando da minha morte. Era isso, não era? Como sou idiota, pensei que você fosse sentir saudade de mim, de quando eu morava na sua casa.

— Desde o momento em que a conheci em Brimthorn, senti tanta afeição por você. Sinto tanto carinho por você agora quanto por qualquer criança do meu próprio sangue. — Ele pegou meu rosto e limpou minhas lágrimas, as quais eu nem sabia que tinham aparecido.

— Não deixe que me matem — sussurrei.

Ele estava visivelmente num conflito.

— Um dia, você vai entender.

— Nunca entenderei. — Desvencilhei-me dele, engolindo um soluço. — Saia daqui. Não quero mais falar com você.

— Escute...

Houve uma comoção escadaria acima. Sobressaltamo-nos com os sons de gritaria ecoando pelos corredores, com a correria para lá e para cá. Xingando, o guarda destrancou a porta e deixou Agrippa sair.

— O que está acontecendo? — perguntei.

— Depressa — disparou o guarda enquanto trancava a porta novamente. Ele falou com Agrippa enquanto seguiam em direção às escadas. Agrippa olhou para trás uma última vez e desapareceu. Escutei os gritos e guinchos, a correria, e um tinir semelhante ao de panelas e potes batendo no chão. Perplexa, agarrei as barras e aguardei. Vinte minutos depois, meu guarda voltou. Ele secou o suor da testa e retomou o posto.

— O que aconteceu? — falei.

— Por que não fica quietinha, como uma boa menina? Não aconteceu nada de seu interesse.

Eles tinham Mingau e, sem meu bastão, eu estava perdida. Torci e retorci meus pulsos presos nas correntes, mas não consegui de jeito nenhum libertar minhas mãos.

— Você está bem, senhorita? Quero dizer, não quer água ou algo assim? — perguntou o guarda, me espiando pelas barras como se eu fosse um animal exótico em exposição. Meu vestido de baile dourado talvez não fosse o estilo comum da prisão. Ele sorriu enquanto me olhava em minha jaula. Algo na expressão dele me pareceu amigável demais e chamou minha atenção.

— Não quero água, obrigada.

— Você é educada. Coitadinha. — Era um rapaz loiro com uma pequena papada. Ele se apoiou nas barras. — Sabe, eles tratam feiticeiros e magos de jeitos diferente. Com feiticeiros, tomam o bastão e acorrentam, e é isso. Já com os magos, acorrentam o pescoço aos tornozelos, de modo que eles não consigam ficar de pé, e prendem as mãos atrás das costas. Também amordaçam, para que não possam falar. Antigamente, até cortavam a língua. Mestre Agrippa ordenou que você fosse tratada como uma feiticeira. Que bondade a dele.

— Sim. — Tentei esconder minha repulsa. Por que ele estava me olhando de um jeito tão íntimo? — Você pode me contar onde estou?

— Na Torre de Londres. Esta é a ala mágica. Estas celas foram construídas centenas de anos atrás para usuários de magia problemáticos.

Outro guarda uniformizado desceu as escadas.

— É meu turno — disse um rapaz com a voz grossa.

— Não é, não. Ela é minha esta noite. Já me disseram — retrucou meu guarda, soando irritado. — Vá embora.

— É hora do seu intervalo.

— Volte em uma hora. Estou ocupado. — Depois de mais umas palavras sussurradas, ele mandou o rapaz subir as escadas de volta. O guarda loiro se inclinou para as barras e sorriu para mim. — Não precisa se preocupar comigo, viu. Os outros podiam te tratar mal, porque você é uma maga perigosa e tudo mais. Eu não vou machucar você.

— Obrigada — murmurei. O olhar dele era desconcertante.

— Trancafiar uma coisinha como você... — Ele suspirou. — O que tá acontecendo com o mundo?

Virei-me para a parede, pensativa. Ele achava que eu era só uma garotinha fraca e bonita. O que Magnus tinha dito mesmo sobre atuar? Mostre o que eles querem ver, e eles vão acreditar em qualquer coisa.

Eu me concentrei e botei fogo na barra do meu vestido, então danei a gritar. O guarda escancarou a porta para me ajudar a apagar as chamas. Para meu desgosto, tive que fingir um desmaio.

— Cuidado! — disse o guarda, me aparando para eu não cair. Ele tocou minha bochecha. — Coitadinha, está assustada, não é?

— Meus poderes são tão instáveis — choraminguei.

— Como eles podem ferir uma coisinha tão delicada como você? — Ele soava contrariado. Soltei um suspiro cansado. Ele me pegou no colo, me botou sentada na cama e saiu da cela. Obriguei-me a ficar deitada por dez minutos, aguardando a hora certa. — Eles ensinaram a você todas essas coisas mágicas complicadas? — perguntou o guarda ao voltar à porta.

— Sim. Não consigo controlar meu poder. — Sentei-me, enrolando timidamente uma mecha do meu cabelo. — A situação ficou tão ruim que eles tiveram que me ensinar a conceder a outras pessoas acesso temporário às minhas habilidades.

— Por que eles fariam isso?

— Para o caso de eu botar fogo em mim mesma e não conseguir apagar. Era útil ter um homem que pudesse assumir o controle.

— Mas por que você daria seu poder a um feiticeiro? Eles já não têm os próprios poderes?

— Não, isso transfere meu poder a uma pessoa comum. A magia que mais pode me ajudar é a minha mesmo. Qualquer um poderia fazê-lo, e os lacaios da casa de mestre Agrippa me ajudaram a treinar. Foi bem divertido para eles ter permissão para assumir os poderes de um feiticeiro, mesmo que por pouco tempo. — Ainda bem, ele fisgou a isca.

— E de que modo eu receberia seus poderes? — A pergunta foi casual, mas sua expressão era de alguém interessado.

— Simples. Você precisa buscar meu bastão. — Ele fez uma pausa, então saiu se arrastando e recuperou Mingau de algum lugar fora do meu campo de visão. Ótimo. — Pegue um pouco do meu sangue e esfregue no seu lábio inferior.

— Isso é nojento.

— Eu sei, mas não tem outro jeito.

Ele abriu a porta enquanto fiquei sentada ali, acorrentada e bem comportada. Piscando, ele passou o dedão no meu lábio cortado, consequência do ataque de Palehook. Obriguei-me a não estremecer de nojo quando ele se demorou no gesto. Ele pintou a própria boca com o sangue.

— E agora? — quis saber.

— Concedo meu poder a você. — Toquei meu sangue com meu dedão e desenhei a imagem de uma estrela de cinco pontas na testa do guarda. — Vamos ver se funcionou. Pegue o bastão, encoste-o no chão e diga o nome dele: Mingau.

Assim ele fez, e Mingau brilhou azul. Aplaudi tão afetadamente quanto possível com aquelas correntes. Eu sabia que homens adoravam

~ 277 ~

ser exaltados. De fato, o guarda ficou como se tivesse sido nomeado primeiro-ministro.

— É isso? Posso usar seu poder?

— Com certeza. Tem só mais uma coisa que você precisa fazer para ter o controle pleno. Segure a base do bastão virada para você... Isso mesmo. Agora gire-o duas vezes para a esquerda.

Mantive minha respiração firme. Se ele ouvisse o menor titubeio, qualquer pequena dica de empolgação...

— Por quê? — Por acaso ele estava desconfiando? Ou era só minha imaginação?

— Porque isso transfere meu poder para você. Imagine minha magia correndo pelo bastão até chegar a você.

Mantive as mãos no colo e um sorriso colado no rosto. O retrato da doçura.

Satisfeito, ele fez como eu disse. A força de resguardo o acertou no rosto e no peito, e ele desabou no chão. Um exame rápido me garantiu que ele ainda respirava. Aliviada, agarrei Mingau e me concentrei nas correntes. Adaptei o feitiço bule-rato de Mickelmas e em segundos transformei os elos em ratinhos brancos. Os bichos percorreram meu vestido até chegar ao chão e correram por todo lado. Eu estava livre. Passando por cima do guarda caído, peguei o molho de chaves dele e estava no processo de trancá-lo na cela quando ouvi passos descendo as escadas.

— Chega, Joe. É mesmo hora do seu intervalo — disse o guarda jovem ao retornar, então parou, petrificado. — O que diabos...?

— Afaste-se! — gritei, apontando Mingau para ele. O guarda tirou o chapéu e deu um passo à frente para sair das sombras, revelando um chumaço de cabeço castanho. — Magnus? Por Deus, o que está fazendo aqui?

— Salvando você. Como diabos você conseguiu se libertar? E nocautear o guarda? — Com os olhos arregalados, ele pegou as chaves da minha mão e trancou a porta da cela. Vozes gritavam e ecoavam acima. Houve o som de muitos pés correndo em uníssono escada abaixo. Ele piscou. — Smollett e Fisher devem ter falado um com o outro e percebido que eu não deveria estar aqui. Vamos! — Ele pegou meu pulso e me conduziu pelo longo corredor de celas.

— Como você sabia onde eu estava? — Não dava para acreditar.

— Isso é algo que vamos discutir quando não estivermos correndo para salvar nossas vidas — disse ele, olhando para as fileiras de celas e contando nos dedos. Os guardas se derramavam no corredor da escadaria. — Pode destrancar a cela número seis? — perguntou ele, me entregando as chaves. — Isso vai distraí-los.

Magnus foi até o final do corredor. Com um movimento experiente, deu uma pancada com o bastão no chão. As pedras sob os pés dos guardas se transformaram em montinhos fofos de areia e os eles caíram de cara. Com outro movimento, Magnus criou uma rajada de vento que trespassou o corredor, levantando uma nuvem de areia que cegou os homens.

Achei a chave e abri a porta. Corremos para dentro e nos trancamos ali.

— Acabei de fugir de uma cela e você me bota em outra? — falei, inconformada.

— Tente ter um pouco de fé — murmurou ele, olhando ao redor.

— Foi uma fuga brilhante!

— Quieta! — Ele começou a tocar as paredes e as barras, com uma expressão intrigada.

— O que foi?

— Tem algo aqui que podemos usar para escapar.

Frustrada, procurei um alçapão na cela, mas só encontrei um círculo de gravuras. Elas pareciam incrivelmente esquisitas, como rabiscos e letras ao contrário.

— Um círculo de portal!

— Sim, isso. Tire a gente daqui. Sendo a única maga presente, você terá de dar um jeito.

— Você ficou sabendo? — De repente me senti nua diante dele. Ainda assim, Magnus tentou me resgatar.

— Não ligue para isso agora. Só tire a gente daqui. — Ele me empurrou para dentro do círculo e acertou os guardas que chegaram ali com um choque de energia, destroçando a porta no processo.

Eu sabia o que fazer, mas só havia espaço para uma pessoa.

— Magnus, como vamos caber os dois aqui?

— Não se preocupe comigo. Estou me saindo maravilhosamente bem. — Ele convocou a umidade das pedras do teto e fez uma água salobra babar sobre os homens abaixo.

— Não vou deixar você aqui.

— Pare com o heroísmo e vá, Howel — vociferou ele. Bem, aquilo me fez decidir. Subi nas costas dele, me enganchando com minhas pernas e braços tanto quanto meu vestido volumoso permitia. Magnus se balançou para trás e entrou no círculo.

— Vamos pedir gentilmente que nos leve para casa — falei.

Quando os guardas agora ensopados conseguiram derrubar a porta, a imagem da casa na praça Hyde Park Corner pulou na minha mente. O mundo desapareceu e caímos na escuridão.

— Foi uma sensação estranha — grunhiu Magnus enquanto tentávamos nos reorientar. Ele deu alguns passos para frente e parou. — Howel, você é uma garota adorável e não é terrivelmente pesada, mas acho que teremos um rendimento melhor se você descer das minhas costas. — Ele me pôs no chão. Tínhamos pousado numa região arborizada, e a lama guinchava sob nossos pés. — É o Hyde Park. Deixe para lá. Sei onde estamos. Seguiremos pela direita e chegaremos ao ponto de encontro em cinco minutos. — Saímos nos embrenhando por entre as árvores.

— Ponto de encontro? Os outros sabem?

— Todos eles. — E ao que parecia, ninguém se importava. O alívio foi doce. Andamos um pouco, então ele parou. — Howel, você está bem? Eles não machucaram você, certo? — Ele tocou meu queixo, analisando meu lábio cortado. — Porque se machucaram, vou dar meia-volta agora mesmo e retornar lá. Vou enfiá-los numa chaleira e fazer chá, vamos ver se eles gostam disso. — Magnus estava tentando manter o tom leve, mas percebi a raiva implícita. Fiquei na ponta dos pés e beijei a bochecha dele, sem pensar.

— Obrigada por ter vindo me salvar.

— Era nossa obrigação. Você é uma de nós. Os garotos teriam feito o mesmo por mim, afinal de contas.

Uma de nós. A ideia me fez sorrir.

— Eu também.

— Bem, então o resgate teria garantias de dar certo. Er, Howel? — Mesmo com o luar, dava para ver que ele tinha enrubescido. — O que eu disse na estrebaria, sobre você ser horrível por querer ser beijada? Não penso isso de verdade. Sério, você pode beijar quem você quiser. Você pode beijar a todos nós. O bom e velho Dee bem que precisa de um beijo, viu. Beijos... essas coisas maravilhosas. Estou tagarelando. Desculpe pelo que aconteceu.

— Você invadiu aquela porcaria de torre para me salvar. Isso quita sua dívida. Não precisa se desculpar.

— Então retiro tudo o que disse.

Depois de eu lhe dar um empurrão amigável, seguimos em frente. Segurei minha saia com uma das mãos, um pouco triste, mesmo agora, ao pensar que a cauda dourada estava arrastando naquele chão enlameado. Eliza tinha ficado tão orgulhosa do traje.

— O que vão fazer quando descobrirem que você me ajudou?

— O que importa é que você estará a salvo e bem longe daqui quando isso acontecer.

Enlacei meu braço ao dele.

— Você é um amigo de verdade.

O rosto dele se iluminou.

— Sou mesmo seu amigo, não?

— É claro. — Soltei um grito agudo quando ele me pegou no colo e me carregou.

— Para o inferno com tudo isso. Não vou deixar você sujar seu vestido no chão.

— Consigo andar. Por favor, me coloque no chão. — Eu ri. Ele obedeceu, relutante.

Um momento depois, vimos a casa adiante, acesa como um farol na noite. Os garotos aguardavam no limiar do parque, todos com suas comendas recém-conquistadas e vestindo as capas de seda preta dos feiticeiros. Erguendo minha saia, corri na direção deles. Em segundos estávamos todos juntos de novo. Dee me recebeu num abraço choroso. Wolff e Lambe deram tapinhas nas minhas costas.

— Venha — disse Blackwood, olhando em volta. — Precisamos ser rápidos. Antes que eles...

~ 281 ~

Houve um som ressonante, forte. O chão tremeu, e de cima veio um grito lancinante. Figuras pretas voavam sobre o domo de resguardo. Os Familiares tinham chegado; dezenas deles, talvez uma centena.

Os sinos dobraram.

— Ele voltou — sussurrou Blackwood. — E trouxe um exército.

Korozoth tinha tornado minha fuga muito mais difícil.

27

Corremos até os degraus da entrada de serviço, sem ver ninguém enquanto entrávamos na cozinha e seguíamos em direção às escadas que davam para os andares superiores. Tínhamos que encontrar Rook. Blackwood e eu corremos até o sótão.

A porta de Rook estava aberta. Lá dentro, encontramos a cama de ponta-cabeça e o travesseiro destruído. Havia sinais de luta, e Rook não estava ali.

— Onde ele está? — perguntei. Minha voz soou pequena.

— Howel! — trovejou Dee subindo as escadas, as tábuas do piso tremendo quando chegou ao corredor. — Lilly está no seu quarto. E está chorando.

Achamos Lilly amontoada num canto, com as bochechas marcadas pelas lágrimas. Ela caiu numa nova crise de choro quando me viu.

— O que aconteceu? — falei.

— É R-Rook. E-eles o pegaram. — Ela não conseguia pegar fôlego suficiente.

— Quem?

— Mestre Palehook e os jovens cavalheiros da casa dele. Mestre Agrippa os deixou entrar cerca de uma hora atrás...

— Mestre Agrippa está aqui? — perguntei com sangue gelado. Eu achava que ele ainda estaria no baile.

— Sim. Logo depois que ele veio para casa, os homens chegaram. Ele os deixou entrar e subir para os quartos dos criados. Mestre Palehook aguardou no corredor enquanto os homens dele entravam. Rook os combateu. Tentei ajudar, mas tudo ficou tão esquisito. O quarto ficou escuro. Eles estavam gritando, como se não conseguissem escapar. Então mestre Palehook me rendeu com uma faca. — Ela começou a soluçar e seu peito estremeceu. — Ele disse que me mataria se Rook não fosse com eles. Aí a escuridão sumiu, e eles nocautearam Rook e os levaram embora. Eu queria ajudar, mas eles foram bruscos comigo. — Ela cobriu o rosto com uma de suas mãozinhas. Seu pulso mostrava hematomas em linhas grossas, como marcas de dedos.

— Aonde eles estavam indo? — Minha cabeça zumbia.

— Não sei — choramingou ela.

— E onde está Agrippa? — Deus, ele ia se arrepender disso.

— Acho que na biblioteca.

Dee ajudou Lilly a se levantar e a colocou sentada numa cadeira enquanto o restante de nós disparava escadaria abaixo. Entrei primeiro na biblioteca. Encontramos Agrippa afundado numa poltrona diante da lareira, perdido em pensamentos. Quando me viu, ele deu um pulo e ficou de pé. Nós cinco nos mantivemos juntos num semicírculo, bloqueando sua saída. Apontei Mingau para o peito dele.

— O que você fez com Rook? — Foi difícil evitar gritar.

— Em nome de Deus, o que você está fazendo aqui? — Ele se mostrou tão bravo quanto perplexo. — O que é isso?

— Eu devia jogar você na lareira — rosnou Magnus. Ele se manteve ao meu lado.

— Você não sabe o que ela é.

— Maga? — zombou Wolff. — Acha que ligamos para isso?

— Ela é uma de nós — disse Lambe. Ele e Wolff foram para o outro lado de Agrippa, cercando-o.

— *Onde está Rook?* — berrei.

— Ele me disse que era o único jeito — murmurou Agrippa, com a expressão dividida entre luto e terror.

— O que ele quer com Rook? — perguntou Blackwood.

Agrippa desabou em sua poltrona.

— Não sei.

— Você deve fazer alguma ideia — falei.

— Eu estava tentando consertar meus erros. Foi um crime tão horrível assim?

— Se está ferindo inocentes, sim — respondeu Blackwood.

— Estou tentando mantê-la inocente! Isso é o mais importante! — Agrippa parecia um animal enjaulado.

~ 284 ~

As portas foram escancaradas e Dee entrou na biblioteca, a ponta das orelhas coradas. Saímos todos da frente dele. Ele se aproximou de Agrippa, que se encolheu ainda mais no assento.

— Você deixou que machucassem Lilly? — O rosto de Dee ficou escarlate. Eu nunca o tinha visto tão furioso.

Agrippa piscou, sua vergonha era evidente. Dee fechou a mão e meteu o punho no maxilar de Agrippa, derrubando-o sobre o braço da poltrona. Lambe instintivamente avançou para ajudar o mestre, mas Wolff o segurou.

— Para onde eles o levaram? — questionei, enfiando Mingau logo abaixo do queixo de Agrippa. Ele pôs a mão no lado direito do rosto, que já estava inchando.

— Não faço ideia.

— Nós confiávamos em você — falei.

Agrippa fechou os olhos.

— Eu queria que confiassem em mim. Jamais sonhei que nada disso pudesse acontecer.

A sinceridade em seu tom de voz quase me desarmou.

— Mas *aconteceu*. Agora nos ajude a encontrá-lo.

As portas da biblioteca se abriram de novo e o mordomo entrou trazendo uma carta. Ele pareceu não notar nada de diferente enquanto costurava seu caminho por entre rapazes desnorteados e inconsoláveis, um depois do outro, e nem percebeu que eu estava em meio a uma ameaça ao mestre da casa. Ele se aproximou da poltrona de Agrippa e disse:

— Isto acabou de chegar.

Agrippa estendeu a mão para pegar a carta, mas o mordomo a entregou a mim e foi embora.

— O que é isto? — perguntei, perplexa. O envelope tinha meu nome escrito nele, e nada mais. Agrippa se remexeu, e apontei meu bastão para ele de novo. — Não vou deixar você levantar até que tenha me ajudado — vociferei.

— Como posso dizer a você algo que não sei?

— Deus nos perdoe, se ele estiver ferido, eu vou...

— Er, Howel, talvez você devesse ler sua carta — comentou Magnus. Ele se esticou para pegar o envelope.

— Espere um pouco. Não se mexa! — gritei quando Agrippa tentou mais uma vez se erguer.

— É mal-educado não ler uma carta endereçada a você. Aqui, me deixe abri-la.

— Ei, é minha carta, não é? — Apertei o papel contra o peito.

— Abra logo — disse Blackwood, combatendo uma sensação de urgência.

— Por que todo mundo está tão interessado na minha carta? — gritei, amassando-a um pouco. Todos os garotos reagiram com sobressaltos e expressões doloridas. Wolff repuxava os cabelos, e Lambe tentou arrancar o papel das minhas mãos. Perplexa, rasguei o envelope para abri-lo. — É bom que isto seja algum milagre.

Dei um berro quando Mickelmas saiu dali de dentro explodindo como um palhaço maligno de uma caixa-surpresa. Ele rolou pelo chão, então se ergueu e mancou para perto da lareira. Gemendo, esfregou as costas e esticou as pernas, compondo uma sinfonia de estalos e rangidos de juntas.

— Ai, coitados dos meus ossos. Coitadas das minhas costas. E você — disse ele, girando para me encarar. — Da próxima vez que receber uma carta, *abra*! Você foi criada num celeiro, sua fedelha bárbara? Que falta de educação! — Soltei um gritinho de alegria e o abracei, o que abrandou sua raiva. — Bem, eis uma boa aprendiz — comentou ele, dando tapinhas nas minhas costas. — Me esqueci do quanto é apertado viajar pelo correio.

— Isso é muito melhor do que entrar pela porta da frente — disse Magnus, assistindo ao nosso reencontro com uma expressão divertida.

— *Você*. — Mickelmas percebeu Agrippa e foi até o feiticeiro. — Quero minha capa e quero meu baú, e os quero agora.

— Não estão comigo. — Agrippa ficou de pé e foi para trás da poltrona.

— Ah, vá... Uma capa de runas de um mago e um baú encantando são artefatos inestimáveis para um colecionador. Esta sala tem livros, quadros e tapeçarias o suficiente para humilhar a National Gallery. Agora, devolva minhas coisas.

— Palehook os pegou quando veio buscar o garoto.

— Você os escondeu no alojamento dos criados? Será que teremos de revirar cada cômodo numa linda investigação? — Murmurando algumas palavras, Mickelmas explodiu a poltrona em estilhaços de madeira e estofo. Agrippa cambaleou para o lado.

— Já disse, estão com Palehook!

— Sr. Hargrove, quero dizer, Sr. Mickelmas — falei, agarrando o braço dele. — Eles sequestraram Rook. Se nos ajudar a resgatá-lo, poderemos encontrar suas coisas.

— Como raios você escapou? — perguntou Agrippa, fitando o mago horrorizado.

— Aquela torre não é bem um desafio para alguém com minhas habilidades, particularmente quando os guardas estão cansados ou bêbados. No caso, estavam cansados e bêbados. A perseguição emocionante injetou algum entusiasmo em suas vidas que, de outro modo, seriam maçantes a ponto de doer. Infelizmente para eles, foi impossível me pegar. — Ele analisou as próprias unhas com uma satisfação convencida.

Então era por isso toda aquela gritaria e correria que eu tinha ouvido.

— Eu queria entrar lá e resgatar a Srta. Howel — continuou ele —, mas, sem uma capa rúnica, meus métodos de transporte eram limitados. Felizmente, seus jovens incumbentes — disse ele, fazendo uma reverência aos garotos — têm a mente bem mais aberta do que eu achava que feiticeiros pudessem ter.

E isso explicava como os rapazes sabiam o que eu era.

— Você se lembrou do círculo de portal — falei.

— E contei aos seus jovens amigos, que enviaram o Sr. Magnus disfarçado para salvar você, o que achei corajoso e ridículo.

— Bem, sou maravilhoso assim — respondeu Magnus.

— Só para deixar claro o que aconteceu — disse Mickelmas para mim —, Palehook pegou meus filhos. Então disse que se eu não me rendesse e fizesse aquelas confissões horríveis no baile da comenda, ele mataria todos os meus amados. Eu jamais permitiria que as crianças fossem assassinadas. Você compreende?

— É claro.

— Agora, minha anjinha, vamos tratar de coisas mais importantes. Minha capa e meu baú e, é claro, seu amigo Rook. Como eles serão resgatados do perverso Palehook? — Ele cofiou a barba e passou os olhos pelo grupo de rapazes. Viu Blackwood e fez uma reverência. O jovem feiticeiro assentiu, mas parecia apreensivo.

— Por que eles pegaram Rook? — inquiri.

— Caro lorde Blackwood — disse Mickelmas, andando na direção do garoto —, seu pai não era um homem bom.

— Estou ciente disso — respondeu Blackwood, e nós dois prendemos o fôlego. Mickelmas não podia revelar o segredo ali.

— Há muitos anos, quando a guerra estava no início, Palehook foi incumbido de criar um resguardo para proteger Londres dos ataques. Tudo o que ele fez falhou, e Charles Blackwood, bem... — Balancei a cabeça, implorando para que ele fosse discreto. — Ele sabia da minha reputação. Sabia que eu não podia arriscar ser mandado para a Ordem, por isso me capturou e me fez ajudar a desenvolver um sistema. Palehook me obrigou a fazer as coisas mais terríveis, a tentar encontrar uma resposta nas fronteiras mais distantes do mundo espiritual.

— Mas você achou um jeito de fazer isso — disse Wolff. Como o especialista de resguardo, isto devia intrigá-lo.

— Ah, sim. Totalmente sem querer, descobrimos a única força resistente o bastante para proteger a cidade. Os Impuros.

— Como? — perguntei.

— Existe um feitiço, poderoso e bem sombrio, que permite que um usuário de magia drene a força vital de uma pessoa e use este poder para aumentar o seu próprio. Tentamos drenar as almas, na ausência de uma palavra melhor, de diversas pessoas, mas não tivemos sucesso. Caçamos por sarjetas e por albergues, em busca dos cidadãos mais pobres para sacrificar. Nós os deixamos largados em becos, certos de que a grande máquina de Londres os engoliria por inteiro. — Mickelmas parou por um momento, lutando contra a dor das lembranças. — Não importava quantos matávamos, não havia poder suficiente. Então certa noite, enquanto vagueávamos pela beira do rio, demos de cara com um homem Impuro pedindo comida e bebida. Ele tinha sido tocado por Molochoron. Isso era óbvio: sua pele estava embolotada e apodrecida, e começava a se soltar dos ossos...

— Acho que não precisamos de nenhuma descrição — disse Wolff, estremecendo.

— Foi Palehook quem teve a ideia de usar a alma desse homem. Por que não? Ele estaria melhor morto, afinal. Quando os Impuros foram assassinados e suas almas foram sugadas, esta foi a única fonte de força poderosa o bastante para que Palehook fosse capaz de criar o resguardo necessário. Tinha algo a ver com a força dos Ancestrais, não foi surpresa alguma. Engraçado como o veneno deles se provaria o bloqueio mais eficaz contra eles.

Lembrei do homem Impuro que eu tinha visto sentado perto do apartamento de Mickelmas e que desapareceu depois.

— Eles vão roubar a alma de Rook para fortificar a cidade? — Pensei no quão frágil o resguardo parecera recentemente, fino como um papel e estragado. Provavelmente Palehook estava ficando sem apoio.

— Sim. A colônia de Charles Blackwood em Brighton providenciava vítimas prontamente. Ele sabia que seria preciso um fornecimento estável para atualizar o resguardo de tempos em tempos. Um homem maravilhoso, realmente. — Blackwood se virou para a lareira, parecia enojado. — A força de Rook deve tê-lo tornado um bocado tentador.

— Onde eles estão agora? — falei, apertando Mingau.

— Precisa haver um pouco de obsidiana junto, mas não vai ser numa sala de obsidiana. As artes sombrias arrancam o poder de um lugar sagrado. Não trabalho com ele há mais de dez anos, por isso não sei aonde pode ter ido. — Mickelmas falou com Blackwood enquanto se aproximava da lareira. Lambe tocou meu braço.

— Posso ajudar — sussurrou ele, seus olhos claros brilhando com uma luz nebulosa. — Preciso de alguma coisa preciosa a Rook para fazer a conexão, mas tenho como ver onde ele está.

— Ah, Lambe, você faria isso? Vamos ao quarto dele ver se tem algo que dê para usar. — Eu não fazia ideia do que poderíamos encontrar, claro. Eles haviam destruído tudo.

— Precisa ser algo precioso para ele. Se não se importa, Howel, preciso tentar isto. — Ele envolveu minha mão com as dele, baixou a cabeça e fechou os olhos. Enrubesci, mas antes que pudesse me opor, alguma coisa deu um tranco no limite da minha consciência. Senti como se estivesse caindo para trás.

Rook tremia, deitado em cima de algo frio, as mãos entrelaçadas sobre a barriga. Ele estava desorientado, quase doente. Tinham dado alguma coisa a ele. Havia um portão preto à esquerda, separando-o do restante da cripta. Palehook sorria, acendendo velas enquanto falava com alguém.

~ 289 ~

Eles tinham amarrado alecrim nas cordas que envolviam os pulsos de Rook. Palehook enfiou o dedão numa tigelinha e o tocou na testa do meu amigo. O líquido estava frio, e quando pingou na barriga de Rook, ele viu que se tratava de sangue.

— Onde está a lua? *Estou dizendo, se eu não fizer isso depressa, a separação vai acontecer...*

Lambe me soltou. Caímos no chão, e os outros nos cercaram.

— Howel, você se machucou? — quis saber Magnus, me ajudando a ficar de pé.

— Sei onde eles estão — falei. Lambe estava caído nos braços de Wolff, que afagou os cabelos pretos do outro com uma afeição surpreendente.

— Onde? — perguntou Magnus.

Lambe ergueu o braço como se estivesse em sala de aula.

— Catedral de São Paulo, na tumba de Christopher Wren.

— Perfeito. — Mickelmas parecia surpreso. — Por que não pensei nisso? É uma laje de obsidiana no centro da cidade e embaixo do domo de resguardo, o que dá à energia algo para se moldar depois. Fez bem, caro rapaz. Enfim um feiticeiro com um poder útil. — Ele bateu no ombro de Lambe. — Temos uma coisa a nosso favor. A lua está oculta pelas nuvens, provavelmente por causa de Korozoth. Eles não vão poder matar Rook até que o céu esteja limpo, ou não vai funcionar. Precisamos voar para salvar nosso garoto. Talvez não seja tarde demais.

Agrippa deu um passo à frente. Havia ficado tão quieto que quase me esqueci de sua presença.

— Se fizer isso — gritou ele quando os garotos saíram correndo da biblioteca —, o resguardo pode romper. Korozoth destruiria a todos nós.

— Talvez eu devesse acrescentar — disse Mickelmas — que Palehook pode facilmente resguardar a cidade inteira. Ele escolheu não fazer isso para ter vítimas para o sacrifício. — Com isso, Agrippa caiu de joelhos, perdendo todo seu poder de persuasão.

— Obrigada — falei para Agrippa enquanto Mickelmas seguia os garotos.

— Pelo quê?

— Eu acreditava que os feiticeiros fossem a grande esperança da Inglaterra contra os inimigos do país. Acreditei que você fosse melhor e mais gentil do que os outros homens. — Não havia emoção na minha voz. Eu já não sentia mais nada. — Obrigada por me ensinar a não acreditar em nada.

Dei as costas para ele e corri para resgatar Rook.

28

Descemos do céu diante dos degraus da catedral. A entrada gigantesca estava trancada, claro.

— Droga — disse Magnus quando a lua apareceu detrás das nuvens. Acima, figuras escuras tangenciavam o domo de resguardo, deixando rastros amarelos brilhantes.

— O que eles estão fazendo? — perguntou Wolff, girando o corpo numa volta completa para vê-los.

— O resguardo está frágil, jovens amigos. Estão procurando alguma brecha por onde passar, mas ainda não vão encontrar uma. — Mickelmas pigarreou.

— O que foi? — falei.

— Agrippa tinha razão numa coisa. Se salvarmos Rook, o resguardo provavelmente vai desmoronar. Se fizerem isso, poderão ser executados por traição.

Os garotos murmuraram entre si. Eles não tinham pensado nisso.

— Não me importo — afirmei.

— É claro que não. Você é apegada ao rapaz. Da minha parte, estou disposto a fazer isso como um meio de reparação. Mas os jovens cavalheiros precisam entender uma coisa. — Mickelmas se voltou para os garotos. — Isto não é uma brincadeira. Vocês estão preparados para o que podem desencadear esta noite?

Os garotos se fitaram com olhos arregalados. Mesmo sabendo o que Agrippa dissera, eles não tinham pensado no assunto durante o fervor da busca por Rook. Para ser sincera, eu mesma não tinha pensado direito. A ideia de todas aquelas criaturas caindo sobre pessoas dormindo em suas camas me causou arrepios.

Blackwood quebrou o silêncio.

— O lado de fora tem estado vulnerável há anos. Pessoas foram assassinadas. — Ele me encarou e assentiu. — Nenhuma vida inocente é mais valiosa do que outra. Nunca.

Murmuramos em concordância. Cada um de nós sentia nas costas o peso daquele momento.

Magnus golpeou a porta de madeira, que se abriu com o ressoar dos estilhaços. Corremos pela nave ecoante até a cripta. Diminuí a velocidade para ficar ao lado de Mickelmas, que arquejava.

— Você está bem?

— Não estou na mesma condição maravilhosa de antes. Agora que parei para pensar, nunca estive na mesma condição maravilhosa de antes.

— Obrigada por voltar para me salvar.

— Eu não tinha escolha. Era o único jeito de encontrar minha capa e meu baú.

— Ah.

— Mas creio que também não queria que você morresse. Tem uma coisa que ainda preciso contar a você sobre...

Blackwood pediu silêncio quando entramos na cripta e seguimos por entre os pilares. Vozes se elevavam e abaixavam em algum ponto à nossa frente. Nós os encontramos ao lado da tumba de Christopher Wren.

Quatro rapazes, todos com suas novas vestes de feiticeiro, estavam de guarda diante do portão. Hemphill era um deles. Tinham seus bastões em mãos, preparados para defender o que estava acontecendo ali dentro.

Dentro da tumba, Palehook estava de pé diante de Rook, atado e amordaçado na laje de obsidiana. O garoto convulsionava enquanto Palehook murmurava:

— *Com o brilho branco da lua, com o sangue escorrendo na pedra, a alma liberta-se da carne nua, e a vida pulsante se encerra.*

Uma névoa branca surgiu de Rook e pairou. Ele arqueou as costas, preso numa síncope torturante à medida que a névoa aumentava. Palehook se inclinou para a frente com um sorriso alegre no rosto.

— A força vital dele — sussurrou Mickelmas.

— Parem! — Corri até eles.

Hemphill assobiou suavemente quando entrei naquele lugar com meus amigos logo atrás.

— Eles estão aqui, mestre. Nossos primeiros visitantes.

Os guardas riram.

Palehook rosnou e deitou sobre Rook, uma versão distorcida da mãe protegendo o filho.

— Mantenha-os longe. Eles não fazem ideia do que precisa acontecer esta noite.

— Solte Rook. — Entendi o que eu tinha visto. Palehook usou palavras em sua magia. — Você consegue fazer o mesmo que os magos. Você é como eu, não é? Um híbrido.

O rosto de Palehook se retorceu furioso.

— Não sou nada como você, garota — rugiu ele, todas as palavras carregadas de aversão. — Só me poluí com as trapaças dos magos para salvar esta cidade. Você quer sacrificar Londres inteira só para salvar seu amiguinho inútil?

— Você quer dizer as partes selecionadas de Londres — retruquei.

— Minha esposa e minhas filhas vivem nessas partes selecionadas. Se acha que vou deixar você matá-las, está enganada. Não se aproxime — disse ele quando dei um passo à frente. Ao sinal de Palehook, os quatro guardas se prepararam para um ataque. — Vocês receberam a comenda, não é? Não podem matar outro feiticeiro agora, a não ser que queiram morrer junto com ele.

Palehook tinha razão. Atrás de mim, os garotos sussurravam entre si. Pareciam preocupados.

— Não recebi a comenda — falei, me recusando a me afastar.

— Nem eu. Nem mesmo sou um feiticeiro. — Mickelmas saiu das sombras. Palehook se encolheu. — Olá, Augustus. Você ficou mais careca e mais feio com o passar dos anos. Combina com você. — Palehook resmungou alguma coisa que não consegui entender. Mickelmas riu. — Fale alto, velho camarada. De fato, você deve estar cansado. Magia negra tende a esgotar as pessoas. — Mickelmas esfregou as mãos e, com um movimento rápido do pulso, lançou uma bola de luz branca pela tumba.

Nenhum de nós, porém, imaginou que Palehook seria tão rápido. Com um movimento ágil do bastão, ele amassou uma das barras de fer-

~ 294 ~

ro e a cortou, mandando a ponta afiada para a bola de luz e diretamente para Mickelmas.

— Droga, droga! — Mickelmas caiu, o sangue minando pelo chão. Com um aceno, ele dispensou as tentativas dos rapazes de ajudá-lo.

Palehook se virou para a névoa que flutuava sobre Rook e inalou fundo, apertando os lábios como um vampiro grotesco. A pele dele brilhava ao inspirar mais e mais.

— Venha logo — provocou Hemphill enquanto eu buscava freneticamente um meio de atravessar o portão. — Se você não recebeu a comenda, Srta. Howel, então não há nada que me impeça de atravessar seu coração com minha espada. Não fiz isso na última vez, mas de hoje não passa.

Magnus rugiu e deu uma pancada no chão com o bastão. O solo chacoalhou, fazendo nossos oponentes perderem o equilíbrio. A batalha tinha começado.

Ao meu redor, os feiticeiros duelavam furiosamente. Convocaram ventos que ricochetearam pelo corredor, e os tijolos sob nossos pés crepitavam e pulavam. Lambe e Wolff corriam lado a lado com seus resguardos ativados, atingindo um dos guardas. Blackwood capturou o fogo de uma tocha e o explodiu no rosto de alguém. Dee arrancou pedras do chão e as lançou. Magnus mostrava os dentes ao duelar contra Hemphill com espadas de resguardo.

Abriu-se uma passagem para a tumba.

Aproveitei a oportunidade e corri, incendiando meu corpo para afastar os guardas. Palehook bateu a porta na minha cara, mas eu a explodi e entrei, as chamas azuis se erguendo à minha volta quando o alcancei.

— Saia daqui! — Ele me acertou com vento. Um fio da vida de Rook saiu de sua boca, se enrolando como fumaça.

Rook continuava imóvel na pedra. Ele parecia terrivelmente inerte. Por favor, Deus, eu não podia ter chegado tarde demais.

— Afaste-se dele. — Fiz um esforço para evitar que meu fogo tocasse Rook. Palehook estava apoiado contra a parede, gotas de suor pontuavam sua testa. Ele havia mesmo enfraquecido, e usei isto a meu favor. Quando ele tentava ir para qualquer direção, eu estava lá. A única saída era atravessar o fogo.

~ 295 ~

— Pare! — gritou Palehook. Mas ele estava com medo, dava para perceber.

— Se você se rende, largue sua arma.

Palehook ficou parado um momento, indeciso. Então, devagar, deixou cair o bastão, que tiniu no chão. Ele botou as mãos para o alto. Parei de queimar, criei uma espada de resguardo e a segurei contra o pescoço dele. Palehook manteve o queixo empinado. Porém engoliu em seco, piscando quando a espada o cortou de leve.

Atrás de mim, a luta cessou. Dei uma olhada breve para trás e vi que os dois lados tinham pausado, nos observando e aguardando para ver quem iria vencer.

— Não seja tola — disse Palehook. A força vital saía de seus lábios a cada palavra pronunciada. — Pense no que está fazendo. Está condenando Londres inteira à morte.

Cortei-o ao longo da bochecha. Ele sibilou de dor.

— Solte o que roubou de Rook — falei.

— Deixe-me terminar, e posso convencer Sua Majestade de que eu estava errado sobre você. — Mesmo derrotado, ele ainda tentava me manipular. — Você vai se tornar feiticeira e ter tudo o que sempre quis.

— Eu quero Rook. — Talhei sua outra bochecha, mais fundo do que o primeiro corte. Desta vez, ele urrou.

— Você vai representar a morte de todos nós! — O sangue escorria dos dois lados do rosto dele, como lágrimas.

— Você quer morrer? — Eu não sabia se tinha coragem de matar um homem indefeso, mesmo que este homem fosse Palehook. Mas minha ameaça foi suficiente. Olhando para minha espada, ele balançou a cabeça. Lentamente, foi até Rook. Palehook soltou algumas lufadas de ar e a névoa se derramou sobre meu amigo. O feiticeiro a guiou para que descesse e entrasse no corpo do garoto. Rook não se mexeu.

Não. Não era possível.

— Acorde — gritei, chacoalhando o corpo dele.

— Howel! — berrou Magnus.

Eu não devia ter tirado os olhos de Palehook. Com o bastão em mãos, ele tentou me acertar. Na pressa de sair do caminho, tropecei e derrubei Mingau. Com isso, Palehook se preparou para o golpe fatal.

~ 296 ~

As sombras da tumba o puxaram para suas profundidades. Rook tinha se erguido um pouco, apoiado num cotovelo. Ele lentamente estendeu um braço e fechou a mão. Palehook gritou quando a escuridão borbulhou e começou a se espalhar. Ela poderia tomar a tumba toda, engolindo a todos nós. Agarrei Mingau e me preparei, esperando o ataque das trevas invasoras.

Mas então elas pararam.

— Você se machucou? — sussurrou Rook. Ele me olhava, preocupado. Seus olhos estavam pretos, mas não havia maldade ali. O poder não estava no controle desta vez; *ele* estava.

— Não — arquejei.

Palehook começou a gritar de dentro da escuridão, um grito digno de acordar os mortos. À minha direita, houve uma debandada quando os seguidores dele saíram da cripta, arrastando Hemphill junto. Tudo aquilo era demais para eles. Aquela era a lealdade que Palehook merecia.

Meus amigos foram até portão espiar Rook. Todos pareciam assustados.

— Nunca vi nada assim — murmurou Dee.

— Deixe-o sair. — Blackwood estremeceu. Os gritos de Palehook estavam ficando mais irregulares e insanos. — Não pode deixá-lo ali dentro.

Com um suspiro, Rook fechou os olhos e desabou na pedra. As sombras se dissiparam e revelaram Palehook, que se debatia com violência. Ele deu mais um grito antes de perceber que tinha se libertado da escuridão. Tropeçou duas vezes antes de conseguir se levantar. Sua respiração era errática.

— Você se rende? — perguntei. Mas Palehook estava encarando Rook.

— A escuridão está viva — murmurou o velho feiticeiro, balançando a cabeça. — Ela fala. Ela conta as coisas mais horríveis.

Magnus fez um som de compreensão. Mas fora isso, se manteve em silêncio.

— Você se rende? — perguntei de novo, ficando cada vez mais nervosa. Os olhos de Palehook se voltaram para mim. Ele ficou assustadoramente calmo.

— Ele é um monstro — sussurrou Palehook. — E precisa ser destruído.

— Renda-se agora, ou vou...

Palehook moveu o bastão num átimo, me acertando do lado com uma rajada repentina de vento. Minha cabeça bateu no chão e o mundo girou. Não houve tempo de impedir o feiticeiro quando ele ergueu a espada, mirando em Rook.

Algo atravessou o portão e entrou em Palehook, fazendo-o bater contra a parede e cair no chão. Ele ficou ali deitado e não se levantou. Lentamente, minha cabeça ainda zunindo, rastejei até o velho feiticeiro. Ele estava morto: uma ponta de ferro havia se alojado fundo em seu pescoço. O sangue jorrava da ferida enquanto os olhos vidrados pareciam encarar o teto. Do outro lado do portão, vi Mickelmas apoiado nos cotovelos, ainda estendendo o braço que enviara o ataque. Ele assentiu.

— O que diabos era aquela coisa de sombras? — arquejou ele. E então desabou.

Rook tossiu. Esqueci todo o resto e toquei seu rosto, alisei seus cabelos. Ele sorriu.

— Você veio — disse ele.

— Não poderia ser diferente. — Apoiei a cabeça no peito dele para ouvir seu coração. — Você assumiu o controle.

— Eu tinha uma coisa importante para proteger — sussurrou ele. Sua voz estava fraquinha e a respiração, superficial. Droga. Ajudei-o a sentar e encaramos nossa plateia. Os garotos nos olhavam inexpressivamente. Ai, Deus.

Eles todos sabiam.

— Isso acontece — começou Lambe, dando tapinhas no peito para ilustrar suas palavras — por causa das cicatrizes?

— Sim — respondeu Rook. A voz dele estava tão débil.

— A Ordem precisa saber — observou Blackwood.

Tremendo, apertei Rook num abraço. Ele recuperava e perdia a consciência.

— Ele está melhorando. Conseguiu controlar a escuridão desta vez — falei.

— Com que frequência isso tem acontecido? — quis saber Dee. Magnus olhou para mim e balançou a cabeça. Ele não ia contar.

~ 298 ~

— Raramente — respondi. Minha voz tremia. — Ele vai dominar o poder. Ele fez tantos avanços. Vão matá-lo. Por favor. — Escondi o rosto nos cabelos de Rook. — Não digam nada. É o maior favor que vou lhes pedir na vida.

Se Rook viver. Se qualquer um de nós sobreviver esta noite.

Ninguém se mexeu nem falou mais nada até que Magnus entrou na tumba comigo. Ele já havia constatado o que isto significava para mim, o que Rook significava para mim. As narinas dele dilataram enquanto pegava o bastão. Ia concluir o que Palehook tinha começado.

— Não — arquejei, mas Magnus assentiu e apresentou seu bastão. Uma reverência de feiticeiro.

— Juro guardar segredo. — Ele gesticulou para os outros. Uma de cada vez, eles fizeram a reverência, concordando. Blackwood foi o último. Ele apertou a boca até virar uma linha fina, mas enfim assentiu também.

— Por você — disse ele.

Eu poderia ter chorado de alívio.

Houve uma grande explosão. Por um momento, foi como se tudo tivesse sido iluminado com uma luz branca e quente. Senti um estalo nos ouvidos. Quando a luz se dissipou, houve um instante de silêncio, que depois deu lugar à gritaria nas ruas lá fora.

— O que aconteceu? — falei, apertando uma orelha com a mão.

— O resguardo cedeu. — Blackwood soou sombrio ao olhar para o teto. — Precisamos ir. Korozoth deve estar seguindo para o coração da cidade.

Nauseada, ajudei Rook a descer da placa de obsidiana. Quando ele saiu, a laje vacilou e, com um barulho forte, partiu ao meio.

— Hum — disse Lambe, sorrindo. — A pedra quebrou mesmo.

— O quê? — perguntou Wolff. A confusão deu lugar à alegria. — Ah! A laje.

— Suponho que eu vá ficar em Londres — disse Lambe. Ele subiu correndo as escadas com Blackwood, Dee e Wolff. Magnus ajudou Rook a ficar de pé enquanto eu me ajoelhava ao lado de Mickelmas.

— Não há nada que possamos fazer por ele — disse Magnus. — Howel, precisamos tirar você daqui.

Peguei a mão fria do mago. Sua pele escura estava pálida e acinzentada, e suor gotejava em suas têmporas.

— Precisamos levar você a um médico — falei.

~ 299 ~

— Agora? Impossível, criatura bobinha. Além disso, Palehook está morto. É o suficiente para mim. — Ele estremeceu. — Deus, estou com frio.

— Eles me enrolaram num cobertor para evitar que eu me contorcesse — murmurou Rook. Ele foi buscar a tal manta, porém caiu de joelhos. Magnus o sentou delicadamente e correu para a tumba. Então voltou com algo embolado como uma bola. Desdobrei a manta e a enrolei em volta de Mickelmas. Era espalhafatosa, vermelha e laranja e roxa...

— Sua capa!

Mickelmas se enterrou nela.

— Menos uma coisa para procurar, pelo menos. — Ele enfiou os braços nas mangas e ajustou bem apertado. — Hora de buscar um lugar seguro para me curar. — Ele ficou em silêncio por um momento, então assentiu. — Vai demorar um pouco mais por causa do meu estado enfraquecido. Ai, droga! — Ele me agarrou. — Tem aquela coisa que eu queria contar a você. Sem tempo, sem tempo, sou tão idiota.

— O quê?

Ele me puxou.

— Seu pai não se afogou.

— Como é que é? — Eu o agarrei pela frente do casaco. — Repita isso.

— Escute. Ele não se afogou. Ele... — Mickelmas desapareceu. E eu fui deixada segurando o ar, atordoada.

— O quê? — sussurrei. Meu pai não tinha se afogado? Será que ele estava vivo? Preso? Será que tinha sido executado por assassinato ou qualquer outra coisa que obrigaria minha tia a mentir para mim? O que isso tinha de tão importante para Mickelmas precisar tocar no assunto agora? *O que raios aquilo significava?*

— Ele acha que isso foi justo? — disse Magnus, atônito. Sua voz me tirou do estupor.

— Não podemos pensar nisso agora. — Não era hora de distrações.

— Howel, você com certeza quer saber.

— Verei Mickelmas de novo, e então ele vai me explicar. Agora, precisamos correr. — Obriguei-me a levantar, um pouco furiosa. Juntos, subimos correndo as escadas e pela catedral. Na entrada, ficamos ansiosos diante de um mar de pandemônio.

Korozoth tinha trazido todos os Familiares que conseguira. As figuras de névoa cinzenta de seus cavaleiros, os corvos pretos de On-Tez, e até mesmo os guerreiros esfolados de R'hlem: todos desciam do céu. Estávamos à mercê dos Ancestrais.

29

AS PESSOAS SAÍAM DE SUAS casas para ver a comoção. Mas logo corriam de volta para dentro, e os monstros as seguiam, quebrando vidraças e derrubando portas. As criaturas voavam e carregavam tochas acesas, batendo os dentes ao incendiar casa após casa. Familiares arrebatavam pessoas do chão. Uma mulher de camisola passou rápido por nós pouco antes de um corvo mergulhar de seu voo, agarrá-la e retornar para o céu. As garras da besta rasgaram o pano frágil e a mulher caiu de uma altura de dez metros. Seu fim foi horrível.

Tinha sido justo salvar Rook, mas aquelas pessoas estavam morrendo por causa do que eu havia feito. Eu me odiava naquele momento. E odiava Palehook por engendrar uma situação tão medonha. Uma parte pequena e culpada da minha alma odiava Mickelmas também.

— Prepare-se para correr — disse Magnus, dando tapas no ombro de Rook quando ele tossiu. Não havia sinal dos outros. E não tínhamos tempo para procurá-los. — Não olhe para trás. — Prosseguimos sozinhos.

Feiticeiros apareceram do nada numa agitação de seda preta. Alguns cambaleavam, ainda bêbados do baile. Eles se organizaram em formações e criaram uma parede de vento que soprou os Familiares para trás.

Chamas lambiam a lateral dos muros; fumaça saía das janelas. As pessoas caíam na rua e eram massacradas. Paramos para lançar jatos de água no fogo, mas o trabalho estava além de nossa capacidade.

— É tudo minha culpa — sussurrei. Magnus pegou minha mão e a apertou com força.

Não estávamos longe da catedral quando Gwen desceu do céu, parou na nossa frente e saltou de sua montaria. Ela tirou o capuz esfumaçado e deslizou sobre um tapete de névoa em nossa direção.

— Ele quer você — disse ela, mirando os olhos costurados em mim. — É a maior honra de todas. Ele a escolheu especificamente.

— Não se aproxime — grunhiu Magnus. Rook gemeu e caiu de joelhos no chão. A cavaleira gesticulou para o cervo.

— Você deve vir comigo.

Agora que eu sabia quem ela era, não conseguia atacá-la. Espalmei a mão no ar, e ela ficou quieta.

— Eu sei seu nome — falei. — Por favor, não quero lutar contra você. — Devagar, baixei Mingau. As narinas dela dilataram. — Você pode abandonar tudo isso.

— Hum, Howel? — interveio Magnus, colocando Rook de pé. — O que você está fazendo?

Gwen continuou me escutando. Desesperada, insisti.

— É tão solitário para mim ser a única — falei. Ela inclinou a cabeça para o lado. Parecia compreender o que eu queria dizer. — Talvez tenha sido assim para você também. Somos parecidas. Posso ajudá-la, se deixar. Podemos ajudar uma à outra.

Ela lambeu os lábios. Foi um movimento lento e pensativo. Enfim, ela se pronunciou, com a voz baixa e normal:

— Podemos ser parecidas. — Ela estendeu o braço, sorrindo. — Você deve vir comigo falar com o rei sanguinolento. Ele vai fazer com que sejamos parecidas.

Não havia esperança. Acertei-a com o vento, derrubando-a. Quando tentei passar correndo, Gwen saltou e ficou de pé.

— Pequena feiticeira — falou ela com uma voz grossa, serpenteando em minha direção. — Ele a quer viva. Ele disse viva, não intacta. — Ela avançou para mim. Esquivei-me e produzi fogo em meu bastão, golpeando-o no ar. Com um rosnado, ela saltou e ergueu a mão que segurava um punhal.

Uma rajada de vento a fez perder o equilíbrio. Mestre Agrippa apareceu com o bastão estendido à sua frente.

— Não mexa com ela. — Ele parou a alguns passos da Familiar, o rosto deformado pela tristeza. — Gwen, apenas permita que ela vá embora.

— Gwen? — repetiu Magnus. E arregalou os olhos. — Gwendolyn Agrippa?

— Corram, todos vocês — disse Agrippa ao bloquear uma investida da filha e obrigá-la a recuar. Gwendolyn montou no cervo, sibilando.

~ 303 ~

— Gwen, por favor, pare. Talvez ainda não seja tarde demais — gritou Agrippa. — Você se lembra de mim. Sei que sim. Por favor, meu amor. Não me abandone de novo.

Ela relaxou a mão que segurava o punhal e murmurou:

— Papai?

Chorando de alegria, Agrippa andou até a filha. Com um movimento tão rápido e mortal quanto um bote de cobra, Gwendolyn agarrou o braço de Agrippa. Ele tropeçou no chão, soltando-se. Implacável, ela enterrou as unhas compridas na perna do pai, subindo com sua montaria.

— Pare! — berrei, agarrando Agrippa e atirando feitiços em Gwendolyn conforme ela subia mais e mais. A mão de Agrippa começou a escorregar da minha. — Aguente firme — falei quando Magnus tentou resguardar o mestre para soltá-lo da pegada da Familiar. Apesar de nossos esforços, estávamos perdendo.

— Henrietta, solte — disse Agrippa.

— Não. — Sem pensar muito, coloquei Mingau em nossas mãos juntas e murmurei um feitiço rápido que tinha aprendido com Mickelmas. Nosso aperto se fundiu; agora seria quase impossível soltá-lo.

— Por quê? — gritou ele, aturdido. — Por que está me ajudando?

Porque apesar da traição, eu jamais conseguiria dar as costas para ele de verdade. Meus sapatos saíram do chão. Eu lutava para não entrar em pânico.

Agrippa fechou os olhos e criou uma lâmina de resguardo.

— Por favor, me perdoe — gritou ele. Percebi o que estava prestes a fazer.

— Não! — berrei.

Ele baixou a lâmina e se foi, gemendo enquanto Gwendolyn voava para longe com ele. Caí de costas no chão. Ele havia decepado a própria mão, o meio mais rápido que encontrou de me libertar.

Quebrei o feitiço, larguei a mão e fiquei ali parada enquanto Magnus fitava o céu.

— Daria para salvá-lo — comentou, pálido e doente. — Por que ele fez aquilo?

— Para nos proteger.

Agrippa tinha partido. Ele era meu traidor, o homem que havia salvado minha vida, que tinha conspirado com Palehook para me desacreditar, que tinha jogado xadrez comigo em frente à lareira. Minhas últimas palavras verdadeiras para ele foram de ódio; minha visão embaçou com as lágrimas. *Por favor, me perdoe*, dissera ele. Por que eu não fora capaz de perdoá-lo?

— Howel! — Lambe saiu correndo da névoa, junto a Wolff. Engoli meu luto e fui me juntar a eles na lateral de um prédio, onde nos resguardamos. Lambe inspecionou Rook, que continuava desmaiando e acordando. — Ele não vai aguentar muito tempo mais. Palehook tirou energia demais dele.

— O que podemos fazer?

— Fenswick está na casa. Leve-o para lá.

Três corvos apareceram no céu e mergulharam para nos pegar. Eles bateram contra as paredes de nosso resguardo e guincharam ao voar para cima de novo.

— Nunca vi um ataque como este. Não há feiticeiros suficientes na cidade para enfrentar os Familiares *e* Korozoth. Wolff, você consegue recriar o resguardo? — perguntou Magnus.

— Impossível. Palehook está morto. Não sabemos que feitiço ele usou para consumir a força vital de Rook e, mesmo que soubéssemos, provavelmente não poderíamos usá-lo. E mesmo se pudéssemos usá-lo, não faríamos isso — murmurou Wolff. — A única coisa na qual consigo pensar agora é em matar Korozoth. — Aguardamos Magnus parar de rir. — A maioria dos Familiares é dele. Sem Korozoth, eles serão como uma colônia de formigas sem sua rainha.

— É impossível — disse Magnus.

Tive uma ideia, uma ideia louca e estúpida.

— Talvez haja um jeito de destruí-lo. Vá buscar os outros garotos e nos encontre de volta aqui. Você sabe onde Korozoth está?

— Ele está vindo do oeste — respondeu Wolff. — Deve estar passando pelo rio agora.

— Primeiro precisamos deixar Rook com Fenswick na casa. Então vamos todos juntos encará-lo.

— Sim, mas o que vamos fazer? — perguntou Lambe.

— Algo que você já tentou. Não deu certo, mas com minha ajuda pode funcionar.

— Você deveria ir embora — disse Magnus quando Lambe e Wolff saíram correndo para buscar os outros. Ele pousou a mão nas minhas costas. — É a hora perfeita para você escapar.

— Não posso partir, não agora. — À nossa frente, espiamos uma carroça vazia com um cavalo atado a ela; o animal se debatia para se soltar do poste ao qual fora amarrado. Magnus libertou a criatura enquanto Rook e eu nos acomodávamos no assento. O feiticeiro saltou para o banco do cocheiro e tomou as rédeas, e então partimos, lutando para abrir caminho pelo caos. Continuamos por uma área desobstruída, distante dos ataques.

Contudo, as pessoas começaram a vir do lugar para onde estávamos indo. À nossa esquerda, todos os postes de luz se apagaram. A escuridão e o silêncio se tornaram opressivos...

— Vire à direita! — gritei quando Korozoth entrou na praça, silencioso como sombra e neblina quando queria ser. O cavalo sentiu a aproximação do monstro e empinou, batendo as patas dianteiras no ar antes de cair aterrorizado. A carroça estalou e a parte de baixo desabou, jogando Rook e a mim no chão.

Rook soltou um grito e se virou para encarar a monstruosidade. Korozoth parou, talvez pressentindo o chamado de um de seus "filhos".

Puxei Rook para o chão, lutando para que se acalmasse. Não foi difícil. Ele arquejava e bufava. Não ia dar conta de prosseguir por muito mais tempo. Magnus saltou do banco do cocheiro e voou.

— Howel, saia daqui — gritou ele. Aonde eu poderia ir? Não seria possível para Rook se arrastar para longe.

Passos ressoaram e Blackwood apareceu na noite, com os outros garotos atrás. Ele me ajudou a levantar e verificou se eu estava machucada, depois examinou Rook. Enquanto os outros se reuniam, ele ativou o bastão.

— Qual é seu plano? — perguntou Blackwood.

— Preciso levar Rook para casa primeiro.

— Não há mais tempo para isso. Precisamos atacar aqui, senão todos nós morreremos.

— Montem uma formação que me deixe no centro. Dá para fazer com seis pessoas. Criem uma rede com meu fogo e prendam-no. Talvez seja forte o bastante. Magnus, volte agora!

~ 306 ~

— Estou um pouquinho ocupado no momento — berrou ele. Blackwood organizou os garotos enquanto Magnus retornava ao solo, desviando de Korozoth. Entramos em formação.

O fogo ondulava sobre minha pele. Os outros giraram os bastões ao mesmo tempo, tecendo uma grande rede. Senti a energia fluir de mim para eles. Era uma sensação esquisita, como se alguém estivesse roubando o ar dos meus pulmões. Tão logo todos coletaram a chama, nos espalhamos. Quanto mais rápido eu girava Mingau, mais quente ele ficava na minha mão. Enfim, corremos para a frente e lançamos nossa grande rede de fogo. Ela se arqueou para cima, tão incrivelmente alta que passou acima da cabeça de Korozoth, e então o prendeu ao chão. O demônio enorme rugia e se debatia, os tentáculos se esticando contra as linhas de fogo. Corremos cada um numa direção, mantendo a besta presa ao solo.

— Acho que o pegamos — bradou Dee, acenando para mim.

No entanto, com um som de madeira se partindo, o monstro emergiu da rede, os tentáculos sacudindo e a pavorosa boca de sombra aberta num grito triunfante. Apressamo-nos para nos reagrupar.

— Ele é forte demais — disse Blackwood, sombrio. — Não há como detê-lo.

Um tentáculo apareceu da escuridão e quase bateu em mim. Magnus me puxou para o lado.

— Você está bem? — gritou ele.

— Sim. Precisamos voltar.

Tentamos proteger uns aos outros enquanto seguíamos rua abaixo.

— Não vou correr — disse Magnus, fazendo uma espada de resguardo quando o tentáculo começou a deslizar. Com um grito forte, ele saltou e baixou a espada para cortar a coisa. Metade daquilo rolou pela rua como uma enguia fora d'água. Korozoth gritou quando um líquido preto imundo brotou de seu tentáculo decepado e cobriu Magnus, que tentava fugir às cegas. Outro tentáculo o atirou para um lado. Ele rolou algumas vezes antes de parar e ficar deitado ali.

— Me solte — gritei quando Blackwood envolveu o braço na minha cintura. Korozoth foi em direção a Magnus, pronto para absorvê-lo.

Rook apareceu atrás de mim. Ele sangrava e suava tanto que suas roupas tinham grudado no corpo. Seus olhos estavam pretos, mas dava para ver que ele estava no controle.

Ele pegou meu rosto entre as mãos e sussurrou:

— Vai ficar tudo bem, Nettie. — Sua respiração era um chiado lento.

— Fique aqui — arquejei, me agarrando a ele. Ele cambaleou até o monstro com os braços erguidos, chamando-o com aquela terrível voz rouca. Korozoth parou a menos de meio metro de Magnus, como se estivesse determinando a melhor jogada.

Rook convocou a sombra.

Korozoth bramiu, surpreso, quando Rook começou a invocar fios e mechas do corpo do Ancestral. Encoberto pela escuridão do monstro, ele puxou a besta. Korozoth foi se afastando de nós devagarzinho. Rook estava de fato puxando-o. Ele se esquivou duas vezes dos tentáculos. Mas sua sorte não tinha como durar muito. Com um grito queixoso, o monstro atingiu e prendeu Rook, enquanto o açoitava aos berros. Blackwood pôs a mão na minha boca para me impedir de gritar, e eu a mordi numa tentativa de me libertar.

Por fim, o monstro largou Rook, que ficou deitado no chão como um brinquedo quebrado, os braços e pernas dobrados em ângulos esquisitos. Ele estava imóvel. Gritei ao ver Korozoth se movendo lentamente na direção dele, e lutei para me soltar de Blackwood.

Agarrei o baço de Wolff.

— Se eu providenciar luz, você consegue cuidar do restante da rede?

— O quê? Sim, claro.

Corri, meu coração batendo alto em meus ouvidos. Eu precisava fazer o monstro virar, tinha de evitar que ele consumisse Rook e Magnus. Criei uma coluna de vento e me elevei bem alto, na frente de Korozoth. Com o disparo de uma chama azul na altura dos olhos da besta, ela percebeu minha presença. Voltei para o chão o mais rápido possível. Um tentáculo pousou ao meu lado assim que toquei o solo. Frenética, evoquei o feitiço de multiplicação de Mickelmas e, um instante depois, havia *quatro* de mim paradas em volta de Korozoth, cada uma delas — de mim — brandindo um bastão. Conforme eu me movimentava, minhas cópias me imitavam.

Perplexo, Korozoth detonou uma duplicata, então vi minha oportunidade. Respirando fundo, criei coragem para correr na direção da coisa. Ela se erguia à minha frente, uma parede de fumaça preta. Abri um resguardo em volta de mim sem diminuir o ritmo. Se isto não funcionasse, eu morreria.

Não pensei em nada. Só berrei.

Blackwood gritou meu nome, e sua voz foi o último som que ouvi quando atravessei Korozoth correndo e fui envolvida pela escuridão.

30

A ESCURIDÃO ERA ABSOLUTA. TATEEI devagar meu caminho escada abaixo, tentando manter estável a chama da vela.

— Olá? — sussurrei, tremendo. Minha camisola não me protegia do frio. Eu provavelmente ficaria gripada, e o Sr. Colegrind nunca me deixaria ter um dia de repouso. Franzi a testa quando cheguei ao último degrau. A escuridão parecia mais próxima do que o normal.

— Quem é? — sussurrou uma vozinha. Um menininho loiro estava encolhido no fundo do celeiro, entre os sacos de batatas que seriam descascadas no dia seguinte. Estava envolto numa camisa velha, o cabelo úmido e os olhos pretos brilhantes de febre.

— Qual é o seu nome? — Baixei a vela, prendi o cabelo atrás das orelhas e me agachei ao lado do menino.

— Não sei.

— Você deve fazer alguma ideia.

Ele balançou a cabeça.

— Não me lembro de nada. — Ele tremia de dor, esfregando o braço esquerdo.

— Sou Nettie Howel. Dizem que você tem cicatrizes por todo o corpo. Posso ver? — O menino puxou a gola da camisa e enrolou as mangas para me deixar dar uma olhada no horror daquelas feridas pulsantes. O Sr. Colegrind disse que garotas não deveriam ter interesse em visões tão pavorosas, mas eu não conseguia evitar a curiosidade. O menino choramingou quando algo se movimentou dentro do celeiro.

— Não fique com medo. Deve ser um rato, ou talvez uma gralha. Elas vivem ficando presas aqui. Trouxe uma coisa para você.

— O quê? — Ele abraçou as pernas dobradas contra o peito. Sentindo pena dele, estendi uma pequena xícara.

~ 310 ~

— A Srta. Morris disse que isto seria bom. É pimenta-preta, semente de mostarda e folha de menta, para aliviar a febre. O Sr. Colegrind disse que ela deveria seguir a vontade de Deus. Entrei escondida na cozinha para pegar. — Orgulhosa de um jeito que somente uma criança de oito anos era capaz, entreguei ao menino e o persuadi a superar a queimação e o amargor. Ele bebeu e suspirou aliviado, e a escuridão à nossa volta pareceu ficar menos opressiva. Quando ele abriu os olhos, vi que eu estivera enganada. Seus olhos não eram pretos, eram azuis.

— Obrigado, Srta. Howel.

— Não precisa me chamar assim. "Nettie" está bom. — Eu oscilei nos calcanhares, analisando-o. — Tem certeza de que você não tem nome?

— Não. Talvez você pudesse me dar um, Nettie.

Discutimos por duas horas, tentando pensar num nome apropriado. Eu queria Edgar ou Fitzwilliam ou Nabucodonosor. Ele queria outra coisa. Contudo, permaneci com o menino na escuridão até que a febre baixasse.

FIQUEI PARADA NA ESCURIDÃO E escutei minha respiração entrecortada. Eu não estava morta. Ainda não. Pisquei para afastar o restante da visão. Korozoth tinha tanta habilidade de iludir que, aparentemente, quando uma vítima o atravessava, ele conseguia recriar uma lembrança perfeitamente. Eu não tinha certeza de por que havia vislumbrado aquele momento de infância com Rook. Talvez fosse por acaso, nada mais. Talvez Korozoth sentisse quais lembranças eram mais preciosas.

Senti uma dor aguda no coração. Rook não podia estar morto.

Vozes rodopiavam à minha volta. Incendiei meu corpo e olhei ao redor. Agora que estava dentro do monstro, quase dava para ver que ele era um grande funil de nuvem, e não uma neblina consistente do começo ao fim. Forçando-me a ficar calma, produzi uma nova coluna de vento.

Subi mais e mais, e meu fogo iluminou a parte inferior dos tentáculos. Enquanto isso, rostos apareciam e desapareciam nos recônditos de sombra do monstro, rostos pesarosos e pálidos cuja existência ia e voltava. Lá estava um homem com barba cinza que gritou e sumiu. Ali, uma moça que chorava e lamentava. Charley soluçou até que sua imagem foi puxada de volta para a sombra. Quanto mais eu subia, mais podia ouvir os gemidos e gritos daqueles que tinham sido absorvidos. Se meu resguardo falhasse, eu me juntaria a eles.

Mestre Agrippa apareceu diante de mim na escuridão.

— Henrietta, por que você deixou que ele me pegasse? — resmungou ele.

Ele tentou me alcançar com as duas mãos intactas. Era um truque, uma das ilusões de Korozoth. Ainda assim, a imagem dele trouxe lágrimas aos meus olhos.

— Desculpe — sussurrei, então prossegui. O Sr. Colegrind saiu da escuridão, tentando me tocar com seus dedos esqueléticos.

— Como ousa fugir de mim? — sibilou ele. Ultrapassei-o.

Agora era Mickelmas quem aparecia, agitando a capa e cofiando a barba.

— Você escolheu mal — gritei para Korozoth, minha voz quase se perdendo na torrente de vento. — Ele não me assusta.

Como se a besta tivesse compreendido seu erro, Mickelmas desapareceu e foi substituído por tia Agnes. Reconheci aquele rosto comprido, o cabelo castanho-claro e os olhos escuros e acusadores no instante em que os vi.

— Você foi uma criança horrível. — A voz dela era um sussurro oco. — Foi por isso que a mandei para longe. Ninguém em seu juízo perfeito seria capaz de amar você. — Foi como ter o coração perfurado por uma agulha quente.

— Não é verdade — sussurrei, recuando amedrontada. — Eu tenho amigos.

— O mago que mentiu para você? O feiticeiro que a enviou para a morte? O garoto que somente a viu como um objeto de desejo?

Senti-me enfraquecer enquanto era sugada mais para dentro da nuvem preta. Ela esticou os braços para me tocar... E por que não? Ela não estava certa, afinal?

Não. Hargrove tinha me ajudado, Magnus tinha voltado para me resgatar, e havia Rook. Sempre houvera Rook.

— Mentirosa! — berrei. Esquadrinhei os arredores, buscando a oportunidade perfeita para botar meu plano em ação. Era estranho aquilo não ser tão difícil assim. Nenhum tentáculo tentou me pegar.

Parecia que Korozoth estava abrindo passagem. Achei perturbador conforme subia mais e mais...

Eu estava num ambiente tão branco que quase cegava. Não havia janelas nem móveis. Por Deus, que lugar era aquele? Não estava mais dentro de Korozoth. Quando me virei, fiquei cara a cara com R'hlem, o Homem Esfolado.

Ele era tão hediondo quanto em meus sonhos: as veias e artérias azuis pulsantes estendiam-se pelos braços, as extensões retesadas dos músculos ensanguentados que contraíam e relaxavam a cada movimento, e aquele olho amarelo, abrasador e horrível, bem no meio da testa. Eu me afastei até tocar as costas na parede. O monstro veio até mim.

— Minha querida criança — disse R'hlem, a voz perturbadoramente humana —, você deve estar cansada de tanta luta. — Ele acariciou o queixo sangrento com os dedos em carne viva.

— Onde estou? — sussurrei.

— Na ilusão mais elegante do meu leal Korozoth, mais forte do que qualquer sonho. Aqui temos espaço para conversar. — Ele esticou um braço e acariciou minha bochecha. Enojada, me afastei dele e limpei o rosto. — Quero que venha comigo, minha querida. Suas habilidades são interessantes, especialmente o fogo. Onde conseguiu um talento desses?

— Não irei a lugar nenhum com você. — Toquei as paredes, as empurrei. R'hlem riu da minha cara.

— Você tem uma bela força interior. Pular daquela janela para escapar de mim foi uma coisa impressionante. Você é bem mais resiliente do que a última garota honrada pelos feiticeiros. Ela cedeu rápido demais aos meus sonhos. Constrangedor, na verdade. — Parei e o encarei. Gwen. Ele tinha destruído o corpo e a alma dela, e agora ousava desdenhá-la. — Tive esperanças de que ela seria um troféu para mim, mas no fim acabei entregando-a a Korozoth. Mas você...

— Não se aproxime de mim.

— Depois de uma avaliação cuidadosa, resolvi oferecer a você um lugar ao meu lado. Quero alocá-la no meu grupo de elite dos Familiares. — A voz dele era tranquilizadora, apesar da aparência odiosa. — Quero treiná-la para um poder enorme.

Disseram que R'hlem mantinha somente alguns criados pessoais. Disseram também que ele arrancava a pele de todos para ficarem parecidos com o mestre.

— Não. — Tentei incendiar meu corpo, mas ele me bloqueou.

— Você precisa aceitar. Não sobreviverá a isto sem concordar com minha oferta. — Ele estendeu aquela mão sangrenta para mim.

— Nada me convenceria a me juntar a você.

Ele tinha me acuado num canto da sala. Eu estava presa.

— O resguardo foi destruído. — Ele sorriu, uma visão particularmente horrenda. — Neste momento, Korozoth a mantém segura dentro dele. Ele pode trazê-la para mim neste mesmo instante. Pode deixar sua cidade em paz. Se você se render, ele vai embora. Senão, vai demolir todos os prédios, todos os lares. Ele vai devorar quantas pessoas couberem em seu estômago, e o apetite dele é extraordinário. Os Familiares vão dizimar os feiticeiros. Se não se render, todos aqueles que você conhece serão mortos. — Ele me agarrou pelo pescoço e me estrangulou. Arquejei, tentando afastar seu braço. Ele me analisou com seu olho imenso e sem pálpebras. — Sente-se compelida agora?

— Não. — Obtive algum prazer da expressão irritada dele.

— A cidade não existirá mais pela manhã.

— Eles não vão permitir que isso aconteça. — Quase não consegui fazer as palavras saírem e estremeci quando ele apertou mais.

— Seus feiticeiros? Um grupo de garotos brincando com vento e com chuva? — Ele viu que eu não cederia. — Qual é o seu nome, criança? Antes que eu acabe com sua vida, gostaria de saber isso. — Ele apertou mais e mais, e pontinhos pretos explodiram na minha visão.

Eu ia morrer. Parte de mim queria se render, queria que acabasse logo.

Já a parte lógica observava que, se R'hlem podia me tocar e me ferir, talvez eu pudesse fazer a mesma coisa com ele.

— Qual é o seu nome? — repetiu ele. Sinalizei que eu não conseguia falar. Ele aliviou o aperto.

Puxei uma lufada irregular de ar e disse:

— Henrietta Howel. — Com um pensamento, Mingau fez brotar uma lâmina. — Adeus.

Mirei a estocada em seu coração, mas só acertei o ar. Eu estava de novo dentro de Korozoth, e em plena queda. Gritando, agarrei Mingau com as duas mãos. Houve um instante em que pude sentir o bastão escorregando, o que significaria minha morte no chão. Mas consegui recuperar Mingau, e o vento retornou e me impulsionou para cima.

Por que R'hlem tinha me largado? Talvez ele não pudesse me matar de verdade numa ilusão e tivesse me devolvido abruptamente a Korozoth para que eu morresse com a queda.

Não importava. Era hora de botar meu plano em ação. Eu estava suspensa naquele vácuo, respirando rápido. E se não desse certo?

Eu só conseguia pensar em Rook: Rook acertando Magnus quando achou que eu tinha sido insultada, Rook sentando comigo na charneca, exibindo um sorriso só por ter saído de Brimthorn, o vento soprando seus cabelos claros. Rook se inclinando para perto de mim na cozinha, nossos lábios quase se tocando. Rook deitado, morto. Se eu falhasse, o sacrifício dele teria sido em vão.

Rapidamente, tirei o escudo protetor que me envolvia. Com um soluço, explodi em chamas, fazendo a neblina à minha volta pegar fogo. Labaredas ondularam sobre minha pele, se enrolaram em mim e então ficaram escarlates. Conforme eu me deslocava dentro de Korozoth, subindo e descendo, o fogo se espalhava. A besta rugiu ao se transformar num vórtex em chamas. Eu conseguia ouvir o resmungar e o retorcer de um vento forte, e percebi horrorizada que devíamos estar decolando.

O monstro voltou ao solo com uma pancada brusca. Meus amigos tinham conseguido, eles usaram o fogo para fazer uma rede que o prendesse ao chão enquanto queimava.

As chamas cresciam e se erguiam a um grau tão abrasador que o mundo se consumiu num branco brilhante. Eu queimava tão forte que acreditei estar me aproximando do fim. Senti o livramento pós-morte de Korozoth e ouvi o grito de centenas de vozes, dos fantasmas que enfim se libertavam. Quando o monstro desapareceu e as chamas findaram, vi as estrelas acima.

Caí de cabeça para baixo, cansada demais para voar. Braços me apararam, e Magnus nos conduziu para a rua numa almofada de ar. Ele me deitou em seu colo e aninhou meu rosto.

— Howel? Deu certo. Ele morreu. Ele morreu de verdade. Querida, deu certo. — Ele acariciou minha bochecha.

— Onde ele está? — resmunguei. Me desvencilhei de Magnus e engatinhei até Rook, que estava deitado imóvel no chão. Ele não respirava.

— Rook — sussurrei. A imagem dele embaçou. A fumaça do fogo tinha prejudicado meus olhos.

— Você conseguiu! Howel, você conseguiu! Olhe só, meu Deus, é maravilhoso — gritou Dee, o rosto manchado de fuligem. Pessoas começaram a correr para a praça, boquiabertas diante das cinzas e brasas que caíam do céu, tudo o que restara de Korozoth. Baixei minha cabeça, aninhei Rook contra o peito e chorei.

31

— Você nos salvou, Henrietta. — Fenswick estava sentado no meu criado-mudo e cuidava de um corte acima do meu olho. O pequeno duende falava com carinho. — Sua rainha vai ficar satisfeita. Eu soube que ela sobreviveu.

Estremeci quando Fenswick pressionou um pano úmido na minha testa, o que ardeu. Não importava muito, claro. Rook estava morto. Eu queria dormir e não acordar.

— A fofoca entre os criados é que sua rainha vai querer botar os feiticeiros mais na linha de frente agora. Que diferença isso vai fazer. — Fenswick fez um som irritado quando não respondi. — Não precisa ficar caída aí como um peixe na terra, sabe. Você não está *tão* ferida assim.

— Mas vou estar assim que os soldados me levarem de volta à torre. A rainha ordenou minha execução.

Fenswick bufou.

— Isso de novo não. Acha mesmo que estaria há duas horas nesta cama se a rainha a considerasse perigosa? Sua Majestade ouviu conselhos das pessoas erradas. — Ele secou meu rosto. — Ninguém vai machucar você agora.

Minha visão nublou com lágrimas.

— Eles poderiam muito bem me matar, tanto faz. Eu deixei Rook morrer.

— O quê? — A orelha direita de Fenswick se retorceu e balançou. — Não, ele está vivo. Eu já contei isso a você.

— O quê? — Agarrei o coitado do duende pelos ombros e o ergui do criado-mudo. — Como? Onde ele está?

— Tire suas mãos de mim! Suponho que eu não possa culpá-la, já que você estava meio cega e delirante quando Magnus a carregou de volta para cá. Vamos torcer para que desta vez você se lembre do que vou dizer. Ei! Pare de me apertar!

— Como ele pode estar vivo? — arquejei.

— Rook estava no limite entre a vida e a morte. Eu apenas o ajudei a ficar do lado certo. — Fenswick tremelicou as orelhas orgulhosamente.

— Onde ele está?

— Em repouso no quarto de Blackwood. Você acha que consegue se lembrar de todas estas informações? Se puder esperar eu guardar minha maleta, posso levá-la até lá.

Empurrei Fenswick na cama, arranquei a manta que cobria minhas pernas e cambaleei até a porta enquanto ele gritava para eu voltar e carregá-lo. Tropecei duas vezes e saí conferindo cada porta do corredor dos garotos até encontrar um quarto com a lareira acesa e Rook semideitado numa cama com dossel, os braços e o peito enfaixados. Lilly cochilava numa cadeira. Quando chamei o nome de Rook, os olhos dele se abriram. Ah, Deus, ele estava vivo.

— Não me amasse, Nettie. — Ele riu quando cruzei o quarto e caí na cama, ao lado dele. — Não estou tão longe assim da morte.

— Você está bem? — Toquei a mão dele. Sua respiração parecia rasa e tensa, mas ao menos ele *estava* respirando.

— Ganhei algumas cicatrizes novas.

Enterrei o rosto no ombro dele. Rook afagou meu cabelo.

— Estou tão contente por você estar bem, senhorita — disse Lilly quando me recompus o suficiente para me sentar. Ela agarrou minha mão. Quando soltou, seus dedos estavam cobertos de fuligem. — Ah, querida. Vou chamar os jovens cavalheiros. — Ela limpou a mão no avental ao sair do quarto.

— Você me salvou — falei.

— Salvamos um ao outro. Como sempre fizemos. — Ele sorriu. Era ele, como sempre fora. Não, não exatamente. Quanto mais eu olhava, mais eu percebia algo diferente, apesar de não conseguir dizer o quê...

Os garotos entraram para me abraçar e se reunir ao redor da cama. Magnus e Blackwood ficaram ao lado de Rook, conversando com ele. Tanto Wolff quanto Dee apertaram minha mão antes de seguir para cumprimentar Rook. Todos estavam repletos de sorrisos e aceitação. Eu me sentei, meus joelhos fracos de alívio.

— Excelente trabalho — disse Lambe. Ele estava na minha frente e botou a mão nos meus cabelos, quase como se desse uma bênção. — Você foi corajosa.

— Obrigada.

— Só tome cuidado com a mulher. — Os olhos dele estavam com aquele aspecto vítreo, meio dormente. — Ela conseguiu sair do fogo. Você deve mantê-la longe da madeira. — Ele deu tapinhas na minha cabeça, depois foi se juntar ao grupo.

Outra visão. Suspirando, esfreguei meus olhos. Isso podia aguardar até amanhã.

Senti puxarem minha saia. Fenswick, bufando e ofegando, me conduziu para fora do quarto. Envergonhada por ter me esquecido dele, o carreguei até o corredor.

— Henrietta, preciso lhe contar uma coisa — disse ele quando ficamos a sós. — É sobre as cicatrizes de Rook.

— Sim, ele ganhou umas novas na batalha.

— Bem, é isso. Elas parecem o estar dominando. — O duende acariciou uma de suas orelhas e ficou encarando-a, evitando me fitar nos olhos.

— O que quer dizer? — perguntei com cuidado.

Fenswick suspirou.

— Eu sei dos poderes dele já há algum tempo. Por sua causa, e por mim também, fechei o bico, mas agora eles estão piorando.

— Você está enganado. Rook tomou o controle. Ele lutou contra Korozoth, pelo amor de Deus!

— Rook tomar o controle não significa o que você gostaria que significasse, não de acordo com minhas análises. Ele aprendeu a dominar certa quantidade de poder. Mais cicatrizes significam mais força. Quanto mais ele toma o controle, mais ele muda.

— Muda? — Minha voz saiu oca.

— Há diferenças sutis agora, nos olhos, nas orelhas. Enquanto ele estava em segurança em Yorkshire e seus poderes permaneciam dormentes, ele era, em sua maior parte, um garoto normal. Ele está num estado de transformação agora, tornando-se menos humano.

— Não. — Apoiei a mão na parede para me segurar. Eu não tinha chegado tão longe, arrastado nós dois por tanta coisa, para isto. — A morte de Korozoth. Ele não pode mais ferir Rook.

— Hum. — Fenswick botou todas as suas quatro mãos nas costas.

— Sabemos que os feiticeiros podem conceder poderes aos servos humanos que escolherem. E se os Ancestrais puderem fazer o mesmo?

Qual era o propósito dos Impuros? Se eles fossem receptáculos de poder... *As habilidades dele permaneciam dormentes. Ele está se transformando. Eu o trouxe para cá. Eu o forcei a vir comigo.*

— Nós vamos ajudá-lo. — Cerrei o maxilar.

— Isso está além de toda minha medicina — disse Fenswick. Ele deu tapinhas na minha mão. — Acredito que seria uma bondade se, bem...

— Acabássemos com isso? — Como se Rook fosse um animal raivoso que precisasse ser levado ao pátio e abatido. Agarrei a pata do duende com firmeza. — Você e eu vamos trabalhar juntos. Custe o que custar, vamos parar essa transformação. Ninguém mais pode ficar sabendo disso.

— Você está me pedindo para colocar a todos nós em risco.

— Estou pedindo que você não desista dele tão cedo.

Fenswick ponderou, soltando a pata que eu segurava.

— Ele é um bom rapaz. Odiaria ter que destruí-lo. Mas se não puder ser trazido de volta — avisou —, e se o sofrimento dele for terrível demais, então vou contar à Ordem, que vai dar um fim nisso.

— De acordo — sussurrei. — Mas primeiro vamos tentar. — Eu queria cair de joelhos. Isto não. Eu não aguentava mais dor, e não agora. — Você poderia tirar os garotos do quarto, doutor? Eu gostaria de ficar um pouco com ele.

— Naturalmente. — Fenswick entrou gritando, e um momento depois colocou todos para fora do quarto. Lambe o carregou para fora, acariciando a orelha direita do duende.

Rook parecia tão pequeno na cama. Sozinha, sentei ao lado dele de novo.

— Você está bem, Nettie? — Ele sorriu. Ele não sabia. Ele não saberia.

— Sim. — Minha voz soou estranha até para mim mesma.

Então Rook falou, num tom mais deprimido:

— Quando eu estiver curado, estou planejando ir embora deste lugar.

— O quê? Por quê?

— Você não precisa de mim. Agora tem um ótimo emprego e... novos amigos. Eu vou ser um peso na sua vida. Posso encontrar trabalho...

— Você precisa ficar comigo, Rook. Por favor. — Lágrimas pingavam nas minhas bochechas quando peguei a mão dele.

— Não é apropriado.

— E quem pode dizer o que é apropriado? Eu já não correspondo a boa parte dos padrões da sociedade. Quanto mais estrago isto pode causar?

Ele deu risada. Parecia que queria concordar, mas então falou:

— Você tem o Sr. Magnus...

— Magnus não significa nada para mim, não dessa maneira. — Minha voz quase falhou. — Você é a pessoa mais importante da minha vida, sempre foi assim. Por favor, nunca me abandone.

Rook pousou minha mão em seu peito, de modo que pude sentir seu coração, uma batida suave e firme contra minha palma.

— Não vou se você não quiser que eu vá.

Não esta noite, nem amanhã, nem daqui a um ou vinte ou cinquenta anos. Meus ombros chacoalharam. Por que o amor precisava ser tão dolorido?

— Você sabe que eu iria odiar não estar ao seu lado — falei.

— Como quiser, Henrietta — murmurou Rook. Apoiei minha testa na dele. Sua respiração acelerou, e fomos nos aproximando... até que a escuridão nos cantos do quarto começou a se fechar ao nosso redor. Recuei instintivamente. As sombras sumiram. — Desculpe — suspirou ele. — Parece que elas sempre entram no meio.

— Sim. — Exibi um sorriso falso. Em seus olhos, reconheci a mudança que eu tinha notado. As íris eram de um preto puro. Não havia nada de azul mais. *Há diferenças sutis agora, nos olhos...*

Alguém pigarreou. Magnus nos observava da soleira da porta.

— Mandaram que eu viesse aqui lhe dizer que chegou um mensageiro. A rainha a convocou. Não parece perigoso.

Parecia que ele tinha ouvido tudo. Eu não me importava com isso. Ou não podia me importar. Não mais.

— Obrigada. Gostaria de me lavar, e vou imediatamente depois disso. — Apertei a mão de Rook e passei rápido por Magnus ao sair do quarto. Um instante depois, ouvi seus passos atrás de mim. Ele parecia determinado. — O que foi?

— Howel, você não entende...

— Sim, entendo. Você voltou para me salvar quando a maioria das pessoas me abandonaria à morte. Você é meu amigo querido, e sempre será. — Enfatizei a palavra *amigo*. Estendi a mão para ele, rezando para que ela se mantivesse firme. — Espero que me convide para o seu casamento. Quero que seja o irmão que nunca tive.

Eu já estava arrependida. Mas isso não tornava a coisa nem um pouco menos correta.

Ele fitou minha mão por um momento, como se não soubesse o que era aquilo. Devagar, ele a pegou e a beijou.

— Seria um honra ser tão próximo assim de você, Howel.

— Obrigada — respondi. Ele segurou minha mão por tempo demais. Então a beijou de novo. Aquele formigamento quente se espalhou pelo meu corpo. Eu queria...

Não. Aquilo precisava parar. Tentei escapar educadamente, mas ele me segurou. Seu olhar era determinado.

— Não posso — sussurrou ele. — Não posso deixá-la.

— Mas você vai. — Livrei-me do aperto dele. — Ou não nos veremos mais. — Saí andando, uma indisposição brotando do fundo do meu ser. Se ele sentisse metade do mal-estar que me consumia naquele momento, lamentaria o suficiente.

Não houve uma cerimônia, somente um criado que me conduziu por corredores escuros até um salão. Meu coração martelava apesar de eu estar me esforçando muito para ficar calma. Afinal, se a rainha me quisesse morta, ela não teria permitido que eu viesse acompanhada de Blackwood e Fenswick, ainda que eles tivessem sido instruídos a aguardar num gabinete anterior. Eu só torcia para ter conseguido limpar toda aquela fuligem de mim.

Fui levada a uma salinha de recepção. Do outro lado do cômodo, a rainha Vitória estava sentada diante da lareira com um de seus muitos cachorros no colo. Ela parecia tão pequena e jovem sem as joias. Ela sorriu quando entrei.

— Sente-se, Srta. Howel. — Eu obedeci. — Nós... quero dizer, eu sei o que você fez esta noite.

— Fico contente de ter conseguido parar Korozoth, Vossa Majestade.

— Lorde Blackwood veio falar comigo logo depois da luta e explicou como o resguardo ruiu. — Será que ela iria me culpar por ter causado a confusão? — Lamento que mestre Palehook tenha usado meu povo e minha confiança tão indignamente. — Ela acariciou a cabeça do cachorrinho. — Mesmo que eu pudesse restaurar o resguardo, não faria isso.

— Então vossa majestade não está brava? — Torci minhas mãos sobre o colo.

— Não. Estou satisfeita, tanto com a destruição de um dos grandes Sete quanto com o que aprendi sobre o seu povo.

— Meu povo? — Os feiticeiros? Os magos? Eu não tinha vontade de pertencer a nenhum dos dois.

— Os feiticeiros foram deixados por tempo demais a seu bel-prazer. Eles se comportaram como se fossem feiticeiros antes de serem ingleses.

— Eles não são meu povo, majestade. Meu pai era um mago com um talento para com o fogo. Howard Mickelmas de fato me ensinou a fingir ser feiticeira. Eu estava preparada para receber sua comenda e mentir para todo mundo.

— Foi bom ouvir sua confissão, Srta. Howel. — Agora os guardas iriam me prender. — Sua honestidade fortalece a opinião sobre sua integridade. Preciso disso nas linhas de frente.

— Mesmo que eu não seja a garota da profecia?

— Não sei se um dia tive muita fé nessa ideia — disse ela, erguendo uma sobrancelha.

— Mas eu não sou feiticeira.

— Você usa um bastão. Você empregou diversas técnicas de feitiçaria na destruição de Korozoth, foi o que me disseram.

— Hargrove... quero dizer, Mickelmas, me disse que eu sou uma mistura dessas duas raças. Magos descendem dos feiticeiros, afinal. Eu não pertenço a lugar nenhum.

— Então parece que você deve escolher seu caminho — disse a rainha. Que ideia estranha e divina. — Alerto-a, porém, de que você tem uma decisão irrevogável a fazer. Reconheço que é maga de nascimento e talvez precise controlar esses aspectos de si, mas, caso se torne feiticeira, deve dar as costas para o rótulo e para a vida de maga.

Minha boca ficou seca.

— Vai me dar a comenda de feiticeira, majestade?

— Se assim desejar. A comenda virá com os privilégios da categoria, mas também com as responsabilidades. — Ela se ergueu com toda sua realeza. — Pretendo seguir ao ataque. Vamos reconquistar Canterbury da Lady Abutre, vamos destruir Nemneris e preservar nossa costa, e vamos marchar pelo interior e pelo norte até chegarmos a R'hlem. Então vamos acabar com ele, antes que esta guerra se arraste por outra década. — Eu mal conseguia conter meu espanto, e até mesmo prazer, diante das palavras dela. — Você terá seu papel nos meus planos caso escolha este caminho.

— Tem certeza de que é uma decisão sábia? — Deus, o que eu estava fazendo desafiando a rainha? Ela sorriu.

— Meus conselheiros são contra, mas eles se deixaram influenciar por mestre Palehook e até mesmo pelo velho Agrippa. — O nome dele foi tingido por tristeza; ela estava tão incrédula quanto eu. — Eles costumam olhar com desconfiança para qualquer mulher que ouse desafiar sua autoridade. — A alfinetada na voz dela foi inequívoca. Talvez ela compreendesse minha situação melhor do que eu imaginava. — Sinto que devemos testar novas possibilidades, e você nos deu a primeira esperança clara de derrotar aqueles monstros em onze anos. Agora, Srta. Howel, tomou sua decisão?

O que eu queria para mim?

Como maga, haveria a possibilidade de descobrir mais sobre meu passado, sobre meu pai. Mas meu trabalho seria ilegal e minha influência nesta guerra, reduzida. Como feiticeira, eu estaria na linha de frente, mas teria de olhar para trás a cada passo, caso um inimigo de dentro do meu próprio grupo quisesse enfiar uma faca nas minhas costas.

Contudo, eu tinha amigos agora. E, acima de tudo, eu precisava ajudar Rook. Havia apenas um caminho que me permitiria interromper a transformação dele.

— Escolho me tornar uma feiticeira, se Vossa Majestade assim o desejar.

— Ajoelhe-se.

Cumpri a ordem.

— Vossa Majestade. Sou sua humilde serva. Busco sua comenda real para pegar em armas contra os inimigos da Inglaterra e para defender a vida de Vossa Majestade com a minha própria.

Ela pousou a mão delicada no meu cabelo.

— Dou-lhe minha comenda, Henrietta Howel, para que possa pegar em armas para minha defesa, para que possa viver e morrer pelo meu país e pela minha pessoa, e para que sua magia encontre propósito maior a serviço dos outros. Levante-se para ser reconhecida.

Comecei a me erguer e fiquei mais alta do que a rainha. Fiz uma reverência com a cabeça para minha líder, pequenina como era.

— Obrigada, Vossa Majestade.

Ela sorriu.

— Com o tempo, acredito que terei de agradecer a você, Srta. Howel. Todos nós teremos de agradecer a você.

32

DEZ DIAS DEPOIS, NÃO MUITO tempo depois da minha comenda pública diante da corte e da Ordem, eu passeava pelo jardim da casa de Agrippa, tentando conseguir um momento de paz. Muitas festas e celebrações aconteceram nos últimos tempos por causa da destruição de Korozoth, mas não consegui aproveitar nada disso. Eu era responsável pelo crescimento do interesse da rainha em relação aos assuntos dos feiticeiros. As pessoas que alegaram serem minhas aliadas me desprezavam. Muitas vezes eu me sentia sozinha quando saía em público.

Havia um amigo, entretanto, com quem eu sempre podia contar.

— Howel, espere — chamou Blackwood ao se aproximar. Sorri ao ouvir apenas meu sobrenome enfim saindo de seus lábios.

— Então agora sou uma feiticeira, meu senhor?

— Sim. Você também pode começar a me chamar de Blackwood. Não precisa ficar cerimoniosa. — Ele seguiu comigo pelo gramado, parando para admirar as rosas vermelhas que desabrochavam. Colheu uma e a entregou a mim. — Seu selo, feiticeira Howel.

— Teria de estar pegando fogo para ser verdadeiramente meu. — Dei risada. O símbolo oficial da minha casa era uma rosa em chamas. Tinha gostado bastante, apesar de Eliza ter ficado insatisfeita com a ausência de unicórnios.

— Você já sabe para onde vai agora? — perguntou Blackwood. — A casa do mestre Agrippa em breve será fechada.

— Tinha planejado receber minhas ordens e partir.

— Você pode morar comigo enquanto aguarda suas ordens. Se lhe for conveniente — emendou ele, com uma olhada breve para mim. — Sei que não tem nenhum dinheiro. E Eliza adoraria ter outra dama lá em casa. Rook iria junto, é claro.

— Obrigada por manter segredo em relação a ele — falei. — Juro que não vai se arrepender.

— Eu protejo meus amigos.

Sorri e enlacei meu braço ao dele. Meu querido amigo, lorde Blackwood. Dois meses antes, tais palavras teriam sido impossíveis.

— Eu aceito. Para onde irão os outros? — Pensei em Magnus por um momento e me apressei em extinguir a lembrança.

— A maioria vai ficar com as famílias. Wolff vai alugar um quarto. Porém, ninguém pode ficar muito confortável. Disseram que seremos enviados à Cornualha antes do fim do mês. Nemneris é nossa preocupação primordial agora que Korozoth está morto.

— Espero me provar à altura do desafio.

— Você acha que não? — Ele parou, surpreso.

— Blackwood. — Era estranho falar o nome dele. — Eu nasci maga. Ainda sou uma mulher fazendo o trabalho de homens. E se for demais para mim? E se eu ficar louca, como Gwendolyn Agrippa?

— As mulheres não são as únicas que podem vacilar e tomar decisões sombrias — disse ele, estremecendo ao ouvir o nome dela. Quando eu revelei a identidade da Familiar sem olhos, ele ficou horrorizado.

— Você é mais forte do que imagina. Eu vejo isso. Com o tempo, você também verá.

Teríamos continuado o passeio, mas Lilly nos parou ao chegar correndo no jardim.

— Srta. Howel! Você precisa ver uma coisa! — Ela meio que me arrastou para dentro da casa. — Está no seu quarto. Eu estava empacotando suas coisas e encontrei. Ah, senhorita, não tive coragem de chegar perto.

Sobre minha cama, estava o baú de madeira de Mickelmas.

— Como isto veio parar aqui? — sussurrei.

— Não faço a menor ideia, senhorita. Apareceu do nada. E começou... ah, olhe! — gritou Lilly quando o objeto balançou, saltitando em cima da cama.

Blackwood tentou abrir o baú, sem sucesso.

— Vou explodir essa coisa — murmurou ele, desembainhando o bastão.

— Espere. — Afastei-o e pousei a mão no baú. Ao meu toque, ele parou de se mexer. Bati uma vez na tampa, só para ver o que aconteceria, e

~ 327 ~

ela se abriu. Lá dentro, encontramos um único pedaço de papel simples, dobrado ao meio.

— O que raios está escrito aí? — perguntou Blackwood quando peguei o recado. Escritas numa caligrafia elegante e fina, as seguintes palavras:

Nunca o que desejar,
sempre o que precisar.
Até a próxima.
— M.

— É de Mickelmas. — Então ele estava vivo. Suspirei aliviada. — Mas é uma caixa de mago. Não posso guardá-la. — Joguei o recado dentro do baú e fechei a tampa com força.

— Talvez você devesse — murmurou Blackwood. — Normalmente eu diria que precaução é uma virtude, mas precisamos saber por que o baú veio até você.

— E se alguém o vir?

— Ninguém além de nós três precisa saber disto. — Blackwood se virou para Lilly. — E se eu lhe pedisse para trabalhar na minha casa como camareira da Srta. Howel?

Ele queria mantê-la por perto. Da minha parte, eu ficaria feliz por ter mais uma amiga.

— Sim, meu senhor. Eu gostaria muito disso.

— E não falará com ninguém sobre isto?

— Falar sobre o quê? — Ela piscou com uma inocência afetada.

— Nada. — Blackwood sorriu. — Você pode empacotar as coisas da Srta. Howel depois.

Lilly saiu do quarto e nós voltamos a encarar o baú.

— Vamos manter isto conosco até decidirmos o que fazer. — Era esquisito e tocante ouvi-lo falar dos meus assuntos com tanto envolvimento.

— Você está se colocando em risco, sabe.

— Vivemos tempos perigosos. Por falar nisso, preciso que me ajude a escolher um novo diretor para Brimthorn. Ouvi dizer que o atual não é confiável.

— Devo ter uma ou duas recomendações. — Dei risada. Ele me ajudou a esconder o baú debaixo da cama. — Obrigada por tudo.

— Eu disse uma vez que sempre seria aliado da garota profetizada — falou Blackwood enquanto deixávamos o quarto.

— Mas eu não sou essa garota. — Ainda era um alívio poder dizer aquelas palavras. — Você sabe disso.

— Bem, como eu disse, precisamos de você. O restante são títulos. Que importância tem um título, na verdade?

— Importância nenhuma — respondi.

Saímos da casa e voltamos ao jardim para aproveitar o finalzinho do sol vespertino de julho. Teríamos que nos apressar. A noite se aproximava e o vento trazia indícios de uma tempestade.

Agradecimentos

ESTA É TAREFA MAIS ASSUSTADORA que precisei encarar durante todo este processo. Não apenas devo ser sucinta, o que não vai acontecer, como devo agradecer adequadamente a todas as pessoas incríveis que tornaram isto possível.

A Chelsea Eberly, por acreditar neste livro e por torná-lo o melhor que poderia ser. Suas sugestões me desafiaram a evoluir, e suas perguntas me conduziram às ideias mais empolgantes. Às vezes é constrangedor pensar que você compreende estes personagens melhor do que eu, mas é sempre emocionante.

A Brooks Sherman, por ser um agente extraordinário e por ter sido o primeiro a enxergar potencial nesta história. Obrigada por me guiar em meio à insanidade e por não ter desligado o telefone na minha cara na primeira vez, quando soltei aqueles barulhos estranhos e não fiz nenhuma pergunta. Você é um cavalheiro e um intelectual, e às vezes é o Batman.

Obrigada ao pessoal incrível da Random House, incluindo Mary McCue, Hannah Black, Melissa Zar e Mallory Matney por tanto trabalho duro e energia. Muito obrigada a Nicole de las Heras, Hilts e Tracy Heydweiller pelo design de capa sensacional. Colocar fogo nas coisas nunca pareceu tão bonito.

Obrigada a Jenny Bent, Molly Ker Hawn e a equipe incrível da Bent Agency por toda ajuda e perspicácia.

A Brandie Coonis, o yin do meu yang, o Spock do meu capitão Kirk, o Joe Pike do meu Elvis Cole. As melhores amizades são atos de perfeito

∼ 331 ∼

equilíbrio. Obrigada por seus olhos afiados e por sua sagacidade ainda mais afiada. Mais vinho, Doris.

A Alyssa Wong, por sua criatividade, coragem, compaixão e por me apresentar a Catbug. Sempre teremos os Senhores Espaciais Emos e Magrelos. Sim, agora está registrado por escrito.

A Isabel Yap, pela sabedoria sobre escrita, graça e por me enviar imagens de garotos tristes de animes.

Ao meu bando do workshop Clarion Writers, que se tornaram minha segunda família. Time Rocketship Spatula para sempre. Obrigada a Shelley Streeby, a Karen Joy Fowler e a Kelly Link, que abriu a porta para mim.

Obrigada a Victoria Aveyard, Tamara Pierce, Sarah Rees Brennan e Kelly Link (de novo) por serem tão generosas e possuírem uma habilidade insana para escrever sinopses.

A Josh Ropiequet, por caronas noturnas, jantares elegantes e dez anos de amizade. Mais dez, por favor.

A Jack Sullivan, que cunhou a frase *Harry Potter Cthulhu Vitoriano* para descrever este livro.

A Ronen Kohn, Zev Valancy, Jessica Puller, Emily Crockett: obrigada por fazerem parte da minha vida.

Aos Forbes-Karol (Robby, Terra, JoJo, Cory) e aos Rosenblum (Mike, Alison, Jordan), pelo amor e apoio.

Aos Sweet Sixteens e Class of 2K16, obrigada por sua comunidade. A Traci Chee, pela conexão durante as caças ao tesouro. A Tara Sim, pelas cabeças transparentes. A Audrey Coulthurst, por ter entrado de penetra naquela festa comigo. A Gretchen Schreiber, por ter cantado junto e me trazido ARCs.

À Barnes & Noble da Grove, por não se importar que eu fosse a pior barista do mundo. Agradecimentos especiais a Amanda Santos, que leu minha carta de envio de originais na sala de descanso.

A Patricia McGahan e Claire Hackett, por terem me guiado e me ensinado muitas lições.

Aos meus pais, Joyce e Chris, e à minha irmã, Meredith: obrigada por me amarem, por me aguentarem e incentivarem. Isso significa mais para mim do que vocês imaginam. Ao restante da minha família, Blanche, Margo, Angelo, Janet. E finalmente, a Mike Ozarchuk, que não vai poder ver isto, mas que teria curtido mais do que tudo. Amo vocês demais.

Este livro foi composto na tipologia Minion Pro,
em corpo 11,5/16,1, e impresso em papel off-white
no Sistema Cameron da Divisão Gráfica
da Distribuidora Record.